DANS LA COLLECTION
NUITS NOIRES

Venero Armanno
Sombre déluge, 2000

David Baldacci
La Simple Vérité, 1999
Sous haute protection, 2001

Alice Blanchard
Le Bénéfice du doute, 2000

Joe Connelly
Ressusciter les morts, 2000

Robert Crais
L.A. Requiem, 2001
Indigo Blues, 2002

Daniel Easterman
Le Jugement final, 1998
K, 1999
Incarnation, 2000
Le Masque du jaguar, 2001
Minuit en plein jour, 2002

Dick Francis
Jusqu'au cou, 1999

James Grippando
Une affaire d'enlèvement, 1998
À charge de revanche, 2001
La Secte de l'ombre, 2002

Arthur Hailey
Détective, 2000

John Lescroart
Faute de preuves, 1998
Meurtre par pitié, 1999
Rien que la vérité, 2001

Matthew Lynn
L'Ombre d'un soupçon, 1998

Brad Meltzer
Délit d'innocence, 1999
Mortelle défense, 2000
Chantage, 2001

Doug Richardson
Le Candidat de l'ombre, 1998

John Sandford
La Proie de l'esprit, 1998
La Proie de l'instant, 1999
La Proie secrète, 2000
Une proie certaine, 2001
Nuits d'enfer, 2002

J. Wallis Martin
Le Poids du silence, 2001
Descente en eaux troubles, 2002

Michael Weaver
Le Mensonge, 1999

Don Winslow
Mort et vie de Bobby Z, 1998
Du feu sous la cendre, 2002

UN ANGE SANS PITIÉ

DU MÊME AUTEUR

Casting pour l'enfer, Le Seuil, 1996
Meurtre à la sauce cajun, Le Seuil, 1998
L.A. Requiem, Belfond, 2001
Indigo Blues, Belfond, 2002

ROBERT CRAIS

UN ANGE SANS PITIÉ

Traduit de l'américain
par Jacques-André Trine

belfond
12, avenue d'Italie
75013 Paris

Titre original :
DEMOLITION ANGEL
publié par Doubleday, a division of Random House, Inc.,
New York.

Tous les personnages de ce roman sont fictifs, et toute ressemblance avec des personnes réelles, vivantes ou mortes, serait pure coïncidence.

Si vous souhaitez recevoir notre catalogue
et être tenu au courant de nos publications,
envoyez vos nom et adresse, en citant ce livre,
aux Éditions Belfond,
12, avenue d'Italie, 75013 Paris.
Et, pour le Canada,
à Vivendi Universal Publishing Services,
1050, bd René-Lévesque-Est,
Bureau 100,
Montréal, Québec, H2L 2L6.

ISBN 2-7144-3793-1

À Jeffrey et Celia

Les experts en explosifs et techniciens du déminage que j'ai rencontrés m'ont fait part de leur crainte, bien compréhensible, de voir ce livre servir de mode d'emploi ou dévoiler le savoir-faire de la police scientifique. Aussi ai-je délibérément modifié ou inventé certains faits et procédés. Les professionnels de ce domaine doivent donc être avertis que les erreurs de technique et de méthode contenues dans le présent ouvrage relèvent de la seule responsabilité de l'auteur.

PROLOGUE

> Être soufflé : se dit du corps humain qui se disloque, par exemple sous l'effet de la déflagration d'une bombe.
>
> *Gradwohl's Legal Medicine*

État d'alerte au « piège à rats »
Intervention de la brigade de déminage
Silver Lake, Californie

Charlie Riggio observa la boîte en carton abandonnée à côté du container à ordures. C'était un emballage de conserves Géant Vert dont dépassait, sur le dessus, ce qui paraissait être un sac de papier marron froissé. Une étiquette collée sur le carton portait la mention « Haricots verts ». Par précaution, Riggio et les deux officiers en uniforme qui l'accompagnaient s'arrêtèrent à l'angle du centre commercial situé là, sur Sunset Boulevard. De cet endroit, ils voyaient très distinctement le colis suspect.

— Ça fait combien de temps qu'on l'a repéré ?

L'un des policiers de la patrouille, un Philippin du nom de Ruiz, consulta sa montre.

— On a été envoyés ici il y a deux heures. Depuis, on n'a pas bougé.

— Quelqu'un a vu comment il est arrivé là ?

— Non. Personne.

L'autre officier, un Noir qui s'appelait Mason, hocha la tête pour confirmer la réponse de son équipier.

— C'est Ruiz qui l'a aperçu le premier. Il est allé jusque là-bas et il a regardé à l'intérieur, ce malade !

— Bon, alors décrivez-moi ce que vous avez vu.

— Mais je l'ai déjà dit au sergent.

— Redites-le quand même ! Figurez-vous que c'est moi le pigeon qui vais aller y voir de plus près.

Ruiz décrivit de nouveau les deux tuyaux en métal galvanisé aux extrémités bouchées, scotchés ensemble avec du chatterton. Comme ils étaient sommairement emballés dans du papier journal, il n'avait pu en distinguer que les embouts.

Riggio réfléchit quelques instants. Ils se trouvaient devant un centre commercial situé en bordure de Sunset Boulevard dans le quartier de Silver Lake, une zone où les gangs étaient particulièrement actifs depuis quelques mois. Les membres de ces bandes dérobaient des tuyaux galvanisés sur les chantiers ou du PVC en creusant dans les jardins des malheureux riverains. Puis ils les bourraient de poudre ou de têtes d'allumette. Riggio ignorait si le carton de Géant Vert dissimulait effectivement un engin explosif, mais il devait faire comme si. C'était toujours la même histoire, avec les alertes à la bombe. Dans plus de quatre-vingt-quinze pour cent des cas, il ne s'agissait que de vulgaires aérosols ou de cartables d'écolier. Lors de sa dernière mission, Riggio avait bien découvert un kilo de marijuana enveloppé dans des couches-culottes, mais, au total, seule une alerte sur cent concernait ce que les démineurs appellent des « munitions improvisées ». En d'autres termes, des bombes artisanales.

— Et vous avez entendu un tic-tac ou un truc comme ça ?

— Non.

— Senti une odeur de brûlé ?

Le policier secoua la tête.

— Vous avez ouvert le carton pour mieux voir ?

— Ça va pas, non ?

— Vous l'avez déplacé ?

Ruiz regarda Riggio comme si celui-ci s'était échappé d'un asile.

— Écoute, mon pote, j'ai vu ces deux tuyaux et j'ai failli chier dans mon froc. La seule chose que j'ai déplacée, c'est mes jambes. Et en quatrième vitesse, ça je peux te le dire !

Mason éclata de rire et Riggio retourna à son véhicule. Les membres de la brigade de déminage conduisaient des Suburban bleu nuit équipées de barres de gyrophares et bourrées de tout le matériel nécessaire à leurs interventions. À l'exception toutefois des robots, lesquels devaient faire l'objet d'une demande spéciale. Dans le cas présent, Riggio ne pourrait pas y recourir. Le terrain étant accidenté, ce con de robot resterait immanquablement coincé dans un nid-de-poule.

Riggio aperçut son supérieur, Buck Daggett, qui donnait pour consigne à un sergent de faire évacuer le secteur dans un périmètre de cent mètres. Les pompiers et les ambulances étaient en route, Sunset Boulevard avait été fermé à la circulation et le trafic dévié vers d'autres artères de la ville. Tout cela pour un malheureux carton qui ne contenait sans doute que les vestiges d'un kit de plomberie.

— Eh, Buck, j'y vais maintenant ?

— Non, passe la combinaison d'abord.

— Tu as vu la chaleur qu'il fait ? Je vais prendre le gilet pour le repérage et j'enfilerai la combinaison s'il y a quelque chose à désamorcer.

Dans un premier temps, Riggio devait simplement sonder l'intérieur du carton à l'aide d'un détecteur à rayons X. S'il s'agissait bien d'une bombe, Daggett et lui mettraient au point un plan d'action.

— Je veux que tu portes la combinaison, Charles. J'ai un pressentiment, sur ce coup-là.

— Tu as toujours un pressentiment.

— Peut-être, mais tu vois, ça, ce sont mes galons de sergent. Alors tu mets la combi.

La tenue de déminage pesait près de quarante kilos. Constituée de plaques de Kevlar et d'un épais rembourrage de fibre isolante, elle recouvrait entièrement le corps de Riggio, hormis ses mains. Un démineur devait toujours conserver la mobilité de ses doigts.

Après avoir endossé la combinaison, Riggio prit le détecteur

RTR3 et se mit à marcher d'un pas pesant en direction du colis. Il lui était à peu près aussi facile de se déplacer que s'il avait été enveloppé dans un édredon détrempé. Sauf qu'il avait beaucoup plus chaud. Au bout de trois minutes à peine, la sueur commença à lui tomber dans les yeux. Un câble de rappel et un câble électronique lui permettant de communiquer avec Daggett étaient fixés au dos de la combinaison, rendant sa progression encore plus difficile. Un cordon séparé reliait le détecteur à un ordinateur situé à l'arrière de la Suburban. Avec tout ce harnachement, Riggio avait l'impression de tirer une charrue. La voix de Daggett résonna dans son casque.

— Comment ça se passe ?

— Je transpire comme un bœuf. Et tout ça grâce à toi.

La première approche d'un colis suspect était la partie du travail que Riggio détestait le plus. Chaque fois, il s'imaginait avoir affaire à une bête vivante. Un pitbull endormi. S'il s'en approchait prudemment et faisait les gestes qu'il fallait, tout irait bien. En revanche, si l'animal se sentait menacé, il se ferait dévorer sur place.

Au bout de quatre-vingt-deux pas effectués au ralenti, il parvint enfin à la hauteur du carton. À l'exception d'une tache humide sur un coin, probablement de la pisse de chien, celui-ci avait une apparence tout à fait ordinaire. Le sac de papier marron était ouvert. Riggio y jeta un coup d'œil sans le toucher. Se pencher lui était très difficile et, lorsqu'il y parvenait, la sueur pleuvait littéralement sur sa visière en polycarbonate haute résistance. Il aperçut l'embout des tuyaux attachés l'un à l'autre et dont chacun devait mesurer environ six centimètres de diamètre. Mais le papier journal l'empêcha de distinguer quoi que ce soit d'autre. Daggett se manifesta de nouveau.

— Alors, à quoi ça ressemble ?

— À deux tuyaux de plomberie. Attends, bouge pas, je vais te faire un cliché.

Riggio déposa le détecteur sur le sol, à la base du carton, pour obtenir une vue latérale, et l'actionna. Une image translucide et ombrée, semblable à celles que visionne le personnel de sécurité chargé des bagages dans les aéroports, apparut simultanément sur l'écran de contrôle de Riggio et sur l'ordinateur de la Suburban.

Charlie Riggio esquissa un sourire.

— Putain. C'en est une, Buck. C'est une bombe.

— Ouais, je vois ça...

À l'image, les deux tuyaux étaient totalement opaques. Ils encadraient ce qui semblait être une bobine de fil électrique ou un fusible. Apparemment, il n'y avait pas de système d'amorçage, ni même de minuterie. Riggio en déduisit qu'il devait s'agir d'une bombe artisanale bricolée par un malfrat du coin un peu inventif. La technique était sommaire et l'engin, plutôt crasseux, ne serait pas très difficile à désamorcer.

— C'est du gâteau, Buck. Là, tu vois, je sens bien le plan « t'amorces-et-tu-prends-tes-jambes-à-ton-cou ».

— Fais gaffe quand même. Il y a peut-être un dispositif anti-manipulation dissimulé quelque part.

— J'ai pas l'intention de la toucher. Tu me prends pour un con ?

— Ça va, te vexe pas. Fais les photos et on y verra plus clair.

Riggio devait prendre un certain nombre de photographies numériques sous différents angles. Après avoir exploré l'ensemble du dispositif, il reviendrait à la Suburban où Daggett et lui décideraient s'il valait mieux désamorcer ou faire sauter l'engin. Riggio tourna autour du carton en déplaçant son appareil. À présent, il savait à quoi s'en tenir et, se sentant largement à la hauteur de la tâche, il n'éprouvait plus aucune peur. Depuis six ans qu'il faisait partie de la brigade de déminage, il avait inspecté plus de quarante-huit colis suspects, dont neuf seulement avaient contenu une charge explosive. Aucune d'entre elles n'avait jamais explosé sans qu'il l'ait décidé.

— Je ne t'entends plus, Charlie. Tout va bien ?

— Ça va, chef. Il faut juste que je fasse attention où je mets les pieds. J'ai presque fini. Eh, tu sais quoi ? je pense à un truc.

— Arrête, tu vas te faire du mal.

— Attends, écoute ça. Tu vois tous ces blaireaux du Télé-achat qui se font un fric dingue à fourguer leur camelote pour maigrir et tout ? Pourquoi nous, on vendrait pas nos combinaisons ? Y a qu'à en porter une cinq minutes et on perd dix kilos !

— Concentre-toi sur cette bombe, Riggio, merde. T'arrives encore à respirer ?

— Ça va.

En réalité, Riggio suffoquait presque et commençait à avoir des vertiges. Mais il tenait absolument à s'assurer que les clichés seraient bons. Tel un cosmonaute, il oscillait autour du carton, s'arrêtant devant, derrière et sur les côtés. Ensuite il pointa son objectif par-dessus l'ouverture pour effectuer une prise de vue en plongée. C'est alors qu'il aperçut une ombre jusque-là invisible.

— Buck, t'as vu ça ? Je crois qu'y a quelque chose, là.

— Quoi ?

— Là, en plongée. Regarde.

Une ombre très fine, de la dimension d'un cheveu, émergeait du bord de l'un des tuyaux et traversait la bobine. Ce fil électrique n'était pas rattaché aux autres, ce qui laissa tout d'abord Riggio perplexe. Et puis il eut une intuition : peut-être justement la bobine n'était-elle là que pour le camoufler. À cette pensée, il se sentit gagné par la terreur et ses sphincters se relâchèrent. Il voulut appeler Buck Daggett, mais aucun son ne sortit de sa bouche. « Nom de Dieu », songea-t-il.

Le souffle de l'explosion atteignit huit cents mètres par seconde, soit une vitesse vingt fois supérieure à celle d'une balle jaillissant d'un canon de neuf millimètres. La chaleur que dégagea la déflagration, dans un éclair fulgurant de lumière, fut telle qu'elle aurait pu faire fondre du métal. La pression atmosphérique fit un bond vertigineux, passant de son niveau moyen d'environ deux kilos et demi par centimètre carré à près de une tonne, et désagrégea les tuyaux métalliques en mille fragments acérés qui traversèrent la combinaison en Kevlar plus violemment qu'une rafale de mitrailleuse tirée à bout portant. Une onde de choc de plus de cent tonnes percuta Charlie Riggio de plein fouet, défonçant sa cage thoracique, faisant éclater son foie, sa rate et ses poumons, et lui sectionnant les mains. Son corps fut projeté à plus de quatre mètres du sol et retomba une dizaine de mètres plus loin.

Même aussi près de la bombe, Riggio aurait pu survivre s'il s'était agi, comme il l'avait pensé tout d'abord, d'un engin artisanal fabriqué à partir de matériaux de fortune dans le garage d'un voyou sans envergure.

Mais ce n'était pas le cas.

Des débris de macadam et de ferraille continuèrent de pleuvoir autour du corps désarticulé de Charlie Riggio longtemps après que son cœur eut cessé de battre. Comme une averse sanglante.

Première partie

1

— Parlez-moi de cette histoire de pouce. Vous m'en avez touché un mot au téléphone, mais j'aimerais que vous me racontiez tout depuis le début.

Starkey tira si fort sur sa cigarette qu'elle la consuma presque à moitié. Sans se soucier du cendrier, elle laissa la cendre se répandre par terre. Elle faisait toujours cela lorsqu'elle en avait assez d'être là. C'est-à-dire à peu près tout le temps.

— Pourriez-vous utiliser le cendrier, s'il vous plaît, Carol ?

— Pardon, je l'ai raté.

— Non. Je ne crois pas.

L'inspecteur de deuxième échelon Carol Starkey inhala profondément une dernière bouffée, puis écrasa sa cigarette. Au tout début, Dana Williams ne l'autorisait pas à fumer pendant les séances. Depuis, trois ans s'étaient écoulés et Carol avait épuisé quatre autres psychothérapeutes. Dans l'intervalle, Dana s'était elle-même remise à fumer. Cela ne la dérangeait donc plus. Parfois même, elles s'y mettaient toutes les deux et la pièce était bien vite plongée dans un épais brouillard.

Starkey haussa les épaules.

— Vous avez sans doute raison. J'en ai marre, c'est tout. Ça fait trois ans, et j'en suis toujours au même point...

— Avec moi, vous voulez dire.

— Ouais ! Comme si trois ans ne suffisaient pas à fouiller toute cette merde.

— Bien, alors dites-moi ce qui s'est passé, Carol. Parlez-moi du pouce de la petite fille.

Starkey alluma une nouvelle cigarette et se cala contre le dossier de son siège, replongeant dans ses souvenirs. Elle avait réduit sa consommation à trois paquets par jour, ce qui aurait dû lui permettre de se sentir un peu mieux. Mais il n'en était rien.

— C'était un 4 juillet. Un crétin qui habitait dans le quartier de Venice n'avait rien trouvé de mieux à faire que de fabriquer ses propres pétards et fusées et de les distribuer dans tout le voisinage. Résultat des courses, une petite fille perd le pouce et l'index de la main droite. Nous avons été prévenues par les urgences.

— Qui ça, « nous » ?

— Moi et mon équipière du moment, Beth Marzik.

— Une femme donc, également.

— Oui. Nous sommes deux à la SAC.

— D'accord.

— Lorsque nous arrivons à l'hôpital, toute la famille est déjà rentrée à la maison. Nous décidons de les rejoindre. Là, on tombe sur le père, en pleurs, qui nous explique qu'ils ont retrouvé le doigt, mais pas le pouce. Et puis, il nous montre ces saloperies de pétards. Ils sont tellement énormes que la gosse a de la chance de ne pas y avoir laissé la main.

— C'est lui qui les avait faits ?

— Non, un voisin. Le père a refusé de nous dire son nom sous prétexte qu'il n'avait aucune mauvaise intention. Je lui rétorque poliment, mais fermement, que sa fille a été mutilée et que d'autres enfants sont en danger, et il ne veut rien entendre. Je me tourne alors vers la mère, mais il lui lance un truc en espagnol et elle ne veut pas répondre non plus.

— Mais pourquoi ne voulaient-ils rien dire ?

— Parce que les gens sont des cons.

Toute la vision du monde de Carol Starkey, inspecteur de deuxième échelon à la Section des affaires criminelles de la police de Los Angeles, résumée en une phrase... Dana griffonna quelque chose dans un carnet relié de cuir, une habitude qui avait toujours dérangé Starkey. Les notes conféraient une matérialité à ses propos, ce qui lui donnait un sentiment de vulnérabilité. Comme si les mots couchés sur le papier constituaient une preuve à charge. Elle tira nerveusement sur sa cigarette, eut un mouvement évasif des épaules et poursuivit.

— Ces machins font tout de même quinze centimètres de long. On appelle ça de la « dynamite mexicaine ». Il y en avait tellement qui pétaient qu'on se serait cru sur notre stand de tir. Donc, Marzik et moi, on se met à faire du porte-à-porte. Mais les voisins ont tous la même réaction que le père. Personne ne veut dire quoi que ce soit, et moi je m'énerve de plus en plus. Au moment où on retourne à la voiture, je regarde machinalement par terre, et je tombe par hasard sur le pouce. Il est là, à mes pieds. Un joli petit pouce tout mignon. Je me baisse, je le ramasse et je le rapporte à la famille.

— Au téléphone, vous m'avez dit textuellement que vous aviez voulu le faire bouffer au père.

— C'est vrai. Je l'ai pris par le col et je le lui ai fourré dans la bouche.

Dana se tortilla sur son siège, et Starkey comprit que cette idée la mettait mal à l'aise. Ce qui était somme toute assez naturel.

— Cela explique pourquoi la famille a déposé plainte contre vous.

Starkey acheva sa cigarette et l'écrasa.

— Ils n'ont pas porté plainte.

— Mais alors, pourquoi... ?

— À cause de Marzik. J'ai dû lui faire peur. Elle en a référé à mon lieutenant, Kelso, qui a menacé de m'envoyer à la banque pour un check-up.

L'unité de sciences du comportement de la police de Los Angeles se trouvait sur Broadway, à Chinatown, dans le bâtiment de la Banque de l'Extrême-Orient. La plupart des officiers redoutaient d'y être convoqués, s'imaginant à juste titre que cela revenait à mettre en cause leur équilibre psychique, et risquait donc de ruiner leurs espoirs d'avancement. Ils avaient même inventé une expression pour ce type de mésaventures : avoir un découvert sur son compte carrière.

— Vous comprenez, s'ils m'envoient là-bas, jamais je ne retournerai à la brigade de déminage.

— Et vous voulez toujours y retourner ?

— Ç'a été mon seul objectif depuis que je suis sortie de l'hôpital.

À présent vraiment énervée, Starkey se leva et ralluma une cigarette. Dana l'observait attentivement, ce qui n'était pas non plus pour lui plaire. Elle détestait se sentir surveillée : sa thérapeute était à l'affût d'un geste ou d'une parole qu'elle pourrait reproduire dans son carnet, lui semblait-il. Il s'agissait d'ailleurs là d'une technique d'interrogatoire éprouvée à laquelle Starkey avait elle-même régulièrement recours. Ne rien dire, pour que les gens se croient obligés de combler le silence.

— Putain, mais c'est tout ce qui me reste, le boulot !

Starkey regretta aussitôt le ton agressif de sa voix. Lorsqu'elle vit Dana reprendre son stylo, son embarras grandit encore.

— Donc, vous avez dit au lieutenant Kelso que vous comptiez vous soigner toute seule.

— Absolument pas. Je l'ai baratiné pour qu'il passe l'éponge Écoutez, Dana, je sais bien que j'ai un problème. Tout ce que je veux, c'est m'en sortir sans que ça foute ma carrière en l'air.

— À cause de l'épisode du pouce ?

Starkey regarda Dana Williams avec la même lassitude que lorsqu'elle était entendue par l'Inspection des services.

— Parce que je sens que je perds complètement pied.

Dana soupira et lui adressa un regard empreint de compassion qui acheva de l'exaspérer. Starkey ne supportait pas d'en être réduite à fréquenter ce cabinet et de devoir se dévoiler de la sorte. Elle n'avait jamais été du genre à se laisser aller ni à avouer ses faiblesses.

— Carol, si vous êtes revenue me voir pour me demander de vous réparer comme si j'étais mécano, je préfère vous dire tout de suite que ça ne marche pas de cette façon. Suivre une psychothérapie, ce n'est pas la même chose que de guérir d'une fracture. Cela prend beaucoup plus de temps.

— Mais enfin, ça fait trois ans ! J'aurais quand même dû m'en remettre, depuis !

— C'est un mauvais raisonnement. Souvenez-vous de ce qui vous est arrivé. De ce à quoi vous avez survécu.

— J’en ai assez de me souvenir. Ça fait trois ans que je me souviens.

À cette simple évocation, une douleur aiguë lui vrilla les tempes.

— À votre avis, Carol, pourquoi changez-vous sans cesse de thérapeute ?

— Je ne sais pas, mentit-elle en hochant la tête.

— Vous buvez encore ?

— Je n’ai pas bu une goutte depuis au moins un an.

— Vous dormez mieux ?

— Deux, trois heures par nuit. Et puis je me réveille, complètement lucide.

— C’est à cause du rêve ?

— Non, répondit Starkey en frissonnant.

— Vous avez des crises d’angoisse ?

Starkey se demandait que répondre lorsque l’Alphapage fixé à sa ceinture se mit à vibrer. Elle reconnut le numéro du portable de Kelso suivi des chiffres 911, le code que les inspecteurs des Affaires criminelles utilisaient en cas d’urgence.

— Désolée, Dana. Il faut que je rappelle tout de suite.

— Voulez-vous que je sorte ?

— Non, non, je vais aller à côté une seconde.

Dans la salle d’attente, une femme entre deux âges, assise sur le canapé, croisa furtivement son regard avant de détourner les yeux.

— Excusez-moi, dit Starkey.

La femme hocha la tête, tout en continuant de regarder ailleurs. Starkey fouilla dans son sac à la recherche de son portable et appuya sur la touche qui la mettait directement en communication avec Kelso. Lorsqu’il décrocha, elle comprit qu’il était dans sa voiture.

— C’est moi, lieutenant. Qu’est-ce qui se passe ?

— Où êtes-vous ?

Starkey jeta un œil à la femme.

— Euh... je faisais les boutiques.

— Je ne vous ai pas demandé ce que vous faisiez, Starkey, mais seulement où vous étiez.

Elle rougit de colère. Puis de honte. Qu'est-ce qu'elle en avait à foutre de ce qu'il pouvait penser ?

— Dans les quartiers ouest.

— Très bien. La brigade de déminage a reçu un appel, et, euh... je suis en train de me rendre sur les lieux, là. Carol, nous avons perdu Charlie Riggio. Il est mort.

Les doigts de Carol devinrent soudain très froids et son cuir chevelu fut parcouru de picotements. C'était ce que l'on appelle un reflux sanguin, une façon qu'a le corps humain de se protéger des agressions en renvoyant le sang vers le cœur, de manière à minimiser les hémorragies. Un réflexe primitif, hérité des temps où l'homme risquait constamment de se faire déchiqueter par une bête sauvage. Ce dont le quotidien de Starkey n'était finalement pas si éloigné...

— Starkey ?

Elle se détourna et baissa la voix.

— Excusez-moi, lieutenant... C'est une bombe qui a sauté ?

— Je n'ai pas encore tous les détails. Mais il y a bien eu une explosion.

La sueur commença à perler sur la peau de Starkey, et son estomac se noua. Les explosions accidentelles étaient rares, et la mort en intervention d'un démineur de la brigade plus encore. La dernière fois remontait à trois ans.

— Enfin, bref, j'y vais, là. Au fait, Starkey, je peux confier l'enquête à quelqu'un d'autre si vous préférez.

— Non, non, c'est moi qui suis de service. C'est mon enquête.

— Très bien, c'était juste une suggestion.

Il lui indiqua l'adresse, puis raccrocha. La femme assise sur le canapé la dévisagea comme si la douleur que Starkey éprouvait pouvait se lire sur son visage. En apercevant son reflet dans le miroir de la salle d'attente, Starkey constata que son bronzage avait brutalement cédé la place à une pâleur cadavérique. Sa respiration s'était faite courte et saccadée.

Elle rangea son téléphone, puis retourna voir Dana pour l'avertir qu'elle devait écourter la séance.

— Il y a une alerte, annonça-t-elle. Il faut que j'y aille. Écoutez, je ne veux pas faire passer ça sur mon assurance. Je vais vous payer moi-même. Comme avant.

— Vous savez, Carol, personne n'a accès à votre dossier d'assurance. Pas sans votre autorisation. Vous n'avez vraiment pas besoin de dépenser cet argent.

— Je préfère payer quand même.

Tandis qu'elle rédigeait le chèque, Dana remarqua :

— Vous n'avez pas terminé votre histoire. Êtes-vous finalement parvenue à coincer l'homme qui avait fabriqué les pétards ?

— La mère de la petite fille nous a conduites chez lui, deux pâtés de maisons plus loin. Le type avait un stock de quatre cents kilos de poudre. Quatre cents kilos, vous vous rendez compte ! En plus, toute la baraque empestait l'essence. Si ça avait sauté, le pâté de maisons entier y passait.

— Mon Dieu !

Starkey lui tendit le chèque et se dirigea vers la porte. Alors qu'elle s'apprêtait à sortir, elle se rappela soudain une question qu'elle voulait poser à Dana...

— Au sujet de ce type, il y a un truc qui me tracasse. Peut-être pourriez-vous m'éclairer.

— Dites-moi...

— Quand on l'a arrêté, il nous a expliqué qu'il jouait à l'artificier depuis toujours. Et vous savez comment on a pu le vérifier ? Il lui manquait deux doigts à la main gauche et trois à la droite. Il se les est fait sauter les uns après les autres.

Dana pâlit.

— J'ai appréhendé une dizaine de types de ce genre dans ma carrière, poursuivit Starkey. De vrais obsédés. Pourquoi font-ils ça ? Qu'est-ce que vous pensez de ces gens qui manifestent une attirance morbide pour les explosifs ?

Cette fois-ci, ce fut au tour de Dana de prendre une cigarette. Avant de répondre, elle l'alluma, souffla un épais nuage de fumée et fixa Starkey pendant quelques instants.

— À mon avis, ils cherchent à se détruire, déclara-t-elle enfin.

Starkey hocha la tête.

— Je vous appelle pour fixer un autre rendez-vous, Dana. Merci.

Elle traversa la salle d'attente en prenant soin d'éviter le regard de la femme qui attendait son tour, et alla récupérer sa voiture. Une fois au volant, elle ouvrit la boîte à gants et en sortit une petite flasque argentée remplie de gin. Elle en but quelques longues gorgées, puis rouvrit la portière et vomit à même le sol du parking.

Dès que les derniers spasmes se furent estompés, elle rangea la flasque et avala un comprimé de Tagamet.

Elle mit le moteur en route et, tout en essayant tant bien que mal de se calmer, traversa la ville en direction d'un endroit en tous points identique à celui où elle-même avait un jour trouvé la mort.

Telle une nuée de vautours survolant leur proie, les hélicoptères délimitaient le théâtre du drame en décrivant des cercles dans les airs. Starkey les aperçut au moment où le bouchon commençait à se former, environ un kilomètre et demi avant d'arriver à destination. Elle actionna son gyrophare et parvint à se faufiler jusqu'à une station-service, où elle abandonna sa voiture pour effectuer à pied la distance qui restait.

Une douzaine de véhicules radio étaient déjà sur place, ainsi que deux Suburban de la brigade de déminage et une armée de journalistes qui ne cessait de grossir. Le lieutenant Kelso, vêtu d'une veste sport à carreaux noirs, se tenait près de la première Suburban, en compagnie du commandant de la brigade de déminage, Dick Leyton, et de trois démineurs de l'équipe de jour. Kelso était un homme de petite taille, à la moustache tombante. Lorsqu'il aperçut Starkey, il lui adressa un signe de la main, mais elle fit semblant de ne pas le voir. Le corps de Riggio gisait sur le parking, recroquevillé sur lui-même, à égale distance de la Suburban et du bâtiment. Accoudé à son véhicule, un enquêteur du bureau du coroner observait un membre de la police scientifique du nom de John Chen qui s'affairait sur le corps. N'ayant jamais participé à une affaire où quelqu'un avait trouvé la mort, Starkey ne connaissait pas l'enquêteur. En revanche, elle connaissait fort bien Chen.

Brandissant son insigne, elle se fraya un passage au milieu des policiers en uniforme jusqu'à l'entrée du parking. L'un d'eux, un jeune qu'elle n'avait encore jamais vu, l'apostropha :

— Ce mec s'est fait exploser les tripes. Si j'étais vous, j'irais pas plus loin.

— Vraiment ? rétorqua Starkey.

— Enfin, pas si j'avais le choix, en tout cas.

Ignorant le règlement de la police qui interdisait de fumer sur le lieu d'un crime, Starkey alluma une cigarette avant de traverser le parking pour aller examiner le cadavre. Elle avait connu Riggio à l'époque où elle faisait elle-même partie de la brigade de déminage. Aussi s'attendait-elle que ce fût pénible. Ce le fut.

Pour tenter de le ranimer, les infirmiers avaient retiré à Riggio son casque et son gilet de protection. Les éclats avaient transpercé la combinaison, criblant sa poitrine et son ventre de plaies sanguinolentes qui prenaient une couleur bleutée dans la lumière généreuse de cet après-midi ensoleillé. Son visage était marqué par un trou unique creusé juste en dessous de l'œil gauche. Starkey jeta un coup d'œil au casque et constata que la visière en polycarbonate était détruite. Et dire que cette matière était censée résister à tout, même aux balles destinées à la chasse au gros gibier ! Elle regarda de nouveau le corps et remarqua qu'il n'avait plus ses mains.

Elle reprit un Tagamet et s'écarta pour ne plus avoir à contempler ce spectacle.

— Salut, John, lança-t-elle. Alors, qu'est-ce qu'on a ?

— Salut, Starkey. C'est toi qui diriges l'enquête ?

— Ouais. Kelso m'a dit que Buck Daggett faisait équipe avec Charlie, mais je ne le vois pas.

— Ils l'ont emmené à l'hôpital. Il va bien, mais il est en état de choc. Leyton tenait à ce qu'il se fasse examiner.

— Je comprends. Et qu'est-ce qu'il t'a raconté ? T'as des infos pour moi ?

Chen se tourna vers le corps, puis désigna le container.

— La bombe était là-bas, près des ordures. Buck m'a raconté

que Riggio était penché au-dessus avec le détecteur lorsqu'elle a sauté.

Starkey suivit son regard, et aperçut un gros débris du RTR3 qui gisait en plein milieu de la chaussée. Elle évalua à environ quarante mètres la distance qui le séparait du container. Quant au corps de Riggio, il reposait à près de vingt-cinq mètres.

— Je suppose que c'est Daggett lui-même ou les secours qui l'ont traîné jusqu'ici, dit Starkey.

En cas d'explosion, les démineurs avaient pour consigne de se replier le plus vite possible afin d'éviter tout risque lié à la présence éventuelle d'un autre engin. Starkey pensait que Daggett avait dû chercher à éloigner Riggio du container.

— Il faudra que tu lui poses la question, répondit Chen. Mais il me semble bien que c'est là qu'il est retombé, en fait.

— Bon Dieu !

Elle estima la distance une dernière fois, puis repoussa légèrement la combinaison du pied pour examiner la disposition des impacts. On aurait dit qu'une vingtaine de balles tirées à bout portant étaient venues s'y loger. Starkey avait déjà observé sur certaines tenues de déminage des dégâts similaires causés par l'explosion d'engins incendiaires bourrés de projectiles de toutes sortes. On les appelait des bombes « sales ». Mais là, la puissance de la déflagration avait été telle que non seulement les débris avaient traversé les douze couches de la combinaison, mais aussi qu'un homme avait été projeté à près de trente mètres. L'énergie dégagée avait réellement dû être considérable.

Chen sortit un petit sac transparent de la sacoche qui lui servait à recueillir les pièces à conviction. Il en tendit le plastique afin que Starkey pût en voir le contenu : un morceau de métal noirci, de la taille d'un timbre.

— Regarde. Plutôt intéressant, ça aussi. C'est un bout de tuyau qui est resté coincé dans la combi.

Starkey se pencha sur le fragment et distingua une ligne irrégulière qui avait été gravée dans le métal.

— C'est quoi, ça ? Un « S » ?

Chen haussa les épaules.

— Ou une sorte de symbole. Tu te souviens de cette bombe

qu'ils ont trouvée à San Diego, l'année dernière ? Celle avec des bites partout.

Starkey ne releva pas. Chen était très bavard, et, s'il se lançait dans une histoire de bombe où étaient dessinés des sexes masculins, elle n'était pas sortie de l'auberge.

— John, rends-moi service, tu veux bien ? Est-ce que tu pourrais préparer quelques échantillons dès ce soir ?

Chen se rembrunit.

— J'en ai encore pour un bon bout de temps ici. Je dois inspecter le container, puis examiner ce que vous aurez ramassé, vous. Ça va me prendre deux ou trois heures rien que pour tout répertorier.

Dans un rayon d'une centaine de mètres, tout allait être passé au peigne fin pour rechercher des débris de la bombe : les toits les plus proches, les façades des immeubles et des maisons situées de l'autre côté du boulevard, les voitures en stationnement, ainsi que le mur derrière le container. Il fallait rassembler le plus d'indices possible permettant de reconstituer l'engin ou d'en déterminer l'origine.

— Arrête de geindre, John. C'est pas sympa.

— Oh ! je disais ça comme ça.

— Ça demande combien de temps, de tout passer au chromatographe ?

La mauvaise humeur de Chen céda la place à un véritable désespoir.

— Six heures.

Des résidus d'explosif seraient présents sur chacun des fragments recueillis, ainsi que sur la combinaison de Riggio et dans le cratère creusé par la bombe. Chen devait en déterminer la nature à l'aide d'un chromatographe en phase gazeuse. Starkey savait fort bien le temps que prenait cette opération, mais elle voulait culpabiliser Chen.

— Tu ne peux pas préparer deux ou trois échantillons d'abord, juste pour commencer la chromatographie, et répertorier le tout ensuite ? Tu sais, un explosif d'une telle puissance, ça limite quand même pas mal le nombre des suspects. J'aurais ainsi une longueur d'avance.

Chen détestait travailler d'une manière qui ne soit pas

méthodique et orthodoxe. Mais là, il fut bien obligé de lui donner raison.

— Bon, je vais voir à quelle heure on aura terminé ici, d'accord ? J'essaierai, mais je ne te promets rien.

— De toute façon, ça fait longtemps que je ne crois plus aux promesses.

La Suburban de Buck Daggett était garée à quarante-huit pas du corps de Riggio. Starkey les compta quand elle alla rejoindre Kelso et Leyton. En la voyant arriver, ceux-ci quittèrent le groupe des démineurs pour venir à sa rencontre.

Kelso faisait une tête d'enterrement. Leyton, quant à lui, avait l'air tendu et concentré. N'étant pas de service au moment de l'alerte, il avait débarqué en catastrophe, vêtu d'un jean et d'un polo.

Lorsque leurs regards se croisèrent, il adressa à Starkey un léger sourire où perçait la tristesse. Il dirigeait la brigade de déminage depuis douze ans ; c'était lui qui, à l'époque, avait retenu la candidature de Starkey, tout comme il avait recruté Charlie Riggio ainsi que l'ensemble des démineurs en dessous du grade de sergent-chef. Il avait envoyé Starkey suivre une formation à l'école de déminage du FBI, en Alabama, puis l'avait eue sous ses ordres pendant trois ans. Au cours de son séjour à l'hôpital, il lui avait rendu visite chaque soir après le service, pendant cinquante-quatre jours consécutifs. Par la suite, alors qu'elle faisait tout pour être réintégrée dans l'équipe, il avait usé de son influence et appuyé ses démarches. Starkey lui vouait respect et affection.

— J'aimerais inspecter les lieux le plus vite possible, Dick, annonça-t-elle. Pourriez-vous mettre le maximum de vos hommes sur le coup ?

— Tous ceux qui étaient de repos arrivent. Vous disposerez de l'équipe au grand complet.

Starkey se tourna vers Kelso.

— Lieutenant, je voudrais voir avec les gars du commissariat de Rampart s'il est possible d'en réquisitionner quelques-uns.

— C'est déjà arrangé avec leur supérieur, rétorqua Kelso. Dites, Starkey, vous savez qu'on n'a pas le droit de fumer ici.

— Ah ! pardon. Bon, je vais aller discuter avec lui pour qu'on s'organise.

Elle ne fit même pas mine d'éteindre sa cigarette, et Kelso choisit d'ignorer cet acte d'insubordination manifeste.

— Avant toute chose, je voulais vous dire que vous ferez équipe avec Marzik et Santos sur cette enquête.

Starkey éprouva soudain une envie irrépressible de Tagamet.

— Vous êtes sûr, pour Marzik ? parvint-elle à articuler.

— Oui, j'en suis sûr. Ils sont déjà au courant, de toute façon. Ah ! autre chose : le lieutenant Leyton m'a informé qu'on avait peut-être une piste. C'est par le 911 [1] qu'on a été avertis.

— On a un témoin ?

— Buck m'a dit qu'une patrouille avait été alertée par un appel d'urgence. Si ça se vérifie, nous devrions avoir l'enregistrement de cet appel et sa provenance.

Voilà qui constituait effectivement une piste sérieuse.

— O.K., je m'en charge. Merci.

Kelso, qui s'était tourné vers les journalistes, fronça les sourcils en apercevant un membre du service de presse de la police qui se dirigeait vers eux.

— Dick, je crois qu'il est temps que nous allions faire une déclaration.

— Oui, j'arrive tout de suite.

Kelso se précipita pour intercepter l'attaché de presse, tandis que Leyton demeurait au côté de Starkey. Dès qu'ils furent seuls, il lui adressa un regard inquisiteur.

— Alors, comment ça va, Carol ?

— Oh ! très bien, lieutenant. Je passe mon temps à distribuer des coups de pied au cul et à relever des numéros. La routine, quoi. Vous savez, j'ai toujours envie de réintégrer la brigade.

Leyton acquiesça sans conviction. La détermination de Starkey leur avait valu bien des complications trois ans auparavant. Aujourd'hui, tous deux savaient pertinemment que le service du personnel de la police de Los Angeles n'autoriserait jamais sa réintégration.

---

1. Numéro des urgences de la police aux États-Unis. *(NdT.)*

— Vous avez toujours été très forte, Starkey. Mais vous avez aussi eu beaucoup de chance.

— Bien sûr ! J'en chie tous les matins, de la chance.

— Vous ne devriez pas jurer comme ça, Carol. Ce n'est pas très féminin.

— Vous avez raison, patron. Je me mettrai à parler correctement dès que j'aurai arrêté de fumer.

Ils échangèrent un sourire, tous deux conscients qu'elle ne ferait ni l'un ni l'autre.

Starkey regarda Leyton s'éloigner vers l'endroit où se tenait la conférence de presse. Au milieu d'un groupe, devant l'un des immeubles de l'autre côté du boulevard, elle aperçut Marzik et Santos en grande conversation avec un sergent en uniforme. Bien que Marzik regardât elle aussi dans sa direction, Starkey choisit de l'ignorer et contourna la Suburban pour en examiner l'avant. Le véhicule avait affronté l'explosion de face, à plus de soixante mètres. Le câble de communication et le rappel de sécurité que Riggio avait tirés avec lui, tout entortillés par le souffle de l'explosion, reliaient toujours la voiture à la combinaison de protection.

Au premier abord, la Suburban semblait n'avoir subi aucun dommage. Mais, en y regardant de plus près, Starkey remarqua que le phare avant droit était cassé : un petit morceau de métal noir, dont la forme rappelait la lettre E, s'était encastré dans le verre. Sans y toucher, elle l'examina plus attentivement et reconnut la boucle d'une des sangles de la combinaison. Elle se redressa avec un soupir et se retourna vers le corps de Riggio.

L'équipe du coroner était en train de l'envelopper dans un sac. John Chen, qui venait de tracer à la craie les contours du cadavre sur le sol, assistait à la scène avec une indifférence manifeste.

Starkey s'essuya les paumes des mains sur les hanches, et se força à respirer profondément. Cela lui faisait toujours mal, à cause des cicatrices. Elle aperçut Marzik qui agitait le bras dans sa direction. Santos la regarda à son tour, se demandant sans doute pourquoi elle restait là à faire le pied de grue. Starkey leur fit signe qu'elle allait les rejoindre.

Le petit centre commercial où avait eu lieu l'attentat rassemblait quelques boutiques de vêtements en solde, un magasin de livres d'occasion, un cabinet dentaire qui annonçait des « forfaits famille » en espagnol et un restaurant cubain. Tous ces commerces avaient été évacués avant que Riggio s'approchât de la bombe.

Starkey se dirigea vers l'entrée du restaurant, les jambes flageolantes. Il lui semblait qu'elle marchait sur une corde raide et que la seule issue possible était cette porte. Marzik n'existait plus. Pas davantage que Charlie Riggio. Elle ne ressentait rien d'autre que les battements saccadés de son cœur. Si elle avait un malaise maintenant, si elle ne parvenait pas à se maîtriser, cela risquait de lui être fatal.

Dès qu'elle pénétra dans le restaurant, elle fut prise de tremblements d'une violence telle qu'elle dut s'agripper au comptoir pour ne pas tomber. Si Leyton ou Kelso la voyaient dans cet état, elle pouvait faire une croix sur sa carrière. À coup sûr, Kelso l'enverrait à la banque et on l'obligerait à prendre une retraite anticipée pour raisons médicales. Sa vie ne serait alors plus qu'un gouffre d'angoisse.

Elle ouvrit fébrilement son sac et en sortit la flasque argentée. Au moment précis où la chaleur du gin commençait à l'envahir, elle éprouva un sentiment de honte et maudit sa faiblesse. Elle se concentra sur sa respiration et résista à la tentation de s'asseoir, sachant très bien qu'elle ne pourrait plus se relever. Elle reprit une longue gorgée d'alcool et, peu à peu, les tremblements s'estompèrent.

Ravalant sa peur et ses souvenirs, elle tenta de se raisonner. Après tout, elle n'avait pas le choix. Tout se passerait bien. Elle était assez forte pour reprendre le dessus.

Quelques minutes plus tard, elle avait réussi à recouvrer ses esprits. Elle rangea la flasque, se rafraîchit l'haleine avec un spray de Ricqlès et retourna sur les lieux du drame.

Elle était forte, en toute circonstance...

Starkey interrogea les deux agents de patrouille arrivés les premiers sur les lieux ; ceux-ci lui indiquèrent l'heure de leur ordre de mission. Elle appela ensuite la responsable de l'équipe de jour des urgences, déclina son identité, lui communiqua l'heure approximative de l'appel, et demanda qu'on lui fournît l'enregistrement ainsi que l'adresse d'où le coup de fil avait été passé. La plupart des gens ignorent que les communications du 911 sont systématiquement enregistrées et répertoriées avec le numéro et l'adresse correspondante. Une précaution indispensable, car les personnes vivant une réelle situation de détresse ou de danger, physiquement menacées, voire en train d'agoniser, sont rarement en mesure de fournir une localisation précise à la police ou aux pompiers. La technique s'en charge donc pour elles.

Starkey laissa son numéro au bureau et demanda à la responsable du service de lui transmettre ces informations dès que possible.

Ensuite, elle traversa la rue jusqu'à l'immeuble devant lequel Marzik et Santos interrogeaient les quelques riverains qui avaient été autorisés à revenir dans la zone. Quand ils l'aperçurent, ses deux coéquipiers vinrent à sa rencontre.

Jorge Santos était un homme de petite taille à l'air perpétuellement ahuri, comme s'il cherchait sans cesse à se souvenir de quelque chose. Son patronyme, qui signifiait « Saint » en espagnol, lui avait valu le surnom douteux de Nibard. Beth Marzik, quant à elle, était divorcée et élevait seule deux enfants qu'elle confiait à sa mère lorsqu'elle était en service. Pour joindre les deux bouts, elle vendait des produits ménagers, et elle était tellement obnubilée par le fait de fourguer sa camelote que les trois quarts des inspecteurs de Spring Street se planquaient dès qu'ils la voyaient arriver.

— Bonne nouvelle, commença Starkey. D'après Leyton, l'alerte a été donnée par le 911.

— Est-ce que notre citoyen modèle a laissé son nom et son adresse ? rétorqua Marzik avec un sourire narquois.

— J'ai déjà appelé les urgences. Ils vont revoir les enregistrements et nous contacter dès qu'ils auront quelque chose.

Marzik lança un coup de coude à Santos.

— Je te parie un dollar contre une pipe que ça ne donnera rien.

Santos se rembrunit. Marié et père de quatre enfants, il était très puritain et ne supportait pas ce genre de plaisanteries.

— Bon, il faut que je rameute les mecs en uniforme pour ratisser le coin, déclara Starkey. Dick m'a dit que les flics de Rampart nous fileraient un coup de main pour le porte-à-porte.

Marzik ne sembla pas enchantée par la nouvelle.

— De toute façon, on n'aura pas grand monde, ce soir. Il paraît que la plupart des gens qui ont été évacués se sont réfugiés chez des parents ou des amis.

— J'imagine que tu vas réclamer une liste des propriétaires aux syndics.

— Ouais. Et alors ?

Marzik semblait sur ses gardes, et son attitude commençait à exaspérer Starkey.

— Demande-leur de te filer aussi les contrats de bail. Ils figurent sûrement quelque part dans les dossiers. Dans presque tous les formulaires que j'ai eu à remplir, je me souviens qu'il fallait indiquer le nom d'un parent ou d'une personne qui se porte caution. C'est probablement chez eux qu'on retrouvera les gens du quartier.

— Mais tu ne te rends pas compte, ça va me prendre un temps fou ! Figure-toi que j'avais un rendez-vous ce soir.

— Ça va, je vais m'en occuper, intervint Santos dont l'expression de perplexité était encore plus prononcée que d'habitude.

Starkey jeta un œil en direction du container. Chen semblait avoir trouvé quelque chose par terre. Elle se tourna de nouveau vers ses coéquipiers.

— Écoute, Beth, je ne veux pas que tu soumettes tous les habitants du quartier à un interrogatoire. Demande-leur juste si c'est eux qui ont composé le 911. Et s'ils déclarent qu'ils n'ont rien vu, dis-leur de réfléchir encore, et qu'on reprendra contact avec eux d'ici quelques jours.

Abandonnant Marzik et Santos à leur tâche ingrate, Starkey retraversa la rue et rejoignit le container, derrière lequel Chen inspectait le mur à la recherche de fragments de la bombe. Sur le parking, deux démineurs ajustaient des détecteurs de métaux sphériques dont ils se serviraient pour ratisser les pelouses du voisinage. Deux autres membres de la brigade, qui n'étaient pourtant pas en service, venaient d'arriver. Bientôt ils seraient tous là, au garde-à-vous, attendant les instructions de Starkey.

Elle les ignora tous et se dirigea vers le cratère que la bombe avait creusé. Celui-ci mesurait environ trente centimètres de profondeur et près de un mètre de largeur. Le macadam noir avait été blanchi par la chaleur de l'explosion. L'espace d'un instant, Starkey fut tentée d'y mettre la main, mais préféra s'abstenir car elle savait que l'explosif employé pouvait être toxique.

Elle examina le dessin du corps de Riggio tracé à la craie sur le sol et mesura à pied la distance qui le séparait du cratère. Presque quarante pas. Pour le projeter aussi loin, le souffle avait dû être phénoménal.

Instinctivement, Starkey s'immobilisa à l'endroit précis où Riggio était retombé, au beau milieu des contours de son corps. Alors qu'elle se retournait vers le cratère, elle eut soudain un flash de sa propre mort. Les images, vieilles de trois ans, défilèrent devant ses yeux au ralenti. Comme si on avait filmé cette mort et qu'on la lui projetait. Dana, sa psy, qualifiait pareils symptômes de « souvenirs fabriqués ». À partir des faits qu'on lui avait rapportés, Starkey avait imaginé le reste et parvenait à visualiser la scène avec autant de précision que si elle se la rappelait vraiment. D'après Dana, c'était là sa façon de gérer ce traumatisme, de s'en distancier afin de mieux le surmonter. La solution élaborée par son subconscient pour donner un visage au mal afin de pouvoir le regarder en face.

Starkey tira sur sa cigarette et souffla avec rage la fumée vers le sol. Si c'était ainsi que son esprit cherchait à apaiser sa douleur, il s'y prenait comme un manche.

Elle rejoignit Marzik.

— Beth, j'ai une autre idée, lança-t-elle. Il faudrait que tu mettes la main sur les propriétaires de ces magasins. Demande-leur s'ils ont reçu des menaces. Vois aussi s'ils devaient de l'argent à quelqu'un, ce genre de choses.

Marzik acquiesça tout en la regardant fixement.

— Qu'est-ce que c'est que ça, Carol ?

— Quoi, ça ?

Marzik s'approcha d'elle en reniflant.

— C'est du Ricqlès ?

Starkey la fusilla du regard et s'éloigna sans un mot.

Puis elle retraversa la rue, et passa le reste de la soirée à aider l'équipe de recherche à retrouver les débris de la bombe.

Elle rêve qu'elle est en train de mourir.

Elle rouvre les yeux sur le sol dur du camping. Les infirmiers s'affairent auprès d'elle. Leurs mains gantées de latex sont rouges de sang. Le bourdonnement dans ses oreilles lui fait penser à celui d'un mixeur électrique tournant à bas régime. Au-dessus d'elle, dans un enchevêtrement harmonieux, les minces branches des gommiers d'hiver continuent de se balancer sous l'effet du souffle de l'explosion. Un infirmier s'acharne sur son torse pour tenter de faire repartir son cœur. Un autre lui enfonce une longue aiguille dans la poitrine. Elle sent le froid des palettes en métal qu'on lui applique à même la peau.

Loin, très loin derrière le bourdonnement, une voix qui hurle : « On dégage ! » Son corps se soulève brusquement sous l'effet de la décharge.

Elle trouve encore la force de dire son nom.

— Sugar ?

L'a-t-elle réellement prononcé ou simplement rêvé ? Elle ne sait plus.

Sa tête bascule sur le côté et elle l'aperçoit. David « Sugar » Boudreaux, un Cajun qui, bien qu'ayant quitté depuis longtemps sa Louisiane natale, a conservé ce léger accent français qu'elle trouve tellement sexy. Son sergent-chef. Son amant clandestin. L'homme à qui elle a donné son cœur.

— Sugar ?

Des cris, au loin : « Pas de pouls ! » « On dégage ! » Et puis ce terrible électrochoc.

Elle tend la main pour essayer de l'atteindre. Mais il est trop loin. Ce n'est pas juste. Deux cœurs qui battent à l'unisson ne devraient jamais être séparés de la sorte. Tristesse insondable.

Deux cœurs qui ont cessé de battre...

Les infirmiers s'écartent de Sugar. C'est fini.

Elle sent un nouveau spasme lui traverser le corps. Sans résultat. Mais ça lui est égal, à présent.

Elle ferme les yeux et s'élève dans le ciel à travers les branches. Son soulagement est immense.

Starkey se réveilla de son rêve peu après trois heures du matin. Sachant qu'elle ne parviendrait pas à retrouver le sommeil, elle alluma une cigarette et resta allongée dans le noir à fumer. Elle avait terminé son travail sur le lieu de l'attentat peu avant minuit, mais n'était rentrée à la maison que vers une heure du matin. Elle avait pris une douche, s'était préparé des œufs brouillés et avait bu un grand verre de gin pour s'assommer. Malgré cela, deux heures plus tard, elle était encore parfaitement réveillée.

Après avoir projeté de la fumée de cigarette sur son plafond pendant vingt bonnes minutes, elle finit par se lever et traversa son appartement en allumant toutes les lumières.

La bombe qui avait failli lui coûter la vie avait été posée par un dealer de méta-amphétamines désireux de se venger d'un informateur. Il l'avait placée juste à côté du mobile home que ce dernier occupait avec sa famille, derrière une épaisse rangée de buissons, empêchant Starkey et Sugar d'avoir recours au robot pour actionner le détecteur ou l'appareil de désamorçage. C'était une bombe sale, constituée d'un pot de peinture bourré de poudre et de broquettes de toiture. L'enfoiré qui l'avait fabriquée voulait manifestement être sûr de ne pas louper les trois enfants de sa victime.

À cause des buissons, Starkey et Sugar avaient dû intervenir simultanément, Starkey retenant les branchages pour permettre à Sugar de manipuler le RTR3. Lorsque les deux agents de patrouille avaient donné l'alerte à la brigade, ils avaient déclaré avoir entendu un tic-tac. C'était un tel cliché que Starkey et Sugar avaient été pris d'un fou rire. Toutefois, quand la minuterie s'était interrompue, l'envie de rire leur était soudain passée. En étudiant le mécanisme sur l'écran du détecteur, ils comprirent que le dealer avait utilisé un réveil mécanique comme système de retardement. Pour une raison incompréhensible, la grande aiguille s'était arrêtée une minute avant l'heure programmée de l'explosion. Tout bêtement arrêtée.

— Je parie qu'il a oublié de le remonter, avait lancé Sugar.

Starkey souriait encore à sa plaisanterie lorsque le tremblement de terre s'était déclenché. Un événement que redoutait tout démineur travaillant dans le sud de la Californie... On apprendrait plus tard qu'il avait atteint 3,2 sur l'échelle de Richter, un niveau à peine perceptible pour les habitants de Los Angeles, mais qui avait suffi à faire repartir l'aiguille et exploser la bombe.

Les anciens de la brigade avaient toujours dit à Starkey que la combinaison ne suffirait pas à la protéger des éclats. Ils avaient raison. Ce fut Sugar qui lui sauva la vie : au moment de l'explosion, il était penché sur la bombe, son corps faisant écran entre elle et Starkey ; il écopa donc de la plupart des projections. Mais le souffle de l'explosion lui arracha des mains le détecteur, ce qui fut fatal à Starkey. Deux gros morceaux irréguliers et tranchants transpercèrent sa combinaison, lui déchiquetèrent les côtes et creusèrent un sillon béant dans son sein droit.

Quelques millièmes de secondes après qu'elle eut été touchée par le détecteur, Sugar fut à son tour projeté contre elle. Le choc des deux corps fut si violent qu'elle eut l'impression d'avoir été heurtée de plein fouet par Superman. Son cœur s'arrêta de battre. Pendant deux minutes et quarante secondes, Carol Starkey fut cliniquement morte.

Deux équipes d'urgence se précipitèrent, alors que les débris du mobile home et les poussières d'azalées continuaient de pleuvoir sur le camping. Dès qu'ils atteignirent son corps inerte, les infirmiers constatèrent que Starkey n'avait plus de pouls. Ils découpèrent sa combinaison et lui firent une injection d'adrénaline directement dans le cœur, tout en lui pratiquant un massage cardiaque. Pendant près de trois minutes, ils s'activèrent autour de la bouillie de sang et de chair qu'était devenue sa poitrine et, finalement, parvinrent à faire repartir son pouls. Ce fut une véritable résurrection.

Le cœur de Starkey s'était remis à battre, mais pas celui de Dave « Sugar » Boudreaux.

Assise devant la petite table de son coin repas, Starkey

songeait à son rêve et à Sugar en fumant cigarette sur cigarette. Cela faisait à peine trois ans, et le souvenir de son amant commençait déjà à s'estomper. Elle avait de plus en plus de mal à se rappeler les traits de son visage et n'arrivait presque plus à se remémorer son léger accent cajun. Désormais, pour se rafraîchir la mémoire, il lui fallait régulièrement consulter les photos qu'ils avaient prises d'eux ensemble. Elle se haïssait pour cela. Elle avait le sentiment qu'en l'oubliant elle le trahissait. Comme si le caractère éternel de la passion qu'elle avait éprouvée avec tant d'intensité à l'époque n'avait été qu'un mensonge, adressé à une femme qui n'existait plus.

Depuis, tout avait changé.

Starkey s'était mise à boire pratiquement dès sa sortie de l'hôpital. L'un de ses psys – il devait s'agir du deuxième – avait prétendu qu'elle souffrait du syndrome de culpabilité du survivant. Parce que son cœur s'était remis à battre et pas celui de Sugar. Surtout parce que au fond d'elle-même, tout au fond, là où sont enfouis nos démons, elle était heureuse d'avoir survécu, même si Sugar l'avait payé de sa vie. Ce jour-là, Starkey avait quitté le cabinet de son psy pour ne plus y revenir. Elle s'était rendue dans un bar de flics, le Shortstop, où elle s'était saoulée jusqu'à ce que deux îlotiers du secteur de Wilshire l'aident à sortir de l'établissement.

Tout avait changé.

Starkey s'était repliée sur elle-même. Elle était devenue froide et insensible. Pour se protéger, elle avait érigé une barrière infranchissable entre elle et le reste du monde, cultivant le cynisme et ne vivant plus que pour son métier. Un autre psy – le troisième, si elle comptait bien – avait cru bon de suggérer qu'elle avait troqué sa combinaison de protection contre une autre. Il lui avait demandé si elle pensait qu'elle serait un jour capable de l'enlever.

Il n'avait pas obtenu de réponse et ne l'avait plus jamais revue.

Lasse de ruminer, Starkey écrasa sa cigarette et alla prendre une douche. Elle retira son T-shirt et, sans ressentir la moindre émotion, commença à s'inspecter.

Toute la partie droite de son abdomen, depuis la poitrine jusqu'à la hanche, était striée et crevassée par l'impact des seize morceaux de métal qui s'étaient logés en elle. Deux longues cicatrices lui parcouraient les flancs le long de sa côte inférieure. Sa peau, naguère couleur noisette, était désormais blanche comme un linge, car, depuis le drame, Starkey ne s'était plus jamais montrée en maillot de bain.

Mais le pire, c'était son sein droit. Un débris du détecteur, mesurant cinq bons centimètres, l'avait atteinte juste en dessous du mamelon, creusant un profond sillon qui lui barrait la cage thoracique et se terminait dans son dos. La blessure ressemblait au lit d'une rivière qui se serait progressivement asséchée. Dans un premier temps, ses médecins avaient envisagé l'ablation du sein, avant de changer d'avis et tenté de le sauver. Certes, il était toujours là, mais, même après que les tissus s'étaient reformés, il continuait de ressembler à un avocat trop mûr. On avait assuré à Starkey que la chirurgie esthétique pourrait, par la suite, en améliorer l'aspect, mais, après quatre opérations, elle avait décidé que cela suffisait.

Depuis que Sugar avait quitté son lit ce matin-là, elle n'avait jamais eu d'amant.

Starkey prit sa douche, s'habilla et appela son bureau. Deux messages l'attendaient.

« Starkey, c'est moi, John Chen. J'ai ramassé un bel échantillon dans le cratère. Je vais le mettre au chromato tout de suite. J'en ai à peu près pour jusqu'à trois heures. On aura donc les résultats vers neuf heures. Rappelle-moi. Tu peux me dire merci, tu sais ! »

Le second message avait été laissé par la responsable des urgences. Elle lui annonçait qu'elle avait copié l'enregistrement de l'appel qui avait déclenché l'alerte.

« J'ai laissé la cassette à l'accueil. Vous pouvez la prendre quand vous voulez. L'appel provenait d'une cabine sur Sunset Boulevard. Il a été passé à treize heures quinze hier après-midi. J'ai aussi l'adresse exacte. »

Starkey recopia ces informations dans un cahier à spirale et se prépara du café instantané. Elle avala deux Tagamet, puis alluma une cigarette avant de sortir dans la chaleur étouffante de la nuit.

Il n'était pas encore cinq heures et le silence régnait. Un jeune garçon au volant d'un break tout déglingué livrait le *Los Angeles Times.* Il zigzaguait d'un côté à l'autre de la rue en jetant les journaux sur les pas de porte. Un camion de lait passa en cahotant.

Starkey décida de retourner à Silver Lake et d'effectuer un nouveau repérage sur le lieu de l'attentat. Cela vaudrait toujours mieux que de laisser résonner le silence dans son cœur vide.

Elle se gara devant le restaurant cubain, à côté d'une voiture radio de la brigade de Rampart qui surveillait les lieux. Le parking du centre commercial était désert, à l'exception de trois véhicules particuliers que Starkey avait déjà aperçus la veille.

Elle sortit de sa voiture en brandissant son insigne.

— Salut les gars. Tout va bien ?

Un homme et une femme montaient la garde. Le type, plutôt maigre, était installé au volant. Son équipière, petite et trapue, avait les cheveux blonds coiffés à la garçonne. Ils sirotaient un café qui devait être froid depuis bien longtemps.

La femme adressa un signe de tête à Starkey.

— Ouais, ça va. On peut faire quelque chose pour vous, inspecteur ?

— C'est moi qui dirige l'enquête. Je venais juste faire un tour.

— On nous a dit qu'un mec du déminage a été réduit en bouillie. C'est vrai ?

— Ouais.

— Merde alors !

L'homme se pencha par-dessus son équipière.

— Vous devez en avoir pour un moment ? Ça vous dérange pas si on fait un petit break ? Y a un fast-food pas très loin d'ici. Vous voulez qu'on vous rapporte quelque chose ?

— Espèce de morfal, intervint la femme avec un clin d'œil à Starkey.

Celle-ci acquiesça, secrètement soulagée d'être débarrassée d'eux.

— O.K. Vous avez vingt minutes. Je n'ai besoin de rien, merci. Je vous attends.

Tandis que la voiture radio démarrait, Starkey fixa l'étui de son pistolet à sa ceinture et traversa Sunset Boulevard en direction de l'endroit que lui avait indiqué la responsable du service des Urgences. Elle s'était également munie de sa torche, mais ne l'alluma pas. Pour des raisons de sécurité, tout le périmètre était généreusement éclairé.

Starkey repéra une première cabine téléphonique fixée au mur d'une épicerie guatémaltèque, juste en face du petit centre commercial. Mais l'adresse n'était pas la bonne. Après avoir vérifié le sens des numéros, elle se mit à descendre le boulevard. Un pâté de maisons plus loin, elle aperçut l'une de ces anciennes cabines vitrées qu'on avait entrepris de démanteler. Elle était située à côté d'une blanchisserie et faisait face à un fleuriste.

Starkey recopia dans son carnet le nom des deux boutiques et retourna à la première cabine pour s'assurer qu'elle fonctionnait. C'était bien le cas, et Starkey se demanda pour quelle raison la personne qui avait appelé ne l'avait pas utilisée. D'ici, le container était bien visible, alors qu'il ne l'était plus de l'autre cabine. L'auteur de l'appel avait-il craint d'être surpris par le poseur de bombe ? Pour le savoir, elle devait attendre d'avoir écouté l'enregistrement. Alors qu'elle revenait sur ses pas, elle repéra un morceau de métal tordu abandonné sur la chaussée. Il devait mesurer un peu plus de deux centimètres et avait la forme d'un petit papillon. Sur l'un de ses côtés, Starkey distingua un résidu grisâtre. La veille au soir, elle avait ramassé neuf débris semblables.

Elle prit l'objet, alla le ranger dans un des sachets destinés aux pièces à conviction qu'elle conservait dans le coffre de sa voiture, puis se dirigea vers le container en contournant l'immeuble. Celui-ci n'était manifestement pas la cible visée, alors pourquoi la bombe avait-elle été placée là ? Starkey savait bien qu'il était souvent impossible d'apporter des réponses satisfaisantes à ce type de question. Lorsqu'elle était à la brigade, elle avait à deux reprises participé à des interventions sur des engins placés en bordure d'autoroute, loin de tout pont, bretelle ou autre installation où ils auraient pu causer des dégâts. C'était comme si les salauds qui les fabriquaient ne savaient pas quoi en faire.

Starkey arpenta les lieux encore dix minutes et trouva un autre petit morceau de métal. Pendant qu'elle était en train de le ranger, le véhicule radio réapparut sur le parking. La femme en sortit, deux tasses à la main.

— Je sais que vous ne vouliez rien, mais on vous a quand même apporté du café, au cas où.

— C'est sympa, merci, répondit Starkey en refermant son coffre.

L'autre cherchait manifestement à engager la conversation, mais Starkey lui annonça qu'elle devait partir. Tandis que la femme partait rejoindre son coéquipier, Starkey contourna sa voiture et versa le café par terre. Elle s'apprêtait à reprendre sa place au volant lorsqu'elle décida de jeter un dernier coup d'œil aux voitures garées sur le parking.

Deux des trois véhicules avaient été criblés de fragments. Le plus proche, dont le pare-brise arrière avait été soufflé, avait subi des dommages importants. Il appartenait au propriétaire de la librairie. Quand la police l'avait autorisé à revenir sur les lieux, il était resté interdit devant sa voiture. Puis il avait balancé un grand coup de pied dans l'aile et avait tourné les talons sans dire un mot.

Le troisième véhicule, le plus éloigné de la déflagration, avait la peinture écaillée et le toit de vinyle en état de désintégration avancé. Les vitres étaient abaissées et le pare-brise arrière avait été remplacé par un plastique opaque usé par le soleil. Starkey regarda d'abord sous le châssis et, ne voyant rien, étudia le capot. Sur le pare-brise, elle aperçut un point d'impact en forme d'étoile. Elle alluma sa torche et l'orienta vers l'intérieur. Un morceau de métal arrondi duquel se détachait un fil très fin reposait sur le tableau de bord. Starkey tourna la tête vers le container et conclut qu'il avait pu pénétrer dans la voiture par la vitre ouverte, pour achever sa course sur le pare-brise. Elle le recueillit, l'examina encore un instant et le fourra dans sa poche.

Sans un regard pour les deux policiers de garde, elle remonta dans sa voiture et prit la direction du centre-ville afin de récupérer la cassette avant de se rendre à son bureau. Le soleil se levait sur Los Angeles, remplissant le ciel d'une énorme boule de feu.

M. Rouge

John Michael Fowles s'adossa confortablement au banc faisant face à l'école pour profiter du soleil. Figurait-il désormais sur la liste des dix personnes les plus recherchées par le FBI ? Pas évident, puisqu'ils ne connaissaient pas son identité. Mais il avait laissé des traces. Il s'arrêterait peut-être un peu plus tard dans un Kinko[1] ou dans une bibliothèque, afin de consulter le site Internet du FBI.

La vue du soleil le fit sourire. Il releva la tête, se laissant envahir par sa chaleur, s'abandonnant aux rayons qui lui doraient la peau, tout en admirant la quantité phénoménale d'énergie qu'il dégageait. C'est ainsi que John aimait se figurer le soleil : une monstrueuse explosion, si gigantesque et éclatante qu'elle pouvait être vue à cent cinquante millions de kilomètres, et si puissante qu'elle mettrait des milliards d'années à se consumer. Tellement géniale qu'elle constituait l'essence de la vie sur cette terre et, le moment venu, l'éradiquerait par sa simple disparition.

Ce serait vraiment fantastique de pouvoir fabriquer une telle bombe et de la faire sauter, songea John. Quel pied d'assister aux premiers millièmes de seconde de la déflagration ! Un pied incroyable.

À cette pensée, il ressentit un picotement dans le bas-ventre. Aucun être vivant ne lui provoquerait jamais une telle érection.

Une voix l'arracha à ses fantasmes :

— Vous êtes monsieur Rouge ?

Malgré ses lunettes de soleil, John eut du mal à rouvrir les yeux. Il découvrit ses grandes dents blanches.

— En personne. Z'êtes monsieur Karpov ? dit-il avec l'intonation d'un plouc de Floride.

Sauf qu'il ne venait pas de Floride. Et qu'il n'était pas un plouc, loin de là. John adorait brouiller les pistes.

1. Chaîne de magasins qui propose des ordinateurs en libre accès. *(NdT.)*

— Oui, c'est moi.

Karpov était un homme bedonnant, d'une cinquantaine d'années, dont les cheveux grisonnants formaient un V sur son crâne. Immigré russe plus ou moins clandestin, il entretenait plusieurs affaires louches dans la région. Il était manifestement nerveux, ce que John avait d'ailleurs prévu et dont il s'amusait. Victor Karpov était un truand.

John lui fit de la place et tapota le banc de la main.

— Asseyez-vous. Faut qu'on parle.

Karpov se laissa tomber sur le banc telle une pierre. Il tenait sur ses genoux un sac en nylon et s'y cramponnait comme une vieille dame à son sac à main.

— Je tenais à vous remercier d'avoir accepté ce contrat, monsieur, commença-t-il. Vous savez, j'ai tellement de problèmes ! Des ennemis si impitoyables...

John posa la main sur le sac et tenta de le lui prendre avec douceur.

— Je connais parfaitement vos problèmes, monsieur Karpov. Ce n'est pas la peine d'en reparler.

— Oui, oui, vous avez raison. En tout cas, merci. Merci beaucoup.

— Inutile de me remercier, monsieur Karpov. Y a vraiment pas de quoi.

Jamais John n'aurait parlé à cet homme, ni a fortiori ne l'aurait rencontré dans ces circonstances pour effectuer la transaction, s'il ne s'était pas soigneusement renseigné sur son compte au préalable. Il n'acceptait ses clients que sur recommandation, et il avait eu une conversation approfondie avec les hommes qui l'avaient mis en rapport avec Karpov. Ceux-ci lui avaient demandé sa permission avant de proposer ses services au Russe, et lui avaient donné toutes les garanties concernant sa personnalité. John s'intéressait beaucoup à la personnalité des gens. C'était un maniaque du secret et il assurait toujours ses arrières avec le plus grand soin. Aussi n'avait-il jamais dévoilé à ses intermédiaires sa véritable identité ni quoi que ce fût à son sujet. Leurs échanges se bornaient aux informations indispensables à l'affaire en cours. Par ses intermédiaires, John connaissait le problème de Karpov dans ses moindres détails et, avant même leur première rencontre, il avait décidé d'accepter la mission. Sa méthode était la meilleure pour figurer durablement, sans aller en prison, sur la liste des personnes les plus recherchées.

— Z'allez lâcher ce sac, monsieur Karpov, reprit-il d'une voix ferme.

Karpov obtempéra comme s'il s'était subitement rendu compte que le sac était hérissé de piquants. John éclata de rire et le prit sur ses genoux.

— Soyez pas aussi nerveux, monsieur Karpov, ajouta-t-il. On est entre amis, ça, vous pouvez m' croire. J'ai jamais été aussi sympa que là, maintenant, avec vous. Et vous savez jusqu'où elle va, ma sympathie ?

Karpov le dévisageait, perplexe.

— On est tellement bons amis, vous et moi, poursuivit John, que j' vais même pas vérifier le contenu de ce sac maintenant. C'est comme ça que ça se passe, entre amis. Putain, on est tellement proches, vous et moi... J' mettrais ma main à couper qu'il y a là-dedans *exactement* la quantité de liquide convenue. Tenez, j' suis prêt à parier votre vie là-dessus. Si c'est pas de la sympathie, ça !

Les yeux de Karpov s'écarquillèrent et il déglutit avec peine.

— Tout est là. Exactement comme vous l'avez demandé, en coupures de cinquante et de vingt. Je vous en prie, comptez-le. Recomptez pour que je sois sûr que tout va bien.

John secoua la tête et déposa le sac à côté de lui sur le banc.

— Non, mon pote. On va laisser pisser. J'espère juste que vous vous êtes pas trompé.

— Allons, s'il vous plaît, dit Karpov en se penchant au-dessus de John pour attraper le sac.

Celui-ci le repoussa en riant.

— Vous inquiétez pas, m'sieur Karpov. J' vous taquine un peu, c'est tout.

Il le « taquinait ». Un bouseux doublé d'un crétin...

— Tenez, regardez. Faut que je vous montre quelque chose, ajouta John en sortant de sa poche un petit tube et en le brandissant sous le nez de Karpov.

C'était une lampe de poche bon marché dont l'extrémité opposée à l'ampoule était munie d'un interrupteur à poussoir. Plus exactement, cela avait été une lampe de poche...

— Allez, prenez-le. Y vous mordra pas.

— Mais qu'est-ce que c'est ? demanda Karpov en se saisissant de l'objet.

John désigna de la tête la cour de récréation située de l'autre côté de la rue. C'était l'heure du déjeuner et les enfants jouaient bruyamment, profitant des dernières minutes qui leur restaient avant la reprise des classes.

— Tenez, visez un peu les enfants, là-bas. Ça fait un bon bout de temps que je les observe. De bien jolis petits garçons et petites filles. Regardez-moi ça, comme ils courent dans tous les sens. Cette énergie ! Vous vous rendez compte l'indépendance qu'ils ont ? Tout ce potentiel ? À cet âge-là, le monde vous appartient, vous croyez pas ? Regardez-moi ce gosse en chemise bleue. Là, Karpov, sur la droite. Le p'tit tout mignon, tout blond, avec des taches de rousseur. Putain, j' parie que ce p'tit gars, y pourra s' taper toutes les nanas de la terre et, pour finir, devenir président de la République. Ce genre de truc, ça peut pas arriver dans vot' pays, j' me trompe ? Mais ici, c'est les États-Unis d'Amérique, mon bon monsieur. Ici, tout est possible... avant qu'on commence à vous raconter que c'est des conneries.

Karpov le regardait fixement. Le tube qu'il avait dans la main lui était complètement sorti de l'esprit.

— Aujourd'hui, ce garçon s'imagine encore qu'il fera de grandes choses dans la vie, reprit John. Et ça va continuer, jusqu'à ce qu'une saloperie de gonzesse le traite de poil de carotte et demande à son petit copain complètement demeuré de lui casser la gueule. Uniquement parce qu'il aura osé lui adresser la parole. Là, maintenant, il est heureux, ce gosse, monsieur Karpov. Regardez-moi ça comme il est heureux. Mais un jour, quand y se rendra compte que tous ses rêves ne se réaliseront jamais, y comprendra que c'était de la foutaise.

John porta lentement son regard sur le tube.

— Vous pourriez épargner toutes ces désillusions à ce pauv' gamin, monsieur Karpov. Quelque part, tout près d'ici, y a une bombe. C'est moi qui l'ai fabriquée et j'ai soigneusement choisi l'endroit où je l'ai posée. Maintenant, à vous de jouer.

Karpov regarda le tube avec horreur. Comme s'il avait tenu un serpent à sonnette entre les mains.

— En appuyant sur ce petit bouton, peut-être que vous pourriez épargner à ce garçon toute la douleur qui l'attend. J' vous dis pas que j'ai mis une bombe dans l'école, mais c'est pas impossible. Si ça se trouve, vous feriez sauter toute cette putain de cour de récréation. Ça ferait un bel incendie, au moins. L'explosion serait si forte que les chaussures de ces marmots resteraient scotchées au sol. Ça leur arracherait la peau et les vêtements et ils crameraient sur place. Attention, j' vous dis pas que c'est ce qui va se passer. La réponse est entre vos mains. Grâce à ce petit bouton, vous pourriez mettre un terme aux souffrances de ce gamin. Vous en avez le pouvoir, là, entre vos mains. Vous pouvez transformer ce coin de paradis en enfer. C'est mon œuvre et je vous en fais cadeau. À vous, mon ami.

Karpov se leva brusquement et tendit le tube à John.

— Je ne veux rien avoir à faire avec ça. Reprenez-le. Mais, prenez-le, enfin !

Lentement, John lui ôta le tube des mains et se mit à triturer le bouton.

— Vous savez, monsieur Karpov, quand j'exécute vos missions, il y a aussi des gens qui meurent. Elle est où, la différence, bordel ?

— Votre argent est là. Au dollar près.

Sans un mot de plus, Karpov tourna les talons et s'éloigna. Il traversa la rue d'un pas si précipité qu'on eût dit qu'il se déplaçait en sautillant. Comme s'il s'attendait que le monde se transformât en un déluge de feu.

John mit négligemment le tube dans le sac en nylon bourré d'argent liquide. Les ingrats. Ils n'appréciaient jamais ses cadeaux à leur juste valeur.

Il se laissa aller en arrière et étendit les bras sur le dossier du banc afin de profiter pleinement du soleil et du rire des enfants. Oui, c'était une bien belle journée. Elle le serait encore davantage lorsqu'un second soleil aurait rempli le ciel...

Quelques minutes plus tard, il se leva et s'en alla consulter la liste des personnes les plus recherchées par le FBI. La semaine précédente, il n'en faisait pas partie. Cette semaine, il espérait bien que si.

2

La Section des affaires criminelles où Starkey a été affectée est située sur Spring Street, au quatrième étage d'un immeuble de bureaux qui en compte sept, non loin de Park Center, le siège de la police de Los Angeles. Ce bâtiment abrite également la Section de recherche des fugitifs et l'Inspection des services. Il est connu pour son parking souterrain, le plus encombré de l'ensemble des services publics de la ville. Contraints de garer leurs véhicules tellement près les uns des autres qu'ils parviennent à peine à ouvrir leur portière, les inspecteurs des différents services ont fini par surnommer leur immeuble le « piège à rats ». En cas d'urgence, ils ont plus vite fait de sortir au pas de course et de prendre un taxi.

Après avoir tourné pendant dix bonnes minutes, Starkey finit par trouver une place au troisième sous-sol et décida de monter à pied jusqu'au quatrième étage. À peine entrée dans les locaux de la SAC, elle avisa Marzik, qui semblait la guetter. Désireuse de savoir si elle comptait donner suite à l'épisode du Ricqlès, Starkey la rejoignit et se planta devant elle.

— Y a quelque chose qui ne va pas ?

— J'ai vérifié les contrats de bail, comme tu me l'avais demandé, répondit Marzik en soutenant son regard. À mon avis, la plupart des gens vont retourner chez eux aujourd'hui et on pourra les interroger. Ceux qui ne se pointeront pas, on les retrouvera grâce aux formulaires.

— Autre chose ?

— Genre quoi ?
— Genre « tu as quelque chose à me dire »...
— Non, rien, pourquoi ?

Starkey décida de ne pas insister. De toute façon, si Marzik lui parlait de sa consommation d'alcool, elle n'aurait guère d'autre choix que de nier.

— Bon. J'ai l'enregistrement du 911. Nibard est là ?
— Ouais. Je l'ai vu tout à l'heure.
— Allons écouter la cassette. Ensuite je passerai à Glendale. Chen devrait avoir fini la chromato et j'aimerais voir où ils en sont de la reconstitution de l'engin.
— À ton avis ? Ils viennent juste de commencer !
— Moi, je pense qu'ils ont déjà suffisamment avancé pour avoir identifié certains composants. On aura des noms de fabricants, plus la chromato, et on pourra avancer.
— Il va aussi falloir qu'on fasse toutes ces auditions.

Décidément, Marzik la fatiguait. La journée s'annonçait mal.

— Vous pourrez les démarrer sans moi. Allez, va chercher Jorge et on se retrouve à mon bureau.
— Je crois qu'il est aux chiottes.
— Et alors ? Frappe à la porte, bon sang !

Starkey emprunta un lecteur de cassettes au sergent Leon Tooley et l'emporta à son bureau. Les inspecteurs de la SAC disposaient, chacun dans la salle commune, d'un petit box séparé, ce qui leur donnait l'illusion d'une certaine intimité. En réalité, compte tenu de la minceur des cloisons, ils n'en avaient aucune et en étaient réduits à s'exprimer en chuchotant, sauf lorsqu'ils voulaient se faire bien voir de Kelso. Celui-ci passait le plus clair de son temps rivé à son écran, occupé, d'après la rumeur, à gérer son portefeuille d'actions sur Internet.

Au bout de quelques minutes, Marzik et Jorge firent leur apparition, une tasse de café à la main.

— Tu as vu Kelso ? lui demanda Santos.
— Non, pourquoi, j'aurais dû ?
— Il te cherchait, tout à l'heure.

Starkey jeta un coup d'œil à Marzik dont le visage restait de marbre.

— Ah ! ben, merci ! Sympa de m'avoir prévenue. Bon, on va écouter ça d'abord et j'irai le voir ensuite.

Pendant que Starkey mettait le lecteur en marche, ses deux collègues approchèrent des chaises et s'installèrent. La première chose qu'ils entendirent fut la voix de l'opératrice du service des Urgences, une femme de couleur, suivie d'une voix masculine avec un accent espagnol prononcé.

L'opératrice : Ici le 911. Que puis-je faire pour vous ?

L'homme : Oiga !

L'opératrice : Vous êtes bien au 911. Puis-je faire quelque chose pour vous, monsieur ?

L'homme : Eh... Se habla español ?

L'opératrice : Je peux vous mettre en rapport avec une personne qui parle espagnol, si vous voulez.

L'homme : Eh... No, za irra. Zé crois qué vous dévrriez envoyer quelqu'un rrégarder ici.

Santos se pencha sur le bureau pour interrompre la cassette.

— Qu'est-ce qu'on entend derrière ?

— On dirait un bus ou un camion, répondit Starkey. Il appelle d'une cabine sur Sunset, à un pâté de maisons du centre commercial.

Marzik croisa les bras.

— Est-ce qu'il n'y a pas une cabine juste à côté, devant le restaurant cubain ?

— Si, et une autre en face, à côté du petit épicier guatémaltèque. Le type a préféré s'éloigner pour passer son coup de fil.

— Comment tu sais ça ? s'enquit Santos.

— Les Urgences m'ont communiqué l'adresse. Je suis allée voir ce matin.

Marzik regarda ses pieds d'un air entendu, signifiant que seule une paumée qui n'avait pas de vie privée pouvait faire une chose pareille.

Starkey remit le lecteur en marche.

L'opératrice : Regarder quoi, monsieur ?

L'homme : Eh... Yé vou dans lé carrton et yé crrois qu'il y a oune bombe.

L'opératrice : Une bombe ?

L'homme : Yé vou des toubes. Yé né sais pas mais... yé ou la trrouille.

L'opératrice : Pouvez-vous nous donner votre nom, monsieur ?

L'homme : À côté des ordoures, vous voyez ? Lé grand container.

L'opératrice · Il faut que vous me donniez votre nom, monsieur.

L'homme : Vous dévriez vénir voir.

Un déclic. L'homme avait raccroché. C'était la fin de la bande. Starkey éteignit le lecteur.

— S'il n'a rien à se reprocher, pourquoi n'a-t-il pas laissé son nom ? demanda Marzik.

— Tu sais bien comment sont les gens, répondit Santos en haussant les épaules. Si ça se trouve, c'est un clandestin. Probablement un pauvre type qui passe sa vie à traîner dans le quartier.

Starkey fouilla dans ses affaires, cherchant de quoi écrire. En désespoir de cause, elle se rabattit sur un exemplaire du *Blue Line*, le journal du syndicat de la police, qui traînait sur son bureau. Elle griffonna rapidement un plan du quartier avec le centre commercial et l'emplacement des différentes cabines.

— Il a dit qu'il avait regardé dans le carton, d'accord ? Donc, à ce moment-là, il est ici, devant le centre commercial. Ensuite, il prétend avoir eu peur en voyant les tuyaux. Alors, pourquoi n'a-t-il pas utilisé le téléphone qui se trouve juste là, devant le restaurant cubain ? Ou encore celui qui est ici, de l'autre côté de la rue ? Pourquoi s'est-il éloigné ?

Marzik croisa de nouveau les bras. Chaque fois que quelque chose la contrariait, elle croisait les bras. Starkey pouvait lire dans ses pensées comme dans un livre.

— Puisqu'il n'était pas sûr qu'il s'agissait d'une bombe, il ne savait peut-être pas s'il devait appeler. Les gens ont parfois besoin de se persuader de la nécessité des choses. Moi, il m'arrive même de devoir me persuader d'aller chier !

Santos lui adressa un regard sévère, puis désigna la cabine située à côté de la blanchisserie.

— Je peux vous dire que si je tombais sur un engin susceptible d'être une bombe, je chercherais à m'en éloigner le plus possible, observa-t-il. En aucun cas, je ne resterais dans les parages. Peut-être qu'il a eu peur qu'elle n'explose.

Starkey considéra cette hypothèse et hocha la tête. C'était logique. Elle jeta le journal à la corbeille et déclara :

— Quoi qu'il en soit, on a l'heure de l'appel. Peut-être quelqu'un aura-t-il vu quelque chose qui pourrait nous permettre de résoudre ce mystère. Je compte sur l'un de vous pour y faire un saut. Moi, il faut que j'aille voir Chen à Glendale.

Elle leur indiqua où était la cabine, puis se dirigea vers le bureau de Kelso dans lequel elle pénétra sans frapper.

— Nibard m'a dit que vous vouliez me voir ?

Surpris, Kelso releva la tête de son ordinateur et fit pivoter son fauteuil vers Starkey. Il avait depuis longtemps renoncé à lui demander de frapper avant d'entrer.

— Pourriez-vous fermer la porte, s'il vous plaît, Carol ? Venez, asseyez-vous.

Starkey referma la porte et s'approcha. Apparemment, elle ne s'était pas trompée sur cette salope de Marzik. Elle resta debout, plantée devant le bureau.

— Je voulais juste savoir si cela vous convenait toujours, commença Kelso.

— Si quoi me convient ?

— Eh bien, vous aviez l'air un peu... disons, stressée, hier soir. Enfin, je voulais m'assurer que vous vous sentiez toujours en mesure de diriger cette enquête.

— Vous envisagez de me remplacer ?

Kelso se mit à se balancer sur son fauteuil. Manifestement, c'était bien à cela qu'il songeait.

— Pas du tout. Mais cette affaire doit remuer certaines choses en vous. Et puis, il y a eu ces... euh... épisodes dernièrement qui...

Sa phrase resta en suspens, comme s'il ignorait comment poursuivre. Starkey se mit à trembler, mais réussit à se calmer.

Elle était furieuse contre Marzik et terrifiée à l'idée que Kelso pût envisager de l'envoyer à la banque.

— Est-ce que Marzik vous a dit que je buvais ?

— Laissons Marzik en dehors de cela, répondit Kelso, levant les mains en signe d'apaisement.

— Vous m'avez vue sur le lieu de l'attentat. Est-ce que j'avais l'air ivre ? Vous ai-je paru manquer de professionnalisme ?

— Ce n'est pas ce que je suis en train de vous dire. Vous avez les nerfs à vif, c'est tout. Je le sais bien, on en a déjà parlé vous et moi. La nuit dernière, vous avez été confrontée à une situation très semblable à celle où vous avez failli laisser votre peau. Peut-être cela vous a-t-il troublée ?

— Vous voulez me remplacer.

— Hier, il m'a semblé que vous sentiez le gin. Est-ce que je me trompe ?

— Oui, monsieur. Je sentais le Ricqlès. J'ai mangé cubain à déjeuner et j'ai eu des renvois d'ail toute la journée. C'est ça que Marzik et vous avez senti.

De nouveau, Kelso leva les mains pour la calmer.

— Je vous en prie, ne me reparlez pas de Marzik. Elle ne m'a absolument rien dit.

Starkey savait qu'il mentait. S'il avait trouvé que son haleine sentait le gin, il lui en aurait parlé tout de suite. À l'évidence, il se fondait sur les accusations de Marzik.

Starkey faisait très attention à la façon dont elle se tenait, consciente qu'il essayait d'interpréter son attitude, de la même manière qu'elle déchiffrait la sienne. Il guettait le moindre signe montrant qu'elle était sur la défensive. Finalement, il se laissa aller contre son dossier, soulagé d'avoir dit ce qu'il avait à dire et joué son rôle de patron responsable.

— Parfait, Carol, c'est *votre* enquête. Je voulais juste que vous sachiez que vous pouvez vous confier à moi.

— Il faut que je passe à Glendale, lieutenant. Plus vite je pourrai obtenir des informations tangibles concernant cette bombe, plus on aura de chances de coincer rapidement ce salopard.

— D'accord. Si vous avez besoin de quoi que ce soit, vous

savez où me trouver, déclara-t-il en pivotant sur son siège, lui signifiant que l'entretien était terminé. C'est une enquête importante, Carol, ajouta-t-il. Un homme est mort. Et un officier de police, de surcroît, ce qui en fait une affaire particulièrement sensible.

— Cette enquête me tient très à cœur, lieutenant. À moi comme aux membres de la brigade de déminage, croyez-moi.

— J'imagine. Essayez de vous détendre et tout se passera bien.

De retour dans la salle des inspecteurs, Starkey chercha du regard Marzik, mais celle-ci était déjà partie avec Santos. Elle rassembla ses affaires et mit près d'un quart d'heure à extraire sa voiture du parking, tout en échangeant quelques plaisanteries avec un gars de l'Inspection des services. Elle était tellement furieuse contre Marzik que ses mains en tremblaient.

Bien que la flasque de gin soit sous son siège, elle n'y toucha pas. Elle en avait envie mais parvint à se retenir. Elle alluma une cigarette et se mit à rouler à tombeau ouvert, crachant de la fumée comme une locomotive à vapeur.

Il n'était que huit heures trente lorsque Starkey pénétra sur le parking de la police de Glendale. Chen lui avait dit que la chromatographie serait prête vers neuf heures, mais il avait dû prévoir dans ses calculs une marge de sécurité en vue de gérer les impondérables ou de liquider de la paperasserie. Starkey patienta dans la voiture pendant cinq bonnes minutes avant de composer le numéro de la police scientifique sur son portable.

— John, c'est Starkey. Je suis sur le parking. Tu as les résultats ?

— Où ça, chez nous ?

— Affirmatif. Je m'apprête à aller voir Leyton.

Contrairement à ce qu'elle redoutait, Chen ne se confondit pas en excuses ni en atermoiements.

— Donne-moi encore cinq minutes et je descends, dit-il. Tu vas adorer ça.

La brigade de déminage de la police de Los Angeles est installée dans une petite annexe moderne du commissariat de

Glendale, contiguë aux locaux de la police scientifique. Si elle n'était pas clôturée par un grillage de trois mètres de hauteur surmonté de barbelés au milieu d'un parking bourré de Suburban bleu nuit appartenant à la brigade, cette construction de briques rouges, blottie derrière une rangée d'hévéas, pourrait aisément passer pour un cabinet dentaire.

Starkey entra dans le bâtiment et demanda à voir le lieutenant Leyton. Comme les autres, il avait veillé tard, arpentant inlassablement les lieux du drame. Les cernes sombres qui entouraient ses yeux le vieillissaient. Jamais Starkey ne l'avait vu aussi marqué. Pas même après la mort de Sugar Boudreaux.

— J'ai refait un tour là-bas ce matin et j'ai trouvé ça, annonça-t-elle en lui tendant son sac en plastique transparent. Il y a déjà quelqu'un qui s'occupe de la reconstitution ?

Leyton prit le sac et en examina le contenu. Les trois nouveaux fragments allaient être enregistrés parmi les pièces à conviction, puis analysés afin de déterminer s'ils appartenaient à la bombe.

— Russ Daigle est dessus, répondit-il. Il est venu tôt ce matin pour commencer à trier ce que nous avons ramassé hier soir.

— Chen nous rejoint tout de suite avec la chromato. J'aimerais interroger très vite les fabricants des morceaux que vous aurez pu identifier.

— Pas de problème. Allons voir où il en est.

Starkey lui emboîta le pas. Ils traversèrent un long couloir, dépassèrent la salle de briefing et les bureaux des sergents pour se rendre dans la salle des démineurs. Celle-ci ne ressemblait en rien aux autres pièces communes de la SAC. Avec ses petits pupitres étroits et ses paillasses en formica noir, elle avait plutôt l'air d'une salle de travaux pratiques d'une faculté des sciences.

L'espace disponible était occupé par de vraies bombes désamorcées ou des maquettes de toutes sortes, depuis les différents types de bombes artisanales jusqu'aux engins militaires plus sophistiqués. Un missile air-air pendait au plafond. Dans les rares recoins restés libres s'amoncelaient des revues spécialisées ou des ouvrages de référence. Quant aux murs, ils étaient tapissés d'affiches représentant des individus recherchés par le FBI.

Juché sur un tabouret devant l'un des plans de travail, Russ Daigle triait des morceaux de métal. Cet homme de petite taille, à l'épaisse moustache grise et à la carrure d'athlète, était l'un des trois sergents-chefs de la brigade. C'était aussi le plus expérimenté. Sur ses mains crevassées, il avait enfilé des gants de latex.

En les entendant arriver, il releva la tête et leur désigna un coin de la table où trônait un ordinateur dont l'écran de veille représentait des fanions multicolores.

— J'ai affiché les photos, dit-il. Vous voulez jeter un œil ?

— Un peu, oui ! lança Starkey en passant derrière lui pour regarder l'écran.

— Ce sont les prises de vue de derrière et de côté. On en a d'autres, mais celles-ci sont les meilleures. Il s'agit d'une bombe artisanale à tuyaux tout ce qu'il y a de plus classique. Je suis prêt à parier que ce connard l'a fabriquée dans son garage.

Les photographies numériques prises par Riggio apparurent à l'écran. Les tuyaux, proprement scotchés l'un à l'autre, y formaient deux ombres opaques qui encadraient une bobine de fil électrique. Leurs quatre extrémités étaient bouchées. Starkey étudia attentivement les photographies, les comparant aux différents morceaux de métal noir étalés devant eux sur du papier d'emballage. L'un des bouchons était intact. Les autres avaient été cassés en plusieurs morceaux que Daigle avait commencé à ranger par taille et par forme, exactement comme si c'étaient les pièces d'un puzzle. L'assemblage des quatre bouchons était déjà bien avancé, celui des tuyaux aussi, mais près de la moitié des pièces manquaient encore.

— Qu'est-ce que vous en pensez, sergent ? demanda Starkey. On dirait deux tuyaux de plomberie tout à fait classiques. Cinq centimètres de diamètre, c'est ça ?

Daigle saisit l'un des bouchons, sur lequel était gravée la lettre V.

— Absolument. Vous voyez le V, là ? Société Vanguard. Du matériel disponible n'importe où sur le territoire.

Starkey nota cette information dans son carnet. Son intention était de se constituer une liste des différents composants et de leurs caractéristiques, puis de la transmettre par le système central de télécommunications de la police au Centre d'étude des bombes du FBI et au Dépôt national de l'ATF [1] à Washington. Ces deux organismes pourraient alors tenter de déterminer la signature de l'attentat en comparant ces données avec celles contenues dans leurs fichiers.

— Et regardez, là, reprit Daigle en passant son doigt sous le bouchon dont il retira une matière friable et blanchâtre. Du scotch de plomberie. Si c'est pas mignon... Voilà un type plutôt méticuleux : il a même scotché les pièces entre elles... Qu'est-ce que ça veut dire, à votre avis ? ajouta-t-il à l'intention de Starkey.

Celle-ci savait que le vieux sergent avait déjà tiré les conclusions qui s'imposaient et se contentait de la mettre à l'épreuve. Il l'avait fait des centaines de fois, à l'époque où elle travaillait à la brigade.

— On peut utiliser ce genre d'adhésif pour fixer les joints d'un évier, commença-t-elle. Mais sur une bombe, ça ne sert strictement à rien.

Daigle lui adressa un large sourire. À l'évidence, il était fier d'elle.

— Tout à fait juste. Il n'y a aucune espèce de raison d'y mettre du scotch. Donc, si ça se trouve, il le fait uniquement par habitude. Peut-être qu'il est plombier ou qu'il travaille dans le bâtiment.

« Une autre information à signaler aux fédéraux », songea Starkey.

— Apparemment, d'après ce que je peux voir sur les photos, poursuivit le sergent, les deux tuyaux ont la même dimension. Soit il les a découpés lui-même à la bonne longueur, soit il l'a fait faire par quelqu'un d'autre. Et, là encore, il a été plutôt méticuleux. Vous voyez l'ombre du scotch, là ? Regardez avec quel soin il l'a enveloppé. On a affaire à quelqu'un de très appliqué. Et il est plutôt habile de ses dix doigts. C'est vraiment du travail d'orfèvre.

1. ATF : Abréviation de Bureau of Alcohol, Tobacco and Firearms. Agence gouvernementale dépendant du secrétariat au Trésor (ministère des Finances) et chargée de lutter contre le trafic d'alcool, de tabac et d'armes à feu. *(NdT.)*

Starkey commençait à se faire une idée de l'individu qui avait assemblé l'engin. Ce pouvait être un ouvrier qualifié ou un mécanicien. Ou bien alors quelqu'un qui avait un hobby requérant de la précision, comme le modélisme ou la menuiserie.

— Est-ce que Chen vous a montré le 5 ? reprit Daigle.

— Quel 5 ?

Il saisit un fragment de tuyau et le plaça sous une loupe. Starkey reconnut le débris en forme de S que Chen avait extrait de l'armure de Riggio.

— Ça pourrait aussi ressembler à un S, observa le sergent.

— Un S, un 5 ou tout autre symbole, intervint Leyton.

Daigle se pencha sur l'objet.

— Quel que soit ce truc, ça a été inscrit à l'aide d'un graveur haute vitesse.

Alors qu'ils continuaient de commenter les clichés, Chen fit son entrée dans la pièce. Bien qu'ayant, lui aussi, l'air de ne pas avoir beaucoup dormi, il semblait surexcité.

— Je suis en train de vérifier avec un autre échantillon, annonça-t-il en tendant les résultats de la chromatographie à Starkey. Mais je peux déjà te dire que l'explosif utilisé est de l'hybride de Modex. Et il ne l'a pas acheté à la quincaillerie du coin, ton type.

Trois paires d'yeux se tournèrent vers lui.

— Les militaires l'utilisent sur des ogives d'artillerie ou des missiles air-air, poursuivit-il. Sa vitesse de combustion est de huit mille mètres par seconde.

Ce ratio indiquait la vitesse à laquelle un explosif se consumait et, partant, libérait de l'énergie. Plus sa vitesse de combustion était élevée, plus il était puissant.

— Pour le TNT, c'est quoi... six mille mètres par seconde ? demanda Daigle.

— Six, sept mille, dans ces eaux-là, précisa Starkey.

Leyton hocha la tête.

— En tout cas, s'il s'agit de matériel militaire, c'est plutôt bien pour nous. Ça devrait nous permettre de restreindre notre champ de recherche, n'est-ce pas Carol ? Il suffit de trouver dans quel dépôt il en manque et de contrôler les personnes ayant accès au stock.

— Ce ne sera pas aussi facile que ça, intervint Chen. La chromato a révélé pas mal d'impuretés dans la signature chimique. J'ai donc appelé le fabricant en Pennsylvanie. Le Modex se présente sous trois formes : la version militaire, qui est produite en fonction des commandes gouvernementales ; la version commerciale, destinée à l'exportation et étroitement contrôlée par l'EPA [1] ; et puis, il y a le Modex artisanal.

— Ça veut dire quoi, ça, artisanal ? questionna Daigle en fronçant les sourcils.

— Le type m'a dit que notre échantillon pouvait très bien avoir été fabriqué par un apprenti chimiste. Si vous avez les bons ingrédients et un équipement approprié, il paraît que c'est pas sorcier. Pas plus que de préparer des cristaux de méta-amphétamines.

Starkey jeta un œil aux résultats de la chromatographie, sans y trouver les informations qu'elle cherchait.

— S'il y a moyen de le fabriquer soi-même, déclara-t-elle, il me faudrait la liste des ingrédients et la recette.

— Ils vont me faxer tout ça, répondit Chen. Je leur ai également demandé une liste des fabricants. Dès que j'aurai reçu ces infos, je te les transmets.

Starkey plia la feuille de résultats et la rangea avec ses notes. Le fait qu'il n'y ait eu qu'un seul explosif était plutôt une bonne nouvelle. En revanche, la nature de ce dernier l'inquiétait au plus haut point.

— Si on a affaire à de l'explosif militaire, ça change tout. Il ne peut plus s'agir d'un amateur en quête d'émotions fortes. C'est pas n'importe quoi, ce truc, quand même.

— Pas forcément, répliqua Leyton en se renversant sur son siège. S'il s'avère que le Modex a bien été volé, ce n'est certes pas le premier allumé venu qui a pu faire le coup : ce genre de type ne saurait pas comment mettre la main dessus. En revanche, s'il l'a fabriqué lui-même, il s'est peut-être tout simplement procuré la formule sur Internet. Et puis il s'est dit qu'utiliser un explosif aussi puissant constituait un défi supplémentaire.

---

1. Environmental Protection Agency : agence américaine de protection de l'environnement. *(NdT.)*

Daigle croisa les bras sur sa poitrine. Ce qu'il venait d'entendre ne lui plaisait pas beaucoup.

— Starkey a raison de rappeler qu'il ne s'agit pas de n'importe quelle bombe. Mais moi, il y a quand même une chose qui me tracasse : pourquoi ce type construit-il un engin pareil, si c'est pour l'abandonner à côté d'un container à ordures ? C'est pas possible, il doit y avoir autre chose.

— Nous avons interrogé tous les propriétaires de magasins, sergent, répondit Starkey. Aucun n'a reçu de menaces, et la bombe n'a de toute façon pas atteint les immeubles.

Daigle se rembrunit davantage.

— Il y en a sûrement un qui ment dans le tas. On ne fabrique pas une bombe de cette puissance juste pour se faire peur. Un de ces connards a arnaqué quelqu'un et on lui a rendu la monnaie de sa pièce, c'est tout.

Starkey haussa les épaules, songeant que Daigle avait peut-être raison. Elle étudia de nouveau les photos.

— Sergent, j'ai beau regarder, je ne vois pas de détonateur. Pas de pile. Rien. Comment cet engin a-t-il sauté ?

Daigle se leva, s'étira, et désigna quelque chose sur l'écran.

— J'ai ma petite idée là-dessus. À mon avis, l'un des tuyaux contenait l'explosif et l'autre le détonateur. Regardez bien.

Il saisit deux des plus gros débris et les leur montra.

— Vous voyez, là, le résidu blanc ? Dans le recoin à l'intérieur...

— Ouais, c'est du résidu d'explosif, répondit Starkey.

— Tout à fait. Maintenant, regardez cet autre morceau. Rien. Il est nickel. Je pense que c'est dans ce tuyau que le détonateur était dissimulé. Avec une pile ou un truc de ce genre.

— Vous croyez qu'il était relié à un système de retardement ?

Daigle eut l'air sceptique.

— Et qui aurait actionné la bombe juste au moment où Riggio était penché par-dessus ? Non, je n'y crois pas une seconde. Mais, en tout état de cause, on n'a rien trouvé pour l'instant. En revanche, je pense que Riggio a dû déclencher une sorte de dispositif anti-manipulation.

— Mais Buck a dit que Charlie n'avait pas touché le carton.

— Ça, c'est ce que Buck a cru voir. Charlie a pourtant bien dû faire quelque chose. Une bombe n'explose pas sans raison.

Le silence se fit soudain dans la pièce et Daigle piqua un fard. Comprenant brusquement que c'était à cause d'elle, Starkey rougit à son tour.

— Mon Dieu, Carol ! Je suis désolé. Ce n'est pas ce que je voulais dire, bredouilla le vieux sergent.

— Vous n'avez pas à vous excuser, sergent. Dans mon cas, il y avait bien une raison. C'est ce qu'on appelle un tremblement de terre...

Comme pour dissiper la gêne qui s'était installée, Starkey sortit de son sac en plastique le petit disque de métal tordu et le montra aux autres.

— J'ai trouvé ça sur les lieux ce matin. Je ne sais pas si ça vient de la bombe, mais il y a de fortes chances. Ça pourrait être une partie du système d'amorçage.

Daigle saisit l'objet et le plaça sous la loupe pour l'examiner de plus près.

— C'est un truc électrique. On dirait une sorte de commutateur...

Chen se pressa contre Daigle et regarda par-dessus son épaule. Pris d'une inspiration subite, il enfila une paire de gants, choisit un petit tournevis et ouvrit le disque en deux comme un coquillage.

— Putain, oui, je sais ce que c'est !

À l'intérieur du disque, un mot était écrit. Un mot connu de tous, mais qui semblait tellement déplacé que c'en était absurde : « MATTEL ».

Chen reposa le disque et recula, cédant la place à Leyton et Daigle. Il semblait sous le choc.

— Qu'est-ce qu'il y a, John ? demanda Starkey.

— C'est un récepteur radio du genre de ceux qu'on trouve dans les voitures téléguidées pour enfants, murmura-t-il.

Ils le dévisagèrent avec stupeur. Ce que John Chen venait de dire remettait en cause tout ce qu'ils avaient pensé de cette bombe, et notamment le caractère aveugle de son explosion.

— Ce n'est pas Charlie Riggio qui l'a déclenchée. Et elle n'a pas non plus sauté par hasard. Elle était télécommandée.

Starkey comprit en même temps que les autres ce que cela signifiait. Mais c'est elle qui le formula à haute voix.

— Le malade qui a fabriqué cette bombe était sur les lieux. Et il a attendu que Charlie se penche dessus pour la faire sauter...

John Chen prit une profonde inspiration.

— Oui. Il avait envie de voir quelqu'un mourir.

3

Kelso goûta le café qu'il venait de se verser et fit la grimace comme s'il avait avalé un détergent.

— Vous croyez vraiment que cet enfant de salaud a déclenché la bombe depuis le lieu de l'attentat ? demanda-t-il.

Starkey lui tendit le fax que le service commercial de l'entreprise fabriquant les systèmes de téléguidage lui avait fait parvenir. Ce document décrivait le fonctionnement et les caractéristiques du récepteur radio.

— Ces petits récepteurs ont un voltage tellement bas qu'ils sont testés sur une cinquantaine de mètres seulement, lui expliqua-t-elle. Le type que j'ai eu au bout du fil estime que la distance maximale entre l'émetteur et le récepteur est inférieure à cent mètres. Ce qui veut dire à portée de vue, Barry. Le mec était présent sur les lieux.

— Soit. Alors que proposez-vous ?

— Toutes les chaînes de télé avaient envoyé un hélicoptère pour filmer la scène. Elles avaient également des caméras au sol. Peut-être l'une d'entre elles aura-t-elle chopé cette ordure en pleine action ?

Kelso acquiesça, l'air satisfait.

— O.K., ça me paraît une excellente idée. Je vais en parler aux relations presse. Il ne devrait pas y avoir de problème.

— Autre chose, Barry. J'ai dû répartir les tâches entre Marzik et Nibard. Marzik poursuit les auditions des habitants du quartier, Nibard interroge les policiers et les pompiers qui étaient sur les lieux. Ça serait pas mal si on pouvait trouver d'autres gens pour nous donner un coup de main sur le terrain.

Kelso se rembrunit de nouveau.

— Bon. Je vais voir ce que je peux faire, dit-il en commençant à s'éloigner.

Il s'arrêta et se retourna vers elle.

— Tout se passe toujours bien ? Vous êtes sûre de pouvoir gérer cette enquête ?

— Demander des renforts ne constitue pas un aveu de faiblesse, Barry, lui répondit Starkey en rougissant. L'enquête progresse.

Kelso la regarda quelques instants sans rien dire, puis hocha la tête.

— Vous avez raison, Starkey. Je n'insinuais pas du tout le contraire.

Elle fut à la fois surprise et satisfaite de sa réponse.

— Vous avez vu le sergent Daggett ? reprit Kelso.

— Non, monsieur.

— Vous devriez. Demandez-lui d'essayer de se souvenir des personnes qu'il a repérées sur le parking. Quand on aura les cassettes des télés, il faudra qu'il les visionne.

Lorsque Kelso eut refermé la porte de son bureau, Starkey retourna à son box, l'estomac noué. Sûrement encore sous le choc, Daggett devait être à la fois désemparé et furieux, ruminant chacune des décisions qu'il avait prises cet après-midi-là, chaque détail. Starkey savait dans quel état d'esprit il se trouvait parce qu'elle avait elle-même déjà ressenti toutes ces choses. Et elle ne tenait pas à faire resurgir ses démons.

Pendant vingt minutes, elle resta assise sans bouger, les yeux rivés sur son agenda ouvert à l'adresse de Buck Daggett, sans cesser de penser à la flasque rangée dans son sac. N'y tenant plus, elle descendit à sa voiture.

Daggett habitait San Gabriel Valley, dans une maison étriquée de style méditerranéen aux murs de stuc beige et au toit de tuiles, en tout point identique aux centaines d'autres habitations de ce lotissement de l'est de Monterey Park. Starkey y était déjà allée une fois à un barbecue organisé par la brigade de déminage, trois mois avant la mort de Sugar. C'était une maison modeste.

Avec son salaire de sergent-chef, Daggett aurait sans doute pu s'offrir mieux, mais elle savait qu'il avait divorcé trois fois. Entre les pensions alimentaires et les sommes qu'il déboursait pour ses enfants, il devait être pris à la gorge.

Cinq minutes après avoir quitté l'autoroute, Starkey bifurqua dans l'allée qui menait à la maison de Daggett et se gara devant la porte. Un ruban noir en ornait la poignée.

La femme de Daggett – sa quatrième – lui ouvrit. De vingt ans plus jeune que Buck, elle était plutôt jolie, mais semblait passablement troublée et distraite. Starkey lui montra son badge.

— Madame Daggett, je suis Carol Starkey. J'ai travaillé avec Buck à la brigade. Nous nous sommes déjà rencontrées, je crois. Je suis désolée, mais je ne me souviens plus de votre prénom.

— Natalie.

— Mais oui, bien sûr, Natalie. Pourrais-je voir Buck, s'il vous plaît ?

— Vous savez, il est dans tous ses états. Et moi, je n'ai même pas pu aller travailler ce matin.

— Je comprends. C'est une histoire terrible.

Natalie Daggett accompagna Starkey jusqu'au jardin de derrière où Buck était en train de changer l'huile de sa tondeuse, puis elle s'éclipsa à l'intérieur de la maison.

— Salut, Buck.

Daggett se releva et se tourna vers elle, l'air étonné. Dès qu'elle vit l'expression de son visage, Starkey se sentit oppressée.

— J'essaie de m'occuper, dit-il comme pour s'excuser en désignant la tondeuse. Je te ferais bien la bise, mais je suis en nage.

— Pas de problème. Tu as raison de pas te laisser aller.

— Tu veux boire un coca ou quelque chose ? Natalie ne t'a rien proposé ?

Il vint à sa rencontre en s'essuyant les mains sur un chiffon orange tout graisseux, opération qui sembla aboutir à l'inverse de l'effet escompté. Il faisait très chaud dans le jardinet et la sueur perlait sur son front.

— Je n'ai pas beaucoup de temps, déclara Starkey. On a énormément de boulot, tu sais.

Il hocha la tête, l'air un peu déçu, puis déplia deux chaises de jardin qui étaient appuyées contre le mur de la maison.

— On m'a dit qu'on t'avait confié l'enquête. Ça se passe bien, sinon, aux Affaires criminelles ?

— Oh ! je préférerais revenir à la brigade.

Daggett acquiesça en évitant de croiser son regard. Starkey songea soudain que, si elle n'avait pas cessé de faire partie de l'équipe, elle aurait très bien pu se retrouver à Silver Lake à la place de Riggio. Peut-être Daggett pensait-il justement la même chose.

— Buck, il faut que je te pose quelques questions sur ce qui s'est passé.

— Oui, je comprends. Pas de problème. Au fait, je ne sais pas si je te l'ai déjà dit, mais les gars de la brigade sont tous très fiers que tu sois devenue inspecteur. Ça, au moins, c'est du travail de flic.

— Merci, Buck. C'est vraiment sympa.

— Tu es quoi, maintenant : troisième échelon ?

— Non, deuxième. Je n'ai pas beaucoup de temps pour faire la chasse aux promotions.

Buck haussa les épaules.

— Bah, tu y arriveras. Regarde, on te confie l'enquête, alors que tu es seulement I-2.

L'idée qu'il puisse douter de sa capacité à mener cette enquête traversa soudain l'esprit de Starkey. Elle l'aimait bien et tenait à ce qu'il lui fît confiance. Elle avait déjà fort à faire avec Kelso.

— Tu as eu quelqu'un au téléphone ? s'enquit-elle. On t'a mis au courant, pour la bombe ?

— Non, au courant de quoi ?

Il chercha son regard, et Starkey dut rassembler toute sa volonté pour ne pas détourner les yeux. Il avait compris que les nouvelles n'étaient pas bonnes et appréhendait manifestement la suite.

— Qu'est-ce qu'elle a, cette bombe, Carol ?

— Elle était télécommandée.

Pendant quelques instants, il la fixa, le regard vide. Puis il secoua la tête et se mit à parler d'une voix qui trahissait le désespoir.

— C'est impossible. Charlie a pris deux ou trois bons clichés avec le RTR3. On n'a vu aucun équipement radio. Même pas de détonateur. Si on avait remarqué quelque chose de ce genre, je l'aurais fait revenir. Il se serait replié en quatrième vitesse.

— Tu ne pouvais pas le voir, Buck. Le récepteur et le système d'amorçage étaient cachés dans l'un des deux tuyaux. L'explosif dans l'autre. Un truc appelé hybride de Modex.

Daggett cligna fébrilement des yeux pour tenter de retenir ses larmes. En vain. Starkey sentit à son tour l'émotion la submerger. Elle posa sa main sur le bras de Buck.

— Ça ira, dit-il faiblement.

Elle relâcha sa pression, tout en songeant qu'ils devaient avoir l'air fin, tous les deux. Buck se racla la gorge, prit une profonde inspiration et parvint à articuler :

— Du Modex. Mais c'est du matériel militaire, ça, non ?

— Ouais, ils l'utilisent sur des ogives. Plus rapide que le TNT de près de deux mille mètres par seconde. Mais il n'est pas impossible que cet échantillon soit de fabrication artisanale.

— Mon Dieu ! Tu es sûre, pour cette histoire de télécommande ? La bombe a réellement été déclenchée à distance ?

— On a retrouvé le récepteur. Celui qui l'a fait sauter était dans les parages. Il aurait pu la déclencher à n'importe quel moment, mais il a attendu que Charlie se penche dessus. À notre avis, il a observé toute la scène.

Daggett se frotta nerveusement le visage et secoua de nouveau la tête, comme si l'information était trop difficile à assimiler.

— Écoute, Buck, je vais me procurer les cassettes que les chaînes de télé ont enregistrées. Lorsque je les aurai toutes, j'aimerais que tu viennes les visionner. Peut-être que tu reconnaîtras quelqu'un dans la foule.

— Ça m'étonnerait. J'étais très concentré sur la bombe. J'avais peur que Charlie n'ait trop chaud et j'étais préoccupé par la qualité des photos. On croyait vraiment avoir affaire à un gang. Un petit caïd qui aurait voulu frimer devant ses potes. Ce n'étaient que deux malheureux tuyaux de plomberie, nom de Dieu !

— Il me faudra sans doute encore un jour ou deux pour rassembler toutes les cassettes. Commence déjà à y réfléchir, tu veux bien ? Essaie de te souvenir de tout ce qui a pu te paraître bizarre.

— Pas de problème. J'ai rien d'autre à faire. Dick m'a donné trois jours.

— Ça te fera du bien, Buck. Tiens, tu pourrais t'occuper des mauvaises herbes de ton jardin. Il y en a partout, c'est la jungle.

Daggett esquissa un vague sourire et ils restèrent silencieux pendant un instant.

— Tu sais ce qu'ils me font faire ? lança-t-il.

— Non. Quoi ?

— Ils m'envoient à la banque... Mais j'ai rien à leur dire à ces gens-là, moi, merde !

Starkey ne sut que répondre.

— Ils appellent ça le « soutien posttraumatique ». Ça fait partie de toutes ces nouvelles règles. T'es pris dans une fusillade, t'y vas. Un accident de voiture, *idem.* Donc il va falloir que je raconte à un de ces psycho-pipoteurs ce qu'on ressent quand on voit son équipier se faire exploser la gueule.

Starkey cherchait encore quelque chose à répondre lorsqu'elle sentit son Alphapage vibrer. Le numéro de Marzik s'afficha, suivi du code 911. Elle aurait dû la rappeler tout de suite mais elle ne voulait pas abandonner Buck Daggett aussi vite. Pas dans cet état.

— T'en fais pas pour la banque. C'est pas comme s'ils t'y envoyaient par mesure disciplinaire.

— Mais j'ai pas envie de leur parler, à ces gens-là. Qu'est-ce que tu veux dire sur un truc pareil ? Qu'est-ce que tu leur as raconté, toi, à l'époque ?

— Rien, Buck. Il n'y a rien à dire. Voilà tout ce que tu peux leur assurer... Écoute, il faut que je rappelle. C'était Marzik.

— Bien sûr. Je comprends.

Daggett la raccompagna jusqu'à la porte d'entrée. Ils traversèrent la maison sans rencontrer son épouse.

— Natalie n'est pas bien, elle non plus. Je suis désolé qu'elle ne t'ait rien proposé à boire.

— T'inquiète pas. Je ne voulais rien, de toute façon.

— On était très proches tous les trois. Elle aimait beaucoup Charlie.

— Bon, je t'appelle au sujet des vidéos. Réfléchis-y, tu veux bien ?

Elle s'apprêtait à sortir lorsque Buck la retint.

— Inspecteur ?

Elle se retourna et sourit à l'évocation de son titre.

— Merci de ne pas avoir posé la question. Tu vois ce que je veux dire. Tout le monde te demande toujours comment ça va, comment tu te sens, ce genre de choses... Et il n'y a rien à répondre à ça non plus, tu crois pas ?

— Si, Buck. Moi aussi, ça me rendait folle.

— Ouais. J'ai bien peur qu'on fasse partie d'un club très restreint, toi et moi.

Starkey hocha la tête, et Buck Daggett referma la porte derrière elle. Alors qu'elle retournait à sa voiture, son Alphapage se manifesta de nouveau. Cette fois-ci, c'était Nibard. À cause du 911, elle rappela d'abord Marzik. Celle-ci décrocha dès la première sonnerie, comme si elle avait guetté son appel.

— Beth Marzik, j'écoute.

Elle semblait tout excitée.

— C'est Starkey. Qu'est-ce qui se passe ?

— Je crois qu'on a un truc. Je suis chez le fleuriste, en face de la cabine. L'appel sur le 911, c'était bien à une heure quinze, c'est ça ? À cette heure-là, le fils du patron était devant la porte et s'apprêtait à livrer des fleurs. Il a vu un type téléphoner.

Le pouls de Starkey s'accéléra.

— Dis-moi qu'il a vu sa voiture, Beth. Dis-moi qu'on a un numéro de plaque !

— Attends, j'ai mieux que ça. Il m'a dit que c'était un Blanc.

— Mais l'auteur du coup de fil était latino.

— Écoute-moi bien, Starkey. Ce gamin est fiable. Il poireautait dans la camionnette pendant qu'on la chargeait. Il se souvient même qu'il écoutait les Gipsy Kings, tu te rends compte ! Il n'a pas bougé entre une heure et une heure vingt. À la minute près. Il s'en souvient parce qu'il a dû noter son heure de départ. Et il affirme que le mec était blanc.

Starkey tenta de ne pas se laisser gagner par l'excitation.

— Tu peux m'expliquer pourquoi il se serait fait passer pour un Latino si ce n'est pas lui qui a posé la bombe ? continua

Marzik. Si c'est un Blanc et qu'il a pris l'accent latino, ça veut dire qu'il essayait de brouiller les pistes. Tu te rends compte qu'on tient peut-être un témoin qui a vu le poseur de bombe ?

Naturellement, Starkey n'excluait pas cette hypothèse, mais elle savait aussi que les enquêtes aboutissaient souvent à des certitudes apparentes qui volaient en éclats à la première occasion.

— Procédons par ordre, Beth. D'accord, c'est une bonne nouvelle et on va creuser cette piste. Mais ne nous emballons pas. Ton témoin a simplement cru que le type était blanc. C'est peut-être le cas, mais si ça se trouve, c'était juste une impression. Faut voir.

— O.K., t'as raison. Je sais bien que t'as raison, mais il a l'air tellement sûr de lui. Il faut que tu viennes lui parler.

— Il est là, en ce moment ?

— Oui, mais pas pour longtemps. Il lui reste encore des livraisons et il commence à se faire tard.

— Bon. Surtout ne le laisse pas filer. J'arrive.

— Attends, je ne peux pas l'obliger à rester. S'ils ont une commande, il faut qu'il y aille.

— Demande-lui gentiment, Beth. Dis-lui « s'il vous plaît ».

— Qu'est-ce que tu veux que je fasse ? Que je lui suce la bite ?

— Ouais, c'est ça. Excellente idée.

Starkey raccrocha et composa le numéro de Santos. Sa voix était si faible qu'elle parvint à peine à l'entendre.

— Pourquoi tu chuchotes comme ça ?

— Carol, c'est toi ?

— Je t'entends mal. Parle plus fort.

— Je suis au bureau. Un inspecteur de l'ATF est arrivé ce matin de Washington.

Starkey eut une brusque montée d'adrénaline et tendit la main vers son sac pour y prendre un Tagamet.

— Tu es sûr qu'il vient de Washington et pas juste de l'antenne de L.A. ?

Cela ne faisait même pas vingt-quatre heures qu'elle avait transmis au système central les premières informations concernant les composants de la bombe. Si ce type venait vraiment de Washington, il avait dû sauter dans le premier avion.

— Sûr et certain, répondit Santos. Il s'est enfermé avec le patron. Et maintenant Kelso veut te voir. Il m'a déjà réclamé tes premiers rapports. À mon avis, ils vont reprendre l'enquête. Écoute, il faut que je te laisse. J'ai un peu traîné les pieds jusque-là, mais Kelso exige de voir ce qu'on a.

— Une seconde, Jorge. Est-ce que le mec a dit qu'il récupérait l'enquête ?

— Il faut que j'y aille, Carol. Kelso vient d'ouvrir sa porte. Il est en train de me mater.

— Continue de faire traîner. J'arrive tout de suite. Marzik a découvert quelque chose d'important pour nous.

— Vu la dégaine de ce type, ce sera plutôt quelque chose d'important pour lui.

Starkey reprit un Tagamet, actionna son gyrophare et fonça en direction de Spring Street.

Elle mit à peine vingt-cinq minutes pour arriver au bureau. Posté devant la machine à café, Santos lui fit un signe et désigna de la tête le bureau de Kelso, dont la porte était fermée.

— Tu lui as donné les rapports ? lui demanda-t-elle.

— Qu'est-ce que tu voulais que je fasse ?

Starkey afficha un air déterminé et se dirigea à grands pas vers le bureau de Kelso. Elle frappa trois coups assez forts et ouvrit la porte sans attendre d'y être invitée. Kelso l'accueillit avec un geste las. Un homme était assis en face de lui.

— Je vous présente l'inspecteur Starkey. Comme vous le voyez, elle entre dans mon bureau quand bon lui semble. Starkey, voici l'agent spécial Jack Pell de...

— De l'ATF, je sais, l'interrompit-elle. Est-ce qu'il reprend l'enquête ?

Le dénommé Pell était penché en avant, les coudes sur les genoux, comme s'il s'apprêtait à bondir de sa chaise. Il devait avoir environ trente-cinq ans, estima Starkey. Peut-être un peu plus. Il avait le teint très pâle et des yeux d'un gris intense. Elle tenta d'y lire une expression quelconque, mais son regard était totalement hermétique.

Sans prêter attention à elle, il se retourna vers Kelso.

— Nous avons encore besoin de quelques minutes, lieutenant. Faites-la attendre dehors pendant ce temps.

« Faites-la attendre. » Comme si elle n'était pas déjà dans la pièce...

— Sortez, Starkey. On vous appellera, dit Kelso.

— Ceci est mon enquête, lieutenant. Notre enquête. C'est quelqu'un de chez nous qui est décédé.

— Veuillez attendre dehors, inspecteur. Nous vous appellerons quand nous aurons besoin de vous.

Excédée, Starkey s'exécuta. Santos fit mine de venir la rejoindre à la porte du bureau, mais, devant l'expression de son visage, il se ravisa. Elle en était encore à maudire intérieurement Kelso de brader ainsi les enquêtes de la Section, lorsque son Alphapage vibra.

— Et merde, Marzik ! lâcha-t-elle à mi-voix.

Elle retourna à son box pour la rappeler.

— Mais enfin, Carol, on t'attend ! Il doit aller bosser, là. Qu'est-ce que tu fous, bon sang ?

— J'ai dû filer au bureau, répondit Starkey à voix basse afin que les autres inspecteurs ne l'entendent pas. L'ATF a débarqué.

— Tu te fous de ma gueule ? Qu'est-ce que ça veut dire ?

— Tout ce que je sais, c'est qu'un de leurs agents est avec Kelso en ce moment même. Écoute, je parlerai à ce garçon quand j'en aurai fini ici. Dis-lui d'aller les faire, ses putains de livraisons.

— D'accord, mais il est presque cinq heures. Il termine son travail et puis il rentre chez lui. On le verra demain.

Starkey consulta sa montre et réfléchit. Elle tenait à interroger ce gamin au plus vite. Le temps était le pire ennemi des témoins : ils finissaient par oublier tel ou tel détail, commençaient à se mélanger les pinceaux et, parfois même, à se demander s'ils avaient raison de vouloir aider la police. Finalement, elle décida qu'il était inutile de se mettre trop la pression. En outre, obliger ce jeune homme à patienter encore plusieurs heures se révélerait certainement contre-productif.

— D'accord, Beth, dit-elle. Tu nous organises ça. Il travaille demain matin ?

— Il sera là dès huit heures. Le magasin appartient à son père.

— O.K. On le verra demain matin.

— Nous, ou bien l'ATF ?

— Je le saurai d'une minute à l'autre.

Kelso avait passé la tête par la porte de son bureau et la cherchait du regard. Starkey reposa le combiné du téléphone, songeant qu'elle aurait mieux fait d'avaler plus de Tagamet. Parfois, elle se disait qu'elle serait bien inspirée d'acheter des actions du laboratoire qui le fabriquait. Quand elle rejoignit le lieutenant, celui-ci lui murmura à l'oreille :

— Ne vous énervez pas, Carol. Il est là uniquement pour nous aider.

— Mon cul, oui.

Il referma la porte derrière eux. Pell était toujours penché en avant sur sa chaise et Starkey se renfrogna. Jamais elle n'avait croisé de regard aussi glacial et elle dut lutter contre la tentation de détourner les yeux.

— L'agent Pell est arrivé de Washington ce matin, déclara Kelso en se rasseyant à son bureau. Les informations que vous avez entrées dans le fichier central ont suscité quelque émoi là-bas.

Pell hocha la tête.

— Je n'ai aucun intérêt à reprendre votre enquête, inspecteur, commença-t-il. Nous sommes ici sur votre territoire, pas sur le mien. Mais je pense néanmoins être en mesure de vous aider. La raison pour laquelle je suis venu, c'est que nous avons relevé des similitudes entre votre bombe et d'autres cas que nous avons pu traiter.

— Quel genre de cas ?

— Le Modex est son explosif préféré : il est rapide, séduisant et élitiste. Notre suspect aime aussi utiliser ce type de détonateur radio en le dissimulant dans un tuyau afin qu'il soit invisible aux rayons X.

— De qui parlez-vous ?

— Si notre homme est bien le même que le vôtre, il se fait

appeler M. Rouge. Mais nous ne connaissons pas sa véritable identité.

Starkey jeta un regard à Kelso, lequel resta de marbre. Il aurait certainement été soulagé de remettre cette enquête entre les mains des fédéraux et de ne plus avoir à s'en préoccuper.

— Qu'est-ce que c'est que cette histoire ? M. Rouge, dites-vous ? Cet individu est une sorte de poseur de bombes en série ? Un terroriste ? Quoi, exactement ?

— Non, inspecteur, cet enfoiré n'est pas un terroriste. D'après ce que nous savons, il se fiche éperdument de la politique, de l'avortement ou de ce genre de choses. Au cours de ces deux dernières années, il y a eu sept explosions à l'hybride de Modex, avec un système de télécommande similaire à celui utilisé ici. Compte tenu de la nature des cibles et des personnes impliquées, nous pensons que, pour quatre d'entre elles, le mobile était d'ordre criminel. Selon toute vraisemblance, ce type fait sauter quelque chose ou quelqu'un parce qu'il est payé pour. Il gagne sa vie comme ça. C'est un tueur à gages qui sévit avec des bombes. Mais il a aussi un hobby.

— Vous m'en direz tant.

Kelso claqua des doigts, ce qui la fit sursauter.

— Taisez-vous, bon Dieu, et laissez-le parler !

Starkey se retourna vers Pell. Le gris de ses yeux était sans fond. Pourquoi avait-il donc l'air si las ?

— Il fait la chasse aux démineurs, Starkey. Il les appâte, et puis il les tue. En comptant votre homme, il en a déjà eu trois jusqu'à aujourd'hui. Et tous avec des engins identiques.

Starkey replongea son regard dans celui de Pell, qui ne cilla pas.

— Mais c'est dément ! s'exclama-t-elle.

— Les profileurs prétendent qu'il s'agit d'un jeu de pouvoir. Moi, je pense qu'il considère cela comme une compétition. Il fabrique des bombes, et des démineurs tels que vous essaient de les désamorcer. Ce qui le motive, c'est de vous battre.

Starkey sentit un frisson lui parcourir le dos. Son trouble n'échappa pas à Pell.

— Je suis au courant de ce qui vous est arrivé, reprit-il. J'ai lu votre dossier avant de venir.

Cette intrusion dans ce qu'elle estimait relever de sa vie privée la rendit furieuse. Elle se demanda ce qu'il savait exactement de ses blessures et éprouva tout à coup une gêne immense.

— Ce que je suis ne vous regarde en rien. Sauf sur un point : c'est moi qui dirige cette enquête, dit-elle en s'efforçant de garder une voix calme.

— C'est vous qui avez signé la demande envoyée au système central, rétorqua Pell en haussant les épaules. J'aime bien savoir à qui j'ai affaire, point.

En y réfléchissant, Starkey se rappelait avoir vu passer une dépêche de l'ATF où il était question d'un suspect inconnu qui se faisait appeler M. Rouge. C'était le genre de dépêches dont la Section était constamment abreuvée. Lorsqu'elles concernaient des enquêtes en cours dans d'autres parties du territoire, elles ne suscitaient guère d'intérêt.

— Un cinglé qui assassine des démineurs ? Je pense que je m'en souviendrais, tout de même, remarqua-t-elle. Personne ici n'a jamais entendu parler de ce fils de pute.

— Ils n'ont pas divulgué cet aspect de ses activités, intervint Kelso.

— Nous voulions éviter qu'il fasse école, précisa Pell. C'est pourquoi nous avons gardé confidentiels son mode opératoire et la façon dont il fabrique ses bombes. Tout, sauf les composants que nous avons diffusés par le système central.

— En d'autres termes, vous vous fondez sur une simple liste de composants pour affirmer que notre type et le vôtre sont une seule et même personne.

— Je n'affirme rien pour l'instant, mais le Modex et le récepteur radio constituent tout de même des similitudes frappantes. Les autres caractéristiques de la bombe sont également concordantes. Et puis il y a cette lettre que vous avez trouvée.

Starkey ne le suivait plus.

— Quelle lettre ?

— L'espèce de chiffre gravé dans le fragment, précisa Kelso. Le 5. D'après l'agent Pell, il s'agit de la lettre S.

— Qu'est-ce qui vous fait croire que c'est une lettre ?

Pell hésita et Starkey se demanda pourquoi.

— Rouge a déjà gravé des choses par le passé, répondit-il,

évasif. Il faut que je lise vos rapports afin de comparer votre reconstitution avec les données dont nous disposons. Ainsi, je pourrai déterminer si votre poseur de bombe est bien M. Rouge.

Starkey sentait son enquête s'éloigner à vue d'œil.

— Ne m'en veuillez pas de vouloir me faire ma propre opinion, répliqua-t-elle. Si vous voyez mon dossier, je tiens aussi à consulter le vôtre. J'aimerais comparer vos informations avec les données que nous avons récoltées.

— Starkey, enfin, nous ne sommes pas en concurrence sur cette affaire ! intervint Kelso.

Starkey éprouva une brusque envie de le prendre par le col et de le secouer. Voilà typiquement le genre de propos diplomatique dont il était capable. Pell rassembla une série de feuilles de papier sur le bureau.

— Aucun problème, inspecteur, dit-il en les brandissant. Le lieutenant Kelso a eu la gentillesse de me laisser accéder à vos dossiers, je serai ravi de vous donner copie des miens. Ils sont à mon hôtel. Je vous les apporterai.

Il roula les rapports que Kelso lui avait remis et les fourra dans un tube de carton.

— Je les ai déjà survolés, ajouta-t-il en se levant. Ça a l'air plutôt intéressant, mais je voudrais les examiner plus attentivement. Dites-moi où je pourrais les consulter à mon aise, lieutenant. J'aimerais en avoir lu le maximum ce soir avant que l'inspecteur Starkey et moi-même allions au charbon.

Starkey n'en revenait pas.

— Qu'est-ce que ça veut dire, ça ? s'exclama-t-elle en se tournant vers Kelso. Je suis déjà dedans jusqu'au cou, moi !

— Ne vous énervez pas, Carol, répliqua le lieutenant en contournant son bureau pour aller ouvrir la porte. Nous sommes tous dans la même galère.

Il s'écarta pour laisser passer Pell. Son dossier sous le bras, celui-ci s'arrêta juste devant Starkey. Tout près d'elle. Elle aurait parié qu'il le faisait exprès.

— Vous savez, inspecteur, je ne vous mordrai pas. Il ne faut pas avoir peur de moi.

— Je n'ai peur de rien, rétorqua-t-elle froidement.

— J'aimerais pouvoir en dire autant.

Kelso confia Pell à Santos, puis revint dans son bureau et referma la porte. Il semblait passablement contrarié, mais Starkey s'en fichait. Ses mains tremblaient tellement qu'elle dut les garder dans les poches pour qu'il ne s'en aperçoive pas.

— Merci, Starkey, vous ne pouviez pas me rendre un plus grand service !

— Je ne suis pas là pour rendre service à qui que ce soit. Je suis là pour retrouver le meurtrier de Riggio. Quand je pense qu'à partir de maintenant l'ATF va surveiller mes moindres faits et gestes, en attendant de me piquer mon enquête !

— Tâchez de vous souvenir qu'il s'agit d'un travail d'équipe, inspecteur. Je ne vois pas en quoi ça pourrait nous nuire de le laisser suivre le déroulement des opérations. S'il ne parvient pas à établir un lien entre notre bombe et son type, il rentrera à Washington et nous lâchera les baskets. En revanche, s'il s'agit bien du même individu, on pourra s'estimer heureux de bénéficier de son aide. J'en ai déjà référé au directeur adjoint Morgan et il tient à ce que nous lui offrions notre pleine coopération.

Encore du Kelso tout craché : mettre les huiles dans le coup pour se couvrir.

— Marzik a déniché un témoin susceptible d'avoir vu notre type appeler le 911, annonça Starkey abruptement. Il prétend qu'il s'agissait d'un Blanc.

Kelso, qui s'apprêtait à poursuivre sur sa lancée, en resta bouche bée.

— Mais je croyais que l'auteur de l'appel était latino-américain.

— Moi aussi.

Elle ne fit aucun commentaire, estimant qu'il était tout de même assez intelligent pour comprendre ce que cela pouvait signifier.

— Bien, je pense qu'il vous faut approfondir cette piste. Appelez-moi à la maison pour me dire ce qu'il en est.

— Figurez-vous que j'étais sur le point d'entendre le témoin en question, lieutenant. Malheureusement, j'ai dû venir faire la connaissance de M. Pell. Du coup, c'est reporté à demain : il avait d'autres projets pour ce soir.

— Bon, lâcha Kelso, manifestement très embêté. Voyez cela

demain et tenez-moi au courant. Vous saurez mener cette enquête à terme, Starkey. J'en suis persuadé. Et le grand chef aussi.

Starkey ne répondit pas. Tout ce qu'elle voulait, c'était en finir, mais Kelso commença de nouveau à s'agiter.

— Ça va toujours, n'est-ce pas, Carol ? Tout va bien ? demanda-t-il en contournant son bureau et en s'approchant d'elle.

On aurait dit qu'il voulait renifler son haleine.

— Tout va bien, merci.

— Parfait. Rentrez chez vous et accordez-vous une bonne nuit de sommeil. Le repos est indispensable à qui veut garder les idées claires.

Starkey sortit du bureau, priant pour ne pas tomber sur Pell en quittant les lieux. Il était six heures passées lorsqu'elle s'engagea enfin dans les embouteillages de fin de journée. Elle décida de ne pas rentrer à la maison et prit vers l'ouest en direction du Barrigan's, un bar situé dans le secteur de Wilshire.

Moins de douze heures auparavant, elle avait vidé sa flasque et s'était juré de freiner sa consommation d'alcool. Au diable les belles résolutions ! Elle avala deux Tagamet en maudissant le destin de lui avoir collé l'ATF dans les pattes.

L'agent spécial Jack Pell

Installé dans un réduit aux murs blancs à peine plus grand qu'une cellule, Pell étudiait les rapports. On lui avait remis les premières conclusions de la brigade de déminage et de la police scientifique, ainsi que l'autopsie de l'officier qui avait trouvé la mort.

Dans l'ensemble, la police de Los Angeles avait fourni un solide travail d'expertise et d'analyse. Néanmoins, il était quelque peu déçu que l'on n'ait récupéré qu'une seule lettre, le S, et restait persuadé qu'il y en avait d'autres. S'il était convaincu que l'enquêteur du nom de Chen n'avait rien laissé au hasard, il ne pouvait pas en dire autant de l'équipe de médecine légale. Il manquait en effet un élément essentiel dans le rapport d'autopsie.

Ses affaires sous le bras, il retourna dans le couloir où Santos l'attendait.

— Savez-vous si le médecin légiste a fait une radio complète du corps de Riggio ? lui demanda-t-il.

— Aucune idée. Si ça ne figure pas dans le rapport, c'est qu'ils ne l'ont probablement pas fait.

Pell feuilleta le document pour y retrouver le nom du légiste. Lee Richards.

— Starkey est toujours là ?

— Non, elle est partie.

— Bien. Il faudrait que je voie le lieutenant Kelso.

Vingt minutes plus tard, après que Kelso eut passé deux coups de fil pour localiser Richards, Santos déposa l'agent spécial devant les locaux de la médecine légale situés derrière le CHU de Californie du Sud. Alors que Santos s'apprêtait à sortir de la voiture, Pell l'arrêta.

— Vous ne voulez pas faire une petite pause cigarette ?

— Je ne fume pas.

— Je vais devoir vous demander de m'attendre ici.

Il l'avait manifestement vexé.

— Parce que vous croyez vraiment que ça m'amuse de voir un médecin légiste fouiller les entrailles d'un ami à moi ? maugréa Santos. Je vais prendre un café et vous attendre à l'accueil.

Pell n'y vit pas d'objection, et ils traversèrent ensemble l'allée de gravier en direction du hall d'entrée.

Santos déclina leurs identités au policier qui montait la garde et s'en alla boire son café. Quelques minutes plus tard, Richards fit son apparition. L'agent spécial le suivit jusqu'à une salle de radiographie aux murs carrelés, où ils attendirent que deux assistants apportent le corps de Riggio. Celui-ci reposait sur un lit à roulettes et était enveloppé dans un grand sac en plastique opaque. Pell et Richards restèrent debout sans rien dire, pendant que les deux hommes libéraient le cadavre et l'installaient sur la table. La grande incision en forme de Y qui avait été pratiquée sur la poitrine et l'abdomen de Riggio pour l'autopsie avait été recousue, ainsi que les plaies les plus importantes causées par les fragments de la bombe. Richards contemplait le corps, visiblement satisfait de son œuvre.

— Comme vous pouvez le constater, les blessures dues aux projections étaient assez nettes, commenta-t-il. Nous avons fait des radios de toutes celles qui étaient significatives et en avons retiré les fragments.

— C'est bien ça le problème, rétorqua Pell. Si vous vous êtes contentés des blessures apparentes, vous risquez d'être passés à côté de quelque chose. J'ai vu des cas où des débris avaient rebondi sur les os du bassin et suivi l'os du fémur pour aller se loger dans un genou.

— Oui, j'imagine que c'est possible, admit Richards, l'air pourtant sceptique.

— J'en ai eu la preuve. Et où sont passées les mains ?

— Hum ? fit Richards en fronçant les sourcils.

— Est-ce qu'on a retrouvé les mains du cadavre ?

— Ah oui, bien sûr. Je les ai examinées. Je m'en souviens parfaitement.

Le regard de Richards glissa sur les deux moignons osseux qu'étaient devenus les poignets de Riggio.

— Où sont passées ces saloperies de mains ? demanda-t-il à ses deux assistants.

Les deux hommes farfouillèrent quelques instants dans le sac, où ils finirent par les dénicher. Les mains de Riggio avaient été roussies par la vague de chaleur et déformées par la violence de l'explosion.

— Vous voyez ? fit Richards avec soulagement. On les a. Tout est là, ajouta-t-il, non sans une certaine fierté. Bon, on va d'abord regarder au scope ce que ça donne. Si on voit quelque chose, on le marquera, d'accord ? Ça sera plus rapide que de s'emmerder avec la radiographie.

— Très bien.

— Vous savez, j'aime pas beaucoup les rayons X. Même avec toutes les protections, j'ai la trouille du cancer.

— Je comprends.

On procura à Pell une paire de lunettes protectrices de couleur jaune et il regarda sans émotion les assistants placer le corps de Riggio derrière le fluoroscope chromatique. L'appareil évoquait un téléviseur à écran plat. D'abord opaque, il devint transparent lorsque le médecin alluma l'appareil. Au fur et à mesure que le corps disparaissait derrière l'écran, la chair se mettait à ressembler à de la gelée verte, les os formant des ombres de couleur plus foncée. Richards régla la définition de l'image.

— Pas mal, hein ? commenta-t-il. Au moins, contrairement aux rayons X, ça risque pas de vous saccager les cellules. Aucun danger de cancer.

Suivant les instructions de Richards, les assistants firent lentement passer le corps derrière l'écran. Trois ombres aux contours bien nets, toutes plus petites qu'une balle de carabine à air comprimé, apparurent en dessous des genoux, deux dans la jambe gauche et une dans la droite.

— Ça alors ! Juste là, fit Richards avec surprise.

Pell s'était même attendu à en trouver ailleurs, mais la combinaison de protection semblait avoir bien rempli son office. Apparemment, seuls les fragments d'une certaine masse avaient développé assez de puissance pour transpercer le Kevlar.

— Ça vous intéresse ? demanda le légiste.

— Tout m'intéresse, docteur.

Richards marqua au feutre les parties du corps concernées.

Lorsqu'ils eurent achevé leur examen, ils avaient repéré dix-huit nouveaux fragments de métal. Toutefois, seuls deux d'entre eux avaient une taille significative : l'un, tout tordu et mesurant un peu plus de deux centimètres, s'était logé dans l'articulation de la hanche ; l'autre, de forme rectangulaire, était resté planté dans les tissus déchirés de l'épaule droite de Riggio. Richards, qui en avait pourtant déjà retiré de nombreux éclats, l'avait tout simplement oublié.

Une fois que le légiste les eut extraits, l'un de ses assistants rinça le premier fragment pour en enlever le sang séché et le plaça sur un plateau en verre. Pell l'examina attentivement, sans y déceler la moindre inscription ou gravure.

— Voilà. C'est fini, annonça Richards en éteignant l'écran et en retirant ses lunettes.

Pell resta silencieux. Il attendait que les assistants aient terminé de nettoyer le second fragment. C'était le morceau le plus important, et il espérait tellement y trouver quelque chose que son cœur commença à s'emballer. Quand il l'inspecta enfin, il lui fallut cependant se rendre à l'évidence : il n'y avait rien.

— Vous croyez que ça pourra vous aider ? s'enquit le légiste.

Pell ne répondit pas.

— Monsieur ?

— Je vous remercie d'être resté, docteur.

Richards retira ses gants et consulta ostensiblement sa montre à l'effigie de Mickey.

— On les fera parvenir à la police scientifique demain matin. On doit les envoyer sous scellés, vous savez. C'est la procédure pour les pièces à conviction.

— Je sais. C'est très bien. Merci.

En réalité, Pell était extrêmement frustré et il sentait monter en lui une vague de colère froide. Il était déjà trop tard. M. Rouge s'était sans doute contenté de faire l'aller-retour. Il était peut-être déjà reparti vers une autre destination. À moins qu'il ne fût jamais venu à Los Angeles... La voix d'un des assistants le tira soudain de ses pensées.

— Docteur, vous voulez qu'on voie aussi les mains, ou bien je les range et on s'en va ?

Richards grommela un vague « Tant qu'on y est » et les plaça sous le scope. Deux ombres d'un vert éclatant coincées entre les métacarpiens de la main gauche envahirent l'écran.

— Putain ! On dirait qu'on en a encore oublié.

Il retira les fragments au forceps, et les passa à son assistant qui les rinça et les rangea avec les autres.

À la seconde où Pell se penchait sur le plus gros des deux morceaux, une brusque montée d'adrénaline lui traversa le corps. Six petites lettres étaient gravées dans le métal, la sixième n'étant qu'à moitié lisible. Pell n'en crut pas ses yeux. Ce n'était pas du tout ce à quoi il s'attendait. Son cœur battait si fort qu'il semblait résonner contre les murs de la salle. Derrière son dos, la voix de Richards lui parvint.

— Vous avez trouvé un truc ?

— Non, c'est toujours pareil, docteur.

Il referma sa main sur le morceau où étaient gravées les lettres et reposa le second sur le plateau, au milieu des autres fragments. Personne ne s'aperçut qu'il n'en avait remis qu'un et non pas deux.

— Tout va bien, agent Pell ? Vous voulez un verre d'eau ou quelque chose ? lui proposa Richards qui avait dû remarquer le trouble sur son visage.

Pell s'efforça de chasser les pensées qui l'assaillaient et afficha un air détaché.

— Non, tout va bien, docteur. Merci beaucoup pour votre aide.

Il prit congé du légiste et regagna le hall d'entrée.

— Vous cherchez Santos ? lui demanda le policier de faction en le dévisageant de ses yeux vitreux.

— Ouais.

— Il est allé boire son café dans la voiture.

Pell se dirigea vers la sortie. Il avait traversé la moitié du hall lorsque son regard se brouilla. Une myriade d'étoiles rouge sang constella son champ de vision. La seconde suivante, il fut pris d'une violente nausée. Les étoiles se drapèrent peu à peu d'un voile obscur qui s'anima à son tour d'une multitude de formes, pareilles à des vers de terre se tordant dans tous les sens.

— Merde, non... pas maintenant, gémit-il.

Il distingua vaguement la voix du policier.

— Y a quelque chose qui va pas ?

Les toilettes. Il se rappela avoir aperçu des toilettes pour hommes, dans le couloir, juste à côté de l'accueil. Tout en clignant violemment des yeux pour chasser les astres imaginaires qui l'assaillaient, il parvint à repousser les battants de la porte. Une sueur glacée se répandait dans son dos et sur sa poitrine.

Dès qu'il atteignit le lavabo, il fut saisi d'un haut-le-cœur et se mit à vomir. La pièce lui parut soudain aussi glaciale qu'une chambre froide.

Même en fermant les yeux très fort, il n'arrivait pas à supprimer ses visions. À présent, les formes dansaient dans l'espace assombri, remontant lentement puis se retournant comme des ballons gonflés à l'hélium. Il ouvrit le robinet d'eau froide et vomit de nouveau. Tout en s'aspergeant les yeux, il cracha rageusement pour se débarrasser du goût infect qu'il avait dans la bouche.

Son estomac se souleva une troisième fois, puis la nausée se dissipa enfin.

Des voix lui parvinrent depuis le hall. Il lui sembla reconnaître celle de Santos. Il tira du distributeur une serviette en papier, la mouilla à l'eau froide et se dirigea en chancelant jusqu'à la cuvette d'un W.-C. La tête lui tournait, et il se laissa tomber sur la lunette en pressant la serviette contre ses yeux.

Ce n'était pas la première fois qu'il avait ce genre de malaise, loin de là, mais, ces derniers temps, les crises se faisaient de plus en plus fréquentes. Il savait ce que cela signifiait et il était terrifié.

Il s'assit sur le sol et garda la serviette contre son visage jusqu'à ce que les monstres se soient évanouis. Alors, il sortit de sa poche le morceau de métal qu'il avait dérobé et relut la suite de lettres. Il dut cligner plusieurs fois des yeux pour y voir clair.

Pell n'avait pas tout dit à Kelso et Starkey à propos des habitudes de M. Rouge. Il avait omis de préciser que celui-ci ne frappait jamais au hasard. Il sélectionnait soigneusement ses victimes, le plus souvent parmi les démineurs chevronnés qui avaient mené à bien des missions importantes. Il ne tuait pas n'importe qui. Seulement les meilleurs.

Lorsque Pell avait appris, pour la lettre S, il avait pensé qu'elle venait du prénom Charles. Il s'était trompé. L'agent spécial relut encore une fois l'inscription gravée sur le fragment : « TARKEY ».

Fureur Rouge

UN PARRAIN DE LA MAFIA TUÉ DANS UNE VIOLENTE EXPLOSION
L'ATTENTAT A FAIT ÉGALEMENT DES VICTIMES INNOCENTES
par Lauren Beth, en exclusivité pour le Miami Herald

Diego « Sonny » Vega, le leader bien connu de la mafia cubaine, a trouvé la mort tôt dans la matinée de jeudi, lorsqu'une série de bombes a dévasté l'un de ses entrepôts. Les explosions se sont produites peu après trois heures du matin. Pour l'heure, rien ne permet de savoir si elles visaient à atteindre M. Vega en personne, ou si sa présence dans le bâtiment était due au hasard.

Plusieurs travailleurs clandestins, employés à la contrefaçon de produits de marque, se tenaient sur les lieux. Cinq d'entre eux sont décédés, huit autres ont été blessés.

Le porte-parole de la police, Mme Evelyn Melacon, a déclaré : « Manifestement, il s'agissait d'un atelier clandestin. À l'heure où je vous parle, nous ne savons pas encore si M. Vega était la cible de l'attentat ou si celui-ci visait l'entrepôt. Nous n'avons pour l'instant aucune indication sur l'identité du ou des poseurs de bombes. »

Des enquêteurs de la brigade criminelle et des experts du Bureau of Alcohol, Tobacco and Firearms s'emploient à fouiller les décombres à la recherche de...

John Michael Fowles était déçu que l'article ne figure qu'en page 3, mais il décida de ne pas le montrer. Ce qui le rendait malade, c'est que le papier ne contenait pas la moindre allusion à M. Rouge, ni au travail d'orfèvre qui lui avait permis de détruire le bâtiment. Il replia l'exemplaire du *Miami Herald* et le rendit à Angelo Rossi, l'homme qui l'avait mis en rapport avec Victor Karpov. Étonné, Rossi reprit le journal.

— Mais ça continue sur la page suivante, observa-t-il.

— Vous savez, m'sieur Rossi, c'est rien qu'un article. Papier pour papier, j' préfère encore voir ceux que vous avez dans c' sac, si vous voyez ce que je veux dire.

— Oui. Bien sûr.

Rossi lui tendit nerveusement le sac contenant l'argent que Karpov lui devait. Le Russe avait refusé de se rendre lui-même au rendez-vous fixé avec John dans la bibliothèque. Il avait prétendu être malade, comme un enfant désireux de sécher l'école, mais John connaissait la vraie raison de sa défection. La peur. Pas plus que pour le premier versement John ne se donna la peine de recompter ou même d'ouvrir le sac. Il fourra l'argent dans son sac à dos et déposa celui-ci par terre à son côté.

Lorsqu'il avait dit à Rossi de le retrouver au rayon des périodiques de la bibliothèque municipale de West Palm Beach, il avait dû commencer par lui expliquer ce que c'étaient que des périodiques.

Il lui adressa son plus beau sourire de plouc de Floride, tout en se calant confortablement contre la table de lecture.

— Détendez-vous, m'sieur Rossi. Z'avez un bouquin à rendre, ou quoi ? On n'est pas bien, là ?

Rossi jeta un œil par-dessus son épaule comme si la police était sur sa trace parce qu'il avait dérobé un ouvrage. John se demanda si ce gros porc avait jamais mis les pieds dans une bibliothèque, en dehors de celle de la maison de redressement où il avait été détenu.

— C'est de la folie, Rouge, de se fixer rendez-vous dans une bibliothèque. Faut être taré pour traiter nos affaires dans ce genre d'endroit.

— Ouais, faut être taré. Comme moi ! Savez, Angelo, j'aime bien l'ordre qui règne dans une bibliothèque. C'est un des rares endroits où les gens ont encore des manières. Vous croyez pas ?

— Ouais, bon, d'accord. Qu'est-ce que vous avez fait à vos cheveux ?

— C'est pour que les gens se souviennent de moi.

Rossi plissa les yeux. John se figura les rouages encrassés de son cerveau qui tentaient de se mettre en branle et il dut se mordre la langue pour ne pas éclater de rire. Malgré tout, il savait que Rossi n'était pas si bête.

— Vous inquiétez pas, mon vieux, reprit-il. M. Rouge a ses raisons.

— Ah ! je comprends. M. Rouge. La couleur.

— Vous voyez, quand vous voulez...

Pour la circonstance, John s'était fait couper les cheveux très court et les avait fait teindre en rouge vif. Une couleur que le coiffeur appelait « invitation à la passion ». Ses favoris étaient longs et taillés en pointe, et il portait des lentilles de contact vertes. Il avait en outre coincé des rouleaux de coton contre ses gencives inférieures afin que sa mâchoire paraisse plus carrée. Enfin, il portait des talonnettes qui le grandissaient de sept centimètres.

Si Rossi avait su la vraie raison pour laquelle John s'était déguisé ainsi, il en aurait certainement fait sous lui.

— Dites-moi... Mes amis du New Jersey auraient éventuellement une autre affaire à vous confier, déclara l'Italien.

— Dans le coin ou là-bas ?

— Y a un putain de pirate cubain qui intercepte nos livraisons maritimes de marijuana au large de Key West...

John secoua la tête avant même que Rossi ait pu achever sa phrase.

— Impossible, m'sieur Rossi. J' serais ravi de vous rendre service, mais ça va chauffer pour moi par ici. Faut que j' prenne le large.

— Écoutez-moi une seconde, Rouge, ça prendra pas longtemps. Tout ce qu'on veut, c'est se débarrasser d'un nègre.

— Z' avez qu'à le descendre vous-même. Ce serait pas la première fois.

Rossi avait l'air curieusement agité. John ne s'attendait pas qu'il lui proposât un nouveau coup et commençait à avoir la désagréable impression de perdre son temps. Ce qu'il voulait, c'était que Rossi s'en aille, qu'il puisse poursuivre son travail. Il avait encore des choses à faire dans cette bibliothèque.

— Eh bien, en fait, c'est un tout petit peu plus compliqué que ça. S'agit pas juste d'aller voir le nègre et de le buter, sinon je pourrais confier ça à n'importe quel voyou du coin. Là, il faut l'éliminer lui, sa famille et toute la baraque, quoi ; que le message soit clair. C'est le genre de choses que vous faites très bien.

— Je peux pas vous aider, m'sieur Rossi. Si vous aviez un plan dans un autre État, ce serait envisageable. Mais pas ici. J'ai un truc personnel dont il faut que j' m'occupe.

Une nouvelle fois, Rossi se retourna nerveusement avant de rapprocher sa chaise. Il n'avait pas l'air décidé à partir, et John comprit qu'il s'était probablement déjà engagé auprès de ses clients du New Jersey.

— Putain, mais les flics n'ont rien sur vous. Ils n'ont aucun moyen d'établir un rapprochement entre vous et cet enculé de Vega. Vous avez lu l'article. Ils n'ont strictement rien pour l'instant.

— Ne vous fiez pas à ce qu'écrivent les journaux, Angelo. Et maintenant, j'ai des choses à faire. Alors, si vous voulez bien m'excuser... Foutez-moi la paix.

John en savait bien plus sur l'état d'avancement de l'enquête que Rossi ou la presse. La veille, aux alentours de onze heures du soir, les hommes du laboratoire de la police de Broward County avaient trouvé sa petite carte de visite. Ils avaient aussitôt transmis les premiers résultats de leurs analyses ainsi que les différents indices matériels au Centre d'étude des bombes du FBI, lequel avait comparé ces éléments avec d'autres engins explosifs utilisés sur le territoire. Aussitôt, l'alerte avait été donnée au shérif, à l'antenne locale de l'ATF, ainsi qu'aux sièges du FBI et de l'ATF à Washington. Pendant que Rossi et lui-même devisaient tranquillement dans la fraîcheur de la bibliothèque, les agents de l'antenne locale de l'ATF devaient être en train de s'affairer pour exploiter ces informations. John n'en avait pas la certitude, mais il le supposait. Et c'était exactement ce qu'il souhaitait qu'ils fassent.

— S'il vous plaît, Rouge, insista Rossi. Vous feriez une excellente affaire. Qu'est-ce que vous diriez du double de ce que Karpov vous a payé ?

— Désolé, m'sieur. C'est impossible.

— Vous nous mettez vraiment dans une situation délicate.

— Non, je pense que vous vous y êtes mis tout seul. Vous vous êtes engagé auprès de ces ritals là-bas, dans le Nord. Et maintenant, vous êtes pas foutu de leur livrer la marchandise.

De nouveau, Rossi jeta des regards furtifs tout autour de lui.

— Considérez ça comme un service, d'accord ? Je peux vous donner toutes les infos concernant ce négro tout de suite. Bordel ! je suis même prêt à vous y conduire en voiture...

— Non, pas de nègre au programme aujourd'hui. À présent, vous allez me foutre le camp.

Rossi gonfla les narines et passa la main sous sa veste. Quarante degrés et cent pour cent d'humidité, et ce crétin de macaroni était habillé comme s'il tournait un remake du *Parrain*.

— Allons, m'sieur Rossi, dit John en lui faisant les gros yeux. Soyez pas aussi mesquin. Qu'est-ce que vous vous imaginez pouvoir faire avec ça, ici, dans cette bibliothèque ? En plein rayon des périodiques. Putain, vous êtes tellement demeuré que vous d'vez confondre périodiques et tampons hygiéniques.

La mâchoire de Rossi montait et descendait comme s'il avait un chewing-gum collé entre les dents. Le sourire de John s'élargit, puis disparut complètement. Il savait que Rossi avait peur de lui. Et ce n'était qu'un début.

— Savez ce que vous allez faire, Angelo ? Vous allez faire semblant de laisser tomber quelque chose par terre et vous baisser pour le ramasser. Quand vous serez penché, jetez donc un œil sous cette table.

Une lueur d'effroi traversa les yeux de Rossi.

— Qu'est-ce qu'il y a là-dessous ?

— Regardez vous-même, Angelo. Ça vous mordra pas.

John saisit le journal posé sur la table et le laissa glisser par terre.

— Allez-y, regardez donc. Regardez !

Rossi ne se baissa pas pour ramasser le journal. Très lentement, sans jamais quitter John des yeux, il repoussa sa chaise et s'accroupit. Lorsqu'il se releva, il était tout pâle.

— Vous êtes un malade.

— C'est pas impossible, Angelo. Maintenant, sortez d'ici et filez buter votre putain de nègre. Vous et moi, on retravaillera ensemble une prochaine fois.

Mains levées, Rossi s'éloigna à reculons, bousculant au passage deux adolescentes occupées à essayer de comprendre le fonctionnement d'un des ordinateurs en libre accès.

Lorsque Rossi eut disparu, John observa les gens installés aux tables de lecture environnantes : beaucoup de personnes âgées qui lisaient des magazines ou des journaux, une classe de maternelle en virée, un homme à l'air paisible, assis derrière le bureau réservé aux recherches et qui lisait un roman de Dean Koontz. Tous ces gens vaquaient à leurs occupations dans la plus parfaite sérénité.

John se tourna vers l'ordinateur destiné aux consultations Internet. Il tapa l'adresse du site du FBI : www.fbi.gov.

Quand la page d'accueil s'afficha sur l'écran, il cliqua sur l'icône de la liste des dix personnes les plus recherchées et dut patienter, le temps qu'elle se télécharge.

Dix petites photos apparurent les unes après les autres, chacune proposant un lien avec une page particulière. John avait déjà consulté le site avant l'arrivée de Rossi, dans l'espoir d'y trouver sa photo. Elle n'y était pas. Et elle n'y était toujours pas.

« Un exemple parfait de l'inefficacité du gouvernement », songea-t-il.

Déçu, il revint à la page d'accueil et cliqua sur l'icône des suspects non identifiés. Neuf images suivirent, dont trois portraits-robots. L'un d'entre eux représentait un jeune homme à l'air sérieux et aux yeux marron qui portait des lunettes de premier de la classe. Une couronne de cheveux châtains entourait son crâne prématurément dégarni. Cette fois-là, John n'avait presque rien mangé pendant quinze jours avant de se montrer et les témoins l'avaient manifestement remarqué. Le suspect avait le visage très émacié et semblait sous-alimenté. Il était vêtu d'une chemise blanche et d'une cravate noire. Au final, ce portrait-robot ne lui ressemblait en rien. De la même manière qu'aujourd'hui son déguisement le rendait méconnaissable.

Il cliqua sur le portrait, et une page contenant une brève – bien qu'inexacte – description de sa personnalité ainsi qu'une liste des crimes qu'on lui imputait s'afficha à l'écran. Les charges retenues contre lui comprenaient de multiples attentats à la bombe et assassinats. John nota avec satisfaction que les fédéraux le considéraient comme extrêmement dangereux et qualifiaient les bombes qu'il fabriquait d'« engins très sophistiqués utilisés à des fins criminelles ». Ce n'était certes pas aussi bien que de voir son nom inscrit parmi les dix individus les plus recherchés, mais c'était mieux que rien.

Pour John, le fait de ne pas figurer sur cette liste constituait un véritable affront personnel et mettait une nouvelle fois en évidence la paresse des autorités. Le Top 10 rassemblait des terroristes du Moyen-Orient, des allumés d'extrême droite et des toxicomanes qui avaient tué des policiers. John avait bien plus de victimes à son actif que la plupart d'entre eux. Pour lui, aucun doute, il était l'homme le plus dangereux actuellement en liberté. Aussi entendait-il être traité avec tous les honneurs dus à son rang.

Il allait falloir faire monter encore un peu les enchères.

En dessous de la table se trouvait un petit engin qu'il avait conçu exprès pour cette bibliothèque. Il était spécifiquement destiné à délivrer un message aux autorités. Simple et élégant, il portait la signature de son créateur, comme d'ailleurs tous les engins que celui-ci fabriquait. Dans quelques heures, les autorités locales sauraient que M. Rouge avait de nouveau frappé.

— Excusez-moi. Vous avez terminé ?

Une petite vieille au corps tout ratatiné se tenait debout derrière lui, un cahier à spirale à la main.

— Vous voulez utiliser l'ordinateur ?

— Oui. Mais seulement si vous avez fini.

John lui adressa un large sourire et ramassa son sac à dos. Juste avant de se lever, il passa la main sous la table pour mettre la minuterie en route.

— Ouais, m'dame, dit-il en lui avançant la chaise. Asseyez-vous là. Vous avez de la chance, je vous ai chauffé la place.

La vieille dame éclata de rire.

John quitta la bibliothèque et sortit dans la rue ensoleillée.

4

Starkey se réveilla le lendemain matin, recroquevillée sur le canapé, le corps complètement endolori, le cou raide, et la bouche pâteuse. Il était quatre heures vingt. En tout et pour tout, elle avait dormi deux heures, d'un sommeil plutôt agité.

Pell était apparu dans ses rêves. Il la poursuivait et elle tentait de courir pour lui échapper, mais ses mouvements étaient lents et difficiles. Pell avait des doigts crochus et acérés comme des griffes, ce qui la terrifiait... Bien que, depuis son accident, ses cauchemars ne lui eussent jamais laissé aucun répit, l'irruption de ce nouveau personnage lui pesait particulièrement. Comme s'il ne suffisait pas que ce type envahisse son enquête... il venait empoisonner ses nuits.

Starkey alluma une cigarette et boitilla jusqu'à la cuisine, où elle réussit à mettre la main sur un petit fond de jus d'orange dont l'odeur n'était pas trop décourageante. Elle essaya vainement de se rappeler quand elle avait fait des courses pour la dernière fois. Les seules choses qu'elle achetait en quantité industrielle étaient le gin et les cigarettes.

Elle vida le jus d'orange et but un verre d'eau. Puis elle fit sa toilette et s'habilla. Son petit déjeuner se résuma à deux aspirines plus un comprimé de Tagamet.

En rentrant chez elle la veille, Starkey avait trouvé un message de Marzik lui indiquant qu'elles pourraient entendre le témoin, un garçon du nom de Lester Ybarra, dès l'ouverture du magasin de fleurs, à neuf heures. Starkey arriva à Spring Street à cinq heures trente et grimpa l'escalier jusqu'à son bureau. Le bâtiment était silencieux. Ni les Affaires criminelles, ni les Fugitifs, ni l'Inspection des services n'avaient d'équipe de nuit. En cas de nécessité, les commandants et sergents-chefs des différentes sections pouvaient joindre par Alphapage les officiers et inspecteurs relevant de leur autorité. Compte tenu de la spécificité de leur mission, les membres de la Section des fugitifs débutaient bien souvent leur journée dès trois heures du matin. Cela leur permettait de démarrer la chasse à l'homme en pleine nuit et d'appréhender les suspects alors qu'ils étaient encore au lit. Aujourd'hui, toutefois, les étages étaient déserts, et seuls les pas de Starkey résonnaient dans le silence de la cage d'escalier.

Une sensation qu'elle appréciait beaucoup.

Un jour, elle avait expliqué à Dana qu'elle aimait être levée avant tout le monde parce que cela lui procurait un sentiment de supériorité. Mais c'était un mensonge. En fait, Starkey aimait se retrouver seule parce que c'était plus confortable. Dans ces moments-là, personne ne venait s'immiscer dans sa vie. Personne ne se mettait à la dévisager en la reconnaissant. Elle qui avait été déchiquetée par l'explosion et raccommodée comme la créature du docteur Frankenstein. Elle qui avait perdu son équipier et échappé à la mort. Elle qui était passée de l'autre côté du miroir... Pour lui faire avouer la vérité, Dana l'avait soumise à un véritable interrogatoire. Avait-elle du mal à affronter le regard des autres ? Cherchait-elle à deviner ce que pensaient les gens qui l'observaient ? Naturellement, Starkey avait nié en bloc, mais, en y réfléchissant, elle avait fini par admettre que Dana avait raison. Pour elle, la solitude constituait une sorte d'état de grâce.

Starkey pénétra dans les locaux de la SAC et mit la machine à café en route. Tandis que celle-ci commençait à ronronner, elle fit un tour à son bureau. Comme tout inspecteur des Affaires criminelles, elle possédait des manuels de référence sur les explosifs ainsi que des répertoires recensant les différents fabricants. Étant donné sa formation, elle disposait en plus des cours et polycopiés de l'école du FBI de Redstone et de nombreux catalogues qu'elle avait rassemblés à l'époque où elle travaillait à la brigade de déminage.

Elle alla chercher une tasse de café, alluma une cigarette et entreprit de feuilleter sa documentation.

L'hybride de Modex était un explosif ternaire utilisé comme charge dans les missiles air-air. Le terme ternaire signifiait qu'il s'agissait d'un mélange de trois composants primaires dont la combinaison formait un explosif plus puissant et plus stable que chacun des trois pris isolément. Starkey recopia le nom des composants dans son carnet de notes : RDX, TNT, picrate d'ammonium, aluminium en poudre, cire et chlorure de calcium. En tant que tels, le RDX, le TNT et le picrate d'ammonium constituaient déjà des explosifs fort puissants. L'aluminium en poudre était utilisé comme adjuvant afin d'augmenter encore la force de la déflagration. Quant à la cire et au chlorure de calcium, ils jouaient le rôle de stabilisateurs du mélange.

Chen avait décelé des impuretés dans le Modex utilisé pour la bombe de Riggio et, après avoir consulté le fabricant, en avait conclu qu'il ne pouvait s'agir d'une commande gouvernementale. L'échantillon en question avait donc sans doute été fabriqué de manière artisanale, ce qui rendait son origine impossible à déterminer.

Starkey réfléchit quelques instants à cette hypothèse, puis feuilleta ses livres à la recherche d'informations concernant les composants primaires.

Le TNT et le picrate d'ammonium étaient accessibles au grand public et il était très facile de s'en procurer. Pour le RDX, c'était une autre histoire. Tout comme le Modex, il était destiné exclusivement aux militaires et sa production dépendait des commandes gouvernementales. En revanche, on ne le fabriquait qu'avec un équipement industriel. En d'autres termes, il était impossible de s'en préparer dans son four à micro-ondes. L'auteur de l'attentat avait donc dû s'approvisionner en RDX, ce qui signifiait que l'on pouvait remonter à la source.

C'était là un angle d'attaque intéressant, estima Starkey.

Munie de ses notes, elle alluma l'ordinateur et se connecta au système central de la police. Après s'être servi une nouvelle tasse de café, elle rédigea une demande concernant le RDX. Tandis qu'elle achevait de remplir le formulaire, les premiers inspecteurs arrivèrent. Le silence était rompu. C'était la fin de l'état de grâce.

Starkey rassembla ses affaires et partit.

Quand elle se gara devant chez le fleuriste, elle aperçut Marzik occupée à charger ses produits ménagers dans son coffre. Son équipière ne se séparait jamais de son matériel et était prête à débiter son baratin commercial dans les situations les plus rocambolesques, y compris lorsqu'elle questionnait des témoins. À deux reprises, il lui était même arrivé de le faire pendant l'interrogatoire d'un suspect.

Starkey constata que son estomac recommençait à faire des siennes. Elle avait décidé de ne pas attaquer Marzik pour avoir cafté auprès de Kelso, mais, en la voyant, elle sentit la colère l'envahir.

Elle la rejoignit sur le trottoir.

— Alors, l'ATF reprend l'enquête ? demanda Marzik.

— Le type prétend que non, mais on va bien voir... Rassure-moi, Beth, tu n'as pas essayé de leur fourguer tes produits, au moins ?

— Et pourquoi pas ? Ça ne les a pas dérangés, au contraire. Et j'ai fait une super-affaire.

— Écoute, j'aimerais vraiment que tu laisses ta camelote dans la voiture dorénavant. Je ne veux plus de ça sur mon enquête.

— Putain, mais j'ai deux enfants à nourrir, moi !

Starkey était sur le point de lui répondre au moment où elle aperçut un jeune Latino, très mince et de petite taille, qui sortait du magasin.

— Inspecteur, mon père me dit qu'il faut que j'y aille bientôt, annonça-t-il à l'intention de Marzik. On a des livraisons ce matin.

Marzik lui présenta Starkey comme l'inspecteur qui dirigeait l'enquête et ils se serrèrent la main. Celle de Lester Ybarra était toute fraîche et humide à cause de la climatisation du magasin. Il avait l'haleine douceâtre et diffusait une curieuse odeur aigrelette de produits chimiques.

— Bonjour Lester, déclara Starkey. Je vous remercie beaucoup de votre aide.

— À vot' service, répondit Lester avec un sourire timide et une œillade à Marzik.

— Lester a vu quelqu'un appeler de la cabine d'en face entre treize heures et treize heures vingt le jour de l'attentat... C'est bien ça, Lester ? ajouta Marzik.

Le jeune homme acquiesça.

— Pourriez-vous décrire cet individu à l'inspecteur Starkey ?

Lester se tourna vers Starkey, puis de nouveau vers Marzik. Son regard revenait sans cesse sur elle, et Starkey en conclut qu'elle lui plaisait. Elle espéra qu'il n'avait pas inventé toute cette histoire rien que pour se faire mousser.

— Avant toute chose, Lester, pourriez-vous m'expliquer les circonstances dans lesquelles ça s'est passé ? J'aimerais me faire une impression d'ensemble.

— Pas d' blème.

— Donc, votre camionnette était ici ? À peu près là où se trouve ma voiture, c'est bien ça ?

— Ouais.

Starkey s'était garée juste en face de l'entrée du magasin, sur un emplacement interdit au stationnement, à environ cinq mètres du coin de la rue.

— Vous chargez toujours le véhicule ici, dans la rue, par la porte d'entrée ?

— En fait, on a trois camionnettes. Les deux autres étaient dans l'allée, derrière. C'est pour ça que je me suis mis dans la rue. Je devais partir à midi et demi, mais on a eu une grosse commande au dernier moment. Un enterrement : douze gerbes. Ça nous rapporte beaucoup, les enterrements. Mon père m'a dit d'attendre et je suis venu me garer ici.

— Vous étiez donc en train de patienter dans la voiture. À moins que vous ayez chargé vous-même les fleurs ?

— Non, non, j'étais installé au volant quand j'ai vu le type. J'avais rien à faire. Ce sont mes sœurs qui préparent les fleurs. J'étais là juste au cas où les flics me demanderaient de bouger.

— Il était en zone rouge, expliqua Marzik.

Starkey hocha la tête. La circulation était très réduite dans cette petite rue qui donnait sur Sunset Boulevard. Lester avait donc dû avoir une vue bien dégagée de la cabine située de l'autre côté de la rue, au niveau de la blanchisserie. À cet instant, Starkey aperçut un couple d'âge mûr qui en sortait, un paquet de linge rose sous le bras. Peut-être une autre piste. Il faudrait qu'elle pense à en toucher un mot à Marzik.

— D'accord, Lester. Pourriez-vous me dire à quoi cet homme ressemblait ? demanda-t-elle. Je sais que vous l'avez déjà décrit à l'inspecteur Marzik, mais j'aimerais que vous recommenciez.

Ils en arrivaient au fait. Le suspect était-il blanc ou latino ?

Lester se lança dans sa description. L'homme qu'il avait vu téléphoner était un Blanc de taille et de corpulence moyennes qui portait une vieille casquette de base-ball, des lunettes de soleil, un pantalon bleu foncé et une chemise sport d'un bleu plus clair. D'après Lester, on aurait dit une sorte d'uniforme, comme celui d'un pompiste ou d'un chauffeur de bus. Starkey prenait des notes sans l'interrompre. Compte tenu de la distance, Lester n'avait pas pu entendre la voix du suspect. Tout en précisant qu'il lui était souvent difficile d'évaluer l'âge des gens, il estima que l'homme devait avoir une quarantaine d'années. Starkey sentit soudain son Alphapage vibrer contre sa hanche. Elle regarda le numéro : c'était Nibard.

Une fois que Lester eut terminé, elle referma son carnet.

— Si vous revoyiez ce type, pensez-vous que vous le reconnaîtriez ?

— Je ne sais pas, répondit Lester. Peut-être bien. Mais je n'ai pas vraiment fait attention à lui. Ça n'a duré que quelques secondes.

— Est-ce que vous avez vu d'où il venait ?

— Non.

— Et quand il est reparti, il est allé dans quelle direction ?

— J'ai pas fait gaffe. Vous savez, pour moi c'était juste un mec dans la rue, rien de plus.

— Est-ce qu'il est sorti d'un véhicule quand il est arrivé ? Et après son coup de fil, il a pris une voiture ?

Lester haussa les épaules en signe d'impuissance.

— Très bien, Lester, poursuivit Starkey en rangeant son carnet. J'ai juste un petit problème avec cette histoire : nous avons toutes les raisons de penser que l'auteur du coup de fil était hispanique. Êtes-vous sûr qu'il était blanc ?

— Ouais, j'en suis quasiment sûr. Il avait les cheveux clairs. Pas gris, mais clairs.

Starkey et Marzik échangèrent un regard entendu. « Quasiment sûr » était une expression pour le moins ambiguë.

— Des cheveux châtain clair, c'est ça ? insista Starkey.

— Ouais, c'est ça. Châtain clair. Un peu couleur sable.

— Mais vous pouviez les voir, avec la casquette ? intervint Marzik.

— Ouais, là, sur les côtés, on les voyait, répliqua le jeune homme en désignant le pourtour de ses oreilles.

« Après tout, pourquoi pas ? » songea Starkey en ressortant son carnet. Tandis qu'elle prenait cette information en note, une autre question lui vint à l'esprit.

— Juste une petite chose, encore. Auriez-vous remarqué un signe particulier chez ce type ? Peut-être une cicatrice ou un tatouage sur le bras ?

— Il portait des manches longues.

— Il portait une chemise à manches longues ?

— Ouais. C'est pour ça que j'ai pas pu voir ses bras. Je me souviens qu'elle était sale et plutôt usée. On aurait dit qu'il venait de réparer une voiture ou un truc dans le genre.

Starkey se tourna vers Marzik. Manifestement contrariée par les doutes du jeune homme, celle-ci regardait fixement ses pieds. Quant à Lester, il continuait de la dévorer des yeux.

— Une dernière chose. Vous êtes resté là pendant quoi, vingt minutes ?

— Vous arrêtez pas de dire « une dernière chose, une dernière chose ». Mon vieux va pas être content du tout. Faut que j'aille bosser, maintenant.

— Cette fois-ci, c'est vraiment la dernière question. Est-ce que quelqu'un d'autre a appelé de cette cabine pendant que vous étiez là ?

Starkey savait bien que ce n'était pas le cas. Elle voulait juste vérifier que le jeune homme ne cherchait pas à impressionner Marzik.

— Non, j'ai vu personne d'autre.

Starkey fourra de nouveau son carnet dans sa poche.

— O.K., Lester. Merci beaucoup. J'aimerais que vous accompagniez l'inspecteur Marzik pour essayer avec un de nos techniciens physionomistes de réaliser un portrait-robot. D'accord ?

— Ouais, moi, je trouve ça plutôt cool. Mais mon père, il va pas aimer ça. Il va être furax.

— Bon, pour l'instant, allez faire vos livraisons. Nous, on arrange ça avec votre père. Peut-être un peu plus tard dans la matinée, d'accord ? L'inspecteur Marzik vous invitera à déjeuner.

Lester se mit à frétiller comme un chien à qui l'on aurait fait miroiter une belle promenade.

— Ouais. C'est cool, ajouta-t-il avant de tourner les talons et de disparaître à l'intérieur du magasin.

— Mais pourquoi tu lui as dit ça, bordel ? s'écria Marzik. Je ne vais quand même pas passer ma journée avec lui !

— Il faut bien que quelqu'un s'occupe de lui. C'est toi qui l'as pris en main depuis le début.

— Ça ne rime à rien, de toute façon. T'as entendu ça : « quasiment sûr » ? Le mec porte une casquette, des lunettes de soleil et des manches longues par plus de quarante degrés. De deux choses l'une : s'il s'agit de notre type, c'est clair qu'il s'est déguisé, et s'il ne s'agit pas de lui, c'est juste un malade mental.

L'estomac de Starkey se rappela soudain à son souvenir. Il réclamait sa dose d'antiacide.

— Pourquoi faut-il toujours que tu sois aussi pessimiste ?

— Je ne suis pas pessimiste. Je dis juste les choses telles qu'elles sont.

— D'accord. Et tu ne crois pas qu'on pourrait voir tout ça sous un autre angle : si c'est bien notre type, il portait sûrement les mêmes vêtements lorsqu'il a déclenché la bombe. Et s'il a été filmé, son accoutrement à la con devrait le rendre plus facilement repérable, non ?

— Ouais, si tu le dis. Bon, je vais aller discuter avec le père. Quel connard, celui-là !

Marzik entra dans la boutique sans ajouter un mot. Starkey sortit de son paquet une cigarette, l'alluma et retourna à sa voiture. Elle était tellement furieuse qu'elle en tremblait. D'abord Pell, et maintenant ça. Sachant qu'elle avait du pain sur la planche et que la colère ne l'aiderait pas à avancer, elle tenta vainement d'appliquer les techniques que Dana lui avait apprises pour se calmer. Trois ans de psychothérapie pour en arriver là...

Quand Marzik réapparut, Starkey était occupée à observer les gens qui entraient et sortaient de la blanchisserie, s'efforçant de déterminer combien d'entre eux passaient devant la cabine. Elle prit une profonde inspiration et parvint à se détendre.

— Beth, tu as déjà parlé aux gens de la blanchisserie, n'est-ce pas ?

— Je t'ai dit que oui, répliqua Marzik avec mauvaise humeur.

— Tu leur as donné la description du type et l'heure ? Ce n'est pas impossible qu'un des clients l'ait aperçu.

Marzik sortit de son sac son carnet de notes et l'ouvrit à une page où était inscrite une liste de noms. Exaspérée, elle tendit le carnet à Starkey.

— Je leur ai demandé d'essayer de se souvenir des clients qui étaient passés entre midi et deux heures. Et voilà le résultat. Je ne suis pas complètement stupide, Carol.

Starkey, qui la regardait fixement, laissa tomber sa cigarette et l'écrasa.

— Très bien. Je n'avais pas l'intention d'en parler, mais je crois qu'il faut quand même qu'on ait une petite explication toutes les deux. Histoire de repartir sur des bases saines.

— Une explication à quel sujet ? Sur le fait que tu me casses les couilles avec mes produits ménagers ? Ou bien parce que le gamin n'était pas aussi fiable que je le pensais ?

— Tu as dit à Kelso que tu pensais que je buvais pendant le service.

Instantanément, Marzik devint cramoisie, confirmant ainsi les soupçons de Starkey.

— Mais non. Absolument pas. C'est ce qu'il a prétendu ?

— Écoute, Beth, c'est suffisamment difficile comme ça. Si tu veux continuer à mentir, fais-moi au moins le plaisir d'écouter ce que j'ai à te dire.

— Je déteste qu'on m'accuse à tort.

— Si tu ne veux pas travailler avec moi, allons voir Kelso

ensemble. Je lui expliquerai que, d'un commun accord, nous cessons de collaborer et aucune d'entre nous ne se fera mal voir.

Marzik croisa les bras, puis les décroisa.

— Bon, si tu tiens vraiment à ce qu'on mette les choses au point, allons-y carrément, lança-t-elle en regardant Starkey droit dans les yeux. Tout le monde dans le service sait que tu as un problème de boisson. On le sent, bordel ! Quand tu n'empestes pas le gin, tu sens la menthe, celle avec laquelle tu veux masquer l'odeur.

Rougissant à son tour, Starkey dut lutter pied à pied pour ne pas partir en courant.

— On regrette tous ce qui t'est arrivé, poursuivit Marzik. On t'a trouvé un poste aux Affaires criminelles et on a tout fait pour que ça se passe bien. Mais je vais te dire une chose : moi, personne ne m'a jamais pistonnée, personne ne me protège et j'ai deux enfants à élever. Alors, j'en ai rien à foutre de tes problèmes.

— Moi non plus, personne ne me protège.

— Tu parles ! Tout le monde sait que Dick Leyton a usé de son influence pour que Kelso te prenne. Et il continue de t'aider aujourd'hui. Moi, j'ai besoin de ce boulot. Je ne suis pas là pour faire du baby-sitting et j'ai encore moins l'intention de sacrifier ma carrière pour te couvrir.

— Je ne te demande pas de me couvrir.

— Tant mieux, parce que je ne le ferai pas. Et je n'accepterai pas non plus d'être débarquée de cette enquête. Parce que c'est typiquement le genre de mission qui débouche sur une promotion. Si ce type se révèle être blanc, je veux qu'on sache que c'est moi qui l'ai découvert. J'ai été deuxième échelon pendant trop longtemps. Il faut que je passe I-3. J'ai besoin de cet argent. Alors, si tu ne peux pas assumer, c'est toi qui demandes à être déchargée de l'enquête. Parce que moi, j'en ai vraiment besoin, de ce fric.

L'Alphapage de Starkey vibra de nouveau. Une fois de plus, c'était Nibard. Ravie de cette interruption inespérée, elle courut à sa voiture chercher son téléphone portable. Elle se maudissait intérieurement d'avoir mis cette histoire sur le tapis. Elle savait bien que Marzik ne reconnaîtrait jamais avoir cafté auprès de

Kelso et, tant qu'elle persisterait à nier, ce serait un match nul. Marzik lui était désormais ouvertement hostile, voilà ce qu'elle avait gagné !

— Nibard ? C'est moi.

— Ça a donné quelque chose, avec le fils du fleuriste ?

— Marzik va l'amener pour faire un portrait-robot. Tu peux nous organiser ça ?

— Tout de suite... Écoute, j'ai les cassettes que tu voulais. De trois chaînes de télé différentes. Tu veux que je réserve la salle pour qu'on les visionne ?

— Ce sont les images des hélicoptères au-dessus du parking ?

— Ouais. Il y a pas mal de cassettes. Je prépare la projection ?

Starkey s'imagina les images enregistrées sur les cassettes. Elle allait voir la bombe exploser. Elle allait voir Charlie Riggio mourir.

— Occupe-toi de tout, Jorge. J'aimerais que le gamin les regarde aussi, mais seulement après qu'il sera passé chez le physio, O.K. ? Je ne veux surtout pas qu'il les voie avant, sinon il va nous faire la description de quelqu'un qu'il aura repéré sur la cassette. Uniquement parce qu'il aura l'air suspect.

— D'accord, je t'arrange tout ça.

— Une dernière question. Que s'est-il passé avec Pell hier soir ?

— Il a relevé un truc dans le rapport du légiste. Kelso m'a demandé de l'emmener là-bas.

Starkey sentit son estomac se nouer.

— C'était quoi, son problème ?

— Il manquait une radio complète du corps. Donc il en a fait faire une au médecin.

— Putain, mais Kelso le laisse travailler comme s'il appartenait à la maison ou quoi ?

— Je peux pas parler, là, Carol.

— Il a trouvé quelque chose ?

— Oui, d'autres éclats, mais il a dit que ça n'avait pas donné grand-chose.

La respiration de Starkey reprit un rythme normal. Peut-être Pell allait-il finalement se lasser et retourner à Washington.

— Bon. Vois pour le portrait-robot et réserve la salle vidéo. J'arrive dans quelques minutes.

Elle raccrocha, puis rejoignit Marzik, décidée à calmer le jeu.

— Beth ? On a les enregistrements. Le physio sera prêt quand tu arriveras. Jorge s'en occupe. Ensuite, on pourrait montrer les cassettes à Lester. Qu'est-ce que tu en penses ?

— Comme tu voudras.

— Écoute, je n'avais vraiment pas l'intention de te vexer au sujet de la blanchisserie. C'était bien vu, d'avoir relevé les noms des clients.

— Merci du compliment !

O.K., si elle le prenait sur ce ton... Starkey remonta dans sa voiture, laissant Marzik attendre Lester Ybarra seule dans la chaleur qui s'abattait sur la ville.

Starkey avait d'abord prévu de retourner à Spring Street, mais, lorsqu'elle arriva devant le lieu de l'attentat, elle ralentit et s'engagea sur le parking.

En apprenant que les cassettes étaient arrivées, elle avait pensé à quelque chose. Le fabricant de la télécommande lui avait dit que la portée de l'émetteur ne dépassait pas cent mètres. Conformément à la politique de la brigade de déminage, la zone avait été évacuée dans un périmètre identique. Celui qui avait actionné la bombe avait donc dû se trouver juste derrière la barrière dressée par la police. Starkey espérait bien qu'il serait possible de distinguer sur les cassettes une personne dans la foule qui en aurait été suffisamment proche pour appuyer sur la détente.

Sur le parking, la surveillance avait été levée et toutes les boutiques, mis à part la librairie, avaient rouvert. Deux jeunes Latinos étaient en train de repeindre le mur endommagé par l'explosion. Le container à ordures avait été remplacé et le cratère creusé par la déflagration n'était plus qu'une tache sur le macadam. La vie avait repris son cours.

Starkey se gara et rejoignit les lieux à pied. Elle regarda vers Sunset Boulevard, essayant de se représenter une longueur de cent mètres. Puis elle évalua la distance jusqu'à la petite rue adjacente située plus au sud, au-delà des immeubles. Il commençait à faire chaud et son tailleur-pantalon gris sombre devenait de plus en plus inconfortable. Elle retira sa veste et la plia sur son bras. Les deux ouvriers ayant remarqué l'arme qui pendait à sa ceinture, elle la décrocha avec son étui et dissimula le tout sous sa veste.

Elle traversa Sunset Boulevard et poursuivit son chemin vers le nord. Elle dépassa l'épicerie guatémaltèque en comptant ses pas, et s'arrêta lorsqu'elle en eut accompli cent trente. Cela devait correspondre à environ cent mètres. Elle se trouvait six horodateurs plus haut sur le boulevard, à quelques mètres d'un poteau téléphonique. Elle inscrivit ce point de repère dans son carnet, se disant qu'il serait facile à situer sur les enregistrements, puis retourna sur le lieu de la déflagration et fit de nouveau cent trente pas en direction du sud. Au terme de son décompte, elle s'immobilisa juste à côté d'un grand palmier tout décharné. Mais il y en avait tellement dans le coin qu'il risquait d'être difficile de repérer le bon. Elle remarqua le toit de brique de l'immeuble d'en face peint en bleu, et le nota dans son calepin. Elle répéta encore à deux reprises la même opération, afin de prendre des points de repère à l'est et à l'ouest. Quand elle en eut terminé, elle alluma une cigarette et s'assit dans sa voiture pour la fumer.

Quelque part à l'intérieur de ce périmètre, le tueur avait observé la scène et attendu le meilleur moment pour donner la mort. Elle se demanda s'il s'agissait de l'homme que Lester Ybarra avait décrit. Si c'était ce M. Rouge dont Pell avait parlé. Ou bien quelqu'un d'autre.

Lorsque Starkey arriva à la SAC, Nibard, penché sur un carton, était en train d'en sortir les cassettes.

— Le type de l'ATF a appelé, dit-il sans préambule.

— Pell ?

— Ouais. Je t'ai mis un mot sur ton bureau.

— Qu'il aille se faire foutre, celui-là. T'as pu trouver un physionomiste pour Marzik ?

— Ils n'ont aucun ordinateur de libre pour l'instant. Marzik voulait savoir si elle ne pouvait pas nous rejoindre pour regarder les enregistrements en attendant.

— Je l'ai déjà dit, c'est hors de question. Je veux que le gamin décrive ce qu'il a vu avant qu'on lui montre quoi que ce soit. Marzik sait très bien que j'ai raison.

— Je lui ai dit ce que tu en pensais. Elle n'était pas contente du tout.

— Bah, elle n'est jamais contente.

En rangeant son sac à main dans le tiroir, Starkey remarqua sur son bureau un petit lot de feuilles de papier rose sur lesquelles étaient inscrits des messages. Chester Riggs, qui travaillait au service du Crime organisé, et Warren Perez, un inspecteur de troisième échelon de la brigade de Rampart, l'avaient rappelée. Ils étaient chargés d'entendre les gérants des boutiques du petit centre commercial afin de déterminer le mobile de l'attentat. D'après les premiers résultats, aucun des deux ne s'attendait à découvrir un quelconque indice, ce qui ne surprit guère Starkey. Il y avait aussi un message de Pell qu'elle ne prit même pas la peine de lire.

Elle revint auprès de Santos et se mit à inspecter les cassettes. Il y en avait de deux types : des masters de format professionnel et des VHS qui pouvaient être lues sur un magnétoscope standard.

— Pour l'instant, seules trois chaînes nous ont envoyé leurs cassettes, expliqua Santos. Les autres arrivent. Tu te rends compte, ça fait des heures d'enregistrement. La durée est inscrite sur le côté. Il est aussi indiqué si ce sont des gros plans ou des plans larges.

Starkey retourna les cassettes. La plus courte indiquait une durée d'enregistrement de soixante-quatorze minutes. La plus longue, cent vingt-six minutes. Chacune portait également la mention « GP » ou « LARGE ».

— Ça veut dire quoi, ça ? questionna-t-elle.

— Certains hélicoptères sont équipés de deux caméras. Elles sont montées sur pivot sous le nez de l'appareil. Comme deux mitrailleuses. Les deux sont pointées sur la même chose, mais l'une filme en plan serré alors que l'autre prend des vues d'ensemble. Ça enregistre des deux façons. Dans l'hélico comme en studio, d'ailleurs.

— Je pensais qu'ils le diffusaient en direct.

— C'est ce qu'ils font, mais ils enregistrent aussi. Donc, on a les deux, en gros plan et en plan large. Autrement dit, on a le double à regarder.

Considérant que les gros plans ne leur seraient d'aucune utilité, Starkey sortit du carton les cassettes VHS plans larges et les rapporta à son bureau. Elle songea à appeler Buck Daggett, puis décida de regarder d'abord les enregistrements elle-même.

— J'ai réservé la salle TV, annonça Santos. On peut y aller dès que tout sera prêt.

Spring Street ne comptait qu'une seule salle de télévision équipée d'un magnétoscope. La SAC et le service des Fugitifs n'en avaient guère besoin et ne l'utilisaient que très rarement. La plupart du temps, elle servait aux enquêteurs de l'Inspection des services pour visionner les agissements d'autres flics filmés à leur insu. Pour cette raison, le matériel vidéo était souvent la cible d'actes de vandalisme. On retrouvait régulièrement du chewing-gum, des mégots de cigarette ou d'autres détritus coincés dans les têtes de lecture, bien que la salle fût fermée à clé. Une fois, quelqu'un avait même fourré les pattes arrière d'un rat dans l'appareil. Cela démontrait au moins que les flics pratiquaient un vandalisme créatif...

— Tu es sûr que l'appareil fonctionne ? demanda Starkey.

— Ouais. J'ai vérifié il y a à peine une heure.

Starkey examina les cassettes. La mort de Charlie Riggio filmée de trois points de vue différents... En cas d'alerte à la bombe, les médias réagissaient instantanément et truffaient les lieux de caméras. Le jour où elle était partie en intervention sur le camping avec Sugar, les équipes de tournage et les journalistes étaient également présents. Sugar lui avait même dit en plaisantant qu'ils allaient assurer le spectacle aux infos. Jusqu'à cet instant, elle avait complètement occulté ce souvenir. Elle tira de son sac une cigarette et l'alluma.

— Carol ! Tu veux que Kelso te renvoie chez toi ?

Elle regarda Nibard sans comprendre.

— La cigarette, enfin !

Se sentant rougir, elle l'écrasa par terre et tenta de dissiper la fumée de la main.

— Je n'ai même pas remarqué que je l'avais allumée.

Nibard l'observait avec une expression qu'elle interpréta comme de la compassion. Craignant qu'il pense qu'elle avait bu, elle alla s'accroupir à côté de son bureau de sorte qu'il pût sentir son haleine. Elle tenait à ce qu'il sache qu'elle ne puait pas le gin.

— Je suis un peu embêtée à cause de ce type de l'ATF, c'est tout, ajouta-t-elle comme pour s'excuser. Il a dit quelque chose, hier soir, après avoir vu le légiste ?

— Non, rien. Je lui ai demandé s'il avait trouvé ce qu'il cherchait, mais il m'a juste dit qu'ils avaient extrait de nouveaux fragments.

— Rien d'autre ?

— Rien. Il a passé la journée à Glendale pour assister à la reconstitution.

Starkey retourna à son bureau. Il fallait qu'elle téléphone au légiste pour en savoir plus. Elle devait également penser à appeler John Chen. Quelles que fussent les nouvelles pièces à conviction, elles lui seraient transmises à un moment ou à un autre afin qu'il les examine et les répertorie dans le dossier. Même si la procédure pouvait prendre plusieurs jours.

Nibard acheva de noter les références des enregistrements et rangea le carton sous son bureau.

— C'est bon, j'ai terminé, annonça-t-il en brandissant une cassette de format professionnel. On pourrait peut-être commencer, à moins que tu veuilles attendre Marzik.

— Il vaut mieux que je donne mes coups de fil d'abord, je crois. Tu n'as qu'à commencer sans moi, d'accord ?

Nibard, qui avait passé un temps fou à rassembler toutes les cassettes, sembla un peu déçu.

— Très bien, mais je pensais que tu voulais les voir. Tu sais, on n'a la salle que pour quelques heures.

— Je les regarderai à la maison, Jorge. Je dois vraiment rappeler ces gens d'abord.

La sonnerie du téléphone la fit sursauter. Elle décrocha immédiatement.

— Affaires criminelles. Starkey à l'appareil.

— Vous ne répondez jamais à vos messages ?

C'était la voix de Pell.

— J'ai été très occupée. On a peut-être un témoin, pour l'homme qui a téléphoné au 911.

— J'aimerais qu'on se voie. Il faut que nous parlions de la façon dont nous allons gérer cette enquête.

— Pourquoi dites-vous « nous » ? Si mon type n'est pas votre M. Rouge, on n'a rien à faire ensemble. Cela dit, je vous rappelle que j'aimerais bien lire votre doc sur les sept premières bombes.

— J'ai justement les rapports avec moi. Mais il y a autre chose, Starkey, et il faut que nous en parlions. C'est important.

Bien qu'elle fût tentée de l'envoyer balader, elle savait très bien qu'il lui faudrait faire le point avec lui à un moment ou à un autre. Aussi décida-t-elle de se débarrasser tout de suite de cette corvée. Elle lui expliqua comment se rendre au Barrigan's, puis raccrocha.

Santos, qui l'avait observée pendant qu'elle était au téléphone, la rejoignit, les bras toujours chargés de cassettes.

— Alors, ça y est, les fédéraux reprennent l'enquête ?

— Je ne sais pas. Il n'a rien dit.

— À mon avis, c'est une simple question de temps, conclut-il en haussant les épaules, manquant de laisser tomber les cassettes. Bon, j'y vais. Tu es sûre que tu ne veux pas venir ?

— J'ai rendez-vous avec Pell.

Elle le regarda s'éloigner, s'en voulant de n'avoir pas eu le courage de visionner les enregistrements avec lui. Elle avait pourtant bien réussi à se rendre sur le lieu de l'attentat, à affronter le cadavre de Riggio et à respirer l'odeur de l'explosion. En comparaison, sa peur de voir les cassettes pouvait sembler inexplicable. En réalité, elle était bien compréhensible. Starkey aurait vu à l'écran non seulement Riggio, mais aussi Sugar et elle-même. Elle avait déjà imaginé les circonstances de son décès des centaines de fois, sans avoir jamais visionné d'enregistrement de la scène. Auparavant, elle n'avait même jamais pensé qu'elle ait pu être filmée. Les équipes de télévision enregistrant ses plaisanteries avec Sugar, le reportage diffusé aux infos de dix-huit heures... C'était comme si l'explosion avait fait disparaître tous les témoins du drame. Jusqu'à ce jour...

Cet enregistrement de sa propre mort existait-il toujours ? se demanda Starkey en triturant les cassettes. Il valait mieux ne pas y songer pour l'instant...

Elle rassembla ses affaires et quitta le bureau pour rejoindre Pell.

Le Barrigan's était un petit pub irlandais situé dans le secteur de Wilshire. Dès son ouverture, en 1954, il était devenu l'un des principaux repaires des inspecteurs de la ville. À cette date, des membres du bureau des homicides avaient commencé à y tenir salon en racontant comment ils cueillaient les mafieux qui débarquaient de New York à la sortie de leur avion et les passaient à tabac sans sommation. Depuis, les murs du Barrigan's s'étaient tapissés de trèfles à quatre feuilles. Chacun portait le nom d'un flic qui avait tué un homme en service, ainsi que la date à laquelle ce fait d'armes avait eu lieu. Jusqu'à une période récente, les femmes officiers de police n'y étaient pas les bienvenues. L'idée était que leur présence dans l'établissement risquait de décourager les nombreuses secrétaires et autres infirmières aux mœurs dissolues qui fréquentaient avec assiduité les lieux et dispensaient généreusement leurs faveurs aux porteurs d'insigne. Même si cette crainte n'était pas tout à fait infondée, les femmes flics ne l'entendaient pas de cette oreille. La ségrégation sexuelle fut enfin abolie la nuit où un inspecteur des Vols à main armée et homicides, du nom de Samantha Dolan, fut prise dans une fusillade qui l'opposait aux deux suspects d'un viol. Elle les descendit tous les deux et, le soir même, conformément à la tradition, une fête fut organisée en son honneur au Barrigan's. Elle y convia l'ensemble des inspecteurs femmes qu'elle connaissait, lesquelles adoptèrent aussitôt l'endroit et décidèrent d'y retourner régulièrement. À toutes fins utiles, elles avertirent le tenancier qu'elles entendaient y jouir du meilleur accueil, faute de quoi elles lui colleraient les inspectrices des services de santé au cul. À compter de ce jour, la mixité fut définitivement instaurée au Barrigan's. Starkey n'avait jamais rencontré en personne Samantha Dolan, mais elle connaissait ses aventures. Quelque temps après être entrée dans l'histoire, la malheureuse avait connu une fin tragique en franchissant une porte piégée à l'explosif.

Lorsque Starkey entra au Barrigan's en cette fin d'après-midi, le bar était déjà bondé. Elle s'installa sur une banquette entre deux inspecteurs de deuxième échelon chargés de la répression des crimes sexuels, alluma une cigarette et commanda un double gin.

Elle commençait tout juste à y tremper ses lèvres lorsque Pell fit son apparition.

— Vous buvez toujours comme ça pendant le service ? lui demanda-t-il en déposant une épaisse enveloppe en papier kraft sur le bar.

— Qu'est-ce que ça peut vous foutre ? Sachez toutefois, agent spécial, que j'ai terminé mon service. Je suis venue uniquement pour vous faire plaisir.

L'inspecteur assis à côté d'elle se retourna pour jeter un coup d'œil à Pell. Histoire de le provoquer, il fit ostensiblement tinter les glaçons de son double whisky.

Pell refusa le verre que Starkey lui proposait et se laissa glisser sur la banquette à côté d'elle. Tellement près qu'ils se retrouvèrent littéralement collés l'un à l'autre. Le bar du Barrigan's n'offrait pas de tabourets, mais une rangée de petites banquettes à peine assez larges pour deux personnes, attachées à un rail de cuivre qui courait le long du comptoir. Starkey détestait ces saletés de sièges parce qu'il était impossible de les bouger. Mais c'était ainsi depuis 1954 et cela ne changerait sans doute jamais.

— Écartez-vous, Pell.

Il se décala un peu.

— Ça va comme ça ? Je peux m'asseoir ailleurs si vous voulez.

— Non, c'est bon. Je n'aime pas qu'on me colle.

Starkey regretta instantanément cette dernière réplique, qui en disait beaucoup trop long sur elle. Pell désigna l'enveloppe de la tête.

— Voilà les rapports. Et j'ai aussi autre chose pour vous.

Il déplia une feuille de papier et la posa sur le bar. C'était un article de journal qu'il avait téléchargé sur Internet.

— Lisez. Ça s'est passé il y a quelques jours.

CANULAR À LA BOMBE : UNE BIBLIOTHÈQUE ENTIÈRE ÉVACUÉE

par Lauren Beth, du Miami Herald

La bibliothèque principale du comté de Dade a été évacuée hier après la découverte par les employés d'un objet suspect ressemblant à une bombe.

Alertés par un mystérieux bruit de sirène, les bibliothécaires ont localisé un engin artisanal fixé sous une table. Après que la police eut évacué les lieux, la Brigade d'intervention d'urgence du comté de Dade a neutralisé l'engin qui contenait bien la sirène, mais aucun explosif. Les responsables de la police qualifient cet incident de canular.

Starkey interrompit sa lecture.

— Qu'est-ce que ça signifie ?

— On a retrouvé un engin intact à Miami. Il était en tout point identique à celui qui a tué Riggio.

Cette information était préoccupante. Si les deux bombes étaient bien identiques, cela donnait à Pell une raison de prendre les choses en main. Starkey savait ce qui risquerait alors de se passer : l'ATF mettrait en place une cellule de crise, ce qui inciterait le FBI à venir fourrer son nez dans l'enquête. Les shérifs manifesteraient sans doute également le désir d'avoir leur part du gâteau et s'en mêleraient à leur tour. En moins de temps qu'il n'en faudrait pour le dire, Starkey et son équipe des Affaires criminelles se trouveraient reléguées au rang de coursiers et passeraient des nuits blanches à transmettre les pièces à conviction au labo de l'ATF à San Francisco.

Starkey repoussa l'article de la main.

— Très bien. Un canular, donc. Mais dites-moi, si votre M. Rouge est à Miami, pourquoi n'avez-vous pas pris le premier avion pour vous y rendre ?

— Parce qu'il est ici.

Pell jeta un coup d'œil méfiant au détective à côté d'eux.

— Est-ce que nous pourrions aller nous asseoir à une table ? suggéra-t-il.

Sans un mot, Starkey le conduisit vers une table d'angle. D'office, elle s'installa face à la salle, espérant que le fait de devoir tourner le dos à la foule le mettrait mal à l'aise.

— Voilà, maintenant, plus personne ne peut nous entendre. Comme de vrais espions.

À la grande satisfaction de Starkey, Pell se mit à faire jouer nerveusement les muscles de sa mâchoire. Elle alluma une cigarette et lui souffla la fumée par-dessus l'épaule.

— La police de Miami n'a pas tout révélé aux journalistes, commença-t-il. Il ne s'agissait pas d'un canular, Starkey, mais d'un message. En fait, il a même laissé une note. Des mots écrits sur un bout de papier. Il n'avait jamais fait ça auparavant. On a donc peut-être une chance de le coincer.

— Que disait-il dans sa note ?

— « *La mort de tous ces gens suffirait-elle à me mettre au Top 10 ?* »

Starkey ne voyait pas du tout ce que cela pouvait bien signifier.

— Il veut figurer sur la liste des dix personnes les plus recherchées par le FBI, expliqua Pell.

— Vous voulez rire ?

— Tout un symbole, Starkey. Ce type est une espèce de raté qui ne se contente plus d'être un criminel anonyme. S'il ne figure pas sur la liste, c'est parce que nous ne savons pas qui il est. Personne n'y est inscrit tant que son identité reste inconnue. Mais cette situation le frustre. Il se met à prendre des risques qu'il ne prenait pas avant, ce qui montre bien qu'il est déstabilisé.

Starkey comprenait maintenant pourquoi Pell ne voulait pas lâcher prise. Lorsqu'un criminel changeait ainsi de mode opératoire, c'était toujours une excellente chose pour l'enquête. À chaque modification de son comportement, il se montrait sous un visage différent et, petit à petit, il devenait possible de se faire une idée claire de lui.

— Vous disiez qu'il était ici, remarqua Starkey. Comment le

savez-vous ? Est-ce que son message évoquait sa venue à Los Angeles ?

Pell ne répondit pas. Il la dévisageait comme s'il cherchait à percer son regard et la mettait très mal à l'aise.

— Quoi, qu'est-ce qu'il y a ? demanda-t-elle.

— Je ne vous ai pas tout dit, à Kelso et à vous. Lorsque M. Rouge part à la chasse au démineur, il ne le fait pas au hasard. Il choisit soigneusement ses proies, le plus souvent des démineurs chevronnés ou ceux qui ont fait les gros titres des journaux. Il cherche à débusquer le gros gibier. Ce qui l'intéresse, c'est de démontrer qu'il est plus fort que les meilleurs éléments d'une brigade. Une question d'ego, en quelque sorte.

— C'est cela qu'il disait dans sa petite note ?

— Non. Ça, nous le savons parce qu'il a l'habitude de graver le nom de sa cible sur les bombes qu'il fabrique. En reconstituant les différents engins, on a retrouvé les noms des deux premiers démineurs qu'il a tués inscrits sur les fragments. Alan Brennert à Baltimore et Michael Cassutt à Philadelphie. Tous deux étaient des sergents-chefs qui avaient participé à des interventions majeures.

Starkey ne fit aucun commentaire. Elle dessina un grand 5 sur la table tout auréolée de traces de verres, puis le changea en S, songeant que cette lettre devait venir de « Charles ». Bien que Charlie Riggio ne fût pas précisément la star de la police de Los Angeles... Mais cela, elle n'avait pas l'intention de le dire à Pell.

— Pourquoi me racontez-vous tout ça ici, et pas dans le bureau de Kelso ?

Pell évita son regard. Quelque chose semblait le rendre nerveux.

— Nous réservons cette information au cas où elle pourrait servir à l'enquête.

— Eh bien, Pell, vous me voyez flattée. S'il y a quelqu'un à qui cette information privilégiée revient de droit, c'est bien moi, vous ne croyez pas ?

— Si.

— Du coup, je me demande ce que vous nous cachez d'autre.

— En tant que responsable de l'enquête, vous pourriez faire des déclarations à la presse afin de continuer à le déstabiliser, dit-il en ignorant son observation. Vous savez, ce type ne se contente pas de fabriquer des machines. Ces bombes sont un reflet de lui-même, et le moins que l'on puisse dire, c'est qu'il les fignole. Elles sont d'une grande précision et exactitude, et nous savons que c'est de cela qu'il tire toute sa fierté. Par conséquent, dans son esprit, cette histoire pourrait très vite devenir une espèce de duel. De cette manière, il serait coincé à Los Angeles et nous aurions plus de chances de l'arrêter.

— Un duel entre lui et moi, c'est ça que vous suggérez ?

— Quelque chose dans ce goût-là, oui. Qu'en pensez-vous ?

— Je marche.

Soulagé, Pell prit une profonde inspiration et ses épaules s'affaissèrent d'un coup. Comme s'il avait craint qu'elle ne le suive pas. Décidément, il en savait fort peu sur elle, songea Starkey.

— Très bien, très bien. D'après nos investigations, il fabrique ses bombes sur site. Il se rend quelque part, se procure le matériel dont il a besoin et met au point son engin. Ainsi, il n'a pas à transporter quoi que ce soit et ne risque pas de se faire prendre dans les aéroports. J'ai joint aux rapports une liste des composants du Modex. J'aimerais que vous fassiez une recherche sur les gens qui ont accès au RDX dans le coin.

Bien qu'elle eût déjà démarré cette recherche, le fait qu'il se croie autorisé à lui donner des instructions l'irrita au plus haut point.

— Écoutez-moi bien, Pell. Si vous voulez effectuer une recherche, débrouillez-vous tout seul. Je n'ai aucun ordre à recevoir de vous.

— C'est important, Starkey.

— Alors faites-le vous-même !

L'espace d'un instant, il sembla sur le point de répliquer sur le même ton. Puis il se ravisa et changea d'attitude.

— On pourrait aussi voir les choses comme ça, inspecteur : si c'était moi qui m'en chargeais, cela voudrait dire que je reprendrais l'enquête. Si c'est vous, je me contente d'être une sorte de conseiller. Qu'est-ce que vous préférez ?

— Figurez-vous que c'est déjà fait, rétorqua Starkey en prenant un air supérieur. J'ai lancé la recherche aujourd'hui même.

Il hocha la tête, l'air parfaitement neutre. Starkey était

furieuse qu'il ne soit pas vexé qu'elle ait une longueur d'avance sur lui.

— Avons-nous une photo de ce type ? finit-elle par demander. Il devait bien y avoir une caméra de contrôle dans cette bibliothèque.

— Non, il n'y en avait pas. Mais j'aurai un portrait-robot dès demain. Les témoins affirment qu'il s'agit d'un homme blanc de moins de trente ans avec des cheveux rouge vif. Nous disposons aussi de deux croquis réalisés à la suite de précédents attentats. Je peux déjà vous dire que tous les trois sont très différents. Il se déguise chaque fois qu'il se montre.

Starkey prit un air indifférent. Lester avait décrit quelqu'un de plus âgé. Rien à voir avec un jeune homme. Cependant elle décida de garder cette information pour elle en attendant que le croquis soit réalisé.

— Bon, quoi qu'il en soit, j'aimerais avoir une copie de vos trois portraits dès que vous les aurez. Ah, autre chose : je voudrais voir la bombe.

— Dès qu'on m'aura remis le rapport, je vous le passerai.

— Non, vous ne m'avez pas comprise. Ce que je désire, c'est la bombe. Je veux l'avoir entre les mains. Je suis démineur, Pell, ne l'oubliez pas. Je veux pouvoir la démonter moi-même, et pas simplement me contenter d'un rapport rédigé par un autre. Je veux la comparer à la bombe de Silver Lake et en tirer mes propres conclusions. Je sais que c'est possible. Il m'est déjà arrivé d'échanger des pièces à conviction avec d'autres villes.

Pell la toisa un instant, puis acquiesça.

— D'accord, Starkey. C'est une bonne idée. Mais je pense que vous devriez vous en occuper vous-même.

Starkey soupira. Elle commençait à se demander si Pell ne faisait pas de la résistance passive.

— Ce sont vos équipes qui ont cette putain de bombe. Ce serait quand même plus simple si c'était vous qui vous la procuriez.

— Plus j'en ferai, plus Washington me mettra la pression pour que je reprenne l'enquête. En attendant que le FBI s'en mêle.

— Mais qui parle du FBI ? On n'a pas affaire à un terroriste, que je sache. Cela relève strictement de notre compétence.

— Un terroriste est quelqu'un dont le FBI a décrété qu'il en était un. Ni plus ni moins. Vous avez peur que je marche sur vos plates-bandes ? Moi, c'est le FBI qui me donne du fil à retordre. Chacun ses problèmes.

— Oh ! Ça va, Pell !

Il eut un geste d'impuissance.

— Très bien. Puisque c'est comme ça, je m'en occuperai moi-même, conclut-elle.

Pell se leva et lui tendit une carte.

— Tenez, voici l'adresse du motel où je loge. Mon numéro d'Alphapage est au dos.

Starkey glissa la carte dans sa poche sans même la regarder.

— Si j'ai quelque chose, je vous appelle, dit-elle mollement.

Au lieu de partir, Pell resta debout à la dévisager.

— Qu'est-ce qu'il y a encore ? demanda-t-elle.

— M. Rouge est dangereux, Starkey. Lorsqu'un individu de ce genre est dans les parages, il faut savoir réagir vite. Mieux vaut être à jeun.

Starkey fit tourner les glaçons dans son verre et en but une longue gorgée.

— Vous savez, je suis déjà morte une première fois. Croyez-moi, j'ai vu pire que ce dont vous me parlez.

Pell la fixa encore un instant. Starkey crut qu'il voulait ajouter quelque chose, mais il se détourna et se dirigea vers la sortie. Elle le suivit du regard pendant qu'il traversait la salle. Quand il ouvrit la porte, un éclair de lumière pénétra à l'intérieur. Décidément, il ignorait à qui il avait affaire.

Starkey retourna au bar, s'installa de nouveau sur sa banquette et commanda un autre verre. Elle était persuadée que Pell en savait plus que ce qu'il voulait bien dire.

Le type des Crimes sexuels se pencha vers elle.

— Les fédéraux ?

— Ouais.

— Tous des enculés.

— Ça reste à voir.

Starkey passa le reste de l'après-midi à penser aux cassettes qu'elle avait emportées et qui l'attendaient dans la voiture, angoissée par leur seule présence et par l'idée des images qu'elles contenaient. Finalement, la pression devint trop forte et elle quitta le Barrigan's. Il était plus de vingt heures lorsqu'elle rentra chez elle.

Elle avait bu trop de gin et avait mal à la tête. Elle avait faim, aussi, mais ses placards étaient vides et elle n'avait pas envie de ressortir. Elle déposa les cassettes à côté du magnétoscope, puis décida de prendre une douche et de lire les rapports avant de les visionner.

Pendant de longues minutes, elle laissa l'eau couler sur sa nuque et sur son visage. Lorsqu'elle sortit enfin de la salle de bains, elle se contenta d'enfiler un T-shirt et un slip noirs et retourna à la cuisine. Elle réussit à mettre la main sur un sachet de raisins secs qu'elle vida entièrement, debout devant l'évier. Ensuite, elle se servit un verre de lait, alluma une cigarette, et s'assit à la table de sa salle à manger pour commencer sa lecture.

L'enveloppe en papier kraft contenait sept monographies d'engins explosifs établies par le laboratoire central de l'ATF de Rockville, dans le Maryland. Chacun des épais rapports concernait un attentat à la bombe attribué à un suspect non identifié appelé M. Rouge. En les feuilletant, Starkey remarqua que des pages entières manquaient et que certains paragraphes avaient été effacés.

Bien que profondément irritée par cette censure, elle étudia avec beaucoup d'intérêt les nombreux détails contenus dans les rapports en prenant des notes.

Toutes les bombes avaient été fabriquées de manière identique : une boîte contenant deux tuyaux jumeaux bouchés et soudés l'un à l'autre à l'aide de colle de plomberie. L'un des tuyaux abritait un récepteur radio de voitures téléguidées ainsi qu'une pile de 9 volts. Le second tuyau contenait l'explosif hybride de Modex. Comme aucun des rapports ne faisait allusion à des noms gravés dans le métal, Starkey songea que probablement ces passages-là avaient été supprimés.

Après avoir achevé sa lecture, elle passa au salon. Les cassettes étaient là, qui l'attendaient. Autant de pièces à conviction qui constituaient peut-être des éléments déterminants pour son enquête... Elle était bien consciente d'avoir jusqu'à présent tout fait pour retarder l'échéance et, encore maintenant, leur simple vue lui provoquait de terribles brûlures d'estomac.

— Oh ! et puis merde, c'est trop con, dit-elle à mi-voix.

Elle alla se servir un grand verre de gin sec, introduisit ensuite la première cassette dans le lecteur. Elle aurait pu regarder ces enregistrements avec Buck Daggett ou Lester Ybarra, ou encore avec Marzik et Nibard, mais elle savait qu'elle devait le faire seule. Au moins la première fois. Car, simplement, elle y verrait des choses que personne d'autre n'était capable de discerner.

L'enregistrement s'ouvrait sur une vue d'ensemble. La Suburban de la brigade de déminage était en position, le parking et les rues environnantes bouclés à l'aide d'un cordon de sécurité. C'était un plan fixe, l'hélicoptère avait dû faire du surplace. On apercevait Riggio, déjà en combinaison, qui discutait avec Daggett à côté du coffre de la voiture. Starkey fut parcourue d'un frisson. En voyant Daggett donner une tape d'encouragement sur le casque de Riggio, et ce dernier se diriger en chancelant vers la bombe, elle eut l'impression de revoir Sugar.

— Comment ça va, chérie ? T'as assez d'air ?

— Si ça continue, je vais devoir refaire mon brushing. Et toi ?

— Emballé, ficelé. Ça va déménager ! Ils veulent du spectacle, on va leur en donner !

Vérification croisée des combinaisons et des câbles. Sugar lui semble bien. Une petite tape sur son casque. Il fait de même... Ça la fera toujours sourire.

Ils s'avancent vers la caravane.

Starkey arrêta la cassette.

Elle était à bout de souffle et se rendit compte qu'elle avait cessé de respirer. Estimant que son gin manquait de citron, elle retourna à la cuisine pour en couper une nouvelle tranche. Elle fuyait, de nouveau.

Elle revint s'asseoir et appuya sur « Lecture ».

Riggio et la Suburban apparurent au centre de l'écran. La bombe, quant à elle, formait une tache minuscule à peine visible à côté du container. Pour l'instant, la scène était filmée en plans trop serrés pour que l'on puisse distinguer les points de repère qu'elle avait établis le matin même. Les seules personnes figurant là étaient Riggio, Daggett et, tout en bas de l'écran, un policier en uniforme qui se tenait à l'abri du bâtiment et observait le déroulement des opérations.

Lorsque Riggio se mit en branle, la caméra se déplaça au-dessus du centre commercial, faisant apparaître à l'image une petite grappe de badauds coincés entre deux immeubles. Starkey se rapprocha du poste, mais leurs silhouettes étaient trop petites et l'image trop floue pour que l'on pût dire si l'un d'entre eux portait une casquette ou des manches longues. L'image se resserra soudain sur Riggio. Le cameraman de l'hélicoptère avait manifestement décidé de se concentrer sur l'action et de ne filmer que la façade du centre commercial, la bombe et le démineur.

Muni de son détecteur, celui-ci arriva au container.

Starkey savait ce qui allait se produire, et elle s'arma de courage.

Elle but une gorgée de gin et, sentant son cœur s'emballer, détourna le regard et alluma une cigarette.

Quand elle osa de nouveau regarder l'écran, Riggio avait commencé à faire le tour du carton.

Ils sont au milieu des azalées et tentent de dégager les lourdes branches afin que Sugar puisse mettre le détecteur en position. On dirait un extraterrestre tout droit sorti de Star Trek, *son fusil à laser à la main. Starkey est obligée de se contorsionner pour le voir.*

Soudain sa vision se brouille. Le flash de lumière blanche la pénètre tout entière...

Starkey plissa les yeux, tentant de mieux distinguer les recoins de l'image. L'espace entre les voitures, les toits, l'ombre des poubelles... Elle se représenta l'auteur de l'attentat observant la scène depuis une bouche d'égout, ou bien à plat ventre entre deux immeubles. Riggio continuait de tourner autour de la bombe, promenant son détecteur dans tous les sens. Starkey essaya de se mettre à la place du tueur, faisant comme si elle tenait elle-même l'émetteur entre les mains et se demandant de quoi avait l'air Riggio vu du sol. Mais qu'attendait-il, bon sang ? L'idée de tuer un autre être humain lui faisait-elle peur, ou l'excitait-elle au contraire ? L'angoisse la submergea. L'émetteur était caché dans sa poche. Il ressemblait à une télécommande de téléviseur. Elle imagina le regard du tueur rivé aux mouvements de Riggio. Ses yeux qui ne cillaient pas. Riggio acheva son tour, marqua un temps d'hésitation puis se pencha sur le carton. À cet instant précis, le tueur appuya sur la commande et...

... la lumière projeta Charlie Riggio au loin, tel un personnage de dessin animé.

Starkey arrêta la cassette et ferma les yeux. Elle serra très fort le poing. Avec l'impression d'avoir déclenché le détonateur et envoyé Charlie Riggio en enfer.

Au bout de quelques secondes, elle sentit qu'elle se remettait à respirer. Ses poumons se gonflèrent d'air, laissant progressivement l'oxygène se diffuser dans son corps. Elle dut prendre son verre à deux mains pour parvenir à boire. Puis elle le reposa et s'essuya les yeux. Après avoir tant bien que mal recouvré ses esprits, elle appuya de nouveau sur « Lecture » et se força à regarder la cassette jusqu'à la fin.

L'onde irradiante balaya le macadam, suivie d'un épais nuage de poussières et de débris. Avec une violence phénoménale, le container vint s'encastrer dans le mur. De la fumée s'échappait du cratère, voguant paresseusement dans les airs, tandis que Buck Daggett se précipitait vers son équipier et lui retirait son casque. Un véhicule de secours pénétra sur le parking et s'immobilisa à côté d'eux dans un grand crissement de pneus. Deux infirmiers en surgirent pour prendre la relève de Buck. Celui-ci se redressa et les fixa d'un air hébété.

L'un après l'autre, Starkey reconnut à l'écran ses différents points de repère. À plusieurs reprises, elle aperçut des groupes de gens massés au bord du périmètre de sécurité qui se cachaient derrière des voitures ou des immeubles. Elle fit chaque fois un arrêt sur image, s'efforçant de distinguer un homme vêtu d'une chemise à manches longues et coiffé d'une casquette de baseball bleue. Mais la définition était trop mauvaise.

Tout en continuant de boire du gin, elle visionna les deux autres cassettes. Elle contemplait ces images comme si elle espérait, par l'intensité de son regard, parvenir à les rendre plus nettes. Chacun de ces visages méconnaissables pouvait appartenir à l'homme qui avait fabriqué et actionné la bombe.

Plus tard dans la soirée, elle rembobina les cassettes, éteignit le téléviseur et, allongée sur son canapé, sombra dans un profond sommeil.

L'éclair de lumière blanche la projette loin de la caravane.

Les infirmiers lui introduisent une longue aiguille dans le cœur.

On lui retire son casque, et son premier réflexe est de chercher la main de Sugar.

Il est allongé, là... Soudain, sa tête roule sur le côté.

C'est le visage de Pell.

5

Le lendemain matin, Marzik fit le tour des locaux de la SAC pour remettre à chaque inspecteur une copie du portrait-robot réalisé la veille à partir de la description de Lester Ybarra. Elle passa de bureau en bureau avec l'air d'une étudiante timide qui distribuerait les intitulés d'un devoir. Kelso, qui se vit remettre le croquis en dernier, fit la grimace. On aurait dit qu'il avait sous les yeux les résultats du bac lui apprenant que sa fille venait de le rater.

— Complètement inexploitable, estima-t-il. Une perte de temps totale, votre témoin.

— Mais je n'y suis pour rien, répondit Marzik, piquée par sa remarque. Manifestement, Lester n'a pas vu grand-chose. Pas le visage du type, en tout cas.

Starkey était assise à son bureau lorsque Kelso et Marzik vinrent la rejoindre. Elle évita de croiser leur regard, espérant qu'ils ne remarqueraient pas ses yeux rouges. Le gin devait transpirer par chaque pore de sa peau et, pendant qu'ils commentaient le portrait, elle fit son maximum pour ne pas les laisser percevoir son haleine.

— C'est un fantôme.

— Oui, c'est Fantomas tout craché, confirma Marzik avec un sourire amer.

Le portrait était celui d'un homme blanc d'une quarantaine d'années, au visage carré dissimulé derrière des lunettes de soleil et une casquette de base-ball. Son nez, ses lèvres, ses oreilles et son menton étaient de forme et de taille indéterminées. Ce cas de figure n'était pas rare. Lorsque le témoin n'avait pas remarqué de signes distinctifs, le suspect finissait souvent par ne ressembler à rien. Les inspecteurs qualifiaient alors son portrait-robot de fantôme.

Kelso jeta un nouveau coup d'œil sur le papier, puis soupira bruyamment en secouant la tête d'un air exaspéré.

— Personne n'y est pour rien, Barry, déclara Starkey qui trouvait son attitude injuste. On continue d'entendre les gens présents à la blanchisserie à peu près à la même heure. Le portrait va sûrement se préciser au fur et à mesure.

Encouragée par le soutien de Starkey, Marzik hocha la tête avec conviction, mais Kelso ne se départit pas de sa moue dubitative.

— Le directeur adjoint Morgan m'a passé un coup de fil hier soir, dit-il. Il voulait savoir comment se déroulait votre enquête, Carol. À mon avis il exigera rapidement un rapport.

Un violent élancement vrilla le crâne de Starkey.

— Je suis à sa disposition. Il n'y a aucun problème.

— Il ne se contentera pas de vos bonnes paroles. Ce qui l'intéresse, ce sont les faits. Il veut être sûr que l'enquête progresse.

— Vous voulez que je sorte le coupable de mon chapeau ou quoi ? rétorqua Starkey qui commençait à perdre son sang-froid.

— Et pourquoi pas ? Morgan considère que, si on a des résultats, on pourra s'opposer à ce que l'ATF reprenne l'enquête. Pensez-y.

Il tourna les talons et regagna son bureau.

Les maux de tête de Starkey empiraient de seconde en seconde. La veille au soir, elle avait tellement bu qu'elle s'était fait peur. À tel point que, pendant toute la matinée, elle s'était demandé si elle avait définitivement perdu le contrôle de sa consommation d'alcool. À son réveil, elle s'était sentie à la fois furieuse et gênée que Pell ait été une nouvelle fois présent dans ses rêves. Décidant de mettre cela sur le compte du stress, elle avait pris deux aspirines et deux Tagamet, et s'était précipitée au bureau dans l'espoir d'avoir reçu des informations concernant le RDX. Mais elle n'avait aucun message. Et maintenant, Kelso qui lui passait un savon... C'était le bouquet !

— C'est vraiment un con, commenta Marzik. Tu penses qu'il nous parle sur ce ton parce qu'on est des femmes ?

— Aucune idée. Enfin, ne noircissons pas trop le tableau. Pell va nous communiquer trois autres portraits-robots. On pourra les montrer à Lester. Peut-être que ça débloquera quelque chose.

Marzik restait plantée à côté d'elle, visiblement peu pressée d'aller vaquer à ses occupations. Starkey sentait qu'elle devait de nouveau se rafraîchir l'haleine, mais elle ne pouvait pas le faire en sa présence.

— Même s'il n'a pas vu le visage du type, Lester est formel sur la casquette et la chemise à manches longues, déclara Marzik.

— Ouais.

— Je lui ai demandé de venir cet après-midi pour visionner les cassettes. Qu'est-ce que ça a donné pour toi hier soir ?

— Rien en ce qui concerne les plans larges. Ils sont trop flous. Il va falloir qu'on essaie d'améliorer la définition de l'image.

— Je peux m'en occuper, si tu veux.

— J'en ai déjà parlé à Nibard. Il a fait ce genre de choses quand il travaillait aux Vols à la tire à Hollenbeck. Bon, il faut que j'aille voir si j'ai reçu des informations par le système central. On fait le point plus tard, d'accord ?

Marzik acquiesça sans faire mine de partir. Elle semblait vouloir ajouter quelque chose.

— Qu'est-ce qu'il y a, Beth ?

— Écoute, Carol, je voulais m'excuser pour hier. Je me suis comportée comme une conne.

— T'inquiète pas, tout va bien. Je te remercie, en tout cas.

— Je me suis sentie mal toute la nuit et je tenais vraiment à m'excuser.

— Merci, c'est sympa. Mais ce n'est pas si grave que ça.

— Tu as raison. Quel con, ce Kelso, quand même !

Marzik prit son exemplaire du portrait-robot et retourna à son bureau. Starkey la suivit du regard. Décidément, Marzik l'étonnerait toujours.

Dès qu'elle eut disparu, Starkey prit une pastille de menthe et alla se chercher un café. De retour à son bureau, elle se connecta au système central. Cette fois-ci, il y avait quelque chose pour elle.

Elle s'était bien attendue à une ou deux informations générales sur le RDX, mais sûrement pas à cela.

Le bureau du shérif de l'État de Californie l'informait qu'un certain Dallas Tennant, un homme blanc âgé de trente-deux ans, était actuellement incarcéré à Atascadero, établissement pénitentiaire réservé aux détenus sous traitement psychiatrique. Deux ans auparavant, il avait été arrêté après avoir fait exploser trois charges contenant du RDX. Comme il s'agissait d'un explosif plutôt rare, cette utilisation répétée signifiait que Tennant y avait accès facilement et en quantité importante. Starkey imprima le rapport, notant au passage que l'enquête avait été suivie par un sergent enquêteur des Attentats et incendies criminels du nom de Warren Mueller. Il appartenait à la police de Central Valley dont le siège se situait à Bakersfield.

De retour à son bureau, Starkey consulta son répertoire, appela le standard de Central Valley, et demanda à être mise en rapport avec l'unité des Attentats et incendies criminels.

Mueller avait une voix grave et traînante ponctuée d'un léger accent nasillard typique de la Central Valley. Il avait probablement grandi à l'ombre d'un des nombreux abattoirs de la région. Starkey se présenta comme officier de police de Los Angeles.

— Je vous appelle au sujet d'un criminel que vous avez appréhendé. Son nom est Dallas Tennant.

— Ah oui, bien sûr. On a allégé ses conditions de détention en le mettant à Atascadero.

— Nous parlons bien du même. J'ai appris qu'il avait fait sauter trois engins contenant du RDX. Ça représente une sacrée quantité.

— Ouais, on a recensé trois explosions. Mais il y en a peut-être eu plus. Tennant rachetait des voitures volées à des voyous du coin. Il payait cent dollars, ne posait aucune question, et puis il les emmenait dans le désert pour les faire sauter, après les avoir imbibées d'essence, histoire qu'elles brûlent bien. Apparemment, cet espèce de taré voulait juste les voir se désintégrer. Il a aussi explosé quatre ou cinq arbres. Mais, pour ça, il a utilisé du TNT.

— C'est le RDX qui m'intéresse. Vous savez où il l'a trouvé ?

— D'après ses déclarations, il a acheté un carton de mines antipersonnel à un mec qu'il avait rencontré dans un bar. Vous voyez ça d'ici, comme s'il allait faire son marché. À mon avis, il se l'est plutôt procuré auprès d'un *biker*, un de ces dealers de méta-amphètes. Malheureusement, comme il n'a jamais avoué, je ne peux pas vous en dire plus.

Starkey savait que la majorité des attentats à la bombe était le résultat de règlements de comptes entre bandes rivales qui faisaient du trafic de méta-amphétamines, et dont les membres étaient le plus souvent des motards blancs. Les laboratoires de méta-amphétamines étaient de véritables bombes en puissance. Aussi, lorsqu'un dealer voulait se débarrasser d'un concurrent, il se contentait la plupart du temps de piéger la caravane où celui-ci fabriquait sa camelote. Starkey avait effectué au moins une centaine d'interventions sur ce type de sites. Compte tenu du danger potentiel, la brigade de déminage était systématiquement dépêchée, même quand l'alerte provenait d'une source douteuse.

— Est-ce que ça veut dire qu'un type continue de se balader dans la nature avec un stock de RDX à écouler ? demanda Starkey.

— C'est pas impossible, mais on ne peut pas l'affirmer. On n'a jamais eu aucun suspect, ni à l'époque ni aujourd'hui. On avait juste ce Tennant qui s'amusait à faire sauter ses putains de bagnoles. Le cas typique du fanatique des explosifs, totalement marginal et sans vie privée. Quoique le mec avait des couilles, faut bien le reconnaître. Où qu'il se soit procuré cette saloperie, il a jamais craché le morceau.

— Était-il en possession de RDX lorsque vous l'avez arrêté ?

— Non, on n'a jamais rien retrouvé. Il a prétendu qu'il fabriquait tout chez lui, mais on n'a relevé aucune trace là-bas non plus. Il vivait dans un trou à rats du côté des abattoirs, et on n'a même pas déniché le moindre pétard dans son appartement. Sans parler de ces mines qu'il prétendait avoir achetées.

Starkey réfléchit quelques instants. Pour les dingues d'explosifs tels que Dallas Tennant, fabriquer des bombes était toute leur vie. C'était une passion véritablement dévorante et, à l'image des gens qui entretiennent un hobby plus recommandable, ils lui dédiaient tous un endroit particulier. Qu'il s'agît d'un simple réduit, d'une pièce à part entière ou d'un recoin de leur garage, ces cinglés disposaient d'un lieu où ranger leur matériel et s'adonner à leur passe-temps. Les flics appelaient ça un atelier.

— Apparemment, il avait un atelier quelque part, observa Starkey.

— À mon avis, il devait être cul et chemise avec le type qui le fournissait en RDX. Et ce mec-là, il s'est volatilisé au moment où on a coincé Dallas. Enfin, c'est juste mon idée.

Bien qu'elle n'accordât que peu de foi aux théories de Mueller, Starkey en prit bonne note. Comme le sergent l'avait dit lui-même, les malades des explosifs étaient des solitaires introvertis, ayant une piètre image d'eux-mêmes. Souvent très timides, ils n'avaient pour ainsi dire jamais de relations avec les femmes et vivaient en marge de la société. Le fait de partager ses jouets ne cadrait pas avec ce profil. De l'avis de Starkey, Tennant n'avait pas révélé sa cachette précisément parce qu'il ne voulait pas qu'on lui confisque son matériel. Comme tous les malades chroniques, il devait rêver sans cesse à de nouvelles explosions et passer le plus clair de son temps à fantasmer sur les bombes qu'il fabriquerait à sa sortie de prison.

Starkey referma son carnet de notes.

— Très bien, sergent. Je pense que ça suffira. Je vous remercie de votre aide.

— Pas de problème. Je peux vous poser une question, Starkey ?

— Bien sûr. Chacun son tour.

Il marqua un temps d'hésitation, et elle devina ce qui allait suivre.

— Vous m'avez déclaré que vous étiez de L.A... C'est vous, la Starkey qui a été victime d'un attentat ?

— Ouais. C'est bien moi. Dites, tout ce dont je dispose, c'est de ce que les shérifs ont mis sur le fichier. Vous pourriez me faxer votre dossier sur Tennant pour que j'aie un plus de biscuits ?

— C'est au sujet de ce qui s'est passé à Silver Lake ?

— Tout à fait.

— Pas de problème. Il n'y a que quelques pages. Je peux vous l'envoyer tout de suite si vous voulez.

— Merci.

Starkey lui communiqua son numéro de fax et raccrocha avant que Mueller ait pu ajouter quoi que ce soit. C'était toujours la même histoire, surtout avec les démineurs et les artificiers. Tous ceux dont la mort et les bombes constituaient le quotidien éprouvaient un respect mêlé d'effroi pour les gens qui, comme elle, étaient passés de l'autre côté du miroir.

Starkey se versa une nouvelle tasse de café et l'emporta sur le palier, où elle fuma une cigarette en compagnie de trois inspecteurs de la Section des fugitifs. Athlétiques, les cheveux coupés court et portant d'épaisses moustaches, ils semblaient passionnés par leur métier. Ils étaient encore trop jeunes pour se laisser aller, comme le faisaient la plupart des flics dès qu'ils comprenaient que leur quotidien était principalement constitué de paperasserie vaine et inutile. À la fin de leur service, vers quatorze heures, ils fileraient s'entraîner à la salle de gym de la police à Chavez Ravine. Pour s'en convaincre, il suffisait de voir la musculature de leurs avant-bras et la façon dont ils étaient moulés dans leurs jeans. Ils lui adressèrent un sourire auquel elle répondit par un hochement de tête et poursuivirent leur conversation sans lui adresser la parole. Starkey les entendit raconter comment, le matin même, ils avaient procédé à l'interpellation d'un chef de gang réputé particulièrement coriace à Eagle Rock. Le type était recherché pour vol à main armée et mutilation. Il avait écopé de ce dernier chef d'inculpation pour avoir, lors d'une bagarre, arraché avec ses dents le nez et l'oreille d'une de ses victimes. Durant leur perquisition, les inspecteurs l'avaient trouvé caché dans son garage sous une couverture. Ce prétendu dur à cuire avait tellement uriné dans son pantalon qu'ils avaient dû protéger le siège de leur véhicule avec un sac-poubelle avant de l'embarquer. Starkey écouta leur récit jusqu'au bout, éteignit sa cigarette et retourna dans les bureaux. Encore une histoire de flics. Une de plus. Elles finissaient toujours bien. Sauf quand un policier ramassait une balle perdue ou se faisait prendre en flagrant délit de bavure.

Le fax que Starkey attendait était déjà arrivé. Elle l'emporta à son bureau et se plongea dans les notes de Mueller. Le casier judiciaire de Tennant était émaillé d'arrestations pour actes de pyromanie et usage d'explosifs. À deux reprises, le tribunal l'avait condamné à se faire dispenser des soins psychiatriques. Ses premiers méfaits remontaient à ses dix-huit ans, mais, comme les arrestations de mineurs ne figuraient pas au casier judiciaire, Starkey supposa qu'il y en avait eu d'autres auparavant. Ses soupçons furent renforcés par la mention dans le dossier d'un accident lié à une explosion qui avait coûté à Tennant, alors adolescent, la perte de deux doigts de la main droite.

Au cours de l'enquête que le sergent Mueller avait menée, la police avait auditionné en tant que témoin un jeune voleur de voitures du nom de Robert Castillo. C'était lui qui avait dérobé deux des trois véhicules que Tennant avait détruits, et dont les photos figuraient également au dossier. Averti par deux officiers de patrouille, Mueller avait trouvé Castillo, un essuie-glace en travers de la joue, aux Urgences de l'hôpital de Bakersfield. Le jeune homme, qui venait de livrer une Nissan Stanza dernier cri à Tennant, s'était apparemment tenu trop près de la voiture lorsque celui-ci l'avait fait sauter. Il avait reçu le projectile en pleine figure et avait été emmené à l'hôpital par des amis. Starkey lut et relut plusieurs fois le rapport jusqu'à ce qu'elle tombe sur un indice qui renforça ses soupçons. Selon toute vraisemblance, Tennant avait bien un atelier quelque part. Elle décida d'avoir une conversation avec lui.

Après avoir recherché le numéro dans son répertoire, elle appela la prison d'Atascadero et demanda à parler au responsable des relations avec la police. En tant qu'inspecteur, Starkey ne pouvait pas débarquer sans autre forme de procès pour voir un prisonnier. Celui-ci avait en effet parfaitement le droit de refuser ce type de visites. Et s'il acceptait, il pouvait vouloir se faire assister par un avocat. En tout état de cause, Atascadero était un peu loin pour qu'elle prît le risque de se faire envoyer sur les roses.

— Vous devez avoir un détenu du nom de Dallas Tennant, commença-t-elle. Je dirige en ce moment une enquête à Los

Angeles pour laquelle j'aurais besoin de son témoignage. Pourriez-vous lui demander s'il serait prêt à me voir sans avocat ?

— Vous maintenez votre requête s'il exige un avocat ?

— Oui, mais s'il veut se la jouer comme ça, dites-lui que j'ai découvert quelque chose qui pourrait intéresser le procureur.

— Très bien.

D'après le ton de sa voix, l'agent de liaison était en train de prendre des notes. Starkey distinguait vaguement en bruit de fond la mélodie d'une musique d'ambiance.

— Quand désirez-vous le voir, inspecteur ?

Elle jeta un œil à la pendule murale et songea soudain à Pell.

— Plus tard dans la journée. Disons vers deux heures, cet après-midi.

— D'accord. Mais il va vouloir savoir à quel sujet vous souhaitez l'interroger.

— Sur la façon dont on peut se procurer un explosif appelé RDX.

L'employé d'Atascadero prit ses coordonnées et lui assura qu'il la rappellerait le plus tôt possible. Après avoir raccroché, Starkey alla se servir un nouveau café. Elle ne savait pas comment faire : le règlement de la police de Los Angeles stipulait que les inspecteurs devaient toujours travailler par deux ; or, Marzik avait des témoins à auditionner et Nibard devait s'occuper des cassettes. Starkey repensa à Pell. Rien ne l'obligeait à l'appeler. Elle n'était pas tenue de l'informer de cette piste avant de l'avoir explorée et d'avoir obtenu un résultat.

Pourtant, elle sortit de son sac la carte de Pell et composa son numéro.

Starkey remplit le formulaire de transfert de pièces à conviction qu'elle faxa à l'antenne régionale de l'ATF à Miami. Après avoir réglé cette formalité, elle descendit attendre Pell dans le hall d'entrée. Le trajet entre le centre-ville de Los Angeles et Atascadero était d'environ trois heures. Elle supposa que Pell, comme la plupart des hommes, préférerait prendre le volant. Ce ne fut pas le cas.

— Je vais profiter de la route pour consulter le dossier de

Tennant, annonça-t-il en arrivant. Ainsi, nous pourrons élaborer un plan d'action.

Le voilà qui revenait à la charge avec son plan d'action...

Elle lui confia le rapport et quitta la ville en longeant la côte par l'autoroute de Ventura. Parfaitement silencieux, Pell semblait plongé dans sa lecture. Il mettait une éternité à parcourir les six pages et, au bout d'un moment, Starkey trouva son mutisme énervant.

— Ça va vous prendre combien de temps, Pell ?

— Figurez-vous que je le lis plusieurs fois, rétorqua-t-il. C'est de la matière intéressante, Starkey. On va pouvoir en tirer quelque chose. C'était une bonne idée d'approfondir la piste du RDX.

— Oui, d'ailleurs, je voulais vous en toucher un mot. J'aimerais m'assurer que nous ne partons pas sur de mauvaises bases.

— De quoi parlez-vous ?

— J'ai bien compris que vous estimiez m'avoir conseillée, mais sachez que je me passe très bien de votre aide. Vous débarquez comme une fleur, vous commencez à me dire ce que je dois faire et comment il faut que je m'y prenne. Et en plus, vous vous attendez que je m'exécute. Les choses ne marchent pas de cette façon, c'est tout.

— C'était juste une suggestion, Starkey. Et puis vous l'avez fait, de toute façon.

— Que les règles du jeu soient claires : ne vous imaginez surtout pas que je suis à vos ordres.

Pell la regarda un instant, puis se replongea dans sa lecture.

— Vous avez parlé à l'officier qui a procédé à l'arrestation ?

— Mueller, ouais.

— Je peux me permettre de vous demander ce qu'il vous a dit ? Ou serait-ce aller trop loin ?

— Vous savez, Pell, je ne cherche pas la bagarre. Mais je tenais à mettre les choses à plat.

Elle lui rendit compte de sa conversation avec Mueller, lui rapportant à peu près tout ce que celui-ci lui avait appris. Pell regardait fixement le paysage. Il était tellement imperturbable que Starkey se demanda s'il l'écoutait. Lorsqu'elle eut terminé son récit, il parcourut de nouveau les pages du rapport et prit soudain un air intrigué.

— D'après Mueller, Tennant n'avait pas d'atelier. Le rapport indique qu'il rachetait des voitures volées pour les détruire. Trois voitures, trois explosions. Or le voleur de voitures...

— Robert Castillo.

— Oui, c'est ça. Eh bien, ce Castillo a déclaré que Tennant lui avait demandé un quatrième véhicule. Pourquoi en aurait-il eu besoin s'il ne lui restait plus de RDX ou s'il ne savait pas comment s'en procurer ?

Les mains de Starkey se crispèrent sur le volant.

— C'est ce que je me suis dit aussi.

Sans un mot, Pell mit le rapport de côté.

C'était vraiment trop facile. Il venait d'énoncer mot pour mot l'intuition qu'elle avait eue et, à présent, il se donnait le beau rôle. Elle aurait dû lui en parler avant qu'il trouve lui-même la faille dans les déclarations de Tennant.

— Vous disiez qu'un portrait-robot du suspect devait vous parvenir de Miami. Vous l'avez reçu ? lança-t-elle.

— Oui. Celui-là et les deux précédents.

Il sortit les portraits de la poche de sa veste et les lui tendit.

— Vous pouvez regarder, là ?

— Ouais.

— Il y avait pas mal de témoins dans la bibliothèque et, comme vous le voyez, le résultat est plutôt honorable. L'homme mesurait environ un mètre quatre-vingts. Cela dit, les témoins des attentats précédents le voyaient un peu plus petit. De notre point de vue, il devait porter des talonnettes ce jour-là. Par ailleurs, il avait la mâchoire carrée, les cheveux rouge vif et des favoris prononcés. Ça non plus, ça ne cadre pas avec les témoignages précédents.

Starkey examina les trois croquis tout en conduisant d'une main. Pell avait raison : ils étaient tous très différents et aucun ne ressemblait à la description de Lester Ybarra. Celui de Miami était conforme à ce que Pell venait de lui dire. Le deuxième représentait un homme à lunettes avec une tête d'intello et une calvitie prononcée. Quant au troisième, qui, par ordre chronologique, correspondait au premier que les fédéraux avaient réalisé, il montrait un homme beaucoup plus fort, portant une barbe, d'épaisses dreadlocks de rasta et des lunettes de soleil.

— Le dernier, on dirait vous déguisé en drag-queen, observa Starkey en rendant les trois portraits à Pell.

Celui-ci les rangea sans réagir à sa remarque.

— Il y en a un qui correspond au vôtre ? s'enquit-il.

Starkey lui suggéra de vérifier par lui-même dans sa serviette, sur le siège arrière. Il en extirpa le croquis, y jeta un œil et secoua la tête.

— Quel âge ce type est-il censé avoir ?

— La quarantaine, mais notre témoin n'est pas très fiable.

— Ça veut dire qu'il aurait pu se grimer pour avoir l'air plus vieux.

— Peut-être. Si toutefois il s'agit bien du même homme.

— M. Rouge a environ trente ans. C'est à peu près tout ce que nous savons avec certitude. Ça, et le fait qu'il est blanc. Il se montre exprès, Starkey, et il se déguise pour nous emmerder. Voilà comment il prend son pied, en se foutant de notre gueule.

Ils restèrent silencieux pendant un moment. Starkey se demandait comment elle allait aborder Tennant. Elle se tourna furtivement vers Pell et constata qu'il la regardait.

— Qu'est-ce qu'il y a ?

— Vous disiez que vous vous étiez procuré des enregistrements de l'attentat de Silver Lake. Vous les avez déjà visionnés ?

Starkey fixa la route. Ils venaient de dépasser Santa Barbara et bifurquaient vers l'intérieur des terres en direction de Santa Maria.

— Ouais. Hier soir.

— Et alors ?

— Il faudrait parvenir à améliorer l'image, répondit-elle en haussant les épaules.

— Ça a dû être dur pour vous.

— Quoi donc ?

— De voir ce qui s'est passé. Ça a dû être un moment difficile. En tout cas, ça l'aurait été pour moi.

Leurs regards se croisèrent un instant, puis Pell se détourna pour observer le paysage. Elle songea qu'il avait sans doute pitié d'elle et en rougit de colère.

— Dites-moi, Pell...

— Quoi ?

— Lorsque nous verrons Tennant, vous me laisserez faire. N'oubliez pas que c'est moi qui dirige cette enquête.

Il hocha la tête sans la regarder, son visage ne trahissant aucune émotion.

— Je me contente de vous accompagner, finit-il par déclarer.

Pendant les deux heures suivantes, Starkey conduisit sans desserrer les dents, se maudissant de lui avoir proposé de venir.

Situé au cœur des terres arides du sud de Paso Robles, le centre pénitentiaire à sécurité minimale d'Atascadero était un village constitué de bâtiments de briques marron. Entouré par les nombreux ranchs de la région, il occupait une vaste étendue qui avait jadis abrité une plantation d'amandiers. Pas de murs, pas de miradors, juste un grillage de trois mètres de hauteur et un portail d'entrée unique dont deux gardiens ensommeillés actionnaient le mécanisme automatique.

Atascadero était destiné aux détenus non violents pour lesquels le tribunal avait estimé que les conditions de détention normales étaient inadaptées. On y trouvait d'anciens policiers, des délinquants en col blanc non récidivistes condamnés pour diverses malversations financières, ainsi que des célébrités ayant épuisé les huit ou neuf recours que la justice leur réservait pour échapper à une peine liée à l'usage de stupéfiants. À Atascadero, personne n'avait jamais été poignardé ni racketté. La seule obligation des détenus consistant à entretenir un potager d'un hectare et demi, la pire chose qui pouvait leur arriver était une insolation.

— Ils vont nous demander de déposer nos armes, annonça Starkey. On éviterait la paperasse si on les laissait dans la voiture.

— Vous comptez vous séparer de la vôtre ?

— De toute façon, elle est rangée dans ma serviette. Je ne porte jamais cette saloperie sur moi.

Pell extirpa de sa poche un énorme automatique Smith & Wesson de calibre 10 mm et le fourra sous son siège.

— Bon Dieu, Pell. Mais pourquoi trimbalez-vous un monstre pareil ?

— On a rarement droit à une seconde chance, répondit-il froidement.

Starkey exhiba son insigne aux gardes de l'entrée, lesquels lui indiquèrent la réception. Ils abandonnèrent la voiture sur un petit parking en plein soleil et pénétrèrent dans le bâtiment. Larry Olsen, l'agent de liaison, les attendait.

— Inspecteur Starkey ?

— Carol Starkey. Voici l'agent spécial Pell, de l'ATF. Merci de nous avoir organisé cette entrevue.

Ils lui remirent leurs papiers d'identité et signèrent le registre. Olsen avait l'air profondément ennuyé et marchait d'un pas traînant comme si ses jambes le faisaient souffrir. Il les fit sortir par une porte à double vitrage située à l'arrière du bâtiment et les conduisit jusqu'à un autre édifice. En passant, Starkey aperçut le potager ainsi que deux terrains de basket-ball. Plusieurs détenus, torse nu, étaient en train de faire une partie. Ils s'ébattaient dans la bonne humeur, ratant des paniers faciles et effectuant des passes pour le moins approximatives. Tous, sauf un, étaient blancs.

— Il faut que je vous prévienne : Tennant suit actuellement un traitement médical qui lui a été imposé par le tribunal, annonça Olsen. Du Xanax pour soigner son anxiété et de l'Anafranil pour canaliser ses troubles obsessionnels et compulsifs. Il est obligé de les prendre.

— Ça ne risque pas d'être embêtant, vu qu'il accepte de nous recevoir sans avocat ? lui demanda Starkey.

— Non, pas du tout. Ces médicaments n'affectent pas son jugement. Ils l'aident simplement à maîtriser ses pulsions. Son traitement a été interrompu pendant quelque temps, mais il y a eu un problème et il a fallu le reprendre.

— Quel genre de problème ? intervint Pell.

— Tennant a utilisé des produits d'entretien et de l'iode qu'il avait volés dans les cuisines pour fabriquer un explosif. Il y a laissé son pouce gauche.

Pell leva les yeux au ciel.

— Quel pauvre con !

— Vous savez, nous sommes un établissement à sécurité minimale. Les détenus ont pas mal de libertés.

Dallas Tennant était un homme corpulent à la peau pâle et aux yeux très grands. Lorsque Olsen les introduisit dans le parloir, Starkey et Pell le trouvèrent assis à une table en formica entièrement dégagée qui avait été poussée contre un mur. Il se leva. Sa main gauche était bandée et, sans le pouce, paraissait étrangement étroite. Dès le début, il fixa Starkey et ne la lâcha plus des yeux, semblant à peine noter la présence de Pell. Sa main droite était amputée de la moitié de l'index et du majeur dont les moignons étaient tout flétris et usés. Il devait s'agir des suites de l'accident décrit dans le dossier de Mueller.

— Bonjour, monsieur Olsen, lança-t-il. C'est l'inspecteur Starkey ?

Olsen les présenta. Tout comme Pell, Starkey ignora la main que Tennant lui tendait. Il ne faut surtout pas serrer la main des détenus. Si vous le faites, vous risquez de vous mettre sur un pied d'égalité avec eux. Et il n'y a pas d'égalité qui tienne : ils sont en prison et vous pas. Ils sont faibles et vous êtes forts. Starkey avait assimilé ce code hiérarchique entre policiers et hors-la-loi alors qu'elle n'était encore qu'un simple flic en uniforme. Dès que vous manifestez le moindre signe de sympathie à leur égard, ces enfoirés qui croupissent en taule n'hésitent pas à vous manipuler.

Olsen posa son écritoire sur la table et retira le capuchon de son feutre.

— Tennant, ce formulaire indique que vous avez été informé de votre droit de vous faire assister par un avocat au cours de cet entretien et que vous y avez renoncé. Vous signez ici, et je contresignerai.

Pendant que Tennant survolait le document, Starkey aperçut un gros album plastifié qui reposait sur un coin de la table. Deux fermoirs à vis l'empêchaient de bâiller. Sa couverture représentait un coucher de soleil sur une île tropicale et portait la mention en lettres capitales : « MES MEILLEURS SOUVENIRS ». C'était le genre d'album photos bon marché que l'on pouvait acheter dans n'importe quelle grande surface.

Starkey releva les yeux et remarqua que Tennant l'observait. Il lui adressa un sourire timide.

— C'est à moi, dit-il.

— Votre signature, inspecteur, intervint Olsen en désignant le formulaire.

Starkey s'efforça de détourner son regard de Tennant et signa. Olsen fit de même juste en dessous d'elle, data le formulaire et leur indiqua qu'un gardien resterait derrière la porte pour reconduire Tennant dès qu'ils en auraient fini. Puis il s'éclipsa.

Starkey désigna à Tennant la chaise où elle désirait qu'il s'asseye. Elle voulait lui faire face, Pell prenant place à côté de lui, de manière qu'il ne puisse pas les regarder tous les deux en même temps. En s'installant, Tennant fit glisser son album sur la table afin de le conserver près de lui.

— Tout d'abord, Dallas, je voudrais que vous sachiez que nous n'enquêtons pas sur vous, commença Starkey. Notre intention n'est pas de vous accuser de quoi que ce soit et nous ne tiendrons pas compte des éventuels délits que vous pourriez être amené à reconnaître ici, à condition qu'ils n'aient pas porté préjudice à des personnes.

Tennant acquiesça d'un hochement de tête.

— Il n'y aura rien de ce genre. Je n'ai jamais fait de mal à personne.

— Très bien. Alors nous pouvons commencer.

— Je veux vous montrer quelque chose d'abord. Je crois que ça pourrait vous aider.

— Ne nous dispersons pas, Dallas. Concentrons-nous sur le sujet qui nous amène.

Sans tenir compte de son objection, Tennant s'empara de son album.

— Ça ne prendra pas longtemps et c'est très important pour moi, insista-t-il. Au départ, je ne voulais pas vous rencontrer. Et puis, je me suis souvenu de votre nom.

Tennant ouvrit le livre à une page marquée avec du papier toilette.

Prisonnier du plastique depuis trois ans, l'article était tout jauni. Mais son titre, inscrit sur deux colonnes juste au-dessous du pli du journal, restait bien lisible. Starkey sentit un frisson la parcourir.

UN POLICIER TUÉ DANS UN ATTENTAT À LA BOMBE ;
SON COÉQUIPIER DANS UN ÉTAT CRITIQUE

C'était un papier du *L.A. Times* concernant l'explosion du camping. Au-dessus du texte, une photo noir et blanc au grain épais montrait les deux équipes de secours qui s'affairaient sur les corps et, en arrière-plan, les pompiers qui tentaient d'éteindre l'incendie. Starkey n'avait jamais lu ce reportage, ni aucun des trois articles publiés par la suite. Marion Tyson, l'une de ses amies, les lui avait apportés dans la semaine suivant sa sortie de l'hôpital, mais elle les avait immédiatement jetés à la poubelle et n'avait plus jamais adressé la parole à Marion depuis cet épisode.

Starkey prit un instant pour s'assurer que sa voix était bien posée et ne risquait pas de trahir son trouble.

— Cet album est-il entièrement consacré aux bombes ?

Tennant se mit à feuilleter les pages, offrant à Starkey un défilé macabre d'immeubles dévastés, de voitures réduites à l'état d'épaves et de corps humains désarticulés aux membres méconnaissables.

— Je les collectionne depuis mon enfance, commenta le détenu. Dans un premier temps, je ne voulais pas vous rencontrer, et puis je me suis rappelé qui vous étiez. J'avais vu les infos le jour où vous aviez failli mourir. Ça m'a fait une de ces impressions ! Je me suis dit que vous pourriez me signer un autographe.

Sans laisser le temps à Starkey de répondre, Pell se pencha brusquement sur la table et referma l'album.

— Pas aujourd'hui, pauvre merde, dit-il en le maintenant fermé et en croisant ses bras par-dessus. À présent, vous allez nous dire comment vous vous êtes ravitaillé en RDX.

— Mais c'est à moi, pleurnicha Tennant. Vous n'avez pas le droit de me le prendre. M. Olsen vous obligera à me le rendre.

Bien que passablement estomaquée par l'intervention de Pell,

Starkey parvint à conserver son calme. Le changement dans son attitude était spectaculaire. Lui qui, dans la voiture, semblait si distant et plongé dans ses pensées avait à présent des allures de fauve, prêt à bondir à la première occasion.

— Je ne signerai pas votre album, Dallas. Si vous nous dites où vous avez trouvé le RDX et comment on peut s'en procurer, alors là, peut-être que je le ferai. Mais pour l'instant non.

— Je veux récupérer mon album. M. Olsen vous forcera à me le rendre.

— Rendez-le-lui, Pell.

Starkey lui prit l'album et le repoussa vers Tennant, qui le recouvrit instantanément de ses mains.

— Vous ne voulez vraiment pas le signer ? demanda-t-il de nouveau.

— Ça dépend. On verra, si vous nous aidez...

— J'ai acheté des mines à un type que je ne connaissais pas. Des Raytheon. Je ne me souviens pas du numéro de série.

— Combien de mines ?

Il avait déclaré à Mueller en avoir acquis un carton dont Starkey savait, pour avoir vérifié auprès du fabricant, qu'il contenait six engins.

— Un carton. Il y en avait six.

Starkey lui adressa un sourire que Tennant lui rendit timidement.

— Comment s'appelait cet homme ? intervint Pell.

— Clint Eastwood... Oui, je sais, mais c'est comme ça qu'il s'est présenté. J'y peux rien.

Starkey prit une cigarette et l'alluma.

— Comment pourrions-nous joindre Clint ? demanda-t-elle.

— Je sais pas.

— Et comment l'avez-vous fait, vous ?

— C'est interdit de fumer ici.

— M. Olsen m'a donné une autorisation spéciale. Dites-moi comment vous avez fait la connaissance de Clint. Si on vous laissait sortir aujourd'hui et que vous vouliez vous procurer du RDX, comment feriez-vous pour entrer en contact avec lui ?

— Je l'ai rencontré dans un bar. Par hasard. Je l'ai déjà dit quand on m'a arrêté. Il avait un carton de mines antipersonnel.

Je le lui ai racheté et je ne l'ai plus jamais revu. C'est pas que je cherchais des mines. Enfin, je veux dire, j'avais pas l'intention de les mettre dans un pré pour faire sauter des vaches. Je les voulais juste pour en retirer le RDX.

Sur ce dernier point, il disait sûrement vrai. C'était presque toujours de cette façon que les gens se procuraient des explosifs performants : à partir d'obus de mortier, de grenades à main ou de tout autre matériel militaire. En revanche, Starkey était persuadée que le fournisseur de Tennant n'était pas un péquenot croisé dans un rade. Les fanatiques d'explosifs de son espèce étaient des solitaires qui n'avaient aucune confiance en eux. Le moins que l'on puisse dire, c'est qu'ils n'étaient pas particulièrement sociables. Starkey savait que, tout comme la fascination des pyromanes pour le feu, l'obsession de Tennant pour les bombes constituait une forme de sexualité sublimée. Il avait certainement un comportement bizarre avec les femmes et son expérience sexuelle au sens habituel du terme était sans doute inexistante. Pour se soulager, il devait avoir recours à des pratiques déviantes telles que le sadomasochisme ou la torture. Selon toute vraisemblance, il fuyait les rapports humains de quelque nature qu'ils soient et se planquait dans des magasins d'articles de loisirs, comme celui où il avait été employé, pour se livrer à ses trocs louches. En tout état de cause, il était bien trop timoré pour faire des rencontres dans un bar.

Starkey décida de changer de tactique et de l'aborder différemment. Elle sortit le dossier de Mueller et en retira les photos des trois voitures ainsi que les minutes de l'interrogatoire de Tennant. Ces mêmes documents que Pell avait examinés si attentivement pendant le trajet.

— Très bien, Dallas, je vous crois, déclara-t-elle. Mais dites-moi, quelle quantité de RDX vous reste-t-il ?

Tennant marqua un temps d'hésitation, et Starkey comprit que Mueller ne le lui avait jamais demandé.

— Je n'en ai plus, répondit-il. J'ai tout utilisé.

— Évidemment qu'il vous en reste, Dallas. Vous n'avez fait sauter que trois voitures. Il suffit de voir ces photos pour comprendre que vous n'avez pas tout utilisé. Vous savez, on est capable de calculer ce genre de choses. On commence par évaluer les dommages et, à partir de là, on estime la quantité d'explosif contenue dans la charge. Cela s'appelle la méthode d'équivalence des énergies.

Tennant se mit à cligner frénétiquement des yeux.

— Mais non, je n'ai plus rien, bredouilla-t-il.

— Vous avez acheté les véhicules à un jeune homme du nom de Robert Castillo. Celui-ci nous a dit que vous lui en aviez demandé un quatrième. Pourquoi en auriez-vous voulu un quatrième, si vous aviez seulement assez d'explosif pour trois voitures ?

Tennant s'humecta les lèvres et esquissa de nouveau un sourire timide en haussant les épaules.

— Il me restait encore un peu de dynamite. Il suffit de bien asperger l'habitacle d'essence et c'est pas mal non plus. Pas aussi bien qu'avec du RDX, évidemment – ça, c'est vraiment un truc à part...

Starkey était convaincue qu'il mentait et Tennant en avait conscience.

— Désolé, j'ai rien d'autre à dire, ajouta-t-il en évitant de croiser son regard.

— Bien sûr que si. Dites-nous où se trouve votre atelier.

Starkey était persuadée que, s'ils parvenaient à le localiser, ils y trouveraient des indices sur la provenance du RDX ou les coordonnées d'individus disposant de sources similaires.

— Je n'ai jamais eu d'atelier. Je conservais tout dans le coffre de ma voiture.

— On n'a rien découvert dans votre coffre, à part quelques trombones et du fil électrique.

— Écoutez, on n'a pas arrêté de me poser les mêmes questions, mais j'ai vraiment rien à ajouter. Je suis pas un baratineur. Ils ont même proposé de réduire ma peine et de me mettre en liberté conditionnelle, mais j'avais rien à leur offrir. Vous croyez pas que ça m'aurait arrangé de leur apprendre quelque chose ?

Pell se pencha en avant. Ses mains s'approchèrent dangereusement de l'album de Tennant.

— Tu sais ce que je crois ? À mon avis, tu te branles toutes les nuits en pensant à la façon dont tu vas utiliser le reste de ta came quand tu sortiras d'ici. Mais tu es en traitement. Ça veut dire que tu n'as aucun espoir tant que les psys n'auront pas décidé que t'es guéri, c'est-à-dire probablement jamais. Est-ce qu'un homme sain d'esprit se fait sauter le pouce, hein ?

— C'était un accident, répliqua Tennant en rougissant.

— Je représente le gouvernement des États-Unis. L'inspecteur Starkey représente la police de Los Angeles. Ensemble, avec un peu de bonne volonté de ta part, on pourrait faire en sorte d'écourter ta peine. À ce moment-là, tu ne serais plus obligé de bricoler avec du Glassex pour te faire sauter un doigt. Tu pourrais t'exploser la main tout entière. Ou peut-être même un bras, si ça t'amuse.

Starkey observa Tennant, attendant sa réaction.

— Je n'ai jamais fait de mal à personne, finit-il par répondre. C'est pas juste de me garder ici.

— Ah oui ? Va raconter ça au gamin qui s'est pris l'essuie-glace à travers la gueule, rétorqua Pell.

Tennant semblait réfléchir. Pour ne pas lui en laisser le temps, Starkey intervint, s'efforçant de paraître sympathique.

— C'est juste, Dallas. Vous n'avez pas blessé ce garçon intentionnellement. À votre manière, vous avez même essayé de le protéger.

— Ouais, je lui ai dit de se mettre à l'abri. Mais il y a des gens qui n'écoutent jamais les autres.

— Je sais, Dallas, et c'est justement la raison pour laquelle nous sommes ici. Figurez-vous que nous recherchons quelqu'un qui ne se soucie pas des autres comme vous le faites. Ce type veut leur faire du mal.

— Oui, vous êtes ici à cause du policier qui a été tué, renchérit Tennant en hochant la tête. L'officier Riggio.

— Comment avez-vous entendu parler de Riggio ?

— On a la télévision, ici, et aussi Internet. Beaucoup de détenus sont des gens aisés, des banquiers ou des avocats. Si vous devez aller en taule, c'est ici qu'il faut être.

Pell émit un grognement qui ne laissait aucun doute sur ce qu'il en pensait.

— L'officier Riggio a été tué avec du RDX ? s'enquit Tennant.

— Ce n'était qu'un des composants. L'explosif utilisé s'appelle hybride de Modex, expliqua Starkey.

Le détenu se renversa sur sa chaise et voulut joindre les mains. Il dut se faire mal au pouce, car il grimaça et les sépara aussitôt.

— C'est M. Rouge qui a posé cette bombe ? demanda-t-il.

Pell jaillit de son siège si brusquement que Starkey sursauta.

— Comment avez-vous entendu parler de M. Rouge ? lança-t-il.

Le regard de Tennant passa avec nervosité de l'un à l'autre.

— On peut pas dire que j'en aie entendu parler. Vous savez, on échange pas mal d'anecdotes, et puis des infos... Il y a aussi des légendes qui circulent. Je ne sais même pas si M. Rouge existe vraiment.

Pell se pencha sur la table et agrippa le poignet de Tennant, juste au-dessus de son bandage.

— Qui ça, « on », Tennant ? Qui parle de M. Rouge ?

Les méthodes de Pell mettaient Starkey de plus en plus mal à l'aise. Elle voulait bien lui laisser jouer le rôle du méchant, mais ne pouvait tolérer qu'il s'en prît physiquement à Tennant. L'intensité haineuse que son regard avait prise l'inquiétait encore davantage.

— Pell, intervint-elle d'une voix douce.

— Qu'est-ce qu'ils racontent, Tennant ?

Le détenu écarquilla les yeux et tenta mollement de se dégager.

— Mais rien. Ce type est un mythe, point. Il fait de superbes explosions. Très élégantes.

— Il tue des gens, pauvre taré !

Starkey se leva à son tour.

— Laissez-le, Pell.

L'agent spécial écumait de rage. Il ne relâcha pas sa pression.

— Il sait que Rouge utilise du Modex, Starkey. Nous n'avons jamais rendu cette information publique. Comment l'a-t-il apprise ?

Pell saisit à pleines mains le bandage de Tennant. Celui-ci blêmit et déglutit bruyamment.

— Dis-le-moi, espèce de fils de pute ! Comment as-tu entendu parler de M. Rouge ? Qu'est-ce que tu sais de lui ?

Starkey bouscula Pell sans ménagement, tentant de lui faire lâcher prise. Sans succès. Elle était terrifiée à l'idée que le gardien pût entendre et faire irruption dans la pièce.

— Nom de Dieu, Pell, laissez-le ! Écartez-vous de lui !

Tennant gifla Pell sans réussir à se dégager. Sa chaise vacilla et il tomba à la renverse.

— Ils en parlent sur Claudius, dit-il faiblement. C'est comme ça que je suis au courant. Ils racontent comment il fabrique ses bombes, à quoi il ressemble, et pourquoi il fait tout ça. Je l'ai vu sur Claudius.

— Qui est Claudius ? gronda Pell.

— Ça suffit maintenant ! Foutez-lui la paix, intervint Starkey en le repoussant de nouveau.

Cette fois-ci, elle parvint à le séparer de Tennant, avec l'impression d'avoir déplacé une montagne.

Pell était essoufflé, mais semblait avoir recouvré ses esprits. Il continuait toutefois de fixer le détenu d'un air menaçant. Starkey était convaincue que, s'il avait eu son arme sur lui, il l'aurait mis en joue.

— Parlez-moi de Claudius. Expliquez-moi comment vous avez entendu parler de M. Rouge, ordonna-t-il d'une voix plus posée.

— C'est un site Internet, geignit Tennant.

Il était toujours allongé par terre et, de sa main valide, berçait son poignet bandé.

— Il y a un *chat* destiné aux gens... comme moi, poursuivit-il. On y discute de bombes, des gens qui les posent, ce genre de choses. Ils prétendent que M. Rouge se connecte parfois pour voir ce qu'on raconte sur lui.

Starkey se détourna de Pell et posa de nouveau son regard sur Tennant.

— Est-ce que vous êtes déjà entré en contact avec lui ? demanda-t-elle.

— Non... C'est juste une rumeur. Mais ça peut être vrai, j'en sais rien. En tout cas, s'il y est, il utilise un nom d'emprunt. Je ne fais que répéter ce que les gens disent. J'ai même entendu dire que Unabomber consultait Claudius à l'époque. Peut-être que c'est faux...

Starkey l'aida à se remettre sur pied et à se rasseoir sur sa chaise. Une tache rouge commençait à se former sur son bandage. Sa plaie s'était mise à suinter.

— Ça va, Tennant ? s'enquit-elle. Vous vous sentez bien ?

— Ça fait mal, bordel ! Putain, qu'est-ce que ça fait mal... Espèce d'enfoiré !

— Vous voulez que j'aille chercher le gardien ? Vous voulez voir un médecin ?

Tennant la regarda et saisit son album de sa main valide.

— Je veux que vous signiez.

Starkey déposa son autographe, puis elle appela le gardien. Il était grand temps de déguerpir. Le détenu semblait s'être remis de ses émotions, mais elle ignorait ce qu'il irait raconter après leur départ. Pell marchait tel un automate, loin devant elle, le corps raide comme un piquet. Starkey accéléra le pas pour le rejoindre. Sa colère montait de plus en plus. Elle avait l'impression que son visage était en porcelaine et qu'il menaçait à chaque instant d'éclater en mille morceaux, ruinant d'un coup tous ses efforts pour se maîtriser.

Elle avait envie de le cogner.

Lorsqu'ils arrivèrent à la voiture, Starkey le suivit du côté passager et le poussa violemment dans le dos. Pris par surprise, il alla s'écraser contre l'aile.

— Qu'est-ce que c'est que ce bordel ? Vous avez idée de ce que vous avez fait ? Est-ce que vous vous rendez compte de la merde dans laquelle vous nous avez mis ?

Si elle avait eu sur elle la matraque de ses années de patrouille, elle l'aurait volontiers passé à tabac.

— On a obtenu quelque chose, Starkey. Cette histoire de Claudius.

Le regard de Pell était empreint d'une immense lassitude.

— Je me fous de ce qu'on a appris. Vous avez levé la main sur un prisonnier. Vous l'avez torturé ! S'il porte plainte, c'en est terminé pour moi. Je ne sais pas ce qu'il en est dans votre boîte de merde, mais moi, la police de Los Angeles, elle me loupera pas, je peux vous le garantir ! Vous n'aviez pas le droit de faire ce que vous avez fait. Vous n'en aviez tout simplement pas le droit.

Elle était tellement énervée qu'elle aurait pu l'étrangler sur place. Et lui restait là, debout, muet, ce qui l'exaspérait encore davantage. Soudain, il prit une profonde inspiration, écarta les bras et regarda vers le ciel. Comme si l'esprit malveillant qui lui avait dicté son comportement abandonnait son corps.

— Je suis désolé, déclara-t-il.

— Oh ! formidable, Pell ! Merci. Vous êtes désolé.

Elle tourna les talons et fit quelques pas en fulminant. Bien qu'elle eût encore la gueule de bois, elle commençait déjà à rêver de se saouler de nouveau. Quelques verres, cul sec, ne serait-ce que pour se débarrasser de cette tension qui lui paralysait la nuque. Elle était tellement à bout de nerfs qu'elle ne se sentait même plus capable de parler.

— Starkey ?

Elle se retourna juste à temps pour le voir chanceler à côté de la voiture. Il se rattrapa à la portière et mit un genou à terre.

Elle se précipita vers lui.

— Que se passe-t-il ?

L'agent spécial était pâle comme un linge. Il ferma les yeux, laissant basculer sa tête sur le côté à la manière d'un animal blessé. Sûrement une crise cardiaque, songea Starkey.

— Je vais chercher de l'aide. Vous ne bougez pas, d'accord ?

Pell lui attrapa le bras et le serra.

— Attendez, souffla-t-il.

Il ferma les yeux très fort. Puis les rouvrit, pour les refermer aussitôt. La poigne de sa main était si puissante qu'elle lui faisait mal.

— O.K., Starkey, c'est fini. Ça m'arrive de temps en temps. C'est rien. Juste une migraine. Enfin, quelque chose dans le genre.

Il ne la lâchait toujours pas.

— Vous avez une sale tête, Pell. Je crois qu'il vaut mieux que j'aille chercher quelqu'un. Je vous en prie.

— Non. Donnez-moi juste une minute.

Il referma les yeux et respira profondément. L'espace d'un

instant, Starkey crut qu'il allait lui claquer entre les mains, là, au beau milieu du parking.

— Pell ?

— Ça va, ça va.

— Alors lâchez-moi, ou je vais encore devoir vous frapper.

Son visage se détendit et il desserra l'étau de sa main. Petit à petit, il reprit des couleurs.

— Excusez-moi, j'espère que je ne vous ai pas fait mal, dit-il en posant son regard sur elle.

Ils étaient très près l'un de l'autre et cette proximité la mettait mal à l'aise. Elle se détourna de lui.

— Laissez-moi juste reprendre mes esprits. Personne ne peut nous voir, hein ?

Starkey dut se redresser pour jeter un coup d'œil en direction du bâtiment d'accueil.

— Non. À moins qu'ils soient capables de voir à travers la voiture. De toute façon, s'ils ont remarqué ce qui s'est passé, ils doivent se dire qu'on est en train de faire des cochonneries.

Elle piqua un fard, étonnée d'avoir pu prononcer une telle phrase. Pell ne semblait pas l'avoir entendue.

— Je me sens mieux. Je crois que je peux me lever.

— Vous n'avez pas l'air bien. Restez assis encore un peu.

— Non, je vous assure.

Il se remit debout avec difficulté en se tenant à la voiture et dut s'agripper fermement à la portière pour se rasseoir sur son siège. Le temps que Starkey contourne le véhicule et s'installe au volant, il avait repris figure humaine.

— C'est passé ? lui demanda-t-elle.

— Presque. Allons-y.

— Vous nous avez vraiment mis dans la merde.

— Pas du tout. Il a lâché le morceau sur Claudius. C'est tout de même une nouvelle piste.

— S'il porte plainte, vous pourrez toujours aller raconter ça à l'Inspection des services pour qu'ils suspendent les poursuites contre moi.

Pell tendit la main vers elle et lui effleura la cuisse. L'expression de son regard la surprit. Ses yeux exprimaient un profond regret.

— Je m'excuse. S'il porte plainte, je prendrai tout sur moi. Vous n'y êtes pour rien, Starkey. Tout est ma faute. Je le leur dirai. Allez-y, roulez. Ce n'est pas un ordre, mais juste une requête. La route est longue.

Elle le dévisagea encore quelques secondes. Puis elle mit le contact et démarra. Elle sentait toujours la paume de sa main contre sa jambe. Comme s'il ne l'avait pas retirée.

6

Il était dix-neuf heures passées lorsque Starkey déposa Pell à l'angle de Spring Street. Le soleil, qui perçait à travers la couronne d'un palmier, commençait à peine à décliner. Bientôt, le ciel prendrait une teinte rouge sang.

Starkey alluma une cigarette et se réengagea dans le trafic. Nibard et Marzik avaient quitté le bureau depuis longtemps. Même Kelso était rentré chez lui. À cette heure-ci, il devait déjà être en train de dîner. Starkey passa devant un fast-food et eut un haut-le-cœur rien qu'à l'évocation de la nourriture. Elle n'avait rien pris depuis le petit déjeuner, mais décida que quelques comprimés d'antiacide feraient l'affaire.

Pendant le long trajet de retour qu'ils avaient effectué dans un silence total, Starkey avait beaucoup réfléchi. Pell représentait un réel danger pour son enquête, et il risquait de compromettre sa carrière. Si Tennant portait plainte ou allait pleurer chez son avocat, elle était foutue. Olsen avait peut-être même déjà appelé Kelso, et celui-ci demanderait une enquête à l'Inspection des services. Il pouvait s'en passer, des choses, en trois heures.

D'une pichenette rageuse, Starkey jeta sa cigarette par la fenêtre. Sacrifier sa carrière pour cette histoire de Claudius était vraiment un très mauvais deal. La seule façon de se prémunir consistait à charger Pell et à déposer elle-même une plainte contre lui. Elle pouvait déjà appeler Kelso chez lui pour lui expliquer ce qui s'était passé. Le lendemain matin, il l'accompagnerait à l'Inspection des services où un lieutenant lui poserait quelques questions. Ensuite, il téléphonerait à Olsen et lui demanderait de vérifier sa déposition auprès de Tennant. Ça ne tarderait pas à chauffer entre Spring et l'antenne locale de l'ATF. Washington débarquerait Pell de l'enquête et elle serait couverte. Ensuite, si Tennant crachait le morceau, on la mettrait définitivement hors de cause. Elle aurait respecté scrupuleusement le règlement et, par la même occasion, réussi à sauver sa peau.

La circulation était poussive et Starkey put sans mal se rallumer une cigarette. Tout autour d'elle, des voitures ne cessaient d'affluer des parkings qui bordaient la route. Comme la vie quittant le corps d'un mourant. Non, se ravisa-t-elle, aller voir Kelso était inacceptable. Rien que d'y penser, elle se sentait minable.

Quoi qu'il en soit, elle ne parvenait pas à se sortir Pell de la tête.

Elle n'y connaissait rien en migraines, mais le spectacle auquel elle avait assisté sur le parking de la prison l'avait encore plus choquée que de voir Pell perdre son sang-froid avec Tennant. Après tout, le passage à tabac constituait peut-être son mode de fonctionnement habituel, celui qu'il avait appris à l'ATF. Si tel était le cas, cela risquait bien de se reproduire et, tôt ou tard, il la mettrait de nouveau dans une situation délicate. Quoi qu'il en soit, Pell avait sûrement quelque chose à cacher. Sa propre expérience lui avait enseigné que les gens ne dissimulaient jamais leurs points forts. Ils cherchaient plutôt à occulter leurs faiblesses. Pell lui faisait peur. Tous les enquêteurs du déminage qu'elle connaissait étaient des fétichistes du détail. Leur mission consistait à reconstituer des puzzles souvent composés de pièces infimes pour avancer dans leurs enquêtes. Celles-ci pouvaient s'étaler sur des semaines, voire des mois. Aussi agissaient-ils toujours de manière lente et méthodique. Pell sortait du rang. Il était rapide et ne faisait pas de quartier, comme en témoignait son comportement excessif et violent avec le détenu. Même son arme, ce gros Smith & Wesson 10 mm, ne cadrait pas. Elle appuya sur l'accélérateur, furieuse de se retrouver dans une situation aussi inextricable. L'espace d'un instant, elle envisagea d'appeler Pell à son hôtel, histoire de susciter une nouvelle explication musclée. Mais ce n'était pas une bonne idée. Soit elle prévenait Kelso, soit elle faisait comme si de rien n'était. Tout le reste, c'était du baratin.

Une fois arrivée à la maison, elle se prépara un bain chaud et se servit un gin sec qu'elle emporta dans sa chambre. Là, elle se déshabilla et resta debout, nue, au pied de son lit, à écouter le bruit de l'eau qui coulait, tout en sirotant son verre. Elle ressentait physiquement la présence du miroir de sa penderie, juste derrière elle... C'était presque comme s'il l'attendait. Elle prit une grande gorgée, pivota sur elle-même et se contempla. Elle vit les cicatrices. Elle vit les cratères, les ruisselets et les vallées, les décolorations et la marque des points de suture. Son regard descendit plus bas, jusqu'à sa cuisse, et elle discerna l'empreinte de la main de Pell. Aussi nettement que si elle avait été marquée au fer rouge. Elle poussa un profond soupir et se détourna.

— T'es devenue complètement cinglée, ma pauvre fille, murmura-t-elle.

Après avoir terminé son gin à petites gorgées rapides, elle entra dans son bain et se laissa consumer par la chaleur de l'eau.

7

— Parlez-moi de Pell.

— C'est un agent fédéral de l'ATF. Ça signifie Alcool, tabac et armes à feu.

— Je sais.

— Alors pourquoi vous me posez la question ?

— Non, ce que je veux dire, c'est que je sais à quoi correspond ce sigle. Vous m'avez l'air bien à cran aujourd'hui, dites-moi.

— Oh ! pardon. Où avais-je la tête ! J'ai oublié de prendre ma dose quotidienne de sérénité ce matin.

Starkey s'en voulait d'avoir parlé de Pell à Dana. Sur le chemin de Santa Monica, elle avait pourtant passé en revue les sujets qu'elle entendait aborder au cours de la séance. Bien qu'il ne fût pas prévu au programme, elle avait évoqué Pell dès le début de l'entretien.

— Et dire que je prends des risques pour un type que je ne connais même pas, ajouta-t-elle.

— Pourquoi le faites-vous, à votre avis ?

— Aucune idée.

— Et si vous essayiez de deviner ?

— J'imagine que je n'ai pas envie de passer pour un mouchard, tout simplement.

— Mais il a violé la loi, Carol. Vous l'avez dit vous-même. Il a levé la main sur ce détenu, et vous décidez de ne pas le dénoncer alors que ça pourrait vous attirer les pires ennuis. Vous désapprouvez clairement son comportement et pourtant vous ne savez pas quelle attitude adopter.

Mais Starkey ne l'entendait plus. Elle s'était levée et observait par la fenêtre la circulation sur Santa Monica Boulevard, une cigarette à la bouche. Au bas de l'immeuble, un groupe de femmes, qui attendaient leur tour au passage piéton, jetaient des regards angoissés sur le bus immobilisé de l'autre côté de la chaussée. Pour l'atteindre, elles allaient devoir traverser les six voies de véhicules qui roulaient pare-chocs contre pare-chocs en cette heure de pointe matinale. À en juger par leur physique courtaud typique d'Amérique centrale et les sacs en plastique qu'elles trimbalaient, il devait s'agir de femmes de ménage qui se rendaient à leur travail dans les quartiers cossus du nord de Montana. Soudain, le feu passa au vert et le bus s'ébranla, déclenchant chez elles un mouvement de panique. Sans tenir compte des véhicules, elles se ruèrent sur la chaussée et traversèrent sous les klaxons. Une voiture dut faire une brusque embardée, manquant de renverser deux des femmes. Obnubilées par leur objectif, elles ne semblèrent pas même s'en rendre compte. Visiblement, elles s'en remettaient à leur bonne étoile, et Starkey songea qu'elle-même ne serait sans doute jamais capable d'agir de la sorte.

— Carol ? lança Dana.

Starkey n'avait plus aucune envie de parler de Pell ni d'observer des bonnes femmes dont le seul objectif dans la vie consistait à attraper un bus. Elle retourna s'asseoir et éteignit sa cigarette.

— J'aimerais vous demander quelque chose, déclara-t-elle.

— Mais je vous en prie.

— Je ne sais pas si je dois le faire.

— Vous pouvez me poser toutes les questions que vous voulez.

— Non, je veux dire, je ne sais pas si je dois faire ce dont je m'apprêtais à vous parler. J'ai reçu des enregistrements de l'assassinat de Charlie Riggio. Ce sont les cassettes des chaînes de télé. Et vous savez ce que j'ai réalisé ? Qu'il devait en exister aussi de ce qui nous est arrivé, à Sugar et à moi. Depuis, je n'arrête pas d'y penser. Je me dis qu'il doit y avoir une vidéo qui se balade dans la nature, et que je pourrais la visionner.

Dana prit quelques notes dans son carnet.

— Le jour où vous vous sentirez prête à affronter une chose pareille – si toutefois il arrive –, je pense que vous devriez le faire, répondit-elle.

Starkey sentit une vague d'angoisse lui transpercer l'estomac. D'un côté, elle avait besoin d'obtenir la bénédiction de Dana, mais, de l'autre, elle voulait juste qu'on lui fiche la paix avec cette histoire.

— Ouais, je ne sais pas trop.

Dana rangea son carnet de notes. Un geste inédit qui laissa Starkey perplexe.

— Dites-moi, depuis combien de temps faites-vous ce rêve ?

— Presque trois ans.

— En d'autres termes, vous revoyez votre mort et celle de Sugar presque chaque nuit depuis trois ans. J'ai pensé à quelque chose, l'autre jour, à ce sujet. Je ne sais pas si mon idée est juste ou non, mais j'aimerais la partager avec vous.

Starkey lui jeta un coup d'œil méfiant. Elle détestait ce mot, « partager ».

— Savez-vous ce qu'est une illusion perceptive ?

— Non.

— Imaginez un dessin. Si vous le regardez une première fois, vous verrez un vase. Toutefois, si vous êtes dans d'autres dispositions et que vous le regardez de nouveau, vous verrez deux femmes qui se font face. C'est comme une image cachée derrière une autre image. Ce que vous voyez dépend de l'état d'esprit dans lequel vous vous trouvez. Aussi, lorsqu'une personne ne cesse de regarder le même dessin, ça peut signifier qu'elle cherche à y voir une image cachée. Elle continue de regarder, dans l'espoir que celle-ci apparaîtra, mais rien ne se passe.

Tout cela ne rimait à rien, songea Starkey.

— Vous voulez dire que je persiste à faire ce rêve parce que j'essaie de trouver un sens à ce qui s'est passé ?

— Je ne sais pas. À votre avis ?

— Si vous, vous ne le savez pas, il est très clair que je ne peux pas le savoir non plus. Après tout, c'est vous qui avez un doctorat en psychologie.

— Vous n'avez pas tort. Alors, mettons qu'en tant que

spécialiste, je vous dise qu'il faut vous confronter au passé si vous voulez guérir de vos tourments présents.

— Mais c'est ce que je fais. En tout cas, j'essaie de le faire. J'y pense tellement, à cette putain de journée, que j'en suis malade.

Dana voulait reprendre la parole, mais Starkey l'arrêta d'un geste de la main.

— Oui, je sais, vous allez me dire qu'y penser, ce n'est pas la même chose que de s'y confronter.

— Ce n'est pas ce que j'allais vous dire.

— Tant mieux.

— Écoutez, Starkey, l'objectif de nos entretiens n'est pas de vous juger, mais simplement d'explorer les différentes hypothèses.

— Oui, bon, soit.

— Revenons-en à notre illusion perceptive. Ce que je me suis dit l'autre jour, c'est que votre rêve pouvait constituer la première image. Vous ne cessez d'y revenir, parce que vous n'avez pas encore découvert la seconde, l'image cachée. Pour l'instant, vous voyez seulement le vase. Et vous continuez d'essayer d'apercevoir les deux femmes. Votre intuition est qu'elles sont bien là, mais, à ce stade, vous n'avez pas été capable de les faire apparaître. Peut-être ce que vous voyez dans votre rêve ne correspond-il pas à ce qui s'est réellement passé. Peut-être cela correspond-il aux événements tels que vous les avez imaginés, et à rien d'autre.

Starkey sentait son irritation se transformer en véritable colère.

— Évidemment que je n'ai fait que l'imaginer ! J'étais morte, nom de Dieu !

— Eh bien, l'enregistrement vous permettrait de voir ce qui s'est réellement passé.

Starkey poussa un profond soupir.

— Si les deux femmes sont effectivement présentes dans l'image, alors vous pourrez les distinguer. Mais peut-être découvrirez-vous qu'en fin de compte il n'y a que le vase. En tout cas, quelles que soient vos conclusions, cela pourrait vous aider à surmonter toute cette histoire.

Une nouvelle fois, le regard de Starkey se détourna de Dana pour se porter sur la fenêtre. Elle se leva pour s'en rapprocher.

— Restez assise, s'il vous plaît.

Starkey secoua son paquet à la recherche d'une cigarette. Elle l'alluma. Dana ne la regardait plus. Elle continuait de fixer son siège vide, comme si elle n'en avait pas bougé.

— Revenez vous asseoir, s'il vous plaît, Carol.

Starkey souffla un épais nuage de fumée. Elle tira profondément sur sa cigarette et expira de nouveau.

— Je suis bien, là.

— Vous rendez-vous compte que, chaque fois qu'un sujet vous déplaît, vous essayez de fuir par cette fenêtre ?

À contrecœur, Starkey retourna s'asseoir.

— Mon rêve a changé, lâcha-t-elle.

— Mais encore ?

Starkey croisa les jambes et, se rendant compte de ce que sa gestuelle impliquait, les décroisa aussitôt.

— J'ai rêvé de Pell. Ils ont retiré le casque de Sugar et c'était cet enfoiré de Pell.

— Je vois, vous êtes attirée par lui, déclara Dana en hochant la tête.

— Oh ! je vous en prie !

— Ce n'est pas le cas ?

— Je ne sais pas.

— Tout à l'heure, vous me disiez qu'il vous faisait peur. Ne serait-ce pas précisément parce que vous êtes attirée par lui ?

— Les deux femmes, encore une fois ?

— Absolument. L'image cachée.

— Si ça se trouve, j'ai tout simplement une attirance morbide pour le danger, ironisa Starkey. Sinon, pourquoi voudrais-je tant travailler à la brigade de déminage ?

— Vous n'avez eu personne depuis que c'est arrivé ?

Starkey se sentit rougir. Elle détourna le regard, s'efforçant de donner l'impression de réfléchir. En réalité, elle était morte de peur.

— Non. Personne.

— Comment avez-vous l'intention de gérer cette attirance que vous éprouvez ?

— Je l'ignore.

Elles restèrent assises en silence. Au bout d'un moment, Dana jeta un coup d'œil à sa montre.

— Bien, c'est presque terminé. J'aimerais vous proposer une nouvelle piste de réflexion pour la prochaine fois.

— Comme si je n'en avais pas déjà suffisamment.

Dana esquissa un sourire tout en ressortant son carnet de notes. Elle le posa sur ses genoux, et l'étudia comme si elle réfléchissait déjà au résumé qu'elle allait rédiger.

— Tout à l'heure, vous avez plaisanté en disant que vous travailliez à la brigade de déminage parce que vous aviez le goût du risque. Or, je me suis souvenue de ce que vous m'aviez répondu à l'époque, lors de nos toutes premières séances, quand je vous avais dit que le déminage me semblait un métier très dangereux.

— Et alors ? rétorqua Starkey qui n'en avait aucun souvenir.

— Eh bien, vous m'aviez répondu que ce n'était pas le cas. Vous m'aviez dit que vous ne considériez pas les bombes comme des objets dangereux, qu'une bombe n'était rien de plus qu'un puzzle que vous deviez reconstituer. Un puzzle bien ordonné, parfaitement circonscrit et prévisible. À mon avis, Starkey, vous vous sentez en sécurité parmi les bombes. Ce sont les gens qui vous font peur. Ne pensez-vous pas que c'est pour cela que vous avez tellement aimé travailler à la brigade de déminage ?

Starkey regarda la pendule.

— On dirait que vous aviez raison : la séance est terminée.

Après avoir quitté le cabinet de Dana, Starkey traversa la ville engorgée pour retourner à Spring Street. Les dés étaient jetés. C'était désormais inéluctable : elle allait assister à sa propre mort. Dans un premier temps, elle fut tentée d'interpréter cette conviction comme de la détermination de sa part. Mais, au fond d'elle-même, elle savait bien qu'elle n'était pas plus déterminée qu'un ivrogne en train de tomber d'un escalier : qu'il l'ait décidé ou non, il allait se retrouver par terre, au pied des marches. Elle-même avait déjà commencé à descendre. À présent, elle tombait.

En arrivant à la SAC, elle éprouva un curieux sentiment d'étrangeté, comme un fantôme visitant une maison qu'il avait connue, mais dont il ne faisait plus véritablement partie. Elle se sentait invisible, extérieure à son propre corps.

Dans la salle des inspecteurs, elle tomba sur Nibard en train de se débattre avec la machine à café. Nibard qui détenait les coordonnées des chaînes de télévision... Il fallait lui demander les numéros, appeler et se procurer ces satanés enregistrements. Tout de suite, avant que la peur la fasse changer d'avis.

Elle se dirigea vers lui.

— Jorge, tu as pu trouver une solution pour améliorer l'image des cassettes ?

— Ouais, je t'ai dit que j'allais le faire, non ?

— Je voulais juste m'en assurer, grommela-t-elle.

— On a recours à une société de postproduction de Hollywood pour ce genre de choses. On les aura dans deux ou trois jours.

— Ah oui, ça me dit quelque chose. Au fait, Channel 8 nous a envoyé un truc ?

— Ben oui. Tu as emporté une de leurs cassettes chez toi, Carol. Tu ne t'en souviens pas ?

— Bon sang, Jorge, j'en avais tellement. Tu crois que je sais d'où elles venaient ?

— Non, j'imagine que non, répondit Nibard en la regardant droit dans les yeux, interloqué.

— Qui as-tu contacté chez Channel 8 ? Pour obtenir les cassettes, j'entends.

— Sue Borman, la nouvelle directrice générale.

— File-moi son numéro, tu veux ? J'ai une question à lui poser.

— Je peux peut-être t'aider. Que souhaites-tu savoir ?

Décidément, rien n'était simple. Il ne pouvait pas se contenter de dire « Oui, pas de problème » et de lui donner ce foutu numéro ?

— J'aimerais lui toucher un mot des cassettes, Jorge. Tu veux bien me donner son téléphone, s'il te plaît ?

Elle le suivit jusqu'à son bureau, nota le numéro, et retourna directement à son box d'où elle appela la chaîne. Elle composa le numéro mécaniquement, sans réfléchir à ce qu'elle allait dire ni au ton qu'elle allait employer. Il ne fallait pas se poser de questions, ni se laisser le temps de changer d'avis.

Channel 8 était la seule chaîne dont elle se rappelait la présence sur le camping. D'autres aussi étaient là, mais elle ne savait plus lesquelles et n'avait aucune envie de passer des coups de fil pour se renseigner. Elle se souvenait de Channel 8 car elle avait reconnu son camion émetteur qui stationnait sur les lieux. Un véhicule que les démineurs avaient baptisé l'autocrottes.

— Détective Carol Starkey à l'appareil, de la police de Los Angeles. J'aimerais parler à Sue Borman, s'il vous plaît.

Lorsqu'on lui passa la directrice générale, Starkey nota tout de suite qu'elle avait l'air stressée. Cela faisait sans doute partie de son boulot.

— Tout se passe bien avec les cassettes qu'on vous a envoyées ? Vous n'avez pas de problème pour les lire, au moins ?

— Non. Elles fonctionnent très bien. Merci de votre collaboration. En fait, je vous appelais au sujet d'une autre série d'enregistrements.

— Nous vous avons envoyé tout ce que nous avions. Il n'y en a pas d'autres.

— Il s'agit de cassettes plus anciennes. Elles sont probablement dans votre vidéothèque. Il y a trois ans, un officier a été tué sur un camping à Chatsworth et un autre policier grièvement blessé. Ça vous rappelle quelque chose ?

— Non. C'était encore une histoire de bombe ?

— Oui, c'est exact, répondit Starkey en fermant les yeux.

— Attendez une seconde. Si je me souviens bien, les deux ont été tués, mais on a finalement réussi à réanimer le second sur place, c'est bien ça ?

— Tout à fait.

— J'étais rédactrice à l'époque. Je crois même que c'est moi qui ai écrit le reportage.

— Ça fait trois ans. Mais peut-être ne conservez-vous pas les enregistrements...

— Si, on garde absolument tout. Mais comment m'avez-vous dit que vous vous appeliez, déjà ?

— Inspecteur Starkey.

— Vous n'êtes pas la personne avec qui j'ai été en contact pour l'histoire de Silver Lake, n'est-ce pas ?

— Non, ça c'était l'inspecteur Santos.

— Très bien. Écoutez, il va falloir que je vérifie dans notre vidéothèque. Je vous rappelle. Donnez-moi la date de l'attentat et votre numéro de téléphone.

Starkey lui communiqua ces informations.

— Vous voulez qu'on vous envoie la cassette, si on l'a ?

— Oui, madame.

— Cela a un rapport avec ce qui s'est passé à Silver Lake ?

Starkey n'avait aucune envie de lui dire qu'elle était l'un des démineurs que l'on voyait sur la cassette.

— A priori, non, mais on vérifie à tout hasard. Si vous avez quelque chose, vous me tenez au courant.

— Si on a une info, on vous la réserve. Répétez-moi encore votre nom...

— Starkey.

— D'accord, je vous rappelle.

En raccrochant, Starkey constata que ses mains tremblaient. Elle les posa à plat sur la table et tenta vainement de se calmer. Elle avait cru qu'elle se sentirait euphorique ou fière d'avoir réussi à franchir ce pas. Or la seule chose qu'elle éprouvait, c'était une douleur intense à l'estomac.

Elle avala un Tagamet, sans même prendre la peine de boire un verre d'eau, et attendit que le malaise se dissipe. Juste à ce moment-là, le téléphone sonna : Pell.

— Vous pouvez parler ? demanda-t-il.

— Oui.

— Je voulais m'excuser encore une fois pour hier... J'espère que cela ne vous a pas causé de tort.

— Je n'ai pas été convoquée par l'Inspection des services, si c'est ce que vous voulez savoir. Bien sûr, le détenu peut encore changer d'avis et briser ma carrière, mais, pour l'instant, ça a l'air d'aller.

— Vous m'avez dénoncé ?

— Pas mon style, mon vieux. Ne vous inquiétez pas.

— Bon... Enfin, comme je le disais hier, je prendrai tout sur moi si on en arrive là.

Elle rougit de colère. Une colère qui lui sembla davantage dirigée contre elle-même que contre lui.

— Non, Pell, ça ne marche pas. Je vous remercie pour votre grandeur d'âme, mais, que vous preniez les choses sur vous ou non, je serais foutue de toute façon pour ne pas vous avoir dénoncé. Voilà comment ça se passe chez nous.

— Bon, d'accord. Écoutez, je vous appelais aussi pour autre chose. Je connais quelqu'un qui pourrait nous aider au sujet de Claudius.

— C'est-à-dire ?

— Si ce que Tennant a raconté est vrai, à savoir que M. Rouge s'y connecte, je pense qu'on peut exploiter cette piste. On a un contact à la fac de sciences qui s'y connaît bien. J'ai organisé un rendez-vous avec lui. Vous êtes de la partie ?

— Évidemment que j'en suis !

— Parfait. Vous pouvez passer me prendre ?

Les coordonnées de Pell étaient sur son bureau. Elle jeta un œil à la carte et vit que son hôtel était situé à Culver City, non loin de l'aéroport. Il s'appelait Les Palmiers des Îles.

— Vous y tenez vraiment ? Pourquoi on ne se retrouve pas directement ici ? Ça fait un sacré détour.

— J'ai des problèmes avec ma voiture de location. Si vous ne venez pas me chercher, je vais devoir prendre un taxi.

— O.K., ça va. Je suis là dans vingt minutes.

Les Palmiers des Îles était un petit motel à deux étages situé sur Pico Boulevard, à quelques pâtés de maisons des anciens studios de la MGM. Un grand panneau orné de palmiers en néon surplombait l'entrée du parking, lequel donnait directement sur l'horrible façade en stuc verdâtre de l'établissement. Starkey se demanda pourquoi Pell avait choisi un endroit aussi sordide. Il avait dû tomber dessus dans un guide touristique bon marché. Typiquement le genre de taudis qui devait proposer, à grand renfort de publicité tapageuse, des forfaits familiaux imbattables.

Au moment où Starkey se garait, Pell sortit de la réception. Il était pâle et avait l'air fatigué. Des cernes sombres lui marquaient les yeux. À l'évidence, les problèmes auxquels il avait fait allusion n'avaient rien à voir avec sa voiture. Il subissait vraisemblablement le contrecoup de l'épisode d'Atascadero.

Sans laisser à Starkey le temps de couper le moteur, il monta dans la voiture.

— L'ATF a des restrictions budgétaires ou quoi ? attaqua-t-elle. Même ma boîte m'offrirait mieux que ça.

— Je ferai part de votre remarque à mon directeur. Bon, vous savez y aller ?

— Je suis née à L.A. Ce sont pas des veines que j'ai dans le corps, mais des autoroutes et des boulevards.

Pendant que Starkey reprenait la direction du centre-ville, Pell lui expliqua qu'ils avaient rendez-vous avec un certain Donald Bergen. Étudiant en physique, il était aussi expert en informatique, et le gouvernement l'employait à l'occasion pour identifier et localiser les criminels en tout genre. Les virtuoses d'Internet de son espèce étaient capables de retrouver ceux qui utilisaient cet outil pour planifier ou mener à bien leurs activités illicites, depuis les illuminés qui menaçaient d'assassiner le président des États-Unis jusqu'aux authentiques terroristes, en passant par les miliciens d'extrême droite ou les pédophiles. Pour la police, le web constituait une véritable zone d'ombre, une ombre qui s'obscurcissait un peu plus chaque jour. Même s'il s'agissait a priori d'un espace public où la confidentialité n'était pas de mise, la marge de manœuvre des différentes agences gouvernementales y était de plus en plus restreinte.

— C'est quoi, ce type ? Une espèce de sorcier ? lança Starkey.

— Non, juste un mec normal. Cela dit, soyez gentille, ne lui demandez pas ce qu'il fait et ne lui en dites pas trop sur notre enquête, d'accord ? C'est mieux comme ça.

— Écoutez-moi bien. Je tiens à vous prévenir tout de suite que je n'ai pas l'intention de participer à quoi que ce soit d'illégal.

— Ça n'a rien d'illégal. Bergen sait pourquoi nous venons le voir et il connaît Claudius. Son boulot consiste simplement à nous servir de guide. Ensuite, on se débrouille.

Starkey ne chercha pas à en savoir davantage. Après tout, si ce Bergen et Claudius pouvaient servir son enquête...

Vingt minutes plus tard, ils abandonnèrent la voiture sur le parking des visiteurs de la fac de sciences et pénétrèrent sur le campus. Starkey avait peut-être passé sa vie à L.A., mais elle n'avait jamais mis les pieds ici. Nichée dans la plaine de Pasadena, cette enfilade de bâtiments couleur ocre formait un ensemble plutôt harmonieux. Sur le chemin, ils croisèrent de nombreux jeunes gens qui, quoique d'apparence normale, devaient tous être des génies en herbe. « Ils ne seront probablement pas bien nombreux à choisir de devenir flics », songea Starkey, laquelle ne l'aurait sans doute pas fait elle-même si elle avait été plus maligne.

Arrivés au bâtiment d'informatique, ils descendirent quelques escaliers, traversèrent un long couloir immaculé et parvinrent au bureau de Bergen. L'homme qui leur ouvrit la porte était petit et outrageusement musclé. Il avait l'air d'un culturiste et sentait légèrement la sueur.

— Vous êtes Jack Pell ?

— Oui. M. Bergen ?

L'homme jeta un coup d'œil à Starkey.

— Et elle, c'est qui ?

Starkey lui montra son badge. Ce type l'énervait déjà.

— Elle, c'est l'inspecteur Starkey de la police de Los Angeles, lança-t-elle.

Bergen se retourna vers Pell, l'air suspicieux.

— Jerry ne m'a pas prévenu. C'est quoi ce plan ?

— On travaille ensemble, Bergen. C'est tout ce que vous avez besoin de savoir. Maintenant, laissez-nous entrer.

Bergen passa la tête dans le couloir pour voir s'il n'y avait personne d'autre, puis il s'effaça et referma la porte derrière eux. Starkey remarqua immédiatement le léger parfum de marijuana qui flottait dans la pièce.

— Appelez-moi Donnie, suggéra l'étudiant.

Les murs de son bureau étaient couverts d'ouvrages scientifiques, de manuels d'informatique et de photos de femmes culturistes exhibant leur plastique. Il leur désigna deux chaises disposées devant un ordinateur portable à peine plus épais qu'une feuille de papier. Starkey se sentit tout de suite mal à l'aise. Elle était assise si près de Pell que leurs épaules se touchaient et la pièce était trop exiguë pour qu'ils puissent faire autrement. Bergen prit place sur un fauteuil pivotant à côté de Pell, et ils se retrouvèrent tous trois penchés sur le petit ordinateur. Comme s'il s'était agi d'une fenêtre ouvrant sur un autre monde.

— Ça ne prendra pas longtemps, commenta Bergen. Plutôt facile par rapport à d'autres choses que j'ai faites pour vous. Mais il y a un truc bizarre.

Starkey nota que Bergen s'adressait à Pell sans même la regarder. Il devait être mal à l'aise avec les femmes.

— Quoi donc ? demanda Pell.

— D'habitude, quand j'ai un boulot de ce genre, j'envoie une note d'honoraires à Jerry. Mais cette fois-ci, il m'a dit de laisser tomber.

— On parlera de ça plus tard, Donnie. Ça ne concerne pas l'inspecteur Starkey.

— O.K. Pas de problème, rétorqua l'étudiant en rougissant jusqu'aux oreilles. Comme vous voudrez.

— Bon, montrez-nous Claudius.

— Ouais, ouais, pas de problème. Qu'est-ce que vous voulez savoir ?

— Essayons déjà de le trouver.

— C'est fait. Je me suis connecté ce matin.

Tout en prenant soin de rester à bonne distance de Starkey, Bergen tendit les mains et se mit à pianoter sur le clavier.

— Pour commencer, j'ai lancé une recherche de sites concernant les bombes, les explosifs, les munitions improvisées, les armes de destruction massive, tout ça. Il y en a des centaines.

Pendant qu'il parlait, Starkey vit apparaître la page d'accueil d'un site intitulé « Fossoyeur ». Une tête de mort remplissait l'écran, chacune de ses orbites étant agrémentée d'un champignon atomique. Bergen expliqua que ce site avait été conçu par un passionné du Minnesota qui continuait de le gérer dans la plus parfaite légalité.

— La plupart des sites plus élaborés proposent des forums de discussion permettant aux gens d'échanger des messages, ou des *chats* pour discuter en direct. Tenez, vous savez comment on fait apparaître les monographies de meurtres ?

— Donnie ? lança Starkey.

Bergen lui jeta un coup d'œil furtif.

— Oui, m'dame ?

— Ce n'est pas la peine de me servir du madame. En revanche, j'aimerais que vous vous adressiez aussi à moi, d'accord ? Je n'ai pas l'intention de vous emmerder parce que vous fumez du shit ou pour quoi que ce soit d'autre d'illégal, c'est clair ?

— Mais je fumais pas !

— Je vous demande juste de me parler aussi à moi. Pour répondre à votre question, je n'ai pas la moindre idée de la manière dont on fait apparaître les monographies de meurtres. Pour tout vous dire, je ne sais même pas ce que c'est.

— Bon, on pourrait peut-être voir ça une autre fois, intervint Pell.

— Excusez-moi, fit Bergen en rougissant de nouveau.

— Expliquez-nous juste comment on fait pour trouver Claudius et mettez-vous dessus.

Bergen pivota sur son siège et désigna une série d'ordinateurs Power Mac bleu vif branchés les uns aux autres.

— Ce qu'il faut faire, c'est définir une combinaison de mots clés. Mettons que votre combinaison soit *président, Maison-Blanche* et *tuer*. J'ai des logiciels qui se baladent en permanence sur quarante fournisseurs d'accès Internet à la recherche de cette combinaison. Ils ratissent les *newsgroups* et les forums de ces différents fournisseurs. Dès que la combinaison apparaît, le logiciel enregistre l'échange d'infos en question ainsi que les adresses e-mail des personnes qui y ont participé. J'ai donc simplement entré le terme « Claudius » combiné avec deux ou trois autres mots. Et voilà ce que j'ai découvert. Simple comme bonjour !

Bergen cliqua sur une autre icône et une nouvelle page apparut. La poitrine du jeune homme se gonfla de manière inquiétante, trahissant sa fierté.

— Vous pouvez toujours courir, mais vous ne m'échapperez pas, bande de salopards. Et voilà Claudius !

Un visage orné d'une chevelure de flammes envahit l'écran. Une figure grimaçante, avec une expression de souffrance intense qui rappela à Starkey celle d'une statue antique. Sur le côté gauche de l'écran, une barre de navigation proposait différentes entrées : MODE D'EMPLOI, PROFESSIONNEL, MILITAIRE, MUSÉE, LIENS LES PLUS RECHERCHÉS.

Starkey se pencha sur l'écran.

— C'est quoi tout ça ? demanda-t-elle.

— Une série de pages web. Le « musée », par exemple, est une succession de photos de victimes d'attentats. Ça fait froid dans le dos. Dans les pages « mode d'emploi », vous trouverez des articles consacrés aux techniques de fabrication des bombes et un forum qui permet à ces enculés de les commenter. Tenez, allons jeter un œil.

Bergen leur ouvrit les portes de l'enfer. À l'aide de la souris, il commença par faire défiler une série de schémas représentant diverses bombes artisanales ainsi que des articles expliquant comment détourner des produits d'entretien de leur usage pour les transformer en explosifs. Puis il les emmena dans le musée, où ils découvrirent une longue litanie de photographies représentant des immeubles et des véhicules détruits par des explosions, des victimes d'attentats dont les corps déchiquetés étaient assortis de commentaires médicaux, des habitants du tiers monde qui avaient sauté sur des mines antipersonnel et auxquels il manquait un pied ou une jambe, ainsi que des animaux qu'on avait volontairement fait exploser à des fins de recherche scientifique.

Starkey dut détourner le regard.

— Ces gens sont des tarés. Ce truc est immonde.

— Mais parfaitement légal, précisa Bergen. Le Premier Amendement [1] dans toute sa splendeur. Et si vous faites bien attention, vous noterez que rien dans ces pages, qui sont accessibles à tous, n'est attaquable. Personne ne reconnaît avoir commis un crime ou un délit, ni vendu ou acheté des choses prohibées. Ce ne sont que des gens qui partagent la même passion. Et voilà le travail !

---

1. Premier article de la Constitution américaine garantissant aux citoyens une liberté d'expression et de pensée inconditionnelle. *(NdT.)*

— Nous sommes à la recherche de quelqu'un qui se fait appeler M. Rouge, intervint Pell. Il en est question ici, paraît-il, et on nous a dit qu'il se connectait parfois lui-même.

Avant même que Pell ait terminé sa phrase, Bergen s'était mis à hocher la tête. Manifestement, il entendait les convaincre qu'il aurait toujours une longueur d'avance sur eux. Il consulta sa montre, puis désigna un gros Macintosh.

— Eh bien, s'il l'a fait après onze heures quatre hier soir, il doit avoir pris un autre nom. J'ai listé toutes les connexions qui ont eu lieu depuis ce moment-là.

Il se tourna de nouveau vers le portable et cliqua sur le forum de discussion.

— En tout cas, quand il s'agit de parler de lui, il y a du monde. Il passe même pour un vrai héros. Tout comme d'autres salopards de son espèce, d'ailleurs. J'ai assisté à pas mal de conversations sur Unabomber, sur le type de Californie qui foutait des bombes dans les centres des impôts, sur cet enculé dans le Sud qui s'en prenait aux juges et aux avocats, et puis, naturellement, sur les mecs d'Oklahoma City. Et enfin j'ai entendu des tonnes de choses sur M. Rouge.

— Montrez-nous ça, dit Starkey.

Bergen ouvrit un forum de discussion dédié à M. Rouge. Ce faisant, il lui expliqua qu'il s'agissait d'une chaîne de messages consacrée à un thème particulier. Il lui montra comment on pouvait passer d'un message à l'autre pour suivre les débats dans leur intégralité.

— Je commence où ? demanda Starkey.

— Où vous voulez. Aucune importance, répondit Bergen. Ça défile continuellement.

Starkey sélectionna un message au hasard et l'ouvrit.

SUJET : Re : La vérité et ses implications
DE : BOOMER !
ID-MESSAGE : >187765.34@zipp<

« ... le fait que Unabomber ait pu se livrer à ces activités pendant si longtemps sans se faire prendre démontre sa supériorité... »

Kaczynski a eu de la chance. Les engins qu'il fabriquait étaient simples et frustes. Un vrai travail d'amateur. Si vous aimez l'élégance, allez donc voir du côté de M. Rouge.

The Boomster
(souvent incompris, mais toujours dans le vrai)

Starkey ouvrit le message suivant.

SUJET : Re : La vérité et ses implications
DE : JYMBO4
ID-MESSAGE : >222589.16@nomad<

« Si vous aimez l'élégance, allez donc voir du côté de M. Rouge. »

Quelle élégance, Boom ? Tout ça parce qu'il utilise une substance prétentieuse et que personne ne sait qui il est. N'oubliez pas que Rouge a fait son apparition il y a à peine deux ans, alors que Unabomber n'a pas pu être identifié pendant dix-sept ans. L'avenir nous dira s'il est assez malin pour ne pas se faire serrer.

Mais je dois reconnaître que son absence de motivations politiques me séduit. Rien à voir avec les basanés et autres terroristes de tout poil qui font une sale réputation aux poseurs de bombes...

J'adore sa façon de leur rentrer dans le lard sans faire de quartier !

Bonne éclate,

J

— On devrait interdire à tous ces salopards de se reproduire, murmura Starkey en regardant Pell.

— Pour ça, il n'y a aucun souci à se faire, répliqua Pell en riant. La plupart d'entre eux n'ont jamais eu le moindre rendez-vous avec une personne du sexe opposé.

— C'est donc ça leur occupation, ici ? lança Starkey à l'intention de Bergen. Ils s'envoient des messages à n'en plus finir ?

— Ouais. C'est pour ça que ça s'appelle un forum. Mais ceux-là sont des charlots. Vous n'en verrez jamais aucun se vanter de telle ou telle activité criminelle. Si ce sont les vrais poids lourds qui vous intéressent, il faut aller sur le *chat.* En fait, quasiment n'importe qui peut arriver là où nous sommes maintenant. Il suffit de savoir comment chercher. Le *chat,* c'est une autre affaire. Vous ne pouvez pas débarquer l'air de rien, du genre « Salut, c'est moi ». Il faut être invité.

— Et comment avez-vous fait pour être invité ?

— Oh ! moi, je me suis passé d'invitation, répondit Bergen avec un petit sourire satisfait. Je suis entré par effraction. Mais les gens normaux ont besoin de ce qu'on appelle un ticket d'entrée. En fait, il s'agit d'un logiciel spécial que vous vous faites envoyer par e-mail. Comme une clé, en quelque sorte. Vous comprenez, ces gens veulent discuter de choses pour lesquelles on pourrait les arrêter. Donc, ils tiennent à rester entre eux. Ils savent très bien que, sur le forum, il y aura des mecs comme moi. Sur le *chat,* en revanche, ils se sentent en sécurité.

Bergen pianota quelques instants sur le clavier et fit apparaître une nouvelle fenêtre à l'écran. Deux personnes étaient en train de discuter, ALPHK1 et 22TIDAL. Ils ne parlaient ni de bombes, ni d'explosifs, ni d'aucun autre sujet s'en rapprochant de près ou de loin. Leur conversation portait sur une série télé à succès.

— Putain, mais ils sont en train de parler d'une actrice, commenta Pell.

— On parle de n'importe quoi sur un *chat.* C'est du direct, vous savez. Ils discutent exactement comme nous le faisons actuellement, sauf qu'ils tapent ce qu'ils disent. Ces mecs peuvent se trouver n'importe où sur la planète.

Une nouvelle fois, Starkey eut le sentiment de pénétrer dans un autre monde.

— Ils savent qu'on est là ? demanda-t-elle.

— Non, pas à ce stade. Pour l'instant, on est clandestins, totalement invisibles. Il n'y a pas de barrière sur Internet. Pas de barrière du tout, même, quand c'est moi qui suis aux commandes, précisa Bergen en éclatant de rire.

Starkey songea qu'il devait être aussi cinglé que les gens qu'ils étaient en train d'espionner.

— Je le sens bien ici, Starkey, dit Pell, les yeux rivés sur l'écran. Ces gens flattent son ego. Je l'imagine parfaitement se connecter et lire toutes ces conneries qui le décrivent comme une star. C'est le genre de choses qu'un type tel que lui est capable de faire. Je suis sûr qu'on peut entrer en contact avec lui.

— Donc, il est possible de laisser un message là, si on a un pseudonyme ? demanda Starkey qui commençait à se dire que n'importe lequel de ces types pouvait être M. Rouge lui-même.

— Bien sûr. Envoyer des mails, entrer sur le *chat*. Avec mon aide, tout est possible. C'est pour ça que vous êtes là, n'est-ce pas ?

Starkey interrogea Pell du regard.

— C'est exactement ce que nous voulons, dit-il d'une voix douce.

— Pas d' blème. On s'y met, comme ça vous pourrez y aller ensuite.

Pell

Leur choix se porta sur le pseudonyme « Décharge ». Au départ, Pell trouva l'idée stupide, mais, au fur et à mesure qu'ils en discutaient, il finit par y voir une connotation sexuelle susceptible de jouer en leur faveur. Il observait Starkey du coin de l'œil, admirant la passion avec laquelle elle s'impliquait dans cette traque. Le bureau de Bergen était étroit et surchargé. À peine assez grand pour leur permettre de tenir à trois devant l'ordinateur. L'étudiant empestait tellement que Pell ne cessait de s'éloigner de lui en se penchant sur Starkey. Chaque fois qu'il l'effleurait, il la sentait se rétracter. Une fois même, alors que leurs cuisses s'étaient touchées, il crut qu'elle allait tomber de sa chaise.

Pour quelle raison réagissait-elle ainsi ? Peut-être nourrissait-elle une aversion pour les hommes ou ne supportait-elle pas qu'on la touche ? C'était bien improbable. Lorsque sa saleté de malaise lui était tombée dessus à Atascadero, elle avait fait preuve d'une sollicitude étonnante. Il l'avait trouvée émouvante, y compris quand elle lui avait passé un savon au sujet de Tennant.

— Y a quelqu'un ?

Starkey et Bergen le dévisageaient tous les deux, et il réalisa que, plongé dans ses pensées, il avait complètement perdu le fil.

— Pardon, dit-il.

— Bon Dieu ! Pell, concentrez-vous un peu, gronda Starkey. Je n'ai pas envie d'y passer la nuit.

Bergen leur expliqua le maniement du petit ordinateur, et leur constitua une adresse Internet auprès d'un fournisseur d'accès anonyme créé et géré par le gouvernement. Puis il leur expliqua comment parvenir au site Claudius, une fois qu'ils seraient connectés à Internet. Ils discutèrent de la stratégie à adopter et décidèrent, selon les termes de Bergen, de « mettre des bouteilles à la mer ». Ils envoyèrent trois messages signés « Décharge » et concernant M. Rouge. Les deux premiers visaient à présenter « Décharge » comme l'un des fans du poseur de bombes. Le troisième évoquait une rumeur selon laquelle M. Rouge aurait frappé une nouvelle fois en Californie et demandait si celle-ci était fondée. Comme l'expliqua Bergen, l'objectif était à la fois d'obtenir des réponses et de se faire connaître.

Une fois qu'ils eurent terminé, Pell informa Bergen qu'il s'absentait quelques minutes et entraîna Starkey dans le couloir.

— Pourquoi devez-vous rentrer ? s'enquit-elle.

— Cuisine interne de l'ATF. Ne vous inquiétez pas.

— Oh ! merde, allez vous faire foutre, Pell.

— Vous êtes obligée de vous énerver tout le temps comme ça ?

En guise de réponse, Starkey leva les yeux au ciel. Elle sortit une cigarette et l'alluma. Pell se demanda si elle avait toujours autant fumé et autant bu, ou si c'était seulement depuis l'accident du camping. Celui-ci avait-il donné naissance à une autre Starkey ? La question valait également pour sa façon de s'exprimer et pour le mauvais genre qu'elle affichait avec ostentation. De temps en temps, lorsqu'il se baladait en ville ou se reposait dans son hôtel minable, Pell envisageait de lui poser la question. Mais il savait que ce n'était pas une bonne idée. Malheureusement pour lui, il connaissait trop bien le sujet. Il avait appris qu'un épisode comme celui du camping pouvait transformer profondément la personnalité d'un individu. Considérablement affaiblie et fragilisée, la victime tentait de se protéger du monde extérieur en se parant d'une épaisse carapace...

Constatant que Starkey commençait à s'impatienter, il s'efforça de redescendre sur terre.

— Il faut que je retourne à Spring Street, annonça-t-elle en agitant sa cigarette comme si elle était mal allumée. Marzik m'attend pour interroger des témoins susceptibles d'avoir vu notre suspect.

— Prenez l'ordinateur. On peut se retrouver plus tard chez vous pour voir si quelqu'un a répondu à nos messages.

— D'accord. On peut faire ça chez moi si vous voulez, répliqua-t-elle d'un air détaché. Bon, je vous attends dans la voiture.

Pell la regarda s'éloigner dans le couloir, puis retourna chez Bergen. Il frappa à la porte et, comme la première fois, l'étudiant sortit d'abord la tête pour s'assurer que la voie était libre. Décidément, le personnage était plutôt détestable.

— J'espère que je n'ai rien dit de mal devant elle, déclara-t-il après avoir refermé la porte.

Pell extirpa de sa poche une enveloppe et la tendit à Bergen. Il le regarda recompter la somme.

— Douze cents dollars, parfait. C'est la première fois que vous me réglez en liquide. D'habitude, j'envoie une facture à Jerry, mais là, il m'a dit de laisser tomber.

— Si Jerry vous a dit de laisser tomber, je pense que vous devriez le faire.

— Vous avez raison, concéda Bergen en haussant nerveusement les épaules. Vous voulez un reçu ?

— Ce que je veux, c'est un autre ordinateur.

Bergen le regarda, perplexe.

— Vous en voulez un autre ? Le même que celui que je viens de vous donner ?

— Oui, et configuré de manière que je puisse consulter Claudius.

— Mais qu'est-ce que vous allez faire d'un second ordinateur ?

Pell se rapprocha de Bergen et le fixa droit dans les yeux. Le culturiste tressaillit.

— Vous pouvez m'en procurer un autre, oui ou non ?

— Ça fera douze cents dollars de plus.

— Je repasserai un peu plus tard. Seul.

8

Après avoir déposé Pell à son hôtel, Starkey consacra l'après-midi à entendre en compagnie de Marzik les clients de la blanchisserie de Silver Lake. Ces auditions se révélèrent infructueuses. Personne ne se souvenait d'avoir vu un homme portant une casquette et une chemise à manches longues en train de téléphoner. Manifestement, elles n'en apprendraient pas davantage sur l'apparence du suspect ; Starkey appréhendait beaucoup d'avoir à l'avouer à Kelso.

En fin de journée, elle retourna avec Marzik chez le fleuriste pour montrer à Lester Ybarra les trois portraits-robots que Pell lui avait laissés.

— On dirait trois types différents, commenta le jeune homme après les avoir examinés.

— C'est bien le même, mais il porte des déguisements, lui expliqua Starkey.

— Peut-être que celui que j'ai vu était déguisé lui aussi, admit Lester. Mais il me semble qu'il était quand même plus âgé.

Après ce nouveau fiasco, Marzik en fut réduite à demander un Tagamet à son équipière.

En rentrant chez elle ce soir-là, Starkey prit la ferme résolution de marquer une pause dans sa consommation de gin. Elle se prépara une grande carafe de thé glacé et la but à petites gorgées, tout en essayant de regarder la télévision. En fait, elle passa l'essentiel de la soirée à penser à Pell. Finalement, elle éteignit le poste et tenta de faire le point sur son enquête. Mais ses pensées revenaient sans cesse à l'agent spécial. Elle se remémorait leur première conversation de la journée, au cours de laquelle il lui avait dit qu'il prendrait tout sur lui si Tennant portait plainte.

Elle éteignit les lumières, alla se coucher, mais ne parvint pas à trouver le sommeil. Pas même ses deux malheureuses petites heures habituelles.

En désespoir de cause, elle prit la photo de Sugar qui trônait sur sa table de nuit, l'emporta au salon et resta assise à la contempler, en attendant que le jour se lève.

Un homme l'avait déjà protégée une fois. Plus jamais elle ne laisserait cela se reproduire.

À neuf heures dix le lendemain matin, Buck Daggett l'appela à Spring Street.

— Ah ! Carol, je ne voudrais pas t'embêter, mais j'aimerais savoir si ça avance.

Starkey fut envahie par une vague de culpabilité. Elle savait ce que c'était que de se retrouver dans sa situation, avec le sentiment d'être tenu à l'écart de quelque chose d'aussi considérable. Elle avait éprouvé la même chose après l'accident du camping et cette sensation ne l'avait jamais tout à fait quittée.

— Pas vraiment, Buck. Je suis navrée.

— Oh ! en fait, j'appelais juste comme ça.

— Bien sûr. J'aurais dû te tenir au courant, mais j'ai été très occupée.

— J'ai entendu dire qu'on avait relevé une inscription sur le fragment.

— Oui, on ne sait pas ce que c'est exactement. Un 5, ou un S. Mais effectivement, c'était gravé sur le tuyau.

Elle ignorait jusqu'à quel point elle pouvait lui parler de M. Rouge. Aussi décida-t-elle de s'abstenir.

— Un 5 ou un S...

Daggett semblait réfléchir.

— C'est quoi ? Une partie d'un message ? reprit-il.

— Aucune idée, répondit Starkey, peu désireuse d'approfondir le sujet. Si quelque chose se précise, je te tiendrai informé.

Elle remarqua Santos qui lui faisait signe en lui désignant son téléphone.

— Désolée, Buck, j'ai un autre appel. Je te préviens dès que j'ai du nouveau.

— D'accord, Carol. Tu sais, je ne voudrais surtout pas te harceler.

— T'en fais pas. Allez, à plus tard.

Il avait l'air déçu, et Starkey se sentit encore plus coupable de l'avoir congédié de la sorte.

— On a reçu un transfert de pièces à conviction à ton nom, fit la voix de John Chen. Ça vient du laboratoire de l'ATF à Rockville.

— Ce sont les composants de l'engin de Miami ?

— Ouais, c'est ça. T'aurais pu me prévenir, Starkey. J'aime pas voir débarquer des trucs comme ça. Je dois me rendre au tribunal aujourd'hui, et maintenant il faut que je m'occupe de toute la paperasse du transfert. J'ai rendez-vous à onze heures.

Pour éviter toute déperdition dans les pièces à conviction, Chen ou un autre membre de la police scientifique allait devoir personnellement enregistrer les composants au nom de Starkey.

— Je passerai avant ton départ, répliqua-t-elle en consultant sa montre. J'aimerais y jeter un œil.

— Mais je suis attendu au tribunal, Carol. Passe plus tard dans la journée, ou alors demain.

Il avait repris ce ton pleurnichard qu'elle détestait tant.

— J'arrive tout de suite, John. Je suis là dans vingt minutes.

Elle était sur le point de partir lorsqu'elle vit s'ouvrir la porte du bureau de Kelso. Brusquement, le souvenir de Tennant lui revint. Elle avait presque oublié l'épisode d'Atascadero.

— Starkey ! lança le lieutenant à travers la salle des inspecteurs.

Il s'avança vers elle à grands pas, avec à la main une tasse de café portant l'inscription « LE MEILLEUR AMANT DU MONDE ». Starkey lui adressa un regard totalement inexpressif. « Et puis merde, se dit-elle, si Olsen a transmis la plainte du détenu, il est trop tard pour s'en inquiéter. »

— Le directeur adjoint Morgan veut qu'on organise une réunion cet après-midi. À treize heures dans mon bureau.

Starkey eut l'impression que le sol se dérobait sous ses pieds.

— Une réunion sur quoi ? demanda-t-elle.

— À votre avis, inspecteur ? Il aimerait savoir où on en est de l'affaire Riggio. Dick Leyton sera présent, lui aussi. Vous leur ferez part de l'état d'avancement de l'enquête. Vous avez quelque chose à leur apprendre, j'espère.

Starkey éprouva un immense soulagement. La perspective d'une procédure devant l'Inspection des services s'éloignait.

— Alors ? Auriez-vous l'obligeance de me donner un petit avant-goût ? poursuivit Kelso avec un geste d'impatience.

Starkey lui parla de Claudius, précisant que c'était là que Tennant avait entendu parler de M. Rouge et soulignant que ce site pouvait constituer une source d'information précieuse. Kelso l'écouta et sembla se radoucir.

— Bon, c'est déjà ça. Au moins, on a l'air de se bouger un peu.

— Il se trouve qu'on se bouge vraiment, Barry, rétorqua Starkey.

Il lui donnait mal à la tête, et pourtant elle n'avait rien bu.

Starkey était encore toute pantelante lorsqu'elle quitta les locaux de la SAC. Elle parvint in extremis à intercepter Chen avant qu'il ne parte, tombant nez à nez avec lui alors qu'il descendait l'escalier, une veste sport sur le bras. Il n'eut pas l'air ravi de la voir.

— Je t'ai expliqué que je devais aller au tribunal. Tu m'avais promis que tu serais là dans les vingt minutes.

— Mets-moi juste au courant et ensuite je te laisse partir.

De toute façon, elle préférait être seule pour travailler. Il lui serait plus simple de se concentrer si Chen n'était pas dans ses pattes à jouer au macho en lui proposant son aide. Il tourna les talons en grommelant, remonta les marches quatre à quatre et, Starkey dans son sillage, traversa le couloir menant au laboratoire. Au passage, ils croisèrent deux techniciens qui mangeaient des sandwichs, entourés de sacs en plastique semblant contenir des restes humains. L'ensemble du bâtiment empestait le formol.

— En fait, ils nous ont fait parvenir deux engins différents, annonça Chen. Pas seulement celui de la bibliothèque, comme tu me l'avais dit.

— Ah bon, je pensais qu'il n'y aurait que celui-là, répondit-elle, surprise.

— Non, il y a aussi les vestiges d'une explosion qui est survenue vers chez eux. Les rapports indiquent que la conception des deux engins est plus ou moins identique. Sauf que, dans un cas, il s'agissait d'une vraie bombe.

Starkey se souvint que Pell lui avait parlé d'un attentat dans un atelier clandestin. Il en était d'ailleurs question dans l'un des sept rapports qu'il lui avait remis et dont elle avait pris connaissance. Jeter un coup d'œil à l'engin en question pouvait se révéler utile.

Chen la conduisit dans un coin du labo où deux boîtes blanches trônaient sur le plan de travail de couleur noire. Elles étaient toutes les deux ouvertes.

— Voilà, tout est emballé, répertorié et enregistré, commenta Chen. Il ne te reste plus qu'à signer ici. Ensuite, aux yeux de l'ATF, ils sont à toi. Tu peux leur faire ce que tu veux, y compris les tests de destruction, si ça te chante.

Ce type de test était parfois nécessaire pour séparer les composants d'une bombe ou en obtenir des échantillons. A priori, Starkey n'avait pas l'intention d'y recourir. Elle se fierait aux résultats obtenus par les autorités de Miami.

Elle apposa sa signature au bas des quatre formulaires gouvernementaux, à l'endroit que Chen lui indiquait, puis les lui rendit.

— Bon. Je peux m'installer ici, à ta place ?

— Ouais, mais essaie de ne pas foutre le bordel. Je sais parfaitement où les choses se trouvent, alors remets tout bien à sa place. Je déteste que les gens bougent mes affaires.

— Je ne toucherai à rien.

— Tu veux que je dise à Russ Daigle que tu es là ? Il aimerait sans doute te donner un coup de main.

— Je préférerais travailler seule. J'irai le voir quand j'aurai terminé.

Une fois qu'il fut parti, Starkey prit une profonde inspiration et ferma les yeux. La tension s'évacua de son corps, lentement, très lentement, comme le reflux de la marée. C'était la partie du travail qu'elle préférait. Son jardin secret. Elle avait toujours adoré cela. Toucher la bombe, manipuler ses différentes pièces, sentir leur matière pénétrer sa chair... Comme si elle en devenait le prolongement naturel. Elle avait toujours éprouvé ce sentiment. Depuis son premier cas pratique à l'école de déminage de Redstone. Dans ces moments-là, elle devenait partie intégrante d'un ensemble qu'elle seule pouvait appréhender. Peut-être Dana avait-elle raison, après tout : pour la première fois depuis trois ans, elle se retrouvait seule avec une bombe et, pour la première fois, elle se sentait en paix avec elle-même.

Elle enfila une paire de gants en vinyle.

L'ATF lui avait fait parvenir les deux engins accompagnés de leurs rapports respectifs. L'un émanait de la brigade de déminage du comté de Dade, l'autre du laboratoire central de l'ATF situé à Rockville dans le Maryland. Dans un premier temps, Starkey préféra les mettre de côté. Elle voulait aborder les engins avec un œil neuf et en tirer ses propres conclusions. Ensuite, mais ensuite seulement, elle comparerait les observations des démineurs du Maryland et de Miami avec les siennes.

La bombe qui avait explosé n'était plus constituée que des habituels éclats de métal roussis et tordus. Ils étaient rangés dans vingt-huit petits sacs à fermeture Éclair, chacun portant la référence de l'enquête, celle de la pièce à conviction en question ainsi qu'une description sommaire.

N° 3B12 : 104/tuyau galvanisé
N° 3B12 : 028/fiche détonateur
N° 3B12 : 062-081/tuyau jumeau

Starkey observa tout d'abord les pièces sans les retirer de leurs sacs. Pour le moment, elle n'en éprouvait pas le besoin, car ce qui l'intéressait avant tout, c'était l'engin resté intact. Le fragment le plus important était un morceau de tuyau tordu d'une dizaine de centimètres. Il était tout aplati, et formait un rectangle si parfait qu'on aurait pu croire que ses côtés avaient été découpés à la scie à métaux. Il arrivait parfois que les explosions modifient ainsi la forme d'un objet de manière inattendue et surprenante. Ces transformations ne signifiaient pas grand-chose en elles-mêmes, dans la mesure où elles étaient dues non seulement à la déflagration, mais aussi à la structure interne du matériau en question.

Starkey rangea les sacs dans leur boîte et mit celle-ci de côté. La seconde boîte contenait les parties démontées de l'engin qui avait été découvert dans la bibliothèque. Elle les sortit, et les disposa à côté d'elle sur le banc pour les classer par composants. Dans le premier sac se trouvait la sirène qui avait donné l'alerte, dans le deuxième la minuterie, et dans le troisième les piles qui alimentaient le système. En actionnant leur canon de désamorçage, les démineurs du comté de Dade avaient complètement écrasé la sirène et endommagé deux des trois piles. Sans l'étiquette, Starkey n'aurait jamais pensé qu'il s'agissait d'une sirène.

Elle ouvrit les sacs.

Les deux tuyaux galvanisés s'étaient déployés en corolle comme des fleurs. Pour le reste, ils étaient intacts. Le scotch conducteur qui les maintenait l'un à l'autre, bien que tout craquelé, était toujours en place. L'odeur de la colle que les enquêteurs du comté de Dade avaient utilisée pour fixer d'éventuelles empreintes digitales continuait d'imprégner le métal. Même si elles n'avaient pas appartenu à M. Rouge, elles auraient pu permettre d'identifier un vendeur, un employé, voire le patron du magasin où le matériel avait été acheté. Mais les efforts de l'équipe scientifique s'étaient révélés vains. M. Rouge avait tout nettoyé, ne laissant rien au hasard.

Starkey reconstitua l'engin sans grand effort. Même si certaines pièces, déformées par la violence du désamorçage, ne s'intégraient plus très bien à l'ensemble, le résultat était satisfaisant. À première vue, la minuterie constituait la seule différence entre cet engin et la bombe qui avait tué Charlie Riggio. Après l'avoir installée, Rouge avait attendu l'instant opportun pour appuyer sur l'interrupteur et démarrer le compte à rebours. Apparemment, la minuterie autorisait un retardement de soixante minutes. Si le rapport de police était complet, il devait avoir déterminé, à partir des déclarations des témoins, le temps qui s'était écoulé entre le moment où Rouge avait été vu pour la dernière fois à la table de la bibliothèque et celui où la sirène s'était mise en marche. Cela n'intéressait toutefois pas Starkey.

Elle palpa longuement les différents composants pour s'imprégner de leur forme et de leur matière. Ses gants l'empêchaient de bien sentir, mais elle décida de les garder quand même. Tout ce qu'elle avait entre les mains, M. Rouge aussi l'avait touché. Il s'était procuré les matériaux bruts, les avait découpés, façonnés et assemblés. La chaleur de son corps s'était diffusée en eux et les pigments de sa peau y avaient laissé leur marque invisible, tandis que sa respiration les enveloppait comme de la fumée de cigarette. Starkey savait que la façon dont les gens entretenaient leur voiture ou leur intérieur, dont ils géraient les difficultés de la vie quotidienne ou effectuaient de simples travaux de bricolage en disait long sur leur personnalité. De la même manière, une bombe constituait le reflet fidèle de son concepteur. Elle permettait de la cerner aussi précisément que son visage ou ses empreintes digitales. Dès lors, dans ce qu'elle avait devant les yeux, Starkey distinguait bien plus qu'un ensemble de tuyaux et de fils électriques. Elle y reconnaissait les nuances, les méandres et les zones d'ombre de la personnalité de M. Rouge.

La fierté que lui inspirait son travail devait confiner à l'arrogance. Il était méticuleux jusqu'à l'obsession. À n'en pas douter, son apparence était impeccable, tout comme l'endroit où il vivait. D'un naturel coléreux et impatient, il devait chercher à masquer ces traits de caractère en recourant à des identités d'emprunt. À n'en pas douter, c'était quelqu'un de très lâche qui n'exprimait ses accès de violence qu'à travers les engins diaboliques de sa fabrication. Il les considérait d'ailleurs vraisemblablement comme un prolongement de lui-même, comme la personne qu'il aurait aimé être : puissante et irrésistible. C'était aussi un homme d'habitudes, car celles-ci le rassuraient. En examinant la manière dont les fils avaient été assemblés, Starkey nota que tous les raccords avaient été faits à l'aide d'un connecteur standard disponible dans n'importe quelle quincaillerie. La chemise de ces raccords était de couleur rouge. Les fils étaient rouges. Il tenait à ce qu'on le remarque. Il voulait que les gens sachent. Rien n'avait plus d'importance à ses yeux que la reconnaissance.

Starkey plaça les connecteurs sous une loupe et en retira les attaches à l'aide d'une pince à épiler. Elle découvrit que tous les fils étaient enroulés trois fois autour des connecteurs, dans le sens contraire aux aiguilles d'une montre. Aucun des connecteurs de la bombe de Riggio n'ayant été retrouvé, elle ne disposait pas d'élément de comparaison. Elle secoua la tête, effarée par la méticulosité de M. Rouge. Chaque fil, enroulé trois fois, dans le sens contraire des aiguilles d'une montre... Sans doute un rituel qui le réconfortait.

Starkey examina les rainures situées aux extrémités des tuyaux et le scotch de plomberie blanc qui en avait été décollé. Comme elle ne voyait pas bien à quoi cela pourrait lui servir, elle n'avait pas jugé bon de le détacher de la bombe de Riggio. À présent, elle comprenait que c'était une erreur. Cet adhésif n'étant pas nécessaire à la fabrication de la bombe, il en constituait potentiellement l'élément le plus révélateur. Puisque M. Rouge aimait laisser des messages, il aurait très bien pu les inscrire sur le scotch, lequel offrait une surface lisse et bien nette.

Starkey étudia avec attention les différents morceaux que les techniciens de l'ATF avaient détachés, mais ne remarqua rien. L'adhésif, qui avait été appliqué de manière à rendre l'embout des tuyaux totalement hermétique, était en lambeaux. Même si quelque chose avait été écrit dessus, elle n'aurait pu le voir.

Décidant d'examiner le scotch qui était resté collé sur les autres embouts, Starkey prit les tuyaux et alla s'asseoir devant l'établi situé dans un coin de la pièce. Avant d'y insérer le premier tuyau, elle fixa des protections en caoutchouc sur les mâchoires de l'étau de manière à ne pas endommager le métal. Puis elle utilisa une pince spéciale également munie de caoutchouc pour dévisser les bouchons. Ceux-ci n'étaient pas fixés très solidement et l'opération fut assez aisée.

Le scotch de plomberie était profondément enfoncé dans les rainures. Starkey rapprocha la loupe et, à l'aide d'une aiguille, entreprit de localiser l'extrémité du ruban. Ce travail de précision exigeait une telle concentration qu'au bout de quelques minutes elle dut relever la tête pour se frotter les yeux avec le dos de la main. Quelques tables plus loin, une collègue de Chen l'observait. Elle lui adressa un large sourire en brandissant ses lunettes de vue d'un air entendu. Starkey hocha la tête en riant. À ce rythme-là, elle risquait en effet d'en avoir besoin bientôt.

Elle s'acharna sur le scotch pendant près de vingt minutes avant de parvenir enfin à le retirer. Il ne comportait aucune marque ni inscription. Elle enleva le premier tuyau de l'étau et le remplaça par le second. Celui-ci se révéla moins coriace. À peine dix minutes plus tard, Starkey en détachait le scotch. En effectuant la manœuvre, elle s'aperçut qu'il avait été enroulé exactement de la même manière que celui du premier tuyau. M. Rouge avait commencé par l'appliquer au sommet du tuyau, avant de le passer et de le repasser sur l'embout dans le sens des aiguilles d'une montre. Tout comme il avait utilisé une seule et même méthode pour fixer les fils électriques aux connecteurs, il avait toujours appliqué le scotch sur les rainures de façon identique. Mais pour quelle raison ?

Starkey sentit que ses yeux la piquaient de plus belle et qu'elle commençait à avoir mal au crâne. Elle retira ses gants, se mit une cigarette à la bouche et sortit prendre l'air sur le parking. Adossée à l'une des Suburban bleues de la brigade de déminage, elle contempla les annexes de briques rouges jouxtant le bâtiment principal, où les démineurs s'entraînaient à manier le canon de désamorçage et à le pointer sur différentes cibles. Elle se souvint de la première fois où elle avait elle-même actionné cet instrument, qui n'était rien d'autre qu'un canon à eau à très haut débit. Le vacarme l'avait littéralement terrifiée.

M. Rouge apportait un soin maniaque à la conception et à la fabrication de ses bombes. Aussi devait-il bien y avoir une raison pour qu'il ait choisi d'enrouler le scotch dans un sens précis. Si tel était le cas, et si elle ne parvenait pas à comprendre, cela voudrait dire que Rouge était plus fort qu'elle. Et cela, elle ne pouvait pas l'admettre. D'une pichenette, elle se débarrassa de sa cigarette, s'imagina qu'elle tenait le tuyau en main et mima le geste d'y enrouler du scotch. Puis elle ferma les yeux et fit mine de visser le bouchon par-dessus. Lorsqu'elle s'interrompit, elle aperçut deux agents en uniforme qui rejoignaient leur véhicule et semblaient se moquer d'elle. Elle leur fit signe de foutre le camp. C'est en se répétant mentalement pour la troisième fois les gestes que Rouge avait dû faire que soudain tout s'éclaira. S'il avait enroulé le scotch ainsi, c'était tout simplement pour éviter que celui-ci ne s'entortille quand il revisserait le bouchon. Dès lors qu'il était appliqué sur les rainures dans le sens du vissage, il n'y avait pas de problème. C'était là une conclusion bien anodine, mais Starkey fut submergée par un sentiment de fierté tel qu'elle n'en avait pas éprouvé depuis bien longtemps. Si elle commençait à comprendre comment il fonctionnait, cela signifiait qu'elle était capable de le battre.

Elle retourna au laboratoire dans l'intention de vérifier la façon dont le scotch avait été appliqué sur la bombe de l'atelier clandestin. Malheureusement, seul un éclat de l'un des bouchons semblait avoir été recueilli. Il devait bien contenir un peu d'adhésif, mais en quantité insuffisante pour lui permettre de déterminer le sens de l'enroulement. Déçue, elle descendit au rez-de-chaussée pour aller voir Russ Daigle. Elle le découvrit dans la salle de repos des sergents, en train de manger un sandwich au pâté de foie. Dès qu'il l'aperçut, son visage s'éclaira d'un sourire.

— Salut Starkey, qu'est-ce que tu fais là ?

— Je suis en haut avec Chen. Dis-moi, on a bien retrouvé un des bouchons de la bombe de Riggio, n'est-ce pas ?

Il sauta sur ses pieds, tout en avalant sa dernière bouchée.

— Ouais. On en a un intact et un morceau de l'autre. Tu te souviens ? Je t'ai montré le scotch qu'il y avait dessus !

— Ça t'ennuie si je jette un œil à celui qui est entier ?

— Tu veux le dévisser ?

— En fait, je voudrais regarder le scotch.

— Libre à toi, mais ça va être dur.

Il la conduisit à son poste de travail où les différentes pièces de la bombe de Silver Lake étaient enfermées dans une armoire. Après les avoir examinées, Chen les avait transmises à Daigle afin que celui-ci puisse procéder à la reconstitution de l'engin.

— Tu vois, là ? Le bouchon y est toujours, mais le tuyau a été déformé par la pression. Impossible de les séparer.

Les espoirs de Starkey s'évanouirent : le tuyau n'était plus rond, mais ovale. Il était devenu impossible de dévisser le bouchon.

— Je peux le prendre quand même ?

— Amuse-toi bien, rétorqua Daigle en haussant les épaules.

Le tuyau en main, Starkey retourna au premier étage. Elle le plaça sous la loupe et le découpa en deux avec une scie à haute vitesse. À l'aide d'une pointe en métal, elle sépara les deux moitiés du bouchon. Ensuite, elle reconstitua l'embout du tuyau et le remit sous la loupe. Daigle ne serait sûrement pas très content lorsqu'il apprendrait qu'elle s'y était prise de la sorte, mais elle ne voyait pas comment elle aurait pu faire autrement pour accéder au scotch. Elle mit presque quarante minutes pour repérer le bout du ruban. Elle ne cessait de surveiller l'heure et sentait la frustration la gagner peu à peu. Plus tard, elle comprit que si cela lui avait pris aussi longtemps, c'était parce qu'elle avait cru que le scotch serait enveloppé dans le sens des aiguilles d'une montre, comme celui de la bombe de Miami. Mais ce n'était pas le cas. Cette fois-ci, il avait été enroulé dans le sens contraire.

— Nom de Dieu, fit Starkey à mi-voix en se relevant.

Elle survola le rapport qui lui avait été transmis par Rockville, et nota qu'il avait été rédigé par un membre de la police scientifique du nom de Janice Brockwell. Elle consulta sa montre. Il y avait trois heures de décalage avec Washington, donc tout le monde avait dû rentrer de déjeuner et se trouvait encore au travail. Starkey se mit en quête d'un téléphone, puis composa le numéro du laboratoire national de l'ATF. Elle demanda à parler à Brockwell.

Lorsque celle-ci fut au bout du fil, Starkey déclina son identité et lui indiqua le numéro d'enquête correspondant au canular de Miami.

— Ah oui ! Je viens de vous transmettre les pièces.

— Absolument. Je suis dessus.

— En quoi puis-je vous être utile ?

— Vous avez également travaillé sur les sept premières bombes ?

— Celles de M. Rouge ?

— Tout à fait. J'ai lu les rapports que vous m'avez envoyés, mais je n'ai vu aucune mention concernant le scotch au niveau des embouts...

Starkey lui expliqua ce qu'elle avait découvert sur l'engin de la bibliothèque.

— Vous avez réussi à détacher le scotch ?

Starkey nota le ton pincé de sa voix. Manifestement, Brockwell avait l'impression qu'on mettait en doute la qualité de son travail.

— J'ai dévissé l'un des bouchons, et le raccord de scotch s'est presque détaché de lui-même. Ça m'a intriguée et j'ai détaché le second. Ensuite, je me suis demandé ce qu'il en était sur les autres bombes.

Starkey attendit sa réaction, espérant que son mensonge suffirait à mettre Brockwell dans de meilleures dispositions.

— C'est une bonne idée que vous avez eue là. On n'a pas fait attention au scotch.

— Vous pouvez me rendre service et vérifier ? J'aimerais savoir si ça concorde.

— Pas de problème. Vous me disiez que c'était dans le sens des aiguilles d'une montre, c'est ça ?

— Oui. Dans les deux cas. Je voudrais savoir si c'est pareil sur les autres.

— Le seul problème, c'est que j'ignore combien de bouchons intacts nous avons.

Elle ne répondit pas, laissant Brockwell réfléchir.

— Écoutez, Starkey, reprit-elle. Laissez-moi jeter un œil et je vous rappelle, d'accord ?

Starkey lui donna son numéro et raccrocha. Elle rangea les différentes pièces dans les boîtes et les enferma dans le placard de Chen.

Starkey arriva à Spring Street avec dix minutes d'avance. Elle s'était tellement dépêchée qu'elle était à bout de nerfs. Pour tenter de se calmer, elle fit une pause dans l'escalier et fuma une demi-cigarette. Après avoir repris ses esprits, elle monta jusqu'à son étage et tomba sur Marzik et Nibard dans la salle des inspecteurs.

— On a cru que tu avais séché la réunion, dit Marzik.

— J'étais à Glendale.

Elle pensa qu'elle n'avait pas le temps de leur parler de la bombe de Miami. Ils l'apprendraient lorsqu'elle en ferait le compte rendu à Kelso.

— Morgan est déjà arrivé ? s'enquit-elle.

— Il est avec Kelso dans son bureau. Dick Leyton est là aussi, indiqua Marzik. Kelso nous a dit qu'on ne pouvait pas venir, poursuivit-elle d'un air contrarié.

— Tu plaisantes ?

— Ce con s'imagine sans doute que son bureau aura l'air plus petit s'il y a trop de monde.

« Pas impossible qu'elle soit dans le vrai », songea Starkey. Comme il lui restait encore quelques minutes, elle leur demanda s'ils avaient du nouveau. Marzik lui indiqua que l'audition des témoins de Silver Lake ne donnait toujours rien. Quant à Santos, il avait fait le point avec la société de postproduction. De ce côté-là, les nouvelles étaient plutôt meilleures.

— En mettant bout à bout toutes les cassettes, on obtient presque une vue de trois cent soixante degrés autour du parking. Si notre type était là, on devrait pouvoir le repérer.

— Quand est-ce qu'on aura l'enregistrement ?

— Après-demain au plus tard. Il faudra qu'on aille le voir chez eux pour avoir la meilleure qualité possible, mais ils m'ont dit que c'était plutôt pas mal.

— Bien. C'est déjà quelque chose.

Marzik s'approcha d'elle avec un air de conspirateur.

— Je voulais te mettre en garde...

— Qu'est-ce qui se passe encore ?

— Ça va, je voudrais juste te répéter ce que j'ai entendu, O.K. ? Morgan songe à confier l'enquête au bureau des Homicides.

— Tu te fous de moi ?

— C'est cohérent, remarque. Un homme est mort. Donc c'est un meurtre et donc il doit y avoir une enquête pour homicide. Je te préviens, c'est tout. Tu sais, j'ai pas plus envie que toi de perdre cette enquête.

D'après la tête que faisait Santos, il semblait prendre lui aussi la menace au sérieux.

— D'accord, Beth. Je te remercie.

Starkey consulta de nouveau sa montre. Et dire que jusque-là elle avait craint que l'enquête pût être confiée aux fédéraux ! Elle décida de ne pas se laisser déstabiliser par cette mauvaise nouvelle. Soit elle parvenait à convaincre Morgan qu'elle avait l'enquête bien en main, soit elle n'y parvenait pas. Elle avala une pastille de menthe et un Tagamet, prit son courage à deux mains et frappa à la porte de Kelso. Il était treize heures précises.

Soucieux de faire bonne figure devant le grand patron, Kelso l'accueillit avec son sourire le plus mielleux. Dick Leyton lui sourit également.

— Salut, Carol. Comment ça va ? dit-il.

— Bien, lieutenant. Merci, répondit-elle en lui tendant la main.

Leyton dut se rendre compte qu'elle était moite et la garda un instant dans la sienne, lui signifiant ainsi son soutien.

Kelso la présenta à Christopher Morgan, le directeur adjoint de la police. C'était un homme svelte à l'air sombre qui arborait un costume gris anthracite. Comme la plupart des inspecteurs, Starkey ne l'avait jamais rencontré, ni lui ni les six autres directeurs adjoints. Mais elle le connaissait de réputation. C'était un patron exigeant qui dirigeait son département avec poigne. Il avait participé six fois de suite au marathon de Los Angeles et attendait de ses collaborateurs qu'ils courent également. En outre, il ne tolérait pas d'eux qu'ils fument, boivent ou aient le moindre kilo en trop. À l'instar de Morgan, ils étaient tous impeccables, portaient des costumes sombres et, à l'extérieur, arboraient en n'importe qu'elle circonstance des lunettes de soleil de pilote de chasse. Les officiers moins gradés avaient surnommé Morgan et son équipe les *Men in black.*

Sa poignée de main était dénuée de chaleur. D'entrée de jeu, il coupa court aux amabilités d'usage en lui demandant de faire le point sur l'enquête.

— Commencez donc par la description de l'engin, Carol, intervint Leyton. Tout le reste en découle.

Starkey décrivit à Morgan le mécanisme de la bombe de

Silver Lake ainsi que son système de mise à feu, et lui précisa comment ils en avaient déduit que l'auteur de l'attentat se trouvait sur les lieux. Elle en profita également pour lui parler de M. Rouge. Alors qu'elle venait d'évoquer la télécommande et la présence du meurtrier dans un rayon de cent mètres, Morgan l'interrompit.

— Les chaînes de télévision devraient pouvoir vous aider. Elles vous fourniront leurs enregistrements.

Starkey l'informa que les cassettes étaient déjà en sa possession et qu'elle s'employait actuellement à en faire améliorer la définition. Elle n'aurait pas pu le jurer, mais il lui sembla tout de même déceler un soupçon de satisfaction derrière la façade imperturbable du directeur adjoint.

Elle mit moins de cinq minutes à lui résumer tout ce qui avait été entrepris, y compris la découverte de Claudius comme source d'information potentielle concernant le RDX et M. Rouge. L'un dans l'autre, elle avait plutôt fait du bon boulot, songea-t-elle.

— Cette bombe n'aurait-elle pas été posée à Silver Lake pour menacer tel ou tel commerçant ? demanda Morgan.

— Non, monsieur. Les inspecteurs du Crime organisé et de Rampart ont interrogé les gérants et les employés de tous les commerces du centre. Ils n'ont trouvé aucune information de ce genre. Personne n'a été menacé et, jusqu'à présent, personne n'a revendiqué l'attentat.

— Bien, alors dites-moi dans quelle direction vous orientez votre enquête.

— Vers les composants. L'hybride de Modex a beau être un explosif élitiste, il n'est pas difficile à fabriquer quand vous en avez les composants. Si l'on peut se procurer sans problème du picrate d'ammonium et du TNT, tel n'est pas le cas du RDX. Aussi notre idée est-elle de remonter la filière du RDX dans l'espoir qu'elle nous conduira au coupable. Quelle que soit son identité.

Morgan prit quelques instants pour réfléchir.

— Pourquoi dites-vous « quelle que soit son identité » ? Je pensais établi qu'il s'agissait de M. Rouge.

— En effet. A priori, nous partons du principe que c'est bien lui, sans toutefois négliger l'éventualité que cela puisse être quelqu'un d'autre.

Leyton se tortilla sur son siège.

— Qu'est-ce que c'est que cette histoire, Starkey ? intervint Kelso, soudain irrité.

Starkey leur expliqua comment elle avait comparé le scotch resté collé aux embouts respectifs de l'engin de Miami et de la bombe de Silver Lake.

— Toutes les bombes attribuées à M. Rouge ont été conçues et fabriquées de manière équivalente. Même la façon dont il enroule le fil autour des connecteurs concorde : trois tours, dans le sens des aiguilles d'une montre. Un rituel chaque fois identique. Du vrai travail d'orfèvre. Lui-même se considère d'ailleurs probablement comme un artiste. Sur la bombe de Silver Lake, en revanche, j'ai remarqué une différence. Elle peut sembler dérisoire, mais les individus de son espèce sont très à cheval sur leurs habitudes.

Dick Leyton avait l'air quelque peu dubitatif.

— Le rituel auquel vous faites allusion a-t-il été relevé dans les sept précédents cas ?

— J'ai appelé Rockville et je leur ai posé la question. Jusqu'à présent, personne n'avait songé à vérifier le sens de l'enroulement.

— Mais vous, vous y avez pensé, constata Morgan en croisant les bras.

— Il faut toujours tout vérifier, chef, répondit Starkey en le regardant droit dans les yeux. C'est ainsi que ça marche. À ce stade, je n'affirme pas que nous ayons affaire à un imitateur. La confidentialité concernant l'enquête sur M. Rouge a été parfaitement respectée. Je me contente simplement de vous signaler que j'ai noté cette différence qui, à mon avis, mérite que l'on s'y attache.

Visiblement, elle avait épuisé la patience de Kelso. Morgan, quant à lui, restait plongé dans ses pensées. Starkey songea qu'elle aurait mieux fait de se taire. À présent, il lui semblait qu'elle creusait sa propre tombe. Seul Dick Leyton semblait intéressé par sa constatation.

— Dites-moi, Carol, et si c'était bien l'œuvre d'un imitateur, en quoi cela affecterait-il le cours de votre enquête ? lança-t-il.

— Cela lui conférerait une dimension nouvelle. Si l'on admet que cette bombe n'a pas été fabriquée par M. Rouge, il faut se demander par qui elle l'a été. Qui pourrait en savoir suffisamment sur M. Rouge pour dupliquer ses bombes et comment ferait-il pour se procurer les composants nécessaires ? Ensuite, il faut s'interroger sur ses motivations. Pourquoi quelqu'un copierait-il M. Rouge ? Pour quelles raisons tuerait-il un démineur, ou qui que ce soit d'autre, surtout s'il n'en tire aucun bénéfice ?

Morgan la laissa terminer. Son visage était redevenu un masque impénétrable. Il consulta sa montre, puis se tourna vers Kelso.

— Ça m'a tout l'air d'une enquête pour homicide. Je pense qu'on devrait leur transmettre le dossier, Barry, vous ne croyez pas ? Ils ont plus l'expérience de ce genre de choses.

Le verdict était tombé. Malgré la mise en garde de Marzik, Starkey en eut le souffle coupé. Ils allaient perdre l'enquête.

— Eh bien, je ne sais pas trop, chef, dit Kelso, que la nouvelle n'avait pas l'air d'enchanter.

— Je ne pense pas que ce soit une bonne idée, déclara Leyton.

Starkey fut surprise de son intervention. Il se redressa et posa ses mains à plat sur le bureau, prenant la posture du professionnel calme et sûr de lui.

— Seul l'examen de ses bombes nous permettra de coincer ce type. En suivant la trace du RDX, exactement comme l'inspecteur Starkey l'a entrepris. C'est l'affaire d'un enquêteur postexplosions, pas celle d'un flic des Homicides. Starkey a fait du bon boulot jusqu'à présent. Quant à cette différence qu'elle a relevée, il nous faut la prendre en compte, sans toutefois nous focaliser dessus. Les criminels en série dans le genre de M. Rouge peuvent évoluer. Certes leur comportement est ritualisé, mais ils peuvent aussi apprendre et par conséquent changer. Nous ne pouvons pas savoir ce qui se passe dans leur tête.

Starkey le regarda fixement. Ses paroles lui réchauffaient le cœur et cette sensation, pourtant agréable, suffit à la mettre mal à l'aise. Morgan continuait de réfléchir. Au bout d'un moment, il regarda de nouveau sa montre et hocha la tête.

— Très bien, inspecteur Starkey. Vous savez que nous avons affaire à un tueur de flics ?

— Oui, monsieur. Nous allons le retrouver. Je vais mener à bien cette enquête.

— J'y compte. Vous avez soulevé une question fort subtile et je suis sûr que vous pourriez passer beaucoup de temps à tenter d'y apporter une réponse. Toutefois, compte tenu de ce que nous savons pour l'instant, ce serait miser sur le mauvais cheval. Et risquer de nous faire perdre un temps considérable. Tout semble désigner M. Rouge.

— Cette histoire de scotch m'a intriguée, c'est tout, répondit Starkey.

Elle avait prononcé ces mots sur le ton d'un enfant à qui l'on aurait confisqué son jouet. Maintenant, ils allaient tous penser qu'elle était sur la défensive.

Morgan échangea un bref regard avec Kelso.

— Eh bien, soit, du moment que vous ne nous faites pas perdre notre temps avec des théories fumeuses. C'est le conseil que je vous donne, inspecteur. Écoutez ce que dit le lieutenant Leyton. Continuez de faire avancer votre enquête. Lorsqu'une enquête ne progresse pas, elle recule.

— Celle-ci va progresser, chef, intervint Kelso en hochant la tête. Nous allons réussir à serrer ce salopard. Nous retrouverons M. Rouge.

Morgan les félicita tous pour la qualité de leur travail, jeta un dernier coup d'œil à sa montre et sortit. Dick Leyton adressa un petit signe de la main à Starkey et quitta le bureau à son tour. Starkey n'avait qu'une envie : le suivre pour lui sauter au cou, mais Kelso la retint. Il attendit qu'ils soient seuls et referma la porte.

— Oubliez cette histoire d'imitateur, Carol. Jusque-là, vous étiez très bien. Mais ça, c'est vraiment n'importe quoi.

— C'est juste une constatation, Barry. Vous vouliez que je fasse semblant de ne pas l'avoir remarqué ?

— Vous avez eu l'air d'un véritable amateur.

John Michael Fowles acheta la Chevette SS 396 modèle 1969 chez un marchand de voitures d'occasion appelé Dago Red à Metairie en Louisiane. L'automobile arborait un arrière surélevé et d'énormes pneus Goodyear au sigle apparent. John l'avait choisie parce qu'elle était rouge. Pour couronner le tout, des traces de rouille formaient un dépôt rougeâtre qui courait tout autour de la carrosserie. Elle était vraiment au poil, cette bagnole. Une voiture rouge de chez Dago Red pour M. Rouge, c'était tout de même quelque chose !

Il la paya en liquide avec l'argent de Miami, exhibant au vendeur un faux permis de conduire de l'État de Louisiane qui le présentait sous le nom de Clare Fontenot. Puis il se rendit au centre commercial le plus proche où il s'offrit de nouveaux vêtements et un iBook flambant neuf. Il réussit même à en obtenir un couleur mandarine. Là encore, il paya en liquide.

Ensuite, il longea le lac de Pontchartrain jusqu'à Sidell, où il s'arrêta pour déjeuner dans un café appelé Irma's Qwick Stop. Le potage de crevettes qu'on lui servit se révéla exécrable. Les bestioles, qui avaient dû mijoter toute la journée, étaient petites et ratatinées. C'était la première fois que John Michael Fowles se rendait en Louisiane et la région ne l'inspirait pas beaucoup. C'était aussi humide que la Floride, mais beaucoup moins joli. La plupart des gens étaient gros et avaient l'air demeurés. L'excès de fritures, sans doute.

Irma's Qwick Stop était situé dans une rue étroite à deux voies, en face d'un bar de strip-teaseuses appelé Irma's Club Parisienne. John y avait rendez-vous à vingt heures trente avec un homme qui se faisait appeler Peter Willy, allusion à Willy Peter, un nom argotique employé dans l'armée américaine pour qualifier les explosifs phosphoreux. Peter Willy prétendait avoir quatre mines antipersonnel de marque Claymore à vendre. S'il disait vrai, John les lui rachèterait mille dollars pièce afin de récupérer les quelque deux cents grammes de RDX qu'elles contenaient. Cet explosif, indispensable à la fabrication de l'hybride de Modex qu'il utilisait dans ses bombes, était terriblement difficile à trouver. Ça valait bien la peine de se déplacer jusqu'en

Lousiane, et ce même si ce Peter Willy était probablement un baratineur.

Comme beaucoup de ses contacts, John l'avait « rencontré » sur Internet. Il prétendait avoir fait une carrière dans les commandos et être un ancien *biker*. Aujourd'hui, il était censé travailler sur une plate-forme pétrolière de la société Exxon, ce qui lui permettait de bénéficier de deux semaines de congé tous les quinze jours. Pendant son temps libre, il lui arrivait soi-disant de faire le mercenaire en Amérique du Sud. John savait parfaitement que tout cela était bidon. À partir du pseudonyme que Peter Willy utilisait sur Internet et à l'aide d'un logiciel dit « rôdeur », il avait réussi à remonter jusqu'au compte d'un certain George Parsons domicilié chez Earthlink. Sur sa fiche figurait également le numéro de la carte bleue avec laquelle il payait son abonnement au web. Fort de ces informations, John n'avait eu aucun mal à découvrir que George Parsons était en réalité contrôleur aérien à l'aéroport de La Nouvelle-Orléans, qu'il était marié et père de trois filles, n'avait pas de casier judiciaire et n'avait jamais mis les pieds à l'armée. A fortiori, ce n'était ni un dangereux ex-commando ni un mercenaire à temps partiel.

Peut-être qu'il se montrerait ce soir-là, ou peut-être pas, songea John. Les gens comme lui se dégonflaient souvent. Grandes gueules sur le net et petits joueurs dans la vie. Voilà ce qui différenciait les prédateurs de leurs proies...

John était tranquillement assis dans le café en train de boire du thé glacé lorsqu'il aperçut un groupe de six femmes qui quittait un box situé dans un recoin de la salle. Comme un troupeau de vaches, elles se dirigèrent lentement vers la sortie, emmenées par une blonde décolorée aux seins gigantesques, à la peau ravagée et au cul aussi large qu'un camion. C'était elle qui avait réglé la note. John se faufila jusqu'à la table. S'assurant que personne ne l'observait, il saisit furtivement le reçu de la carte de crédit et le glissa dans sa poche.

Il était à peine deux heures de l'après-midi et John avait du temps à tuer. Il se demandait comment l'ATF avait réagi à son billet doux de la bibliothèque. Depuis ce jour-là, il s'était déplacé régulièrement, cherchant sur Claudius une nouvelle source d'approvisionnement en RDX. À présent, il avait hâte de lire les avis de recherche le concernant dans les bulletins de l'ATF et du FBI. John savait que son petit numéro de la bibliothèque ne lui permettrait pas de figurer dans le Top 10, mais il espérait avoir au moins mis en effervescence l'ensemble des antennes locales existant dans le pays. La lecture de tous ces messages le fit bander.

En pensant à l'incongruité de ses érections, John se mit à rire. Parfois il avait des réactions tellement bizarres qu'il s'en étonnait lui-même.

Il régla la note de son repas sans laisser de pourboire (les crevettes étaient vraiment trop dégueulasses), embarqua dans sa grosse 396 et redescendit la rue jusqu'au Blue Bayou Motel où il avait loué une chambre à vingt-deux dollars. Là, il brancha son iBook dans la prise téléphone et se connecta à AOL. D'habitude, il consultait Claudius pour voir ce que tous ces charlots racontaient à son sujet. Cela lui permettait de goûter pleinement les joies de son statut de mythe, et de lâcher parfois un ou deux indices concernant M. Rouge en se faisant passer pour quelqu'un d'autre. Il adorait cela : John Michael Fowles, la légende urbaine, le dieu des explosifs...

Aujourd'hui, il avait d'autres projets. En utilisant la carte bleue et le nom de la fausse blonde, il se rendit sur Internet par AOL. Puis il entra l'adresse URL d'un site web qu'il avait créé sous le nom de Kip Russel. Ce site, abrité par un serveur de Rochester dans le Minnesota, n'était identifié que par un numéro et ne figurait sur aucun moteur de recherche. Ni Yahoo ! ni AltaVista, ni HotBot, ni même Internet Explorer ne pouvaient le repérer. En fait, le site Internet de John lui servait de dépôt de logiciels.

John Michael Fowles voyageait léger. Il se déplaçait beaucoup, laissant derrière lui toutes les affaires et les faux papiers qui auraient permis de retrouver sa trace. La plupart du temps, il n'emportait qu'un simple sac rempli de liquide. Il ne possédait ni compte bancaire, ni cartes de crédit – à l'exception de celles qu'il dérobait ou rachetait pour un usage temporaire –, ni biens matériels d'aucune sorte. Chaque fois qu'il s'établissait quelque part, il se procurait tout ce dont il avait besoin, payait en liquide et abandonnait le tout en repartant. L'une des choses dont il se servait le plus, sans jamais s'en encombrer, c'étaient les logiciels. Ceux-ci étaient indispensables à son activité.

Avant de fabriquer des bombes, John avait conçu des logiciels. Il piratait tous les systèmes informatiques possibles et imaginables, échangeait des tuyaux avec ses homologues, et avait fini par acquérir une parfaite maîtrise de cet univers et de ses pratiques. Son expertise n'était pas tout à fait aussi infaillible qu'en matière d'explosifs, mais presque. Grâce aux logiciels qu'il avait stockés à Rochester, il était notamment en mesure d'identifier les pauvres types tels que Peter Willy ou d'apprendre ce que les fédéraux savaient sur M. Rouge. Rien ne lui résistait, ni les banques et les établissements de crédit ni les différents systèmes de télécommunication, au premier rang desquels celui de la police, du centre d'études sur les bombes du FBI, du dépôt national de l'ATF ou encore de certains départements du ministère de la Défense, qui lui fournissaient plus particulièrement des informations concernant les vols de munitions.

Une fois sur son site, John rapatria un logiciel pirate appelé Oscar et un programme clone du nom de Peewee. Le téléchargement lui prit environ dix minutes. Ensuite, il composa le numéro de téléphone d'une filiale de la Bank of America située à Kalamazoo, dans le Michigan, et pénétra dans son système à l'aide d'Oscar. Celui-ci fit à son tour entrer Peewee, lequel se clona sur le système de la banque. À partir de Kalamazoo, John tenta tout d'abord de se connecter par Peewee au site du dépôt central de l'ATF. Comme il fallait s'y attendre, l'accès lui fut refusé, et Peewee dut importer Oscar pour lancer l'assaut final.

Au total, la manœuvre qui permit à John Michael Fowles, également connu sous le nom de M. Rouge, d'accéder à l'ensemble des données gouvernementales concernant les bombes et les poseurs de bombes lui demanda deux minutes et douze secondes.

Ainsi qu'il le faisait toujours, il esquissa un sourire de satisfaction et murmura : « Comme dans du beurre. »

À sa grande surprise, il constata que les dernières informations provenaient de Los Angeles, et non de Miami.

Cela faisait presque deux ans que John Michael Fowles n'avait pas mis les pieds à Los Angeles.

Stupéfait, il hésita quelques instants, puis ouvrit le fichier. Il survola rapidement le résumé du rapport, apprenant qu'un certain Charles Riggio, démineur de la police de Los Angeles, avait trouvé la mort sur un parking dans le quartier de Silver Lake. Les dernières lignes du texte l'atteignirent avec la puissance d'une bombe atomique.

L'expertise a permis de déceler la présence de l'explosif ternaire hybride de Modex... Les indices semblent indiquer que l'auteur de l'attentat est le poseur de bombes anonyme connu sous le nom de « M. Rouge ».

John se leva comme une fusée, traversa la pièce et s'adossa au mur. Pendant quelques instants, il resta ainsi, les yeux perdus dans le vide. Sa respiration s'était accélérée et la sueur coulait dans son dos. Il se rassit devant le iBook, les yeux rivés sur le nom des composants de la bombe.

Hybride de Modex. Ces mots occupaient pour John tout l'écran. Il ne voyait plus rien d'autre. Une pensée démente lui traversa l'esprit. Peut-être était-ce bien lui qui avait posé cette bombe. Peut-être avait-il, pour une raison ou une autre, oublié qu'il l'avait fait. Cette idée absurde le fit rire tout haut et, de toutes ses forces, il balança le iBook à travers la pièce. Celui-ci alla se fracasser contre le mur où il creusa une fissure de dix bons centimètres.

— Espèce d'enculé ! hurla John.

Il ramassa son sac bourré d'argent et sortit précipitamment du motel. La nuit allait être longue pour Peter Willy dans son bar d'hôtesses. Il pouvait toujours l'attendre. John monta à bord de l'énorme SS 396 rouge et, mettant le vieux tacot et ses gros pneus bas de gamme à rude épreuve, refit le tour du lac. Il s'arrêta sur le bas-côté, juste le temps de jeter l'ordinateur dans l'eau, puis se remit à rouler comme un forcené en direction de l'aéroport. Après avoir essuyé l'intérieur et les portières de la voiture avec un chiffon, il l'abandonna sur le parking réservé au stationnement de longue durée et prit un aller simple pour Los Angeles qu'il paya en liquide.

Personne ne maîtrisait aussi bien que John Michael Fowles la fabrication de l'hybride de Modex. Personne ne savait aussi bien que lui comment se procurer ses composants au sein de la communauté des fanatiques de bombes.

John Michael Fowles avait des moyens. Et il avait des idées.

Quelqu'un lui avait volé son travail, ce qui voulait dire qu'on essayait de contester sa suprématie.

Cela, John Michael Fowles ne pouvait pas le tolérer. Il allait mettre la main sur ce fils de pute.

Deuxième partie

I love L.A.

John Michael Fowles descendit de l'avion avec vingt-six mille dollars en poche, trois permis de conduire et quatre cartes de crédit dont deux correspondaient aux noms inscrits sur deux des permis. Il avait également sur lui le numéro de téléphone d'une hôtesse de l'air de vingt-huit ans, dont le sourire et le bronzage auraient suffi à réveiller un mort. Elle habitait Manhattan Beach et s'appelait Penny.

Le simple fait de fouler le sol de Los Angeles mit John de bonne humeur.

Il adorait cet endroit. Le temps sec et ensoleillé, les palmiers, les jolies filles à moitié nues, tous ces gens tellement cool dans leurs voitures rutilantes, la soif de réussir, les stars de cinéma, l'immensité de cette ville qui s'étendait, toute plate, à l'infini, les puits de goudron de La Brea, les boutiques de hot dogs en forme de hot dogs, ce gigantesque panneau « HOLLYWOOD » qui barrait la montagne, les tremblements de terre et les orages, les boîtes branchées de Sunset Strip, les sushis, le bronzage couleur chocolat, les Mexicains, les cars bourrés de touristes de l'Iowa, les piscines chatoyantes, l'océan, Arnold Schwarzenegger, et Disneyland.

Oui, c'était l'endroit idéal pour un carnage.

La première chose que fit John fut de louer une décapotable. Il ôta sa chemise, chaussa des lunettes de soleil et remonta lentement Sepulveda Boulevard. Cool... Sa crise était passée. Sa rage s'était évanouie. L'heure de la vengeance avait sonné. Une vengeance à la fois brutale et froidement préméditée. M. Rouge avait débarqué en ville.

Il décida de remiser sa couverture de bouseux au placard : il avait envie de jouer au Black. Il adorait les Blancs qui se comportaient en Noirs. Blanc dehors, noir dedans, comme les dragées au chocolat. *« Yo, man, cool ! »* L.A. offrait un décor rêvé pour ce genre de conneries. Ici, tout le monde faisait semblant d'être quelqu'un d'autre.

À deux pâtés de maisons de la plage de Venice, John s'arrêta dans une boutique de fripes et s'acheta des vêtements qu'il choisit délibérément trop grands. Il se procura également un nouvel iBook et le reste du matériel dont il avait besoin. Puis il loua une chambre au Flamingo Arms, un petit motel truffé d'étrangers. Il se rasa le crâne, se couvrit le torse de chaînes en plaqué or et se connecta à Internet. Cette fois-ci, son intention n'était pas de s'introduire dans le système central de la police, mais de rechercher d'autres comptes rendus de l'attentat de Silver Lake. Il en découvrit trois. Les deux premiers racontaient plus ou moins la même chose : la brigade de déminage de la police de Los Angeles avait été appelée pour vérifier un colis suspect, intervention au cours de laquelle l'officier Charles Riggio, trente-quatre ans et neuf ans de brigade à son actif, avait trouvé la mort. Aucun de ces rapports ne détaillait la composition de la bombe. L'inspecteur chargé de l'enquête, une certaine Carol Starkey, la décrivait comme un engin « rudimentaire et approximatif » et qualifiait l'auteur de l'attentat d'« individu en pleine régression infantile ». En lisant cela, John se mit à rire. L'ATF le suspectant, la police de Los Angeles ne pouvait que faire de même.

« Cette pauvre conne essaie de me manipuler », murmura-t-il.

Le troisième récit, un encadré paru dans un journal, l'intéressa beaucoup plus. Il y était question de Starkey, dont l'article rappelait qu'elle avait appartenu à la brigade de déminage pendant plusieurs années, avant de sauter elle-même sur une bombe. Il expliquait ensuite qu'elle était cliniquement décédée avant d'être ramenée à la vie sur le lieu de l'explosion. Cette histoire fascina John. Il y avait également une photo, prise lors de l'intervention et montrant Starkey avec d'autres flics. L'image était petite et de mauvaise qualité. Les yeux rivés sur Starkey, John tenta néanmoins de la distinguer.

— Bien, bien..., dit-il en effleurant l'écran de la main.

Dans le dernier paragraphe, Starkey jurait de retrouver la personne responsable de la mort de Riggio.

— On verra bien qui retrouvera cet enfoiré en premier, chuchota John.

Il jeta les documents dans la corbeille de son ordinateur, puis alla consulter sur son site de Rochester la liste des numéros de téléphone, d'adresses e-mail et de contacts divers qu'il s'était constituée au fil des années. Il recopia les coordonnées d'un type qu'il connaissait sous le nom de Clarence Jester et qui habitait Venice. Derrière sa couverture de prêteur sur gages se dissimulait un dangereux pyromane qui, aujourd'hui proche de la soixantaine, avait purgé une peine de douze ans d'emprisonnement et continuait de faire des séjours réguliers en hôpital psychiatrique. Son passe-temps préféré consistait à adopter des chiens de la fourrière, à les arroser d'essence et à les regarder brûler. Jusque-là, Jester avait toujours su lui donner de précieux tuyaux sur la communauté des fanatiques de bombes.

— Clarence ? C'est LeRoy Abramowicz, mon pote. J' suis à L.A.

— Ah ouais ?

Clarence Jester avait l'élocution hésitante. Comme le parfait paranoïaque qu'il était.

— J' me disais que j' pourrais peut-être te rendre une petite visite pour un deal. Ça te va ?

— Ouais, faut voir...

John était impatient d'aller de l'avant, mais il avait faim. Il s'arrêta en chemin et engloutit un énorme Big Mac. Quelques minutes plus tard, il entrait dans l'échoppe de Jester.

Celui-ci était petit, nerveux, et avait le crâne largement dégarni. Il ne serrait jamais la main des gens, expliquant qu'il avait la phobie des microbes.

— Salut, Clarence. On va faire un tour ?

Jester, qui attendait sa visite, ferma sa boutique sans un mot. Une fois dehors, il jeta un regard soupçonneux à John.

— T'as changé, on dirait.

— Je suis devenu kebla, comme tout le monde.

— Humm.

Les affaires se traitaient toujours à l'extérieur, et John savait que Clarence était ravi de sacrifier des clients pour se livrer à ses divers trafics. À deux reprises, il lui avait déjà procuré du picrate d'ammonium. Outre ses activités de pyromane, Jester faisait en effet commerce d'explosifs, d'articles pornos interdits et d'armes à feu. Celui qui avait fabriqué la bombe avait dû se concocter son propre hybride de Modex – il s'était donc procuré du RDX quelque part.

— Je suis à la recherche d'un peu de RDX. Tu peux m'aider, *man* ?

En guise de réponse, Jester se mit à ricaner.

— Hé, *man,* pourquoi tu rigoles ?

— T'as pas l'accent black, mon pote. T'as juste l'air d'un Blanc qui essaie de l'imiter.

— Ne nous dispersons pas, Clarence. Fais-moi ce plaisir.

— Le RDX, personne n'en a. J'en vois passer une fois tous les deux, trois ans à tout casser. En revanche, j'ai du TNT et du PETN. Sacrée camelote, ce truc-là.

Jester mâchait ses mots et gardait la main devant la bouche. Il devait penser que John avait peut-être un micro caché sur lui.

— C'est du RDX qu'il me faut, insista ce dernier.

— Alors, je peux rien faire pour toi.

— Peut-être pas toi. Mais sûrement quelqu'un d'autre. On n'est pas dans un bled paumé, bordel, on est à L.A. ! Y a absolument tout, ici.

Une fille portant un bikini vert fluo passa devant eux en rollers, un gros casque de musique sur les oreilles. Elle tenait en laisse un cocker couleur feu, et faisait admirer à tout le monde le lever de soleil tatoué sur son bas-ventre et qui semblait prendre naissance sous son slip. Comme John ne manqua pas de le relever, ce fut le chien que Jester suivit des yeux.

— Donne-moi juste une piste, Clarence. Si je trouve ce que

je cherche, je te filerai une commission. Je t'oublierai pas, tu peux me faire confiance.

Le chien disparut au coin d'un immeuble.

— Du RDX, tu dis ? Maintenant que j'y pense...

— Tu vois, quand tu veux...

— Attends, t'emballe pas. Je suis sérieux quand je dis que c'est difficile à dégoter. Mais j'ai un pote dans le Nord qui s'est fait choper il y a quelques années parce qu'il faisait sauter des bagnoles. Il utilisait du RDX. Je peux peut-être te mettre en rapport avec lui.

Rien de tel que les relations, songea John tout excité.

— Un client à toi ?

— C'est pas moi qui l'ai fourni en RDX, en tout cas.

Jester lui raconta l'histoire d'un certain Dallas Tennant qui était en train de purger sa peine. Comme il entrait dans le détail de ses conditions d'incarcération, John l'interrompit sèchement.

— Ça va. Qu'est-ce que j'en ai à foutre de ces histoires de taule ?

— Tu peux dialoguer avec lui sur Claudius.

— En prison ?

— Ça veut rien dire. T'imagines pas tout ce que j'ai pu faire quand j'étais en prison. Écoute-moi bien. D'une manière ou d'une autre, ce mec a réussi à se procurer suffisamment de RDX pour faire sauter trois bagnoles. S'il ne peut pas t'aider, peut-être qu'il te mettra en rapport avec quelqu'un d'autre.

L'irritation passagère de John disparut aussi vite qu'elle était venue. Tout se déroulait exactement comme il l'avait prévu dans son trou paumé de Louisiane. Il se demanda si l'inspecteur Starkey serait assez futée pour retrouver la trace du RDX. Et si leurs chemins allaient se croiser.

— Tu connais le pseudo de ce M. Tennant ?

— Je l'ai quelque part sur mon ordinateur. Tu sais comment on va sur Claudius ?

— Oui, je connais la musique.

John envoya une grande tape dans le dos de Jester, rien que pour le plaisir de le voir sursauter.

— Merci, Clarence.

— Me touche pas. J'aime pas ça.

— Oh ! pardon.

— Au fait, t'as entendu le truc dont tout le monde parle ?

— Non, quoi ?

— M. Rouge a fait une descente à L.A. Il paraît qu'il a fait sauter un flic à Silver Lake.

La bonne humeur de John disparut. Pour se consoler, il assena à Clarence Jester une nouvelle claque dans le dos.

Atascadero

Lorsque les derniers détenus eurent quitté la salle de lecture, Dallas Tennant commença à ramasser les magazines et les livres pour les empiler sur son chariot. La bibliothèque, qui ne contenait que six tables, n'était pas bien grande, mais elle entretenait un fonds à la fois actualisé et très varié. Afin d'être sûrs de ne jamais manquer de lecture, plusieurs millionnaires, pensionnaires d'Atascadero, avaient effectué de généreuses donations à la prison, dont la bibliothèque faisait désormais pâlir d'envie l'ensemble des établissements du système pénitentiaire californien.

M. Riley, le professeur d'histoire à la retraite responsable des lieux, éteignit la lumière de son bureau.

— Vous avez fini, Dallas ? demanda-t-il.

— Il faut encore que je range et que je fasse la poussière. J'en ai plus pour longtemps.

Debout sur le pas de sa porte, M. Riley hésitait. Bien que le règlement ne l'interdît pas, il n'aimait pas laisser les détenus travailler sans surveillance.

— Bon, je vais peut-être rester un peu, alors.

Plus tôt dans la journée, Dallas avait entendu M. Riley inviter son fils et sa belle-fille à dîner. Il savait par conséquent que le professeur avait hâte de partir.

— Oh ! ça ira, monsieur Riley, répliqua-t-il avec son plus beau sourire. On a reçu un carton de nouvelles publications et je me disais que je pourrais peut-être les répertorier dans l'ordinateur ce soir. Comme ça, demain, j'aurai plus de temps pour réaménager les rayons. Par contre, je risque d'être coincé ici un peu plus longtemps que prévu.

— Du moment que la porte est bien fermée à neuf heures... N'oubliez pas de passer à l'infirmerie, sinon ils vont vous chercher.

S'ils bénéficiaient d'une assez grande liberté, les détenus d'Atascadero n'en avaient pas moins certaines obligations. Dallas, par exemple, était autorisé à travailler assez tard à la bibliothèque, mais devait aller chaque soir à l'infirmerie afin de se faire remettre ses médicaments pour la nuit. S'il ne s'y rendait pas avant neuf heures, l'infirmière prévenait le gardien qui partait alors à sa recherche.

— Je sais bien, monsieur, ne vous inquiétez pas. Est-ce que vous pourriez avertir le gardien que je serai dans votre bureau, au cas où il passerait par là ?

— D'accord. Bonne soirée, Dallas.

— À vous aussi, monsieur.

Peu désireux de s'attarder, M. Riley sortit, non sans avoir, comme il le faisait chaque soir, remercié Dallas pour son travail.

Tennant était un bon garçon, toujours poli, bien élevé et d'humeur égale. Il était né comme ça et même Atascadero ne l'avait pas fait changer. Mais c'était aussi un garçon intelligent, tout autant capable de mélanger des produits chimiques et de fabriquer des engins sophistiqués que de manipuler les gens.

Dès son arrivée à Atascadero, il s'était arrangé pour obtenir un travail dans les cuisines. Cela lui donnait accès non seulement à des choses aussi précieuses que du bicarbonate de soude ou des têtes d'allumette, mais également aux réserves de confiseries et autres amuse-gueule qu'il troquait avec ses codétenus chargés de l'entretien contre des produits ménagers. En associant ces derniers aux substances détournées de la cuisine, il était en mesure de fabriquer de charmants petits explosifs.

L'accident au cours duquel il avait perdu son pouce avait sonné le glas de ses privilèges et, désormais, l'accès à toute zone contenant des produits chimiques lui était strictement interdit. Mais son job à la bibliothèque lui réservait d'autres satisfactions appréciables, bien que d'une nature différente.

Le plus drôle, c'est que Dallas avait été, à titre de sanction, interdit de cuisine et démis de ses fonctions de nettoyage, alors que l'engin qu'il avait fait sauter ce jour-là n'avait pas été fabriqué à partir du matériel de la prison. Exceptionnellement, il s'était procuré l'explosif à l'extérieur.

En dépit de la perte de son pouce, cette histoire continuait de l'amuser. Certaines choses valaient bien un petit sacrifice.

Sans prendre la peine de les ranger à leur place, Dallas entassa rapidement les livres et les magazines sur les rayons. Puis il sortit dans le couloir s'assurer que M. Riley était bien parti. Il consulta sa montre. Dans une vingtaine de minutes, un gardien passerait vérifier qu'il était toujours là. Dallas entra dans le bureau de Riley et ouvrit le carton de livres dont il était censé s'occuper. Puis il se baissa pour récupérer le logiciel qu'il cachait derrière le tiroir de Riley. Bien qu'Atascadero fût un établissement moderne relié par Internet au système pénitentiaire de Californie, aucun des ordinateurs auxquels les détenus avaient accès ne leur permettait de se connecter. Seuls ceux qui se trouvaient dans les bureaux sûrs ou qui étaient réservés aux administrateurs de la prison offraient un accès au web.

Dallas avait donc fait l'acquisition de son propre logiciel, chargeant son avocat de régler pour lui l'abonnement mensuel à partir de ses revenus locatifs.

Il inséra la disquette dans l'ordinateur, brancha le modem dans la prise téléphonique et se connecta. M. Riley n'y verrait que du feu.

Quelques minutes plus tard, Dallas Tennant se sentait de nouveau chez lui.

Claudius.

L'endroit où Tennant était le plus à l'aise, un monde anonyme où personne ne le jugeait ni ne cherchait à le ridiculiser. Un monde où on l'accueillait à bras ouverts comme un membre à part entière de la tribu. Ses rares amis se trouvaient ici, ainsi que de nombreux autres interlocuteurs, dissimulés derrière des pseudonymes, et avec qui il échangeait des messages ou conversait en direct et dans le plus grand secret sur le *chat*. La liste des personnes connectées s'afficha : Acdrush, qui adorait élaborer des formules chimiques compliquées, mais toujours fausses, selon l'avis de Dallas ; Meyer2, qui partageait son admiration pour M. Rouge ; Ratboy, qui avait pondu une étude de quatorze pages où il expliquait comment, moyennant quelques légères améliorations, la bombe d'Oklahoma City aurait pu dégager une puissance de quarante pour cent supérieure ; enfin, Dedted, qui restait persuadé que Theodore Kaczynski n'était pas le vrai Unabomber.

Tennant s'inscrivit sous le nom de Boomer.

Tout en guettant du coin de l'œil l'arrivée du gardien, il entra sur un forum de discussion qu'il avait créé lui-même et qui était consacré à l'apparition de M. Rouge à Los Angeles. Alors qu'il pianotait sur le clavier, une fenêtre l'avertissant d'un message s'afficha à l'écran.

Voulez-vous lire un message de Neo ?

Tennant ne connaissait pas de « Neo », mais il était curieux. Il cliqua sur « oui », et le message s'ouvrit.

NEO : Vous ne me connaissez pas, mais moi je vous connais.

De nouveau, Tennant jeta un coup d'œil en direction du couloir. Il savait que le gardien allait passer d'une minute à l'autre et que son temps de connexion était compté. Il tapa rapidement une question.

BOOMER : Qui êtes-vous ?

La réponse de Neo ne se fit pas attendre.

NEO : Quelqu'un qui admire l'usage que vous faites du RDX. J'aimerais en parler avec vous.

Comme tous les habitués de Claudius, Tennant savait que les autorités se branchaient souvent sur le site pour tenter d'y surprendre des propos répréhensibles. Aussi prenait-il bien garde à ne jamais écrire quoi que ce soit de ce genre en dehors de l'aire sécurisée du *chat*.

BOOMER : Bonne nuit.
NEO : Attendez ! Je sais que vous voulez me rencontrer,

Dallas. Ce soir, je vous offre une chance qui en ferait rêver beaucoup.

En voyant s'afficher son vrai nom, Tennant eut une montée d'adrénaline.

BOOMER : Comment connaissez-vous mon vrai nom ?
NEO : Je sais beaucoup de choses.
BOOMER : Vous avez une très haute opinion de vous-même.
NEO : C'est vous qui avez une très haute opinion de moi, Dallas. Vous avez beaucoup écrit sur moi. Venez sur le *chat.*

Tennant hésita. Cela changeait tout : si Neo disposait d'un code d'accès au *chat*, cela voulait dire que quelqu'un s'était porté garant de lui. Il était donc en sécurité. Autant, en tout cas, qu'on pouvait l'être en ces temps incertains.

BOOMER : Vous avez un code d'accès ?
NEO : Oui. J'y suis en ce moment même. Je vous attends.

Tennant entra son propre code et cliqua sur la fenêtre du *chat.* Il n'y avait personne d'autre que Neo.

BOOMER : Qui êtes-vous ?
NEO : Je suis M. Rouge. Vous disposez de quelque chose qui m'intéresse, Dallas. Des informations.

Durant un long moment, Tennant garda les yeux rivés sur le nom de son interlocuteur. Il était effaré, incrédule... mais aussi empli d'un espoir insensé.
Finalement, il tapa :

BOOMER : Qu'avez-vous à offrir en échange ?

9

À peine Starkey eut-elle franchi le pas de sa porte ce soir-là qu'elle regretta d'avoir accepté de recevoir Pell. Après avoir jeté un sac de nourriture chinoise à emporter qui devait traîner dans son salon depuis des lustres, elle commença à ramasser les journaux et les magazines qui jonchaient le sol, constatant au passage que la télévision était recouverte d'une épaisse couche de poussière. L'appartement sentait le renfermé ; elle essaya désespérément de se rappeler la dernière fois qu'elle avait nettoyé la cuisine et la salle de bains. De surcroît, il n'y avait rien d'autre à boire que du gin, du Schweppes ou de l'eau du robinet.

Starkey se doucha rapidement, enfila un jean et un T-shirt noir, puis entreprit sans grande conviction de rendre son appartement présentable. La dernière personne qui était venue chez elle était Dick Leyton. Sa visite remontait à presque un an, de plus il était juste resté boire un verre.

« Il est grand temps que tu reprennes une vie normale, Starkey. Dommage que ça ne puisse pas s'acheter aux puces... »

Quoi qu'en pensât Kelso, Starkey trouvait que son enquête progressait plutôt bien. Le fait d'avoir pu manipuler la bombe de Miami s'était révélé une excellente chose. C'était du tangible, du concret ; cela lui avait permis d'apprendre quelque chose de nouveau, et qu'elle n'aurait pas pu apprendre autrement, concernant l'engin de Silver Lake. Même si cela échappait à Kelso et aux autres, Starkey restait persuadée d'avoir fait une découverte importante. Compte tenu de sa formation de démineur, elle était convaincue que le puzzle allait finir par s'assembler. Par ailleurs, les résultats obtenus par la société de postproduction semblaient plutôt encourageants, et Starkey était impatiente de voir si la piste Claudius allait donner des résultats. Enfin, elle persistait à penser qu'elle n'avait pas encore tout obtenu de Dallas Tennant.

Elle installa l'ordinateur sur la table à manger et le brancha dans la prise de courant. C'était sans doute là qu'ils seraient le mieux pour travailler. Au moment où elle allumait le portable, elle entendit Pell se garer devant chez elle.

Elle alla l'accueillir à la porte et vit qu'il avait les bras chargés d'un carton de pizza et d'un petit sac blanc.

— Comme l'heure du dîner approche, je me suis dit que j'allais apporter une bricole, annonça-t-il. J'ai pris des pizzas et un hors-d'œuvre. J'espère que vous n'avez rien préparé.

— C'est trop bête. Le poulet est déjà au four.

— Apparemment, j'aurais mieux fait d'appeler.

— Mais je plaisante, Pell. Vous savez, d'habitude, je me contente d'une boîte de thon et de chips mexicaines. Ça ira très bien.

Elle emporta la nourriture dans la cuisine, de plus en plus gênée de ne rien avoir à lui proposer à boire. Elle n'était même pas sûre d'avoir de la vaisselle propre.

— Vous ne buvez pas de gin tonic par hasard ?

— Non, mais je veux bien du Schweppes, sans gin. Où est l'ordinateur ?

— Sur la table de la salle à manger. Vous ne voulez pas dîner d'abord ?

— On pourrait le faire tout en travaillant.

Visiblement, il n'avait pas l'intention de s'éterniser. Starkey prépara deux verres de Schweppes avec des glaçons, luttant contre la tentation d'ajouter du gin dans le sien. Ils étaient sales et elle espéra que Pell ne s'en rendrait pas compte.

— Je ne savais pas ce que vous aimiez. Donc j'ai pris moitié légumes, moitié pepperoni et merguez, commenta Pell.

— Oh ! les deux sont parfaits. Merci beaucoup, c'est une très délicate attention.

En s'entendant prononcer ces mots, elle eut envie de rentrer sous terre. Décidément, ils faisaient la paire. Cette soirée commençait à ressembler à un pitoyable premier rendez-vous entre deux paumés. Elle tenta de se raisonner : ils étaient là pour travailler. De toute façon, elle n'avait jamais de rendez-vous autre que professionnel. Pour cela, encore fallait-il qu'elle parvienne à se bricoler une vie normale.

Pendant qu'elle sortait les assiettes et les couverts, elle songea à lui faire part de son observation concernant le scotch de la bombe. Mais elle se ravisa. Mieux valait attendre d'avoir eu des nouvelles de Janice Brockwell. Après seulement, elle saurait si elle tenait réellement une piste. Malgré tout, elle était tentée d'en parler, rien que pour voir si Pell aurait la même réaction que Kelso et balaierait sa découverte d'un revers de la main.

Ils partagèrent l'entrée et la pizza en deux, puis emportèrent leurs assiettes et leurs verres dans la salle à manger. Comme ils l'avaient fait dans le bureau de Bergen, ils installèrent deux chaises devant l'écran et se connectèrent à Claudius. De nouveau mal à l'aise de sentir Pell aussi proche, Starkey s'écarta un peu.

— Peut-être qu'on devrait manger d'abord pour ne pas salir le clavier, suggéra-t-elle.

— Ce n'est pas bien grave. Je suis vraiment impatient de voir s'il y a des réponses.

Avec l'aide de Bergen, ils avaient laissé trois messages. Les deux premiers étaient censés exprimer leur admiration sans bornes pour M. Rouge. Quant au troisième, qui s'interrogeait sur le bien-fondé de la rumeur selon laquelle celui-ci avait récemment sévi à Los Angeles, il avait suscité un certain nombre de réactions, l'une d'entre elles reproduisant un article du *Los Angeles Times.* La plupart des commentaires mettaient en doute la présence de M. Rouge, et s'étendaient sur son dernier attentat perpétré à Miami et sur son statut de « légende urbaine ». Quelqu'un le comparait même à Elvis, et suggérait qu'à ce rythme-là les gens allaient bientôt s'imaginer le rencontrer à chaque coin de rue.

Starkey ouvrait les messages les uns après les autres, en prenait connaissance, puis attendait que Pell lui fasse signe de poursuivre. Elle était tellement concentrée sur toutes ces bizarreries qu'elle en avait presque oublié la proximité de l'agent spécial.

Tout d'un coup, celui-ci se rappela à son souvenir en tendant rapidement le bras par-dessus le clavier et en s'emparant de la souris.

— Attendez, dit-il. J'aimerais le relire, celui-là.

Pendant la fraction de seconde où sa main couvrit la sienne, Starkey eut un brusque mouvement de recul, comme si elle avait reçu une décharge électrique. Elle rougit et tenta de masquer son embarras en reprenant les commandes.

— Qu'est-ce que vous avez vu ? demanda-t-elle.

— Lisez.

SUJET : Re : La vérité et ses implications
DE : AM7TAL
ID-MESSAGE : >9777721.04@selfnet<

« Qu'en est-il de la rumeur ? »

Mes sources m'informent que l'homme a récemment frappé dans le sud de la Floride. Nous savons par ailleurs qu'il a l'habitude de laisser passer un peu de temps entre ses attentats. En plus, d'un point de vue pratique, le Modex ne se ramasse pas à tous les coins de rue. Au fait, quelqu'un pourrait-il m'en vendre ?

Ha ! Ha ! Je plaisante, enculés de fédéraux !

Am7

— Vous pensez que c'est lui ? demanda Starkey après avoir relu le message.

— Non. Ce type parle d'acheter du Modex. Or nous savons que M. Rouge se le fabrique lui-même. Il ne chercherait donc pas à en acquérir, mais simplement à se procurer les composants. Et si on répondait à ce type sur le même ton, en lui disant que nous n'avons pas de Modex, mais que nous pourrions lui fournir du RDX ? Qu'est-ce que vous en pensez ?

— Vous voulez l'appâter ?

— Lui et tous ceux qui lisent ces trucs.

Pell orienta le clavier vers lui et avança sa chaise. Son genou rencontra celui de Starkey et leurs bras se touchèrent. Cette fois-ci, elle ne sursauta pas et ne fit rien pour éviter le contact. Elle leva les yeux sur Pell, mais celui-ci était trop concentré sur la rédaction de son message. Pendant qu'il pianotait, Starkey se mit à avoir des visions. « Elle lui effleure le bras. Ils se regardent, les yeux dans les yeux. Ils s'embrassent. » Son cœur s'accéléra. « Elle le prend par la main et le conduit dans la chambre. Il aperçoit ses cicatrices. »

La douleur inonda son estomac et elle prit ses distances.

« Décidément, je ne suis pas prête. »

Elle contempla la pizza avec dégoût, incapable d'avaler quoi que ce soit.

— Qu'est-ce que vous en pensez ? lui demanda Pell, perdu dans ses pensées.

SUJET : Re : La vérité et ses implications
DE : DÉCHARGE
ID-MESSAGE : >5521721.04@treenet<

« d'un point de vue pratique, le Modex ne se ramasse pas à tous les coins de rue. Au fait, quelqu'un pourrait-il m'en vendre ? »

Avec le RDX, il suffit de se baisser. Peut-être que nous pourrions nous mettre d'accord sur le juste prix ?
Ha ! ha ! toi-même.
Décharge

— Ça me paraît bien.

Starkey vit qu'il se frottait les yeux en grimaçant.

— Ça va ?

— Si ça continue, je vais avoir besoin de lunettes. Et après, ce sera la canne blanche.

— J'ai du collyre, si vous voulez.

— Non, c'est bon.

Ils envoyèrent le message.

— Bien, maintenant il ne nous reste plus qu'à attendre, ajouta Pell en refermant le portable. Ne le prenez pas mal, mais j'aimerais vous demander de lancer une nouvelle recherche sur le système central au sujet du RDX. Ce serait quand même bien si on pouvait être tuyauté sur quelqu'un d'autre que Tennant.

— Je l'ai déjà fait, sans résultat. Le seul nom qu'on me propose, c'est Tennant.

— Malheureusement, il n'y a plus rien à en tirer.

— Peut-être pas de lui en personne. Mais sûrement de l'enquête qui le concerne.

— Qu'est-ce que vous voulez dire par là ?

— Eh bien, j'ai relu les notes de Mueller. Il est clair qu'il n'a pas eu besoin de rechercher activement l'atelier de Tennant ni de se soucier d'éventuels autres explosifs pour boucler son enquête. Il a donc dû laisser passer pas mal de choses. Apparemment, les auditions qu'il a faites de la propriétaire de Tennant et de son employeur étaient plutôt sommaires. Comme il disposait des photos des trois véhicules détruits et de la déposition du jeune voleur de voitures, il ne lui en fallait pas plus. S'il a vraiment bâclé le reste, il se pourrait bien qu'il y ait encore quelque chose à découvrir.

— Ça se tient, Starkey.

Elle prit soudain conscience qu'ils se souriaient. La maison était plongée dans un silence total et, depuis qu'ils avaient éteint l'ordinateur, elle ressentait de manière accrue le fait qu'ils étaient seuls. Elle se demanda si Pell partageait la même impression et éprouva subitement le besoin que quelque chose vienne rompre cette intimité : la télévision, la radio, une voiture dans la rue... Or il n'y avait qu'eux, et cette situation commençait à lui peser.

Prise d'une inspiration subite, elle se leva pour débarrasser la table.

— Merci encore pour la pizza. La prochaine fois, c'est moi qui vous invite.

Après avoir entreposé les assiettes dans l'évier de la cuisine, elle retourna au salon. Elle resta debout et évita soigneusement de lui proposer un autre verre. Il était temps qu'il parte. Pell semblait sur le point de reprendre la conversation, mais elle ne lui en laissa pas le temps.

— Bon, on ira voir demain ce qu'il en est, dit-elle en fourrant ses mains dans ses poches. Je vous appelle.

Il se leva enfin et elle le raccompagna, se maintenant à distance.

— À bientôt, Pell. On l'aura, cet enfoiré.

— Bonne nuit, Starkey.

Dès qu'il fut sorti, elle referma la porte, constatant très vite que le fait de se retrouver seule n'arrangeait rien. Elle avait agi d'une manière stupide et en était toute déconcertée. Son malaise persista même lorsqu'elle alla se coucher. Allongée dans l'obscurité, elle ne cessait de fixer le plafond. Pourquoi se sentait-elle donc tellement perdue ? La seule chose qui lui restait, c'était le travail. L'enquête. Depuis trois ans, sa vie se résumait à cela. Et cela ne changerait sans doute jamais.

Pell

De retour à son motel, Pell était assis devant son ordinateur lorsque les monstres refirent leur apparition. Ils s'échappèrent du clavier comme des asticots grouillants qui se muaient peu à peu en une armée de lucioles. Il ferma les yeux, mais ils étaient toujours là, flottant dans les ténèbres. Pell tituba jusqu'à la salle de bains pour y chercher les glaçons et les serviettes humides qu'il avait entreposés dans la baignoire, s'en recouvrit le visage et s'allongea sur son lit, en proie à un mal de tête qui lui coupait le souffle et le pétrifiait de terreur.

Il avait une folle envie d'appeler Starkey. Résistant à la tentation, il rassembla toutes ses forces pour lutter contre la douleur, et se concentra sur le bruit de la circulation qui lui parvenait du dehors. Tous ces gens dans leurs voitures, se débattant contre le poids d'une ville trop forte pour eux. Le crissement des freins, la lutte acharnée que se livraient les moteurs, le cahotement des camions à bout de souffle. C'était comme un avant-goût de l'enfer.

Il commençait à mieux cerner Starkey et ce n'était certainement pas une bonne chose. À chacune de leurs rencontres, il en apprenait un peu plus sur sa personnalité profonde, laquelle réservait d'ailleurs bien des surprises. Pell se sentait coupable. Décrypter les gens, dévoiler leur face cachée, celle qu'ils dissimulaient en déployant tant d'efforts, avait toujours été sa grande force. Depuis longtemps, il avait compris que chaque être humain avait en réalité deux personnalités. L'une, publique, était destinée à être montrée aux autres et servait à masquer la seconde, plus secrète. Concernant Starkey, Pell commençait à comprendre que derrière la façade de dureté se cachait une petite fille qui livrait une lutte de tous les instants pour être courageuse. Une petite fille au cœur de guerrier, qui tentait désespérément de reconstruire sa vie et sa carrière. Jamais Pell n'aurait cru qu'il s'attacherait ainsi à elle. Ni, a fortiori, que cet attachement grandirait de la sorte, jusqu'à devenir dévorant.

On ne pouvait pas lutter contre cela.

Au bout de quelques minutes, la douleur disparut et sa vision redevint nette. Pell regarda la pendule. Une heure du matin. Il se couvrit le visage des mains et demeura ainsi, sans bouger, pendant cinq minutes. Ou bien dix. Ou peut-être même une heure.

Enfin, il se releva et retourna devant l'ordinateur. Sur l'écran, la tête entourée de flammes semblait le toiser. Oubliant sa culpabilité, Pell entra sur Claudius. Le nom de Starkey était inscrit sur la bombe : M. Rouge voulait sa peau. Et il tenait là une piste que l'on pouvait exploiter.

Pell choisit un pseudonyme inconnu de Starkey et se mit à écrire sur elle.

10

Le lendemain matin, Starkey fut comme toujours le premier des inspecteurs à arriver au bureau. Il y avait peu de chances pour que Mueller fût également sur le pied de guerre dès six heures. Aussi décida-t-elle d'expédier de la paperasse. Nibard apparut à sept heures cinq, et Marzik environ vingt minutes plus tard, une tasse à la main.

— Ça s'est bien passé, la réunion au sommet avec le big boss ? s'enquit-elle tout en rangeant ses affaires.

— Il m'a juste dit de continuer d'avancer. Voilà sa contribution.

Marzik s'affala sur sa chaise et se mit à boire à petites gorgées. Une légère odeur de chocolat chatouilla les narines de Starkey. Du moka, certainement.

— Il paraît que Dick Leyton t'a sauvé la mise, lança Marzik.

— D'où tu sors ça ? Qu'est-ce qu'on a encore été te raconter ?

Marzik souleva le couvercle de sa tasse et souffla pour en refroidir le contenu.

— Kelso a dit à Giadonna que tu avais laissé entendre que Silver Lake pouvait être l'œuvre d'un imitateur. Je me demandais juste quand tu comptais nous en parler, à Nibard et à moi.

Starkey était furieuse. Elle en voulait à Kelso d'avoir propagé l'information et déplorait que Marzik puisse penser qu'elle avait tenté de leur dissimuler quelque chose. En deux mots, elle lui expliqua la particularité qu'elle avait décelée sur l'engin de Silver Lake.

— Rien à voir avec le fromage que tu en fais, hein ? Je comptais vous en informer aujourd'hui. Je n'en ai pas eu l'occasion hier.

— Bon, mettons. J'imagine que tu étais trop occupée à penser à Pell.

— Ça veut dire quoi, ça ?

— Non, rien... Faut reconnaître qu'il est plutôt pas mal, pour un fédéral.

— Ça ne m'a pas frappée.

— C'est quand même lui qui t'a rencardée sur Claudius. Moi je trouve que, quand un mec te refile un tuyau pareil, tu devrais te montrer reconnaissante. À mon avis, tu devrais lui faire une petite pipe.

Nibard décolla de sa chaise et s'éloigna sous les rires de Marzik.

— Quel coincé, ce Jorge.

— Non, Beth, rétorqua Starkey sèchement. C'est un gentleman. C'est toi qui te comportes comme une conne.

Marzik se rapprocha en faisant rouler son siège.

— Non, mais sérieusement, insista-t-elle en baissant la voix. C'est évident qu'il te plaît.

— N'importe quoi !

— Écoute, chaque fois que quelqu'un parle de lui, t'es dans tous tes états. Et c'est pas parce qu'il risque de reprendre l'enquête.

— Dis-moi, Beth. Quand est-ce que tu t'es fait étrangler pour la dernière fois ?

Sans lever son gros derrière, Marzik prit un air goguenard et roula jusqu'à son bureau. Ignorant le sourire supérieur qu'elle lui lançait, Starkey retourna se chercher du café. Elle aperçut Nibard, qui s'était réfugié tout au bout de la salle des inspecteurs. Manifestement encore choqué par la remarque de Marzik, il évita son regard.

Starkey revint à son bureau, décrocha le téléphone et appela Mueller. Il était encore tôt, mais elle n'avait pas le choix. C'était cela, ou bien elle vidait son chargeur sur Marzik.

— Je dois y aller, Starkey, déclara Mueller qui semblait sous pression. Il y a un crétin qui a foutu une grenade dans une boîte aux lettres.

— Juste une question ou deux, sergent. J'ai parlé à Tennant et j'aimerais faire un petit point avec vous.

— Sacré numéro, hein ? S'il continue de se mutiler comme ça, il va finir par devoir se raser avec les pieds.

Starkey ne trouva pas la réplique drôle.

— Il persiste à nier qu'il a un atelier et...

Mueller l'interrompit tout de suite. À en juger par le ton de sa voix, il considérait qu'elle lui faisait perdre son temps.

— Attendez, attendez. Il me semble qu'on a déjà abordé cette question. Je me trompe ?

— Non.

— Il n'y a rien à ajouter. S'il a effectivement un atelier, on n'a pas pu le découvrir, c'est tout. J'ai réfléchi à cette histoire depuis notre dernière conversation, et j'en suis arrivé à la conclusion qu'il dit la vérité. Un pauvre type comme lui n'aurait jamais les couilles de nous cacher des informations qu'il pourrait monnayer contre une remise de peine.

Starkey s'abstint de rétorquer que, pour un pauvre type comme Tennant, son atelier était sans doute la chose la plus importante au monde. Elle se contenta d'expliquer que tout semblait indiquer qu'il en avait bien un et qu'il y cachait vraisemblablement le reste de son stock de RDX.

— Qu'est-ce qui vous permet d'affirmer ça ? répliqua Mueller, cassant.

— Tennant nous a confirmé ce qu'il vous avait affirmé, à savoir qu'il avait détourné le RDX d'une boîte de mines antipersonnel de marque Raytheon GMX. Ces boîtes en contiennent six.

— Ouais, je m'en souviens.

— Bien. J'ai donc vérifié dans notre répertoire ce qu'ils disaient sur les GMX. Chaque mine contient une charge de neuf cents grammes de RDX, ce qui veut dire qu'il disposait d'un peu plus de cinq kilos au total. Ensuite, j'ai examiné les photos des trois véhicules que vous m'avez envoyées. Ce sont des carrosseries plutôt légères et l'essentiel des dommages semble avoir été causé par le feu. Je me suis alors livrée à une équivalence d'énergies et il m'est apparu que, s'il avait utilisé un tiers de la charge sur chaque voiture, les dommages auraient été bien plus importants.

Mueller resta silencieux.

— Or, en lisant la déposition de Robert Castillo, j'ai appris que Tennant lui avait demandé de voler une quatrième voiture. Pour moi, cela implique qu'il lui reste du RDX.

Quand Mueller reprit enfin la parole, il semblait sur la défensive.

— Écoutez, on est allés dans sa piaule. On l'a fouillée de fond en comble. On lui a confisqué sa voiture pendant trois mois et on l'a complètement démontée. On a mis sens dessus dessous la maison et le garage de la vieille. On a même fait venir la brigade canine pour vérifier ses parterres de fleurs. Alors n'essayez pas d'insinuer qu'on a bâclé notre travail.

Starkey ne put s'empêcher de durcir le ton à son tour.

— Je n'insinue rien, Mueller. Je vous ai appelé simplement parce que votre rapport était plutôt lapidaire en ce qui concerne les auditions de la propriétaire et de l'employeur.

— Il n'y avait rien de plus à dire. La vieille chouette ne voulait même pas nous parler. Son unique préoccupation, c'était qu'on ne saccage pas ses fleurs.

— Et le patron ?

— Il a dit la même chose que tout le monde : il était surpris, Dallas était un type tellement normal... Vous savez, c'est pas parce qu'on porte des bottes de cow-boy, par ici, qu'on est complètement demeuré. N'oubliez pas que si ce connard a pu être coffré, c'est grâce à moi. J'ai mené à bien mon enquête. Rappelez-moi donc quand vous aurez fait de même.

Il raccrocha sans donner à Starkey le temps de répondre et celle-ci laissa rageusement le combiné retomber sur son support.

— Du calme, fit Marzik qui avait observé toute la scène.

— Qu'il aille se faire foutre !

— T'es vraiment énervée, toi, aujourd'hui. Qu'est-ce qui t'arrive ?

— Laisse tomber, Beth.

Starkey se replongea dans le rapport de Mueller. La propriétaire de Tennant était une vieille dame du nom d'Estelle Reager.

Son employeur s'appelait Bradley Ferman. Il possédait un magasin d'articles de loisirs baptisé Robbie's Hobbies. En téléphonant, Starkey apprit que la boutique avait fait faillite. En revanche, elle parvint à joindre Estelle Reager.

— Allez, viens Beth, lança-t-elle ensuite en ramassant son sac et en se levant. On va rendre une petite visite à cette bonne femme.

— Mais j'ai aucune envie d'aller à Bakersfield. T'as qu'à te faire accompagner par Nibard.

— Il est occupé avec les cassettes.

— Moi aussi, j'ai du boulot. Je continue à interroger les clients de la blanchisserie.

— Tu vas me faire le plaisir de bouger ton cul et de te ramener. On y va tout de suite.

Starkey sortit sans l'attendre.

La Golden State Freeway partait du nord de la ville et divisait l'État en deux à travers la vaste plaine de Central Valley. Pour Starkey, c'était la meilleure autoroute de Californie, sinon la meilleure au monde : interminable, toute droite et plate. On pouvait bloquer la vitesse sur 100, laisser son esprit divaguer et rejoindre San Francisco en cinq heures. Bakersfield était à moins d'une heure et demie de Los Angeles.

Assise très raide sur le siège passager, bras et jambes croisés, Marzik faisait la gueule comme une adolescente en pleine crise de puberté. Starkey ne savait pas très bien pourquoi elle lui avait demandé de venir. En fait, elle l'avait regretté dès leur départ de Spring Street. Pendant la première demi-heure de trajet, ni l'une ni l'autre ne desserra les dents. Lorsqu'elles eurent franchi Newhall Pass, le point culminant de San Fernando Valley, et dépassé le parc d'attractions de Magic Mountain, Marzik commença à s'agiter sur son siège. Au bout d'un moment, elle finit par rompre le silence.

— Mes enfants adoreraient y aller. Mais c'est tellement cher que j'arrête pas de trouver des excuses. En plus, ils passent constamment ses saloperies de pubs, avec tous ces gens sur les montagnes russes. C'est pas à la télé qu'ils diraient ce que ça coûte.

Starkey lui jeta un regard en coin. À sa grande surprise, le visage de Marzik n'exprimait ni fureur ni frustration, juste une profonde tristesse.

— Beth, je voulais te demander quelque chose. Ce que tu disais tout à l'heure au sujet de Pell et de moi, ça se voit vraiment tant que ça ?

— Je sais pas, répondit Marzik dans un haussement d'épaules. J'ai dit ça sans réfléchir.

— Ah ! d'accord.

— Comme tu ne parles jamais de toi, j'ai pensé que tu ne devais pas avoir grand-chose à raconter... Je peux te poser une question ?

Bien que cette entrée en matière eût suffi à la mettre mal à l'aise, Starkey lui répondit par l'affirmative.

— Quand est-ce que tu as eu un homme pour la dernière fois ?

— Écoute, ta question est très gênante.

— Tu m'as dit que je pouvais te la poser. Mais si tu veux pas en parler, il n'y a pas de problème.

Inconsciemment, Starkey avait crispé ses mains sur le volant au point que les jointures avaient blanchi. Pour essayer de se détendre, elle prit une profonde inspiration. Elle devait bien s'avouer qu'elle avait envie de se confier, même si elle ne savait pas comment aborder le sujet. C'était peut-être même pour cela qu'elle avait demandé à Marzik de l'accompagner.

— Oh ! ça fait bien longtemps, avoua-t-elle.

— Mais alors, qu'est-ce que t'attends ? Tu crois peut-être que tu rajeunis ? Tu t'imagines que tu vas rester bien foutue indéfiniment ?

— Je ne sais pas.

— Je n'ai aucune idée de ce que tu veux faire de ta vie, tout simplement parce qu'on ne se parle jamais. On est là, les deux seules femmes de la section, et on ne discute jamais d'autre chose que de ce putain de boulot. Je vais te dire ce que je pense, Carol. Tu fais ton boulot, mais t'as aussi besoin d'autre chose. Parce que ce job, c'est de la merde. Ça te prend tout, et ça te donne jamais rien en retour. De la merde, point final !

Starkey vit que son regard était humide et qu'elle clignait des yeux pour tenter de masquer son émotion. La situation s'était inversée. Ce n'était plus d'elle qu'il était question, mais de Marzik.

— Je vais te dire ce que je veux, moi, reprit-elle. J'ai envie de me marier. J'ai envie d'avoir quelqu'un à qui parler. Quelqu'un qui soit plus grand et plus fort que moi. J'ai besoin d'une présence masculine chez moi, même s'il passe tout son temps vautré sur le canapé. Même si je dois lui apporter sa bière et l'entendre roter à longueur de temps. J'en ai ras le bol d'être seule, à regarder mes deux gosses bouffer des chips. Le problème, c'est que j'ai tellement envie de me caser qu'on me voit venir à des kilomètres. Je fais fuir tout le monde, bordel !

Starkey ne sut que répondre.

— Je suis désolée pour toi, Beth. Mais tu dois bien rencontrer des mecs ? Tu finiras forcément par trouver quelqu'un.

— Mais tu ne sais rien de moi. Je hais ce boulot de merde. Ma petite vie sordide me fait gerber. Et puis ces deux chiards, je les déteste aussi. Tiens, c'est pas la chose la plus dégueulasse que t'aies jamais entendue, ça, hein ? Je les déteste, vraiment, tu sais, et je suis quand même obligée de me demander comment je vais faire pour les emmener à Magic Mountain.

— Attends, Beth, écoute-moi.

Marzik secoua la tête en regardant droit devant elle, manifestement gênée. Starkey ne l'était pas moins.

— Je ne suis pas très douée pour les confidences entre filles, avoua-t-elle. Désolée.

Le silence s'installa de nouveau. Peu de temps après, elles quittèrent la montagne et rejoignirent les vastes plaines de Central Valley. Lorsqu'elles aperçurent enfin Bakersfield, perdue au milieu de nulle part, Marzik reprit la parole.

— Tu sais, je ne pensais pas ce que j'ai dit au sujet de mes enfants.

— Je sais.

Elles sortirent de l'autoroute et suivirent les instructions d'Estelle Reager jusqu'à un bâtiment d'avant-guerre, coincé entre une gare de triage et un aéroport. Mme Reager leur ouvrit. Elle portait un jean, une chemise à carreaux et des gants de jardinage. Sa peau toute burinée était celle d'une femme qui a passé une bonne partie de sa vie au grand air. Mueller avait dû débarquer avec ses gros sabots et tenter de jouer au dur avec elle. Mais, visiblement, elle n'était pas du genre à se laisser marcher sur les pieds.

Starkey lui présenta Marzik et déclina sa propre identité.

— Je vois, une équipe de femmes, commenta Mme Reager en les toisant. J'imagine qu'aucun de ces paresseux n'a daigné faire la route.

Marzik éclata de rire, et Starkey vit une lueur de complicité passer dans le regard de la vieille dame. Elles avaient marqué un point.

Mme Reager leur montra la maison, puis les fit ressortir par la porte de derrière, qui donnait sur un petit patio recouvert d'un store transparent. Inondé de soleil, celui-ci diffusait une lumière légèrement teintée de vert. L'allée menant à la maison la longeait ensuite sur le côté pour s'achever au fond du jardin, devant un garage à côté duquel se trouvait une petite maison d'hôtes. Entre celle-ci et le patio s'étendait un potager entretenu avec soin.

— C'est gentil à vous d'avoir accepté de nous recevoir, madame Reager, déclara Starkey.

— Oh ! si je peux rendre service... Cela dit, je ne vois vraiment pas ce que je pourrai vous apprendre. En tout cas, rien de plus que ce que j'ai déjà déclaré aux autres.

— C'est là qu'il habitait ? questionna Marzik en désignant la maison d'hôtes.

— Oui. Pendant quatre ans. Et j'aurais pas pu rêver mieux. Ça doit vous paraître curieux, compte tenu de ce que nous avons appris sur son compte, mais Dallas a toujours été un garçon très attentionné, et qui payait régulièrement son loyer.

— Ça a l'air vide. Il y a quelqu'un qui l'occupe en ce moment ?

— J'ai eu un jeune homme, l'année dernière, mais il s'est marié à une institutrice et il leur fallait quelque chose de plus grand. Vous savez, avec un loyer aussi bas, c'est difficile de trouver des gens corrects. Mais, au fait, je peux vous demander ce que vous cherchez ?

Starkey lui fit part de sa conviction selon laquelle Tennant avait un atelier où il dissimulait les composants de ses bombes.

— C'est pas ici que vous découvrirez quoi que ce soit, estima Mme Reager. La police a tout fouillé de fond en comble, je suis bien placée pour le savoir. Ils ont même envahi mon jardin. Ils n'étaient pas très sympas, d'ailleurs. Pourtant, moi, j'étais toute prête à les aider.

Manifestement, Starkey ne s'était pas trompée sur Mueller.

— Si vous souhaitez jeter un œil à ses affaires, ne vous gênez pas. J'ai tout rangé dans le garage.

— Vous avez gardé ses affaires ? répliqua Marzik en lançant un regard à Starkey.

— Oui, enfin, c'est-à-dire qu'il me l'a demandé. Comme il se retrouvait en prison...

— Elles étaient dans la maison quand la police est venue ? intervint Starkey.

— Oui, et ensuite je les ai mises dans le garage. Si vous voulez voir.

Elle leur expliqua que Tennant avait continué à payer son loyer pendant sa première année d'incarcération, puis lui avait écrit pour s'excuser de ne plus pouvoir poursuivre ses règlements, tout en lui demandant si elle aurait la gentillesse de garder ses affaires. Il n'y avait pas grand-chose. Juste quelques cartons.

Starkey pria la vieille femme de les excuser et fit quelques pas avec Marzik vers le garage.

— Si elle nous autorise à rentrer là-dedans, il n'y a pas de problème. C'est sa propriété. En revanche, si on ouvre les cartons et qu'on tombe sur quelque chose, ça risque de mal se terminer.

— Tu crois qu'il nous faut un mandat ? s'enquit Marzik.

— Évidemment.

Non seulement elles avaient besoin d'un mandat de perquisition, mais, en plus, elles étaient en dehors de leur territoire. Des membres de la police de Los Angeles qui enquêtaient dans la municipalité de Bakersfield.

— Excusez-moi, madame Reager, reprit Starkey. J'aimerais

juste préciser un point. Ces affaires dans votre garage, elles ont déjà été examinées par la police ?

— Eh bien, en tout cas, elles étaient dans la petite maison lorsque la police est venue. Je suppose qu'ils les ont regardées.

— Parfait. Mais vous m'avez dit que Tennant vous avait demandé de les garder. C'est donc vous qui avez tout rangé.

— Absolument. Il n'avait pas grand-chose. Juste des vêtements et quelques vidéos pornographiques. Celles-là, d'ailleurs, je ne les ai pas gardées. Je les ai jetées à la poubelle. Quant aux meubles, ils étaient à moi. Je louais meublé à cette époque-là.

Après réflexion, Starkey décida qu'il serait vain de fouiller les cartons. Elle cherchait avant tout à identifier des gens que Tennant avait connus et chez qui il était susceptible d'avoir stocké ses composants.

— Vous connaissiez certains de ses amis ou relations ? lança-t-elle.

— Non, personne ne lui a jamais rendu visite, si c'est ça que vous voulez savoir... Attendez, pardon, je retire ce que je viens de dire. Il y a bien un jeune homme qui venait parfois le voir, mais c'était longtemps avant son arrestation. Un collègue de travail, il me semble. Un type du magasin.

— Combien de temps avant son arrestation ?

— Oh ! longtemps. Au moins un an. Vous savez, je crois qu'ils regardaient ces films ensemble.

Marzik sortit de son sac les trois portraits-robots.

— Selon vous, ça pourrait être l'un d'entre eux ?

— Oh ! mon Dieu, ça fait tellement longtemps. En plus, je n'ai pas vraiment fait attention. Mais je ne pense pas, non.

Starkey n'insista pas. Cela aurait été trop beau.

— Ce magasin, c'était son seul job, à Tennant ?

— Oui.

— Est-ce qu'il avait des petites amies ?

— Non. Pas à ma connaissance.

— Et sa famille ?

— La seule personne dont il m'ait parlé, c'était sa mère. Je sais qu'elle est morte, d'ailleurs. Un jour, il est venu me voir et m'a annoncé la nouvelle. Il était complètement désemparé, le pauvre garçon. On a pris un café ensemble et il n'a pas cessé de pleurer.

Le décès de la mère de Tennant n'intéressait pas vraiment Starkey. En revanche, quelque chose la chiffonnait.

— Donc, Tennant a continué à payer son loyer pendant un an, alors qu'il était en prison ?

— Tout à fait. Vous savez, il pensait qu'il pourrait être libéré et il aurait bien aimé revenir. Il n'avait pas tellement envie que je loue à quelqu'un d'autre.

— Je comprends, intervint Marzik. Vous avez un locataire en ce moment ?

— Non. Plus personne depuis ce jeune homme dont je vous parlais tout à l'heure.

Starkey et Marzik échangèrent un regard entendu. Elles pensaient la même chose. Pourquoi Tennant n'avait-il pas voulu renoncer à son logement, n'en ayant plus l'usage ? En tout cas, dès lors qu'il ne payait plus son loyer et n'occupait plus les lieux, rien ne s'opposait à ce qu'elles y jettent un œil. Avec la permission de la propriétaire, c'était parfaitement légal.

— Madame Reager, est-ce que vous nous autorisez à regarder à l'intérieur ?

— Bien sûr, pourquoi pas ?

Il faisait très chaud dans la maison d'hôtes et il y régnait une forte odeur de moisi. Composée d'une pièce principale, d'une kitchenette, d'une salle de bains et d'une chambre, elle avait manifestement été vidée de ses meubles depuis bien longtemps. Seules une petite table et quelques chaises trônaient au milieu du salon. Un affreux linoléum tout décoloré et gondolé recouvrait le sol. Starkey tenta vainement de se souvenir quand elle avait vu du lino pour la dernière fois. Pendant qu'elles commençaient à inspecter le plancher et les plinthes des différentes pièces, Mme Reager, qui était restée dans l'encadrement de la porte d'entrée, leur expliqua que cet appartement avait servi de bureau à son mari.

— Vous pensez que Tenant avait une cachette quelque part ? ajouta-t-elle en les observant avec une légère ironie.

— Ça s'est déjà vu.

— Les policiers qui sont venus ont fait exactement comme

vous. Ils ont même essayé de regarder sous le plancher, mais ils sont tombés sur une dalle de béton. Et il n'y a pas de grenier non plus.

Après avoir passé dix minutes à quatre pattes, elles décidèrent d'arrêter leurs recherches. Starkey était déçue. Apparemment, leur virée à Bakersfield avait été inutile et la piste du RDX menait à une impasse.

— C'est une jolie petite maison que vous avez là, madame Reager, dit Marzik. Vous pensez que je pourrais vous confier la garde de mes enfants ? On pourrait mettre des barreaux aux fenêtres ?

La vieille dame se mit à rire.

— Tu vois autre chose, Beth ? s'enquit Starkey.

Marzik secoua la tête. Elles avaient terminé leur visite. Malgré tout, le fait que Tennant ait continué à payer son loyer tracassait Starkey. Mais elle ne parvenait pas à savoir pourquoi. Au moment où elles ressortaient de la propriété, cela lui vint enfin. Elle s'arrêta net.

— Qu'est-ce qui se passe ? lui demanda Marzik.

— Voilà un type qui travaille dans une petite boutique et qui, par conséquent, ne doit pas gagner beaucoup d'argent. Comment veux-tu qu'il puisse encore régler son loyer alors qu'il est en prison ?

Elles firent demi-tour et sonnèrent de nouveau à la porte. Dès que Mme Reager réapparut, elles lui posèrent la question.

— Eh bien, je ne sais pas, répondit-elle. Sa mère est morte dans l'année qui a précédé toute cette histoire. Peut-être a-t-il hérité d'un peu d'argent ?

Revenue à la voiture, Starkey tourna la clé de contact et mit la climatisation en marche. Le rapport de Mueller précisait bien que les parents de Tennant étaient décédés, mais sans plus de commentaires.

— Tout ça pour rien, constata Marzik.

— Je n'en suis pas si sûre. Je crois que j'ai une petite idée.

— Attention, tous aux abris !

— Non, écoute-moi. À la mort de sa mère, Tennant a très bien pu hériter de biens immobiliers ou d'une somme qu'il aura utilisée pour louer un autre appartement.

— Quand ma mère est morte, j'ai eu que dalle.

— On parle pas de toi, là. Imaginons que Tennant ait eu quelque chose. Je te parie dix dollars que Mueller n'a pas cherché à vérifier.

Cela prendrait sans doute deux ou trois jours au procureur de Bakersfield pour obtenir la réponse auprès des notaires de la ville, mais, si l'intuition de Starkey se révélait fondée, il ne ferait plus aucune difficulté pour lui délivrer un mandat de perquisition.

Starkey se sentait soulagée. Son enquête progressait toujours, exactement comme le lui avait demandé le grand chef, et elle avait désormais une nouvelle piste à offrir en pâture à Kelso. Si elle parvenait, avec l'aide de Pell, à avancer également du côté de Claudius, tant mieux. Mais, pour l'instant, ce n'était même plus indispensable.

Sur le chemin du retour, Starkey prit la décision de rappeler Pell. Elle essaya tout d'abord de se persuader qu'elle avait seulement l'intention de prendre un nouveau rendez-vous pour consulter Claudius. Puis elle se dit qu'elle éprouvait le besoin de s'excuser de sa conduite de la veille. Mais ce n'était pas cela non plus. En réalité, elle voulait simplement s'offrir une nouvelle chance de lui démontrer qu'elle était un être humain. Un premier pas vers une vie normale, en somme. Après tout, peut-être que sa conversation avec Marzik l'avait aidée, même si elle n'avait pas réellement porté sur son cas.

À peine entrée dans la salle des inspecteurs, elle aperçut l'enveloppe qui l'attendait sur son bureau, comme un énorme aimant exerçant une attraction irrésistible. Starkey distingua la grosse étiquette barrée de l'inscription « CHANNEL 8 » et son estomac se noua. Au renflement de l'enveloppe, elle sut que la cassette vidéo était à l'intérieur. Après l'avoir commandée, elle s'était interdit d'y repenser. Cette cassette lui était complètement sortie de l'esprit. Et maintenant elle était là.

Starkey déchira l'enveloppe et sortit la cassette. Une date y était inscrite. Rien d'autre. Juste la date de sa mort, trois ans auparavant. Starkey respirait avec peine. Elle avait froid. De plus en plus froid.

— Carol ?

Elle mit un temps infini à relever les yeux. Marzik était penchée sur elle, l'air préoccupé. Elle avait dû voir la date et comprendre.

— C'est bien ce que je pense ?

Starkey aurait aimé lui répondre, mais ses cordes vocales ne lui obéissaient plus.

— Qu'est-ce que tu vas en faire ?

— Je vais la regarder, finit-elle par articuler d'une voix d'outre-tombe.

Marzik lui prit doucement le bras.

— Tu veux que quelqu'un soit là ?

— Non, lâcha Starkey sans parvenir à détacher les yeux de la cassette.

Assise au volant, Starkey ne cessait de penser à la cassette. Elle l'avait placée à côté d'elle, sur le siège passager, et il lui semblait que cet objet pourtant inanimé mobilisait tout l'oxygène de l'habitacle, l'empêchant de respirer. Dès que la circulation ralentissait, elle la regardait, avec l'impression étrange que la cassette l'observait également. N'y tenant plus, elle finit par poser sa serviette par-dessus.

Starkey ne rentra pas directement chez elle. Elle fit une halte dans un bistro et commanda un grand café, qu'elle but accoudée au petit comptoir qui faisait face à la rue. Sa nuque et ses épaules étaient raides comme des barres de métal. Sa tête la faisait tellement souffrir que ses yeux lui paraissaient s'enfoncer dans leurs orbites. Elle songea avec nostalgie aux sièges inconfortables du Barrigan's. Un double gin lui aurait fait tellement de bien. Mais elle balaya cette pensée d'un revers de la main : il fallait qu'elle soit parfaitement sobre pour visionner cette cassette. Elle tenait à avoir toute sa lucidité pour assister à ses derniers instants avec Sugar Boudreaux. Peu importait la douleur, peu importait l'angoisse. Elle avait été sobre jusque-là et avait bien l'intention de le rester.

Il n'était pas question non plus de se précipiter dans son appartement et de se jeter sur son magnétoscope. Elle devait faire comme s'il s'agissait d'une journée normale, menée à un rythme normal. Elle avait l'intention de procéder avec méthode, de se transformer en un être mécanique ressentant des émotions mécaniques. Après tout, elle était enquêteur, et il n'était question là que d'une enquête sur elle-même. Elle était inspecteur de police. Un inspecteur de police ordinaire, qui faisait son travail, rentrait à son domicile sans plus y penser et reprenait le cours de sa vie.

Starkey s'arrêta au supermarché. Il n'y avait plus rien à manger, il était donc temps de faire des provisions. Elle arpenta les différents rayons, et remplit son chariot d'un tas de choses qu'elle n'avait jamais mangées et ne mangerait probablement jamais. Du saumon en sauce. Du maïs précuisiné. Des choux de Bruxelles. Le temps de faire la queue à la caisse, elle avait perdu l'appétit, mais décida néanmoins de régler ses achats. Qu'allait-elle donc faire de tout ça ?

Dès qu'elle fut sortie du magasin, elle ressentit l'envie irrépressible de boire un verre. Mais ce n'était là qu'une mauvaise habitude, un réflexe inutile : quitter le bureau, s'arrêter pour prendre un verre ou, dans son cas, plusieurs.

Une fois chez elle, Starkey emporta sa serviette et ses trois sacs de courses dans la cuisine. Il y avait deux messages sur son répondeur. Pell lui demandait pourquoi elle ne l'avait pas contacté et lui redonnait son numéro d'Alphapage, mais elle décida que ce n'était pas le moment de penser à lui. Quant au second message, il avait été laissé par Marzik.

« Ah ! Carol, c'est moi. Écoute, euh, j'appelais juste, euh, pour savoir si tout allait bien. Bon, ben, tant pis... Salut, à demain. »

Profondément émue, Starkey l'écouta une seconde fois. Marzik et elle n'avaient jamais été amies. Elles n'avaient même jamais eu de rapports un tant soit peu personnels. Il fallait absolument la rappeler pour la remercier. Après...

Starkey posa la cassette sur la table de la cuisine et rangea ses achats. Tout en surveillant la vidéo du coin de l'œil, elle but un verre d'eau, puis le rinça et le posa à côté de l'évier. Ensuite, elle ramassa la cassette et l'emporta au salon. L'espace d'un instant, elle fut tentée de téléphoner à Marzik pour lui dire qu'elle avait changé d'avis et acceptait de regarder l'enregistrement avec elle. Mais ce n'était qu'une nouvelle façon de fuir.

Elle appuya sur « Lecture ».

Des barres de couleur apparurent sur l'écran.

Starkey était assise par terre, les jambes tendues et croisées l'une sur l'autre. Elle portait toujours son tailleur et n'avait même pas pris la peine d'enlever sa veste ou ses chaussures. Ne se souvenant plus du moment précis où l'équipe de télévision était arrivée sur les lieux, elle ne savait pas à quel stade commencerait la scène ni combien de temps durerait la cassette. Peut-être que tout y était. Ou alors juste la fin. Elle se rappelait simplement que le cameraman s'était posté sur le toit du camion. De là-haut, il avait eu une vue imprenable. L'enregistrement débuta.

Elle se vit en train de resserrer les bretelles de la combinaison de Sugar. Elle-même était déjà harnachée. Il ne lui manquait que son casque. Buck Daggett et un autre sergent-chef, Win Bryant, désormais à la retraite, les aidaient à se préparer derrière la voiture. Même si elle n'avait jamais reporté la tenue de déminage depuis le drame, Starkey en perçut tout le poids sur ses épaules. Cette sensation d'enfermement et cette chaleur torride. Dès que vous enfiliez cette saleté de combinaison, vous vous mettiez à mariner dans la chaleur de votre propre corps. C'était intenable. Grande et athlétique, Starkey ne pesait que soixante kilos. La combinaison, quant à elle, en pesait quarante. Une sacrée charge à transporter.

« Mais pourquoi ai-je l'air aussi sinistre ? » songea-t-elle. Son visage était sombre, presque menaçant. Le masque. Sugar, de son côté, arborait son beau sourire de jeune premier. Un jour, au tout début de leur liaison, elle lui avait confié n'éprouver aucune peur lorsqu'elle travaillait sur une bombe. Cela semblait si prétentieux qu'elle avait hésité à le lui dire. C'était pourtant la vérité. Lui, en revanche, avait avoué qu'il était tellement terrorisé qu'avant chaque intervention il prenait de l'Immodium pour ne pas faire sous lui. À présent, en regardant ces images, Starkey constatait que c'était lui qui avait l'air détendu, et elle qui semblait effrayée. Les apparences étaient décidément bien trompeuses.

Ils se parlaient. Quoique le son eût été enregistré également, Starkey ne percevait qu'un vague bruit d'ambiance. Ils étaient bien trop loin du micro. Sugar avait dû dire quelque chose de drôle, car elle se vit sourire.

Daggett et Bryant les aidèrent à enfiler leurs casques, puis mirent le détecteur entre les mains de Sugar. Celui-ci donna une petite tape sur le casque de Starkey, laquelle lui retourna son encouragement. Ensuite ils se mirent en branle, se déplaçant vers le camping comme deux astronautes.

La caravane occupa soudain tout l'écran. On distinguait également les branches des arbres qui la surplombaient ainsi qu'une partie de la rangée d'azalées qui la bordait, formant un rempart épais et irrégulier sur toute sa longueur. Lors d'un précédent passage, Sugar avait découpé une ouverture dans les buissons pour leur permettre d'accéder à l'engin. Maintenant, ils se concertaient pour décider de la meilleure tactique à adopter. L'idée était que Starkey écarte les branches afin de permettre à Sugar de prendre ses photos.

Starkey regardait l'écran avec un détachement qui la surprit. En tout et pour tout il restait à Sugar trente secondes à vivre.

Ce fut elle qui se pencha en premier sur les buissons, se servant du poids de sa combinaison pour en retenir les branches. Puis elle marqua un temps d'arrêt et se redressa afin d'adopter une meilleure position. Starkey ne se souvenait plus d'avoir fait cela. Elle avait totalement rayé ce détail de sa mémoire. Sugar se pencha à son tour, le détecteur à la main. À cet instant précis, le séisme fit sauter l'image. Une secousse bien modeste, même dérisoire au regard des critères californiens. Une magnitude de 3,2 avec un épicentre situé à Newhall, un peu plus au nord. L'image sauta de nouveau et elle entendit la voix du cameraman : « Putain, qu'est-ce qui se p... ? »

Le bruit de la déflagration lui coupa la parole. À la télévision, il se réduisait à une détonation aiguë, comme un coup de carabine.

Ce fut tellement rapide que Starkey eut à peine le temps d'apercevoir l'éclair de lumière, puis le détecteur qui tournoyait paresseusement dans les airs. Sugar et elle étaient à terre. Des cris et des exclamations retentirent derrière la caméra.

« Il faut que tu prennes ça ! T'as pas intérêt à merder ! Continue de tourner ! »

L'image lui apparut petite et lointaine. Comme s'il ne s'agissait pas d'elle.

Daggett et Bryant se ruèrent sur eux. Daggett s'agenouilla à côté d'elle et Bryant auprès de Sugar. Buck éloigna son corps de la caravane. La peur d'une seconde bombe, ce réflexe inculqué à l'école de déminage. On n'était jamais à l'abri d'une nouvelle explosion et il fallait emporter les blessés. Starkey ne se souvenait pas d'avoir été déplacée. À ce moment-là, elle était morte.

L'enregistrement se poursuivit encore pendant neuf minutes. Les infirmiers s'affairèrent. Ils découpèrent la combinaison et s'employèrent à les ressusciter. Dans son rêve, Starkey avait le corps tout entier recouvert de branches et de feuilles, lesquelles formaient une sorte de parure naturelle. En fait, il n'y avait rien. Dans son rêve, elle était suffisamment proche de Sugar pour le toucher. À présent, elle constatait que leurs deux corps, sortes de poupées désarticulées, étaient distants d'une dizaine de mètres, séparés par un rideau d'infirmiers en pleine action, qui suaient et pestaient pour les ramener à la vie. Des images dénuées de toute poésie. L'enregistrement s'acheva brusquement, au moment où une ambulance entrait dans le champ.

Starkey rembobina la cassette et fit un arrêt sur l'image de leurs corps allongés par terre. Elle effleura du doigt la dépouille de Sugar.

« Mon pauvre amour. Mon pauvre amour. »

Après quelques instants, elle remit la cassette à zéro, l'éjecta du magnétoscope et éteignit le téléviseur.

À deux reprises ce soir-là, le téléphone sonna. Chaque fois, il y eut un message. Mais Starkey ne chercha pas à savoir de qui.

Elle alla se coucher sans avoir bu une goutte d'alcool et plongea dans un profond sommeil sans rêves.

Le destin en marche

— Vous êtes monsieur... ?

— Alexander Waverly, avocat à la cour. Je vous ai appelé au sujet de Dallas Tennant.

Le gardien examina la carte du barreau de l'État de Californie et le permis de conduire que l'homme lui tendait. Puis il les lui rendit et inscrivit la visite dans son registre.

— C'est ça. Vous êtes le nouvel avocat de Tennant.

— Tout à fait. J'ai passé un coup de fil pour organiser cet entretien.

— Avez-vous déjà eu pour client un détenu d'Atascadero, monsieur Waverly ?

— Non, je ne suis jamais venu dans un établissement de ce genre. Ma spécialité, ce sont les erreurs médicales et les troubles psychiatriques.

Le gardien sourit.

— Cet établissement a beau porter le nom de prison, déclara-t-il, il ressemble bien plus à un club de loisirs, si vous voulez mon avis. Vous allez évoquer avec Tennant les raisons de sa folie ?

— Certainement, entre autres choses. Mais vous comprendrez que je ne peux pas en dire plus.

— Bien sûr. Bon, je vais vous demander de signer le registre. Et puis, je jetterai un coup d'œil dans votre mallette et vous ferai passer au détecteur de métaux. D'accord ?

— D'accord.

— Êtes-vous armé ? Avez-vous des objets métalliques sur vous ?

— Non, pas aujourd'hui.

— Un téléphone portable ?

— Oui. Je ne peux pas le conserver ?

— Non, monsieur. Un Alphapage, pas de problème, mais pas de portable. Vous allez devoir nous le confier. Avez-vous un enregistreur ?

— Oui, j'ai ce petit appareil, là. Ça, je peux le garder, non ? Je n'ai jamais su prendre de notes.

— Oui, pas de problème. Je dois juste l'examiner une seconde.

— Très bien. Mais, au sujet du téléphone, qu'est-ce qui se passe si on me bipe et que je dois rappeler quelqu'un ? Vous comprenez, mon associé est au tribunal et...

— À ce moment-là, vous nous prévenez et on vous procurera un téléphone. Ne vous inquiétez pas.

L'homme signa le registre à l'emplacement indiqué par le gardien. Il prit bien soin d'utiliser son propre stylo et de ne toucher ni le comptoir, ni le cahier, ni quoi que ce soit où il risquait de laisser ses empreintes digitales. Sans le moindre regard pour le gardien qui inspectait sa mallette et son appareil enregistreur, il franchit le détecteur de métaux. Avec un large sourire, il récupéra ses affaires, abandonna son téléphone portable, et suivit un second surveillant qui le conduisit jusqu'à un autre bâtiment. Il était parfaitement conscient que les caméras de surveillance ne le lâchaient pas d'une semelle et que les cassettes seraient ensuite examinées afin de diffuser son signalement, mais il avait une confiance totale en son déguisement. Jamais ils ne parviendraient à déterminer sa véritable identité.

Le gardien introduisit John Michael Fowles dans un petit parloir. Dallas Tennant l'attendait. Assis à une table, il camouflait son bandage de sa main valide, comme si son infirmité le gênait. Il lui adressa un sourire timide, osa finalement détacher sa main droite pour la poser sur un volumineux album qui trônait à côté de lui.

— Il est à vous pour trente minutes, monsieur Waverly, dit le surveillant. Si vous avez besoin de quoi que ce soit, je suis au bout du couloir. Vous n'aurez qu'à ouvrir la porte et appeler.

— Parfait, je vous remercie.

John attendit qu'il ait refermé la porte, puis posa sa mallette sur la table. Il adressa un sourire radieux à Tennant et écarta les bras, comme s'il allait l'embrasser.

— M. Rouge, pour vous servir.

Tennant se leva lentement de sa chaise.

— C'est un... véritable honneur. Oui, vraiment, un très grand honneur que vous me faites. Il n'y a pas d'autre mot.

— Je sais, je sais. Nous vivons une époque formidable, n'est-ce pas, Dallas ?

Tennant lui tendit la main, mais il l'ignora. Il trouvait que son hygiène laissait à désirer.

— Sachez, mon vieux, que je ne serre jamais la main des gens. En plus, je suis sûr que vous étiez justement en train de faire mumuse avec votre zizi. Jeux de mains, jeux de vilain. Vous voyez ce que je veux dire ?

Après un instant d'hésitation, Tennant fit glisser son gros album vers John. Ses manières de rustre déjanté commençaient déjà à le fatiguer.

— J'aimerais vous montrer mon album. Vous êtes dedans, vous savez ?

John ignora le précieux livre. Il retira la veste de son costume, la plia soigneusement, défit sa ceinture et avança sa chaise du pied.

— Nous verrons cela plus tard. Mais, avant, je voudrais que vous me parliez du RDX.

Tennant le regardait comme un chien qui attend sa récompense.

— Vous l'avez amené ? Ce dont nous avons discuté, vous l'avez ?

— Ce n'est pas la peine de baver comme ça, Dallas. Vous croyez peut-être que je me déshabille parce que je suis un exhibitionniste ?

— Non, pardon, excusez-moi.

— M. Rouge n'a qu'une parole. Souvenez-vous-en, Dallas. Aussi, j'espère que, de votre côté, vous saurez vous montrer digne de ma confiance. C'est très important pour moi et pour l'avenir de notre relation. Vous n'allez pas péter les plombs et crier sur tous les toits que M. Rouge est venu vous voir, au moins ?

— Oh non ! Bien sûr que non.

— Si vous faites ça, Dallas, vous me le paierez très cher. C'est juste un petit avertissement, d'accord ? Je préfère que les choses soient claires entre nous.

— Oui, je comprends. Si je disais quelque chose, vous ne pourriez plus me rendre visite.

— Exactement.

John sourit. Il était convaincu que Dallas Tennant ne passerait pas la semaine sans cracher le morceau. Mais, pour ça, il avait tout prévu.

— Vous savez, la police est déjà venue me voir, déclara le détenu. Et ils pourraient revenir. Je voudrais surtout pas que vous l'appreniez et que vous pensiez que j'ai cafté. J'y peux rien, s'ils sont venus me voir.

— Je comprends, Dallas, ne vous inquiétez pas.

— C'était à cause du RDX. Mais je ne leur ai rien dit.

— Bien.

— Il y avait une femme. Elle s'appelle Carol Starkey. Elle aussi, elle est là-dedans. Avant, elle travaillait au déminage.

Tennant poussa encore un peu plus son album en direction de John. Il désirait tellement qu'il y jette un coup d'œil.

— Elle n'était pas seule, poursuivit-il. Elle était accompagnée d'un agent de l'ATF, un certain Pell ou Tell, je ne sais plus très bien.

— Jack Pell ?

— Vous le connaissez ?

— On peut dire ça comme ça.

— Il était très méchant. Il m'a pris la main et il m'a fait très mal.

— Bon, n'y pensez plus. Venons-en à notre petite transaction.

John retira son pantalon, baissa son caleçon et décolla de son entrejambe deux sachets en plastique. L'un contenait une pâte grisâtre et l'autre une poudre très fine de couleur jaune. Il les déposa sur l'album de Tennant.

— Voilà qui devrait mettre un peu d'ambiance dans votre petit potager. Il ne vous reste plus qu'à faire le mélange.

Tennant palpa les sachets à tour de rôle et examina leur contenu à travers le plastique transparent.

— C'est quoi ?

— Pour l'instant, juste deux produits chimiques dans des sacs. Mais si vous y ajoutez un peu d'ammoniaque comme je vais vous l'expliquer, vous vous retrouverez avec ce que nous autres, les pros, appelons du picrate d'ammonium. Un explosif très dangereux, cher ami.

Tennant serra les deux substances l'une contre l'autre, comme s'il se voyait déjà procéder au mélange. John l'observait avec attention, cherchant à déceler le moindre signe indiquant qu'il savait ce qu'il tenait entre les mains. Tennant avait certainement déjà entendu parler du picrate d'ammonium, mais il ignorait sans doute à quoi cela ressemblait, et John y comptait bien.

— Ce n'est pas ça qu'on appelle « Composition D » ?

— Absolument. Une matière très stable, mais d'une puissance redoutable. Vous avez déjà travaillé avec ?

— Non. Comment je fais pour l'amorcer ?

John sourit de toutes ses dents, satisfait de l'ignorance de son interlocuteur.

— Simple comme bonjour, Dallas. Croyez-moi, vous ne serez pas déçu du voyage.

— Je ne dirai pas où je l'ai eu. Je vous le jure. Je ne dirai rien.

— Oh ! ça, je n'en doute pas, Dallas. Pas une seconde. Bien, maintenant, dites-moi qui détient le RDX. Ensuite, je vous apprendrai comment on mélange ces deux substances.

— Je n'oublierai jamais ce que vous avez fait pour moi, monsieur Rouge. Je ferai n'importe quoi pour vous aider. Je vous assure.

— J'en suis convaincu, Dallas. Alors, racontez-moi tout sur le RDX et je vous montrerai comment transformer ces deux petits sacs en instrument de mort.

Dallas Tennant les fourra dans son pantalon, puis révéla à M. Rouge l'identité de la personne qui détenait le RDX.

John prit tout son temps pour ressortir de la prison. En revanche, dès qu'il fut dans sa voiture et qu'il eut dépassé le portail, il se mit à rouler à toute vitesse en direction de l'autoroute. Il avait fait promettre à Tennant d'attendre au moins deux jours avant de procéder au mélange, mais il ne se faisait pas beaucoup d'illusions. Pas plus qu'il ne le croyait capable de tenir sa langue. Tennant passerait à l'acte à la première occasion. Les tarés de son espèce étaient incapables de se maîtriser. John comptait d'ailleurs bien là-dessus. Il lui avait menti sur le contenu des sachets et sur l'effet que leur mélange produirait.

Ce n'était pas de l'explosif D et ces deux substances étaient tout sauf stables.

Mais c'était la seule manière de s'assurer que Tennant ne dirait rien à personne.

11

Comme à son habitude, Starkey se réveilla de très bonne heure, sans toutefois éprouver cette angoisse qui lui était si coutumière. Après avoir allumé une cigarette, elle se prépara un café instantané et s'assit dans la cuisine, avec l'intention de faire le point sur le changement qui s'était opéré en elle depuis qu'elle avait regardé la cassette. Elle se sentait différente, mais ne parvenait pas à savoir dans quelle mesure. L'enregistrement ne recelait aucune révélation, aucune surprise, aucun sens caché. S'il n'avait pas montré d'erreur, ni de sa part ni de celle de Sugar, susceptible de raviver son sentiment de culpabilité, il n'avait pas non plus mis en évidence tel ou tel acte d'héroïsme qui eût permis de l'éradiquer définitivement. Soudain, elle comprit. Chaque jour depuis trois ans, elle avait vécu avec l'omniprésence de ce souvenir. Un souvenir qui planait sur chacune de ses pensées, comme une malédiction. Aujourd'hui, le drame du camping lui paraissait tout simplement un peu plus lointain.

Starkey prit sa douche, enfila le même tailleur que la veille et sortit. Elle gara sa voiture de manière à éclairer de ses phares la rangée de gardénias blancs qui ornaient le côté de sa maison et coupa trois fleurs.

Le cimetière national de Los Angeles situé à Westwood n'ouvrait ses portes qu'à six heures. Starkey tomba sur un agent de sécurité, lui exhiba son insigne et demanda à entrer. C'était un homme plutôt âgé, pas très sûr de lui, et elle joua de son autorité de flic jusqu'à ce qu'il cède. N'étant pas du genre à honorer les morts, elle eut bien du mal à se souvenir de l'endroit où se situait la tombe de Sugar. Elle arpenta les allées comme un braconnier en pleine battue, balayant de sa lampe torche les pierres blanches qui se ressemblaient toutes. À deux reprises, elle passa devant la tombe sans la voir. Puis elle la localisa enfin et y déposa son petit bouquet. En Louisiane, Sugar avait grandi avec l'odeur des gardénias.

Elle fut tentée de lui dire qu'elle était passée de l'autre côté du miroir, ou quelque chose de ce genre, mais elle se ravisa. En réalité, elle ne savait pas s'il y avait quoi que ce soit à dire et, en tout état de cause, elle risquait de le faire plus pour elle-même que pour lui. La vie était ainsi faite.

Finalement, elle prit son courage à deux mains et articula : « C'était quand même quelque chose, nous deux, Sugar. »

De sa guérite, le vieux gardien l'observa en silence tandis qu'elle quittait le cimetière pour rejoindre sa voiture.

Une fois à Spring Street, Starkey passa une heure à mettre de l'ordre dans le dossier relatif à l'enquête. Ensuite, elle prépara une liste de choses à voir avec Marzik et Nibard. Celui-ci fit son entrée en premier. Avec une prudence infinie, il vint la rejoindre, comme s'il attendait qu'elle dégaine son arme pour arroser tout le bureau. À la tête qu'il faisait, Starkey comprit que Marzik l'avait mis au courant. Elle en fut un peu déçue, mais, après tout, Marzik était ainsi.

— Bonjour, Carol. Euh, comment ça va ?

— Ça va, Jorge. Je te remercie.

— Tout va bien, tu es sûre ?

— Oui. J'ai vu la cassette. Ça s'est bien passé.

Hooker hocha nerveusement la tête.

— Eh bien, si je peux faire quelque chose pour toi...

Starkey se leva et l'embrassa sur la joue.

— Tu es vraiment un type bien, Jorge. Merci.

Nibard sourit jusqu'aux oreilles, dévoilant ses énormes dents blanches.

— Bon, maintenant, du balai. Laisse-moi bosser.

Pris d'un fou rire nerveux, il retourna à son bureau. Il était encore en train de ricaner lorsque le téléphone de Starkey sonna.

— Inspecteur Starkey.

— Warren Mueller, de Bakersfield, à l'appareil.

Starkey lui fit part de sa surprise et lui demanda la raison de son appel.

— Vous avez lancé, auprès du procureur, une recherche de propriété concernant la mère de Tennant, Dorothea Tennant.

— Absolument.

— Eh bien, vous avez mis dans le mille, Starkey. Je tenais à vous l'apprendre moi-même. La vieille dame possédait une petite maison. J'y suis, là, en ce moment même. Elle est toujours à son nom, d'ailleurs. Il semblerait que Tennant n'ait pas jugé utile de faire homologuer le testament.

Starkey se sentit envahie d'une énergie considérable. Au moment précis où Mueller lui annonçait la nouvelle, elle aperçut Marzik qui entrait. Elle lui fit signe de la rejoindre et, tout en couvrant le combiné de sa main, lui expliqua la situation.

— C'est Bakersfield. Grande nouvelle, Beth : Tennant a hérité d'une maison.

Marzik serra le poing en signe de victoire.

— Pardon ? dit Mueller. Je vous entends mal.

— Rien, j'informais mon équipe. Écoutez-moi, Mueller, vous devez absolument faire intervenir votre brigade de déminage. Il peut y avoir des matières explosives et...

— Attendez, inspecteur, l'interrompit Mueller. Vous avez un train de retard. Figurez-vous que vous aviez raison sur toute la ligne : ce n'est pas juste une maison, mais bien son atelier. C'est ici qu'il cachait son matériel. Nos démineurs sont justement en train de sécuriser les lieux.

Impatients d'en savoir plus, Nibard et Marzik s'agitaient devant Starkey. Celle-ci demanda à Mueller de ne pas quitter et les mit au courant.

— Excusez-moi, sergent. Je suis à vous. Alors, qu'est-ce qu'on a ?

— Il s'agit d'une petite maison à deux étages. L'un est vide, mais l'autre est loué.

C'était donc ainsi que Tennant avait pu continuer à payer son loyer.

— Mon Dieu. Mais ça veut dire qu'il avait son atelier juste à côté d'une habitation, ou quoi ?

— Non, pas exactement. En fait, c'est dans un garage attenant fermé à clé qu'il cachait son matériel.

— Il y a du RDX ?

— Négatif, mais on a du TNT et environ dix kilos de poudre noire.

— Écoutez, nous espérons bien retrouver des preuves qui nous permettront de remonter jusqu'à la source du RDX. C'est déterminant pour notre enquête ici, à Silver Lake. Si vous découvrez quoi que ce soit, du genre papiers, correspondance, photos, qui pourrait constituer une piste, j'aimerais que vous nous le gardiez. Je vais venir vous voir pour examiner tout ça.

— Vous inquiétez pas, on s'en occupe. Mais j'ai mieux. Les gens qui occupent la maison nous ont déclaré qu'ils avaient aperçu un rôdeur, il y a environ un mois.

— Attendez. Ça signifie que quelqu'un a pénétré dans l'atelier ?

— En fait, ils ne l'ont pas vu entrer ni sortir du garage. Ils ont juste vu un type dans le jardin qui avait un comportement bizarre. Le vieil homme qui habite la maison nous avait même prévenus à l'époque, mais le mec s'est tiré par-dessus la barrière. Le témoin dit qu'il semblait porter un sac.

— Vous croyez qu'il s'agit du RDX ?

— En tout cas, s'il y avait bien du RDX dans ce garage, il a tout à fait pu le prendre.

— Vous avez une description du suspect ?

— Homme blanc, entre quarante et cinquante ans, moins d'un mètre quatre-vingts, casquette et lunettes de soleil.

Starkey répéta la description à Marzik et Nibard, et ils se congratulèrent avec effusion, comme une équipe de sportifs.

— Sergent, nous avons un portrait semblable concernant le suspect de Silver Lake. Si vous voulez, je peux vous le faxer pour que vous le fassiez circuler.

— Un peu, oui !

— Donnez-moi votre fax.

Starkey nota le numéro et le tendit à Marzik.

— Une dernière chose, reprit-elle à l'intention de Mueller. Y avait-il des signes d'effraction ? Si le suspect est entré, est-ce qu'il a forcé la porte ?

— Merci, j'avais compris. Mais la réponse est non. Il y avait deux très gros antivols. Ils étaient intacts et on a dû les forcer à la pince-monseigneur. Donc, si le type est entré et qu'il a pris le RDX, ça veut dire qu'il avait la clé.

Starkey ne voyait plus rien à lui demander.

— Écoutez, Mueller, rien ne vous obligeait à m'appeler. C'est très classe de votre part de l'avoir fait.

— Vous voyez, Starkey, j'ai peut-être un sale caractère, mais je suis un gentleman.

— On peut le dire, sergent. C'est vraiment du bon travail. Ça va bien nous aider, ici.

— On fait une sacrée équipe tous les deux, hein ? Les meilleurs flics de l'histoire, conclut Mueller en riant.

Starkey raccrocha en souriant.

— Putain, ça c'est du boulot ! s'exclama Marzik.

Starkey demanda à Nibard de voir où en était la cassette de l'attentat. Elle désirait la visionner le plus vite possible, car ce que venait de lui apprendre Mueller renforçait l'hypothèse selon laquelle l'individu à la casquette qui avait appelé le 911 était bien le poseur de bombe. Elle commençait à y croire. Si Nibard ne s'était pas trompé en affirmant qu'on avait une vue panoramique des lieux, le suspect serait sûrement visible. Pour actionner le détonateur, il avait dû se tenir à proximité immédiate du périmètre de sécurité.

Starkey alla informer Kelso des derniers développements, puis appela Pell sur son Alphapage. À sa grande surprise, elle ressentait le besoin impérieux de partager la nouvelle avec lui. Elle lui laissa son propre numéro d'Alphapage pour qu'il puisse la joindre.

La société de postproduction était située dans un bâtiment au sud de Melrose, un quartier de la ville complètement envahi par les touristes japonais et les boutiques de fripes. Starkey et Santos s'y rendirent ensemble. Un jeune homme du nom de Miles Bennell les attendait à l'accueil.

— Avant toute chose, je tenais à vous remercier de vos efforts, déclara Starkey.

— Oh ! vous savez, il s'agit quand même d'un meurtre. C'est un tout petit peu plus important qu'une pub pour du papier toilette.

— Pas forcément.

Comme il allait falloir montrer l'enregistrement à Lester, et probablement aussi à Buck Daggett, Starkey demanda à Bennell s'ils pouvaient emporter une copie.

— Vous voulez dire une cassette à visionner sur un magnétoscope normal ?

— Oui.

— Voyez-vous, répondit Bennell, l'air ennuyé, je peux vous en faire une, mais vous allez perdre pas mal en qualité. Voilà pourquoi je vous ai proposé de venir la voir ici. Vous savez comment on a procédé ?

— Figurez-vous que je ne suis même pas capable de programmer mon magnétoscope.

— Une image télé est constituée de petits points appelés pixels. Lorsqu'on la gonfle, elle se brouille parce que les pixels, qui contiennent chacun un certain nombre d'informations, grossissent et, par conséquent, diluent l'information. Pour remédier à cela, on divise chaque pixel en plusieurs nouveaux pixels. Ensuite, à l'aide d'un ordinateur, on extrapole leur contenu. C'est un peu comme reconstituer une image haute définition.

— Vous voulez dire que l'ordinateur se contente de remplir les vides ?

— Non, pas vraiment. En fait, il analyse l'image en termes d'ombre et de lumière, puis il accentue le contraste. Le résultat, c'est que les contours et les couleurs sont dans l'ensemble très nettement définis.

Starkey ne comprenait pas un mot de ce qu'il lui racontait, mais elle s'en moquait bien. La seule chose qui l'intéressait, c'était que cela fonctionne.

Ils traversèrent un couloir, longeant plusieurs studios vidéo dont provenait le son de séries télévisées à succès, puis entrèrent dans une pièce plongée dans le noir, où une console faisait face à un mur d'écrans de télévision. Il y régnait une curieuse odeur douceâtre.

— L'enregistrement dure combien de temps ? s'enquit Starkey.

— Dix-huit minutes.

— Sur presque six heures ? s'exclama-t-elle, stupéfaite. Seulement dix-huit minutes ?

Bennell s'assit devant la console et appuya sur un bouton vert. L'écran du milieu s'alluma et des barres de couleur apparurent.

— Chaque fois qu'il n'y avait que les gens de la brigade de déminage, on a coupé. C'était l'essentiel, en fait. On n'a gardé que les badauds, c'est-à-dire les moments où les caméras changeaient d'angle et où les hélicoptères bougeaient.

Starkey se souvint de ces brusques changements de perspective.

— Très bien, alors qu'est-ce qu'on va voir ?

— Nous avons réalisé un montage avec une succession de courts extraits. Des images de la foule, des gens qui se cachent derrière des immeubles, ce genre de choses. Sur tous ces plans, on a amélioré la définition. D'ailleurs, on a été plutôt bien servi par la position des caméras. Jorge m'a laissé entendre que vous vouliez la vue la plus complète possible du périmètre.

— Absolument.

— En jonglant entre les différents hélicoptères, je crois qu'on y est arrivés. Vous cherchez un type avec une casquette de baseball et des lunettes de soleil, c'est bien ça ?

— Tout à fait. Et il porte une chemise à manches longues.

Starkey posa le portrait-robot sur la console pour que Bennell puisse l'examiner.

— C'est marrant, on dirait mon colocataire.

— Il était à Miami récemment ?

— Sûrement pas, il ne sort jamais de son lit.

Bennell continua ses réglages.

— Vous verrez, y en a une flopée avec des casquettes. Bon... Vous pouvez accélérer ou ralentir, comme vous voulez. Ou bien geler l'image. À ce moment-là, elle est un peu moins nette, mais je peux arranger ça.

Il appuya sur un dernier bouton, et la cassette se mit en route.

Les images commencèrent à défiler. Elles avaient un côté hyperréaliste. Tous les objets semblaient métalliques. Les bleus étaient brillants, les gris scintillaient presque, et les ombres étaient si nettement dessinées qu'elles pouvaient passer pour des images de synthèse.

— Ça ressemble à un tableau de Maxfield Parrish, commenta Santos.

— Ouais, n'est-ce pas ? dit Bennell en souriant. Bien, j'ai laissé exprès quelques secondes de battement pour que vos yeux s'habituent. Là, par exemple, on ne voit que le flic...

— Il s'appelait Riggio.

— Pardon, l'officier Riggio. Maintenant, attention, la caméra va bouger.

Brusquement, la prise de vues changea. Plusieurs personnes massées derrière le cordon de sécurité au niveau de l'épicerie guatémaltèque apparurent à l'écran. Starkey reconnut ses différents points de repère. Tous ces gens étaient à l'intérieur du périmètre qu'elle avait défini en arpentant les lieux. À ce titre, ils pouvaient tous être le meurtrier.

Le technicien arrêta l'image et la rendit plus nette à l'aide d'une commande manuelle.

— Là. Un homme à casquette ! s'écria Jorge.

Starkey compta huit personnes à l'image. La qualité n'était toujours pas parfaite, mais tout de même nettement meilleure que le jour où, assommée par le gin, elle avait regardé les enregistrements sur son propre téléviseur. Le type repéré par Santos portait une casquette de couleur rouge ou marron. Lester Ybarra avait décrit un homme avec une casquette bleue, comme celle de l'équipe des Dodgers, mais Starkey avait suffisamment d'expérience avec les témoins pour savoir que cela ne voulait pas dire grand-chose. Il arrivait souvent qu'ils se trompent sur la couleur. Compte tenu de l'angle de la caméra, il était impossible de déterminer si l'individu avait des lunettes de soleil ou une chemise à manches longues.

— Il est long, ce plan ? demanda Starkey.

Bennell survola ses notes.

— Ces gens sont à l'écran pendant seize secondes.

— Avançons un peu pour voir ce qui se passe. J'aimerais bien jeter un œil aux bras de ce type, si on les a.

Bennell désigna un grand cadran sur la console qui permettait de contrôler la progression de l'image.

— Tenez, vous pouvez avancer à la vitesse que vous voulez en tournant ce cadran. Dans le sens des aiguilles d'une montre, c'est pour avancer. Dans l'autre sens, vous rembobinez.

À sa première tentative, Starkey tourna trop vite et l'image bondit en avant. Le technicien la remit au point de départ et laissa Starkey recommencer. La deuxième fois, le résultat fut meilleur. Douze secondes après le début du plan, l'homme à la casquette se retournait sur la personne qui se tenait derrière lui. Il portait une chemise à manches courtes.

Pendant près d'une heure, ils firent avancer ou reculer l'enregistrement, isolant successivement chacune des personnes présentes dans le périmètre. Puis Santos s'éclipsa pour aller aux toilettes et Starkey décida de faire une pause cigarette. Tandis qu'elle sortait sur le parking, elle sentit son Alphapage vibrer et constata avec plaisir qu'il s'agissait de Pell. Santos passa la tête par la porte d'entrée du studio.

— On peut continuer, Carol ?

— Oui, une seconde.

Elle appela Pell de sa voiture et lui fit part de ce que Mueller avait trouvé dans l'atelier de Tennant. Un grand silence fit suite à ses explications.

— Écoutez, Pell, vous m'avez offert la pizza l'autre jour, laissez-moi m'occuper du dîner de ce soir.

Elle crut qu'il allait refuser tout net, voire invoquer son attitude peu chaleureuse lors de leur précédente soirée, mais il n'en fut rien.

— À quelle heure voulez-vous que je vienne ? répondit-il enfin.

— Sept heures, ça vous irait ?

Après avoir raccroché, Starkey se demanda à quoi elle jouait. Elle n'avait pas du tout prémédité cette invitation à dîner, ni même songé à lui proposer une nouvelle rencontre. Sa propre spontanéité la surprit. Autant, sans doute, qu'elle devait étonner Pell.

Elle acheva sa cigarette, puis retourna dans le studio. L'examen des dix-huit secondes d'enregistrement leur prit presque deux heures. Une fois qu'ils eurent décortiqué les différents extraits, Starkey constata avec satisfaction qu'elle était parvenue à localiser tous ses points de repère et qu'ils avaient effectivement pu balayer le périmètre sur trois cent soixante degrés. Mais sa déception était grande, car il n'y avait pas trace de l'homme à la casquette. La cassette se terminait sur un plan large, pris quelques instants seulement avant l'explosion, et qui offrait une vue quasi complète des lieux. Riggio était penché sur la bombe. Buck Daggett se tenait près de la Suburban. Le parking était parfaitement désert. Starkey croisa les bras sur sa poitrine. Cette piste-là ne donnerait plus rien.

— J'étais sûr qu'il serait là. C'est pas possible autrement, commenta Santos qui semblait anéanti.

— Il y est, Jorge. Quelque part. S'il a enlevé sa casquette ou remonté ses manches, ça pourrait être n'importe qui. Mais nous n'avons aucun moyen de le savoir. En tout cas, il y est, j'en suis sûr.

Bennell avait l'air à peu près aussi déçu que Santos. Compte tenu des efforts qu'il avait fournis, il aurait bien aimé, lui aussi, jouer un rôle dans cette enquête.

— Vous savez, il peut très bien se trouver derrière un immeuble quelconque. Ou être assis par terre, à l'abri d'une voiture.

Starkey se contenta de hausser les épaules. C'était très peu probable. Le fabricant de la télécommande lui avait expliqué que l'émetteur devait « voir » le récepteur, ce qui signifiait qu'il devait avoir le champ libre.

— Vous voulez toujours que je vous fasse une copie ? demanda Bennell.

— Oui, ce serait bien. Peut-être que je la regarderai encore une fois plus tard.

— Ce ne sera pas aussi net sur votre magnétoscope.

— Pas grave. De toute façon, la qualité de l'image ne nous a pas apporté grand-chose.

Bennell leur fit une copie à tous les deux.

Starkey et Santos rentrèrent à Spring Street sans échanger un mot. Sans s'être éteint, leur enthousiasme avait passablement faibli. M. Rouge devait être quelque part. Restait à savoir où.

Le miroir de Starkey

Mis à part la présence des Arabes, John Michael Fowles aimait bien la bibliothèque de Beverly Hills. Peu importait qu'ils se fissent appeler Arabes, Iraniens, Perses (ce qui n'était jamais qu'un autre nom pour désigner les Iraniens), Irakiens, Saoudiens, ratons, bougnoules, fedayin ou Koweitiens... un basané était un basané. John détestait ces enfoirés de bicots parce qu'il leur était trop facile de figurer sur la liste des dix personnes les plus recherchées. Un petit pet de travers, et n'importe quel bronzé faisait son entrée dans le saint des saints, alors qu'un Américain pure souche tel que lui devait bosser avec acharnement pour y arriver. Beverly Hills grouillait littéralement d'Arabes. John ferma les yeux et se concentra pour lutter contre le stress. Il tenta d'oublier que les allées séparant les rayons fourmillaient de basanés en Gucci. Décidément, dans un environnement aussi hostile, le rôle d'ennemi public numéro 1 n'était pas une mince affaire. Il fallait en avoir...

Désormais, John savait où trouver le reste du stock de RDX. Il irait le récupérer bientôt. Mais cela pouvait bien attendre un jour ou deux. Cette misérable vermine de Tennant lui avait donné un sacré coup de main, il fallait bien le reconnaître. Cependant, cela n'atténuait en rien le profond mépris que John vouait aux rebuts de la société de son espèce. En plus, ils étaient légion et nuisaient à la réputation des artificiers aussi distingués que lui.

Ayant appris ce qu'il voulait savoir concernant le RDX, John avait éprouvé un grand plaisir à entendre Tennant lui parler de Carol Starkey. Il l'avait décrite comme une vraie dure, ce qui l'avait beaucoup séduit. Tennant avait été intarissable à son sujet, à tel point que John s'était surpris à lui poser des questions, et même à feuilleter son album pour consulter les articles qui étaient consacrés à Starkey. Après sa visite à Atascadero, John avait repris la route pour Los Angeles et s'était rendu directement à la bibliothèque. Là, il avait passé des heures à lire d'anciennes coupures de presse sur Starkey et à rechercher des photos d'elle. Il se demandait si elle était aussi forte que les journalistes le prétendaient.

Sacré manque de bol, tout de même, ce tremblement de terre. Lorsqu'il avait lu cette histoire, John avait éclaté de rire, attirant au passage l'attention d'un groupe d'Iraniens. « Si Dieu existe, avait-il songé, c'est vraiment un putain d'enculé de sadique. »

Une saloperie de tremblement de terre...

Il n'y a qu'en Californie que cela arrive, des choses pareilles.

Il était absolument transporté par l'expérience de Starkey et ne cessait d'y penser. Tuée par une bombe, puis ressuscitée... Le fait qu'elle ait été aussi proche de la déflagration, balayée par son souffle, terrassée par son étreinte démente, soulevée dans les airs et caressée par sa chaleur... voilà qui instaurait une authentique complicité entre lui et Carol Starkey.

Après avoir quitté la bibliothèque, il retourna dans sa chambre du Bel Air Hotel, un romantique petit bungalow à huit cents dollars la nuit qu'il s'était offert avec sa dernière carte American Express Gold d'emprunt. Il se connecta à Claudius.

Ces derniers temps, il avait noté un accroissement du nombre de messages concernant M. Rouge ou le RDX. Pas mal d'entre eux faisaient écho à la rumeur que Jester lui avait rapportée, selon laquelle M. Rouge était derrière l'attentat de Silver Lake. Cela ne lui plaisait guère. Sachant à présent que Tennant avait parlé de Claudius à Starkey et Pell, il comprenait ce qui se passait : convaincue qu'il avait tué Riggio, Starkey essayait de lui tendre des pièges. Visiblement, elle s'était laissé abuser par l'imitateur. John en était à la fois furieux et excité. L'idée que Starkey pense à lui et le traque le séduisait au plus haut point. Il survola les nouveaux messages et constata qu'il n'était plus au centre des débats. Il n'y en avait que pour Starkey. Son rôle d'ancien membre de la brigade de déminage et sa façon de diriger l'enquête étaient largement commentés. Elle semblait être devenue la nouvelle idole de la communauté des fanatiques de bombes. Le site n'était plus qu'un vaste fan-club. John parvint au dernier message.

SUJET : L'épreuve de force
DE : KIA
ID-MESSAGE : 136781.87@lippr

Ils ont eu Unabomber. Ils ont eu Hicks, McVey, et tous les autres. S'il y a bien quelqu'un qui peut faire tomber Rouge, c'est Starkey. Je me suis laissé dire qu'il a déjà essayé de l'avoir. Et qu'il l'a ratée.

Rien ne dit qu'elle vous laissera une seconde chance.

Adieu, monsieur Rouge.

John se demanda où Kia avait bien pu entendre dire que M. Rouge avait tenté de tuer Starkey. Ces tarés n'avaient-ils vraiment rien d'autre à foutre que de propager des rumeurs ?

Il éteignit son ordinateur et poussa un grand soupir. Décidément, ils avaient tous pété les plombs. À présent, c'était Starkey la star. Quant à lui, il devait se contenter du second rôle. Lorsqu'il eut recouvré son calme, John ralluma son iBook et se connecta sur son site du Minnesota. Après s'être procuré les logiciels ad hoc, il pirata le système informatique de la compagnie du téléphone et téléchargea l'adresse de Starkey.

La salle de bains avait une fenêtre à claire-voie vert bouteille, qui allait du plancher au plafond et que l'on pouvait ouvrir pour laisser la vapeur du bain s'échapper. C'était une installation typique des années 50. À l'aide d'un pied de biche, John souleva le loquet du volet, puis s'attaqua au premier carreau. Ce ne fut pas aisé. Tout en le maintenant avec un morceau de scotch afin qu'il ne tombe pas, il le désolidarisa à l'aide d'un tournevis. Une fois ce premier carreau enlevé, il passa le bras par l'ouverture et tâtonna jusqu'à rencontrer la poignée de la fenêtre. Les autres carreaux cédèrent plus facilement.

John Michael Fowles en retira juste assez pour obtenir une ouverture d'environ soixante centimètres de haut. Quelques instants plus tard, il pénétrait dans la maison de Carol Starkey. Il prit une profonde inspiration. À présent, il la sentait. Une odeur de savon et de cigarettes. Il s'accorda un moment, goûtant pleinement le plaisir d'être là, dans son intérieur. Il respirait les mêmes odeurs qu'elle, le même air qu'elle. C'était comme d'être en elle.

Pour commencer, il fit un tour rapide de la maison, afin de s'assurer qu'il n'y avait ni chien ni visiteur imprévu. Le bruit de la climatisation l'inquiéta. Il l'empêcherait d'entendre une voiture se garer ou une clé tourner dans la serrure. Il allait falloir se dépêcher. John déverrouilla la porte de derrière au cas où il serait contraint de fuir rapidement, puis revint dans la salle de bains. Il remit la fenêtre en place, la referma et réinstalla les carreaux. Ensuite il fit une nouvelle pause. Le pourtour du lavabo était encombré de flacons et de récipients divers : une lotion aux plantes, du coton, des boules de bain moussant, des pommes de pin toutes poussiéreuses, une boîte de Tampax bleue et un gobelet à café de la police de Los Angeles contenant une brosse à dents et un tube de dentifrice. Le miroir était constellé de taches et de traînées de crasse, les joints de carrelage pleins de moisissures. Apparemment, Carol Starkey n'était pas une femme d'intérieur. Voilà qui était bien décevant.

Il se regarda dans son miroir, fit une série de grimaces et s'inspecta la bouche. Puis ses yeux se posèrent sur la brosse à dents. Il la porta à ses lèvres et goûta le dentifrice parfumé à la menthe. Il se brossa les dents et les gencives, se massa la langue, reposa la brosse dans le gobelet.

Il passa au salon et jeta un coup d'œil par la fenêtre pour vérifier qu'il n'y avait toujours personne. La voie était libre. Il s'assit sur le canapé et commença à en malaxer le tissu de la main. Il s'imagina Starkey faisant la même chose. À présent, leurs deux corps se confondaient... Le salon n'était guère plus propre que la salle de bains, nota John avec dégoût. Très à cheval sur les questions d'hygiène et d'entretien, il considérait que les gens qui ne l'étaient pas donnaient une bien piètre image d'eux-mêmes.

Son regard se porta sur l'ordinateur trônant sur la table de la cuisine, le modem branché à la prise du téléphone. Bien que ce fût là la raison de sa visite, il décida de remettre l'opération à plus tard et se rendit dans la chambre à coucher. Il y faisait plus frais que dans le reste de la maison. Le lit n'était pas fait. Les draps et la couette formaient une espèce de masse informe qui ressemblait vaguement à un nid. Une vraie porcherie, cette baraque... John savait qu'il s'apprêtait à commettre une folie. C'était tout à fait déraisonnable et, si elle rentrait maintenant, il allait devoir la tuer ou bien payer sa lubie au prix fort. Mais c'était *son lit,* bordel ! Il enleva ses vêtements, s'allongea et frotta son corps contre les draps, le visage enfoui dans l'oreiller. Il battit frénétiquement des bras et des jambes comme un oiseau pris au piège. Au bout d'un moment, il se rendit compte qu'il bandait, mais décida qu'il n'avait pas le temps de se soulager. Il se releva, remit le lit dans l'état où il l'avait trouvé, se rhabilla et regagna la cuisine.

Même s'il s'était muni d'un équipement indifféremment compatible PC ou Macintosh, il n'en fut pas moins déçu de constater que l'ordinateur de Starkey était un PC. C'était comme son intérieur miteux, cela ne plaidait pas en sa faveur.

Il alluma le portable, s'attendant à voir apparaître la série d'icônes habituelle. Mais il n'y en avait qu'une. La réaction de surprise passée, John comprit et se mit à rire : Starkey n'y connaissait rigoureusement rien en informatique. Après que Tennant l'eut renseignée sur Claudius, elle avait dû faire configurer son ordinateur par les fédéraux. Elle ne savait sans doute même pas comment il marchait.

L'opération ne lui prit que quelques minutes. John connecta son driver au portable, installa les logiciels nécessaires pour copier ses fichiers, puis refit la manœuvre en sens inverse, ne laissant pas la moindre trace de son incursion. Plus tard, à l'hôtel, il ouvrirait les fichiers de Starkey et découvrirait le pseudonyme qu'elle utilisait sur Claudius.

Pour l'instant, il était chez elle. Dès qu'il aurait son pseudo, il serait en elle.

12

Starkey déposa Nibard à Spring Street et prit le chemin du retour. Elle s'arrêta chez Ralph's Market où elle acheta un poulet rôti, de la purée et du Coca light. Tandis qu'elle faisait la queue à la caisse, elle songea que Pell n'en buvait peut-être pas. Aussi retourna-t-elle chercher du lait et une bouteille de merlot. Au passage, elle prit également une baguette de pain français. Avec la meilleure volonté du monde, elle ne parvenait pas à se souvenir de la dernière fois qu'elle avait reçu quelqu'un à dîner.

La circulation était dense et, ballottée dans sa voiture, Starkey commença à se sentir mal à l'aise. Elle n'avait pas prévu d'inviter Pell. Les mots lui étaient sortis de la bouche sans qu'elle y réfléchisse et, à présent, elle ne pouvait plus faire machine arrière, ce qui la plongeait dans un embarras profond. Un jour, lorsqu'elle avait seize ans, un garçon du nom de James Marsters qu'elle connaissait à peine l'avait invitée à la fête de l'école. Pour l'occasion, elle avait emprunté une robe de soirée à sa sœur aînée et s'était sentie si grosse et moche qu'elle s'attendait à voir son cavalier s'enfuir en courant. Elle avait vomi à deux reprises et n'avait rien pu avaler de la journée. Et voilà qu'aujourd'hui elle se retrouvait à peu près dans le même état. Désamorcer une caisse entière de dynamite reliée à un détecteur de mouvements ne lui faisait pas peur. En revanche, certaines situations de la vie privée lui semblaient receler un potentiel de destruction considérable.

Elle était très en retard et, lorsqu'elle arriva enfin chez elle,

elle tomba sur Pell qui l'attendait dans sa voiture. Dès qu'elle lut l'expression de son visage, elle fut tentée de prendre un Tagamet : il ne paraissait pas précisément enchanté d'être là.

— Je peux vous aider ? demanda-t-il.

Elle lui tendit l'un des deux sacs de courses et lui rapporta tout de suite le rebondissement de Bakersfield. Elle l'informa que le suspect aperçu dans les parages de l'atelier de Tennant, et dont la description correspondait à celle de l'homme qui avait appelé le 911, semblait avoir dans les quarante ans. À ces mots, Pell se rembrunit.

— Ce n'est pas lui.

— Comment le savez-vous ?

— M. Rouge est plus jeune. On est à Los Angeles : tout le monde porte des casquettes.

— Peut-être que notre homme n'est pas M. Rouge.

— Si. C'est lui, rétorqua Pell sèchement.

— Et si vous vous trompiez ?

— Je vous dis que c'est lui.

L'assurance de Pell commençait à l'agacer. Il pensait toujours détenir la vérité. Une nouvelle fois, Starkey envisagea d'évoquer la question du scotch, mais préféra tout de même attendre d'avoir reçu les conclusions de Janice Brockwell.

— Il vaut peut-être mieux que nous n'évoquions plus le sujet. Moi, je pense qu'on tient quelque chose de solide. Vous, vous n'arrêtez pas de dénigrer cette piste.

— Bien, alors n'en parlons plus.

Ils déposèrent les deux sacs sur le plan de travail de la cuisine. Soudain, Starkey prit une profonde inspiration et se planta devant Pell. Elle avait décidé que la meilleure façon d'affronter ce dîner était de jouer franc jeu.

— Ce n'est pas pour le boulot, ce soir. C'est un vrai rendez-vous, n'est-ce pas ? lança-t-elle en le dévisageant comme si elle s'apprêtait à lui appliquer une fouille au corps.

Elle se sentit stupide. Ils étaient là, debout dans la cuisine, et tout ce qu'elle trouvait à faire, c'était de lui assener cela. Sur un ton complètement déplacé, qui plus est. Pell avait l'air si gêné que Starkey faillit partir en courant.

— Je ne vois pas ce que vous voulez dire, Carol, répondit-il, le regard fuyant.

Et voilà : l'humiliation suprême. Starkey eut envie de foncer la tête la première dans le four pour se punir de sa bêtise.

— Écoutez, je comprendrais très bien que vous désiriez partir, bredouilla-t-elle. Cette situation est grotesque. Je me sens vraiment ridicule, vous savez. Alors, si j'ai l'air aussi stupide que je le pense, je préférerais que vous me laissiez.

— Mais je n'ai aucune envie de partir.

— Vous avez raison, murmura-t-elle. C'est un simple rendez-vous professionnel. Rien de plus.

C'était réellement le pire fiasco que l'on pût imaginer.

Pell entreprit de vider les sacs.

— Et si on rangeait tout ça pour pouvoir manger ? suggéra-t-il.

Il s'affaira pendant quelques minutes, tandis que Starkey continuait de regarder par terre. Enfin, elle se décida à lui donner un coup de main. Elle mit le lait dans le réfrigérateur, sortit des assiettes propres du placard et des couverts de la machine à laver. Ils ne disaient plus rien. Un simple rendez-vous professionnel...

Starkey déposa le poulet et la purée à côté de l'évier. Prisonniers de leurs récipients en plastique et recouverts de papier aluminium, ils avaient un aspect pathétique.

— On devrait peut-être les réchauffer, suggéra-t-elle.

— Ça m'a l'air très bien, répondit Pell en posant la main sur les emballages.

Starkey commença à découper le poulet, songeant, au passage, qu'elle aurait été bien inspirée de prévoir une salade. Elle se révéla tellement peu dégourdie que Pell finit par prendre les choses en main.

— Je suis complètement nulle en cuisine, se crut-elle obligée de préciser.

— En l'occurrence, vous ne risquez pas grand-chose : tout est prêt. Il ne reste plus qu'à mettre ça sur des assiettes.

Starkey partit d'un rire nerveux. L'espace d'un instant, elle crut même qu'elle allait se mettre à pleurer. « Tu as toujours été forte », se dit-elle. Pell s'approcha, mais elle l'arrêta de la main. Elle sentait que de nouvelles perspectives s'ouvraient. Était-ce cette enquête ? Était-ce le fait d'avoir vu la cassette du camping ? Ou tout simplement les trois ans qui s'étaient écoulés ? Peu importaient les raisons. En fin de compte, elle était enfin prête à évoluer.

— Vous savez, Pell, je ne suis pas très douée pour ce genre de choses. J'essaie de me laisser aller, mais ce n'est pas facile.

Pell resta silencieux.

— Mais, bon sang, pourquoi vous ne dites rien ? Je suis complètement paumée et vous vous contentez de me dévisager !

Il s'approcha de nouveau et la serra contre sa poitrine. Elle se raidit, mais, constatant qu'il s'en tenait là, le laissa faire et se détendit petit à petit. À son tour, elle passa les bras autour de lui. Il poussa un soupir. C'était comme s'ils s'en remettaient l'un à l'autre. Starkey se rendit compte cependant qu'elle n'était pas encore prête pour une intimité plus grande.

— Je ne peux pas, Jack.

— Chut. Tout va bien...

Un peu plus tard, ils apportèrent le repas dans la salle à manger et se mirent à parler de choses et d'autres. Elle l'interrogea sur l'ATF et sur les enquêtes auxquelles il avait participé, mais il se montra très évasif.

— Bon, je crois que je vais y aller, annonça-t-il une fois qu'ils eurent débarrassé la table.

Starkey acquiesça en silence et le raccompagna à la porte. Il continuait de se comporter de manière étrange.

— J'espère que vous n'avez pas passé une trop mauvaise soirée.

— Non. Il faudra qu'on recommence.

— Eh bien, dites-moi ! Vous êtes maso ou quoi ?

Pell s'arrêta à la porte. Il avait l'air de vouloir exprimer quelque chose, mais de ne pas oser. Toute la soirée, il avait d'ailleurs semblé se livrer à une sorte de lutte intérieure.

— Je vous aime bien, Starkey.

— C'est vrai ? répondit-elle en souriant.

— Vous savez, ce n'est pas facile pour moi non plus. Pour plein de raisons.

— Moi aussi, je vous aime bien, déclara-t-elle, encouragée

par cet aveu. Merci d'être venu. Je suis désolée d'avoir été un peu bizarre tout à l'heure.

L'instant d'après, il était parti. Starkey l'écouta monter dans sa voiture et démarrer. Après tout, un peu de bizarrerie ne faisait de mal à personne.

Starkey acheva de ranger la cuisine, puis alla dans sa chambre. Elle fut tentée de se déshabiller et de se coucher aussitôt, mais, voyant son lit défait, préféra d'abord changer les draps. Elle les fourra dans la machine et les remplaça par du linge propre. Toute la maison était dans un piteux état et il était temps d'y remédier.

Elle prit une douche, puis interrogea son répondeur professionnel. Elle n'avait qu'un seul message.

« Bonjour, Starkey, ici Warren Mueller. J'ai montré cet affreux portrait au vieux qui habite chez Tennant. Il n'était pas sûr à cent pour cent, mais il l'a trouvé assez ressemblant quand même. Un type blanc, dans les quarante ans, avec une casquette et des lunettes. Je vais mettre notre physionomiste sur le coup. On va voir s'il parvient à l'affiner un peu. Si j'ai quelque chose, je vous envoie un fax. J'espère que vous allez bien. »

Starkey effaça le message. Le portrait était peut-être affreux, mais il semblait mener toujours à la même personne. Quelqu'un qui ne ressemblait en rien à M. Rouge.

Tant qu'elle y était, Starkey décida d'aller faire un tour sur Claudius. Elle revint dans la salle à manger, alluma l'ordinateur et se connecta. Leur message concernant le RDX avait suscité un certain nombre de réponses, dont celle d'AM7 qui avait rédigé un long paragraphe décousu portant sur son expérience dans l'armée. Personne, toutefois, ne se proposait de vendre ou d'acheter du RDX ni ne semblait avoir une quelconque idée sur la façon de s'en procurer.

Starkey s'étonna de l'abondante littérature la concernant. Elle était en train d'en prendre connaissance lorsqu'une fenêtre apparut à l'écran.

Voulez-vous lire un message de M. Rouge ?

Un frisson lui parcourut le dos. Elle sourit. Ce devait être une plaisanterie, ou une internetterie quelconque qu'elle n'avait de toute façon aucune chance de comprendre.

La fenêtre continuait de la narguer.

Voulez-vous lire un message de M. Rouge ?

Starkey finit par cliquer dessus.

M. ROUGE : Vous me cherchiez.

C'était bien une plaisanterie.

DÉCHARGE : Qui êtes-vous ?
M. ROUGE : M. Rouge.
DÉCHARGE : Ce n'est pas drôle.
M. ROUGE : Non. C'est dangereux.

Starkey alla prendre sa serviette, en sortit les coordonnées de Pell et l'appela à son hôtel. Pas de réponse. Elle composa le numéro de son Alphapage.

M. ROUGE : Vous demandez de l'aide, Carol Starkey ?

Elle fixa le message pendant quelques instants, puis consulta sa montre. Ce ne pouvait pas être Pell : il n'avait pas d'ordinateur. C'était sûrement Bergen. Ce type était sans doute un détraqué, et il était la seule personne, hormis Pell, à connaître l'existence de Décharge.

DÉCHARGE : C'est vous, Bergen, pauvre type ?
M. ROUGE : Vous ne me croyez pas.
DÉCHARGE : Je sais très bien qui vous êtes, PAUVRE CON. Je dirai à Pell à quoi vous vous amusez. Vous pourrez vous estimer heureux si l'ATF ne vous vire pas.
M. ROUGE : Ha ha ha ha ha ! C'est ça, dites-le donc à M. Pell. Faites en sorte qu'il me vire.
DÉCHARGE : Vous rirez moins demain, connard.

Starkey avait les yeux rivés sur l'écran. Elle était hors d'elle.

M. ROUGE : Vous ne savez RIEN, Carol Starkey. Je ne suis pas Bergen. Je suis M. Rouge.

Le téléphone sonna. C'était Pell qui rappelait.
— Je crois qu'on a un petit problème avec Bergen. Je suis sur Claudius et il y a une fenêtre qui n'arrête pas de s'ouvrir. Quelqu'un qui sait qui je suis et qui prétend être M. Rouge.
— Dites-lui d'aller se faire foutre, Carol. Ça ne peut être que lui, effectivement. Je m'en occuperai demain.

M. ROUGE : Qu'est-ce que vous faites, Carol Starkey ?

Starkey lut le message, mais ne songea même pas à répondre.

M. ROUGE : O.K., Carol Starkey, vous êtes nulle. Je m'en vais. Je vous abandonne au monde selon M. Rouge.
M. ROUGE : Je n'ai pas tué Charlie Riggio.
M. ROUGE : Je sais qui l'a fait.
M. ROUGE : Mon nom est Vengeance.

Les lumières de la ville

John Michael Fowles quitta Claudius. Il raccrocha le téléphone portable avec lequel il s'était connecté sur Internet, mit son iBook de côté et se renversa sur son siège. Après une journée étouffante, la fraîcheur du clair de lune qui baignait cette petite rue calme était fort agréable. Sa voiture était garée à quelques dizaines de mètres de la maison de Starkey, à l'ombre d'un orme qui ployait sous son abondant feuillage d'été. John avait une vue imprenable sur la maison. Par les fenêtres, il apercevait son intérieur éclairé. Il continua d'observer.

Une odeur de soufre

Dallas Tennant avait versé l'ammoniac dans une tasse de café en plastique. Il souffla dessus et fit semblant d'y boire. Les vapeurs lui transpercèrent le nez et lui arrachèrent quelques larmes.
— Bonne nuit, monsieur Riley.
— Bonne nuit, Dallas. À demain.

M. Riley était toujours à son bureau, occupé à expédier la paperasse de la journée.

— Je peux emporter mon café dans ma cellule ? demanda Dallas.

— Bien sûr. Il en reste ?

Dallas prit un air contrit et leva son gobelet en signe d'excuse.

— Désolé, monsieur Riley, c'était la dernière tasse. J'ai lavé la cafetière. Je vous en prépare avant de partir ? À moins que vous ne vouliez le mien ?

— Non merci, c'est bon, Dallas. Je m'en vais bientôt, de toute façon.

Dallas salua M. Riley et sortit. Il camoufla le gobelet dans un placard, le temps de se rendre à l'infirmerie pour se faire remettre ses médicaments. Puis, accélérant le pas, il prit la direction de sa cellule. Il avait hâte de se fabriquer son explosif. Bien qu'il eût promis à M. Rouge d'attendre quelques jours, il se serait volontiers concocté sa composition D dès la veille, juste après son départ. Mais il ne disposait ni de l'ammoniac ni du détonateur nécessaires et avait dû patienter une journée entière. Dès que M. Riley était parti déjeuner, il s'était connecté à Internet, et avait téléchargé sa monnaie d'échange sur des sites pornographiques d'Amsterdam et de Thaïlande. Contre des photos illicites, il avait obtenu de l'ammoniac et s'était aussi ravitaillé en têtes d'allumette et en cigarettes. Après avoir rassemblé tout son matériel, il avait passé le restant de la journée dans un état de fébrilité démentielle. À présent, il devait se retenir de courir pour rejoindre sa cellule.

Dallas se força à patienter plusieurs minutes devant la porte, afin de s'assurer que personne ne traversait le couloir. Puis il entra et s'accroupit au pied de son lit devant les deux sachets en plastique et le gobelet d'ammoniac. Les instructions de M. Rouge étaient simples. Il suffisait de verser l'ammoniac dans le sachet de poudre, de bien mélanger pour que celle-ci se dissolve, et de verser le tout dans le sachet contenant la pâte. M. Rouge l'avait prévenu que l'ensemble chaufferait quelque peu, le temps que le mélange s'opère. Ensuite, la mixture devait se solidifier et former une pâte semblable à du plastic. L'explosif serait alors prêt à l'emploi. Dallas versa l'ammoniac dans le premier sachet, le referma, et se mit à le pétrir pour accélérer la dissolution. Il avait l'intention de préparer l'explosif, puis de terminer la nuit en fantasmant sur la façon dont il le ferait sauter, le lendemain, dans l'une des poubelles en métal situées derrière les locaux de l'intendance. Rien qu'en imaginant l'explosion et le vacarme qu'elle produirait, il sentit le sang affluer dans son bas-ventre.

Au moment où Dallas s'apprêtait à entamer la seconde phase de l'opération, il entendit le surveillant s'approcher de sa cellule.

— Tennant ? Vous êtes passé prendre vos médicaments ce soir ?

Dallas s'assit sur son lit et dissimula les sachets avec ses jambes en faisant semblant de délacer ses chaussures. Le gardien le considérait à travers les barreaux.

— Bien sûr, monsieur Winslow. J'y suis allé tout à l'heure. Vous pouvez vérifier si vous voulez.

— Très bien, Tennant. Je les verrai plus tard. C'était juste pour m'assurer que vous n'aviez pas oublié.

— Bien sûr, monsieur. Merci.

Le surveillant fit mine de s'éloigner, puis se ravisa. Le cœur de Dallas battait à tout rompre. Il sentait la sueur lui couler dans le dos.

— Vous êtes sûr que ça va, Tennant ?

— Oui, monsieur. Pourquoi ?

— Vous avez une drôle de position.

— C'est juste que j'ai envie de faire caca.

— Tâchez de ne pas faire dans votre pantalon. Il vous reste une petite heure avant l'extinction des feux.

Dallas écouta le bruit des pas qui s'éloignaient dans le couloir. Il retourna à la porte pour voir si la voie était libre, puis se rassit et ouvrit le second sachet. Il y ajouta la préparation, le referma, et se mit à le pétrir à son tour. Le sachet commença à chauffer, tout comme M. Rouge le lui avait dit.

En revanche, ce qu'il ne lui avait pas dit, c'était que le mélange prendrait une couleur violette. Bien que très excité, Tennant éprouva une légère inquiétude. Après avoir terminé de télécharger ses photos pornographiques, il s'était rendu sur deux ou trois sites spécialisés pour se renseigner sur le picrate d'ammonium. Il avait appris que c'était un explosif puissant, facile à stocker et à utiliser, mais aussi relativement sûr (tant que faire se peut en la matière), compte tenu de sa grande stabilité. Les deux articles qu'il avait lus décrivaient toutefois le picrate d'ammonium comme une poudre blanche et cristalline, et non comme une pâte violette.

Le sachet chauffait de plus en plus.

Tennant s'arrêta de le malaxer et observa la pâte. Elle gonflait à vue d'œil, pareille à de la pâte à pain, et s'animait de petites bulles de gaz.

À cet instant, deux pensées traversèrent l'esprit de Dallas Tennant. Premièrement, M. Rouge n'avait pas pu se tromper. S'il avait dit qu'il s'agissait de picrate d'ammonium, ce devait en être. Deuxièmement, certains explosifs n'avaient pas besoin de détonateur. Une fois, Dallas avait lu un papier sur le sujet, sur ces substances capables d'exploser simplement en étant mélangées. Il y avait d'ailleurs un terme pour désigner ce genre de réactions, mais il n'arrivait pas à s'en souvenir.

Il était encore en train de fouiller dans sa mémoire lorsque la préparation violette explosa, lui arrachant les bras et faisant trembler Atascadero si violemment que toutes les alarmes et les systèmes d'arrosage se déclenchèrent.

Le terme était « hypergolique ».

13

Starkey s'efforçait de ne pas prêter attention à la façon dont Marzik la dévisageait. Elle venait de terminer l'audition des témoins de la blanchisserie et n'avait pu trouver personne d'autre ayant vu le suspect dans la cabine. À présent, plutôt que de s'atteler au rapport qu'elle était censée rédiger, elle restait affalée sur son siège, les bras croisés, à fixer Starkey. Cela durait depuis le début de la matinée. Visiblement, elle espérait que Starkey s'approcherait pour savoir ce qui se passait.

Finalement, n'y tenant plus, Marzik fit rouler sa chaise jusqu'à elle.

— Tu dois te demander pourquoi je te regarde comme ça.

— Non, je n'avais pas remarqué.

— Menteuse. Ça fait un certain temps que j'observe le sourire béat que tu arbores depuis ton arrivée. On dirait la Joconde.

— Mais de quoi tu parles ?

— Ce petit sourire, là, au coin des lèvres, qui m'apprend que tu as finalement pris sur toi et que tu t'es tapé un petit sandwich à l'agent fédéral.

— Chaque fois, c'est la même chose avec toi. Tu salis toujours tout.

— Je le savais ! s'écria Marzik avec un sourire sardonique.

Tous les inspecteurs se retournèrent et Starkey fut submergée par la honte.

— Tu ne sais rien du tout. Il ne s'est rien passé, répliqua-t-elle.

— Il a bien dû y avoir quelque chose. Depuis que je te connais, je ne t'ai jamais vue avec un air aussi suave.

— Ça fait du bien d'évoluer. Tu devrais essayer.

Marzik éclata de rire et repoussa son siège jusqu'à son bureau.

— Ça, pour avoir le même air réjoui que toi, je suis prête à essayer n'importe quoi. Plutôt deux fois qu'une.

Le téléphone de Starkey sonna. C'était Janice Brockwell, du labo de l'ATF de Rockville, dans le Maryland.

— Bonjour inspecteur, je vous appelle au sujet de la vérification que vous m'aviez demandée.

— Je vous écoute.

— Nous disposions de six bouchons exploitables sur environ vingt-huit provenant des sept attentats attribués à M. Rouge. Je les ai tous ouverts, et j'ai constaté que, sur chacun d'entre eux, le scotch était enroulé dans le sens des aiguilles d'une montre.

— Ils étaient tous enveloppés dans le même sens ?

— Absolument. Dans le sens des aiguilles d'une montre. J'ajoute que ces bouchons provenaient de cinq engins distincts, utilisés dans trois villes différentes. On peut donc considérer ça comme un résultat significatif. Nous allons d'ailleurs inclure cette nouvelle caractéristique de la signature de M. Rouge au Dépôt national et la diffuser à toutes nos antennes sur le terrain. Je vous envoie mon rapport par mail pour que vous le joigniez au dossier.

Les mains de Starkey étaient glacées. Son cœur s'était emballé. Si M. Rouge enroulait toujours le scotch dans le même sens, pourquoi l'aurait-il fait en sens inverse sur la bombe de Silver Lake ?

Elle résista à la tentation de sauter de joie.

— Bien vu, inspecteur Starkey. Merci de votre aide, ajouta Brockwell.

Quelle devait être la suite des événements ? Il fallait garder la tête froide, ne surtout pas s'emballer. Un détail aussi infime que le sens de l'enroulement du scotch, lequel ne signifiait pas grand-chose en soi, risquait, dans le cas présent, d'avoir une portée considérable. La bombe de Silver Lake n'obéissait pas au rituel. Sa spécificité pouvait signifier qu'elle était différente des autres.

Starkey s'obligea à faire quelques pas, histoire de reprendre ses esprits. M. Rouge était intelligent. Il savait que les vestiges de ses engins étaient recueillis, analysés, et que leurs caractéristiques étaient diffusées dans tout le pays. Il savait en outre que tous les enquêteurs du gouvernement, des États ou encore de la localité étudiaient ces informations afin de bâtir son profil. Le défi consistait d'ailleurs pour lui à démontrer qu'il était plus intelligent qu'eux. C'est pour cela qu'il gravait leurs noms sur ses bombes, qu'il faisait la chasse aux démineurs et qu'il les narguait avec des engins factices tels que celui de Miami. Il s'agissait à ses yeux d'une véritable partie d'échecs. Aussi, qu'aurait-il pu trouver de mieux qu'un changement anodin dans sa signature pour brouiller les pistes et semer le doute dans l'esprit des enquêteurs ?

Malgré tout, l'explication la plus logique, mais aussi la plus terrible par ses implications, consistait à estimer que la bombe de Silver Lake avait été fabriquée par un autre.

Starkey tenait à approfondir cette hypothèse. Elle devait être absolument sûre de son fait avant de retourner voir Kelso.

— Beth ? lança-t-elle.

Marzik releva la tête.

— Il faut que je m'absente quelques minutes. Je serai joignable sur mon Alphapage, d'accord ?

— Comme tu veux.

Starkey alluma une cigarette et remonta à pied les quelques pâtés de maisons jusqu'au bar-restaurant Philippe's. Elle connaissait très bien les bombes et ceux qui les posaient. De son point de vue, M. Rouge n'était pas du genre à modifier sa signature, même par jeu. Sa célébrité lui était bien trop précieuse pour qu'il accepte de laisser planer le doute sur sa responsabilité dans tel ou tel attentat. Il désirait que tout le monde l'apprenne. Sa signature en elle-même n'était-elle pas la meilleure démonstration de ce désir de revendication ? M. Rouge voulait que son triomphe soit incontestable.

Starkey commanda un café et s'installa seule à une grande table. Elle alluma une nouvelle cigarette. Il était interdit de fumer au Philippe's, mais, comme l'endroit était peu fréquenté à cette heure, personne ne dirait rien.

Je n'ai pas tué Charlie Riggio.

Les fédéraux avaient recueilli de nombreux témoignages, que ce soit à Miami ou sur les sites de précédents attentats. Tous décrivaient M. Rouge comme un homme d'une trentaine d'années. Lester Ybarra, quant à lui, ainsi que le vieil homme qui logeait chez Tennant avaient cru voir quelqu'un de quarante ans passés. Si M. Rouge n'avait pas fabriqué cette bombe, qui était-ce, sinon quelqu'un qui avait déployé des efforts considérables pour faire croire qu'elle était l'œuvre de M. Rouge ? Un imitateur... Les imitateurs de tueurs ou de violeurs en série étaient très répandus. L'importante couverture médiatique de ce genre de faits divers incitait même parfois certains criminels en puissance à passer à l'acte. En s'inscrivant dans une série, ils s'imaginaient pouvoir commettre un assassinat unique en toute impunité. Ils étaient persuadés que l'enquête sur les autres meurtres leur permettrait de masquer leur véritable mobile, souvent fort éloigné d'une frénésie pathologique de violence ou d'une haine exacerbée des femmes : argent, vengeance, élimination d'un rival, etc. Dans la plupart des cas toutefois, l'imitateur ne connaissait pas tous les détails des autres crimes, ceux-ci n'étant pas systématiquement portés à la connaissance du public. Par la force des choses, il s'en tenait aux informations délivrées par les médias, lesquelles restaient toujours très éloignées de la réalité.

Dans le cas présent, l'imitateur en savait cependant très long sur la façon dont M. Rouge fabriquait ses bombes. Le seul détail qui lui manquait – le sens dans lequel le scotch de plomberie était enroulé – n'avait jamais figuré dans aucun rapport.

Songeuse, Starkey observa les méandres paresseux de sa fumée de cigarette. La tournure que prenait sa réflexion la mettait mal à l'aise. La liste des suspects au courant de la composition exacte des bombes de M. Rouge et de la façon dont il les assemblait était réduite.

Des flics.

Des flics du déminage.

Starkey poussa un soupir.

Voilà qui était difficile à imaginer. L'assassin de Charlie Riggio n'avait été distant de lui que d'une centaine de mètres.

Il avait vu Riggio arriver sur les lieux, l'avait regardé enfiler la combinaison et avait attendu qu'il s'approche de l'engin. Il savait qui il s'apprêtait à tuer. Pendant ses deux ans et demi de service en tant qu'enquêteur postexplosions, Starkey avait appréhendé vingt-huit auteurs d'attentats : aucun d'entre eux n'avait accès aux détails de fabrication des bombes de M. Rouge ni ne disposait du savoir-faire nécessaire pour les copier.

Starkey lâcha sa cigarette dans sa tasse de café et l'écouta rendre l'âme dans un chuintement. Elle prit son portable et appela Jack Pell à son motel.

— Pell ? Il faut que je vous voie.

— Je m'apprêtais à vous appeler. J'ai parlé à Bergen ce matin.

Ils convinrent de se retrouver au Barrigan's. Starkey éprouvait un besoin impérieux de le revoir. Depuis la veille au soir, elle se demandait si elle n'était pas en train de tomber amoureuse de lui. N'ayant cependant aucune certitude, elle préférait rester prudente. Certes, les trois années qui venaient de s'écouler avaient laissé un grand vide en elle, un vide qu'elle aspirait aujourd'hui à combler. Mais il ne fallait pas confondre ce désir avec de l'amour, ni prendre le risque de sacrifier une amitié naissante à des chimères.

Comme tous les matins, la clientèle du Barrigan's était composée de sa clique d'inspecteurs de Wilshire, auxquels se mêlaient quelques éléments de Rampart. Tout au bout du bar, un groupe d'agents des Services spéciaux faisait bande à part. Il n'était que dix heures et l'endroit grouillait déjà de flics. Dès que Starkey aperçut Pell, installé à la même table que la fois précédente, elle sentit le rouge lui monter aux joues.

— Merci d'être venu. J'avais vraiment besoin de vous parler.

En guise de réponse, il lui adressa un large sourire. Manifestement, il était content de la voir. Du moins l'espéra-t-elle.

— Jack, je crois qu'il est temps que vous repreniez l'affaire.

— Qu'est-ce que vous racontez ? répliqua-t-il avec un sourire incrédule.

C'était plutôt difficile à avouer.

— Je voudrais que vous, enfin, je veux dire, que l'ATF reprenne l'enquête concernant le meurtre de Charlie Riggio. Je ne peux pas la poursuivre, Jack. Pas efficacement, du moins. J'ai acquis la conviction que l'attentat de Silver Lake met en cause la police de Los Angeles.

Pell jeta un bref coup d'œil vers le bar, sans doute pour s'assurer que personne n'écoutait.

— M. Rouge serait l'un de vos agents ?

— Je ne pense pas que M. Rouge soit impliqué dans cette affaire. Bien sûr, je pourrais m'adresser directement à Parker sans en parler à Kelso, ou aller voir l'Inspection des services, mais je préfère attendre d'avoir plus de preuves.

Pell se pencha vers elle et lui prit la main. Elle se sentit aussitôt plus forte. C'était surprenant comme on pouvait tirer de l'énergie d'une personne qui comptait pour vous.

— Une seconde, Starkey. Écoutez plutôt ça : on m'a appris ce matin que Bergen était avec des clients, à l'heure où vous m'avez appelé. C'est donc bien sur M. Rouge que vous êtes tombée hier soir. On le tient, ce salaud. On va parvenir à le piéger.

Pell semblait tellement surexcité qu'il était à deux doigts de tomber de sa chaise.

— Mais c'est impossible. Il connaissait mon nom. Il savait que Décharge était le pseudonyme de Carol Starkey. Comment voulez-vous qu'il l'ait appris ?

Pell fit une pause avant de répondre :

— Je ne sais pas.

— Il m'a dit que ce n'était pas lui qui avait tué Riggio. Et aussi qu'il connaissait le coupable.

— C'est donc ça ! répliqua Pell d'un air navré. Il suffit qu'il vous dise qu'il n'a pas tué Riggio pour que vous le croyiez.

— Il n'a pas fabriquć la bombe de Silver Lake

— Ça aussi, il vous l'a dit ?

— Non. Cette info, je la dois au labo de l'ATF.

Elle lui fit part de l'appel de Janice Brockwell, et lui expliqua en quoi l'engin de Silver Lake était différent de toutes les autres bombes attribuées à M. Rouge.

Pendant qu'elle parlait, Pell s'agitait sur sa chaise et lançait des coups d'œil répétés aux agents des Services spéciaux.

— Ce n'est que du scotch, commenta-t-il, irrité.

— Non, Jack, répliqua Starkey fermement, c'est une pièce à conviction qui prouve que cette bombe est différente. Et cet élément, personne ne le connaissait, parce qu'il n'a jamais été mentionné dans un rapport. Tout le reste, l'imitateur aurait pu le trouver, mais pas cela. Et s'il a gravé le nom de Riggio sur la bombe, c'était pour nous faire croire qu'il était M. Rouge.

Une fois encore, Pell se détourna vers le bar. Privée de son regard, Starkey se sentit de nouveau abandonnée. Un frisson d'angoisse la parcourut.

— C'est bien M. Rouge. Ça, je peux vous l'assurer, Starkey. On a bien progressé jusqu'à maintenant. Il ne nous échappera pas, ce salaud. Mais il ne faut surtout pas nous déconcentrer ni perdre de vue notre objectif.

— Les personnes de la bibliothèque de Miami ont cru voir un homme âgé de moins de trente ans. Les autres descriptions que vous avez recueillies confirment cette tranche d'âge. Alors qu'ici, à L.A., deux témoins ont dressé le portrait d'un homme d'une quarantaine d'années.

— M. Rouge modifie son apparence.

— Bon Dieu, Pell, j'ai besoin de votre aide !

— Dans toutes les enquêtes, il y a des éléments contradictoires. Je ne connais pas de contre-exemple. Et vous voudriez réorienter toutes les recherches sur la base de deux ou trois détails ? Je vous assure que c'est M. Rouge, Carol. Vous devez garder en tête qu'il s'agit bien de M. Rouge et nous allons le coincer.

— D'accord. Si je comprends bien, vous n'avez pas l'intention de m'aider.

— Je ne demande que ça, mais vous faites fausse route. L'auteur de cet attentat est M. Rouge. Je vous demande juste de me croire.

— Vous êtes tellement obsédé par ce type que vous refusez d'examiner les faits.

— Mais il est coupable. C'est pour cela que je suis ici, Starkey. C'est lui qui m'intéresse.

Le réconfort que Pell lui avait procuré s'était évanoui d'un coup. Même le fait qu'il semblât souffrir autant qu'elle de la situation ne suffisait pas à la consoler. Elle devait se débrouiller seule. D'ailleurs n'était-ce pas ce qu'elle faisait déjà depuis trois ans ?

— Permettez-moi de vous dire que vous vous trompez, conclut-elle.

Starkey quitta le bar et rentra à Spring Street.

— Nib, tu as le rapport ?

Nibard leva les yeux sur elle, encore tout au dossier qu'il étudiait.

— Je croyais que tu étais partie.

— Eh bien, tu vois, je suis revenue. Et il faut que je voie ce rapport.

— C'est Marzik qui l'a. Il doit être sur son bureau.

Il y était effectivement et Starkey revint avec dans son box. Il comportait une liste des officiers de police présents sur le parking de Silver Lake le jour où Riggio était mort. La lecture de ces noms la mit très mal à l'aise. Toutes ces personnes étaient à la fois des amis et des collègues.

— Tu l'as trouvé ?

La question de Nibard la fit sursauter et elle referma le classeur, en essayant de cacher son trouble.

— Oui. Merci.

— C'est bien Marzik qui l'avait ?

— Oui, il était sur son bureau. Je te remercie.

Aux officiers présents au moment de l'alerte s'ajoutaient ceux qui s'étaient rendus sur les lieux après l'attentat. Au total, huit des quatorze personnes qui constituaient la brigade de déminage étaient citées : Buck, Charlie, Dick Leyton et cinq autres membres de l'équipe de jour en service lors de l'intervention. La liste mentionnait également Starkey elle-même, Nibard, Marzik, Kelso, ainsi que les officiers et détectives de Rampart. En revanche, elle ne comportait aucune indication sur le moment où ces différentes personnes étaient arrivées, et ne fournissait naturellement aucune information concernant les autres policiers qui auraient pu se cacher sur les lieux.

Starkey arracha la page du classeur, la photocopia, puis reposa le rapport sur le bureau de Marzik.

Le trajet jusqu'à Glendale lui sembla durer une éternité. Elle ne cessait de se tourmenter, à la fois sur le décès de Riggio et sur le cas Jack Pell. Bien que n'appartenant pas au service des Homicides, elle connaissait la règle de base de ce type d'enquêtes : établir un lien entre la victime et son meurtrier. Elle allait devoir fouiller dans la vie de Charlie Riggio, à la recherche d'un indice qui lui permettrait de remonter jusqu'à la personne responsable de sa mort. En ce qui concernait Pell, penser à lui la rendait malade. Elle avait envie de l'appeler. Ou envie qu'il l'appelle. Elle était convaincue qu'il ressentait quelque chose pour elle, mais refusait désormais de se fier à cette certitude.

Starkey s'engagea sur le parking du commissariat, se gara, mais ne sortit pas tout de suite de sa voiture. Elle resta là à regarder l'immeuble moderne de brique qui abritait la brigade de déminage, éclairé par les rayons brûlants du soleil. Le parking, les grosses Suburban sombres, les démineurs rigolards dans leurs treillis noirs... Tout lui semblait différent. Elle se retrouvait soudain confrontée à un phénomène de perception semblable à celui que Dana lui avait décrit. D'un point de vue, elle ne voyait autour d'elle que de simples officiers de police. D'un autre, il lui semblait être entourée de suspects et de meurtriers. Les yeux rivés sur la façade de l'immeuble, elle se demanda si elle n'avait pas perdu la raison. Non, cette histoire de scotch était réelle. Soit elle en avait tiré les conclusions qui s'imposaient, soit elle s'était trompée. Elle espérait bien avoir tort... Songeuse, elle alluma une cigarette et continua d'observer ce lieu dans lequel elle s'était sentie chez elle, si vivante, plus que nulle part ailleurs. Ce lieu qui lui avait donné l'impression que sa vie avait un sens. Si elle s'était trompée, elle devait en établir la preuve irréfutable.

— Comment allez-vous, petite ?

Starkey faillit en lâcher sa cigarette.

— Vous m'avez fait peur.

— Je vous ai aperçue de là-bas. J'ai cru que vous m'aviez vu aussi. Si vous venez nous rendre visite, on peut faire quelques pas ensemble.

Dick Leyton avait son doux sourire habituel, celui du grand

frère bienveillant. Starkey sortit de la voiture et lui emboîta le pas.

— On a déjà débarrassé le bureau de Charlie ? demanda-t-elle.

— Buck est venu, et il a préparé les cartons pour que la famille passe les prendre. Charlie avait deux sœurs. Vous saviez ça ?

Starkey n'avait aucune envie de parler des sœurs de Riggio, ni de marcher avec Dick Leyton, ce grand frère qui était venu la voir chaque soir lorsqu'elle était à l'hôpital.

— Non, non, je ne savais pas. Dites-moi, est-ce que les affaires de Charlie sont toujours là ?

Leyton l'ignorait, mais il demanda à Starkey en quoi cela l'intéressait. Elle eut tellement de mal à mentir qu'elle pensa qu'il s'en rendrait compte. Mais apparemment, il n'en fut rien.

— Je ne connaissais pas l'existence de ses sœurs. Quand on travaille sur ce genre d'histoire, on se concentre sur l'enquête sans vraiment faire attention à l'homme. Je suppose que je désire juste en apprendre un peu plus sur lui en regardant ses affaires.

Leyton ne fit aucun commentaire. Ils entrèrent ensemble dans la salle des inspecteurs. Russ Daigle leur indiqua le carton contenant les affaires de Riggio. On avait également vidé son casier, et rangé dans un sac ses vêtements de rechange et son nécessaire de toilette. Ses sœurs n'avaient plus qu'à passer les chercher.

Starkey prit le carton et l'emporta dans le vestiaire. Elle y serait plus au calme pour l'examiner. Apparemment, Buck n'avait rien négligé. Tout était très bien emballé.

Les crayons et les stylos étaient scotchés ensemble et rangés dans un gobelet de la brigade. Deux magazines consacrés aux bateaux à moteur et un livre de James Patterson servaient à protéger une série de photos. Starkey les regarda de plus près : Riggio à moto, dans son costume blanc de marine ou posant à côté de la dépouille d'un cerf. Elle se souvint qu'il était chasseur. Il se vantait d'ailleurs souvent d'être meilleur tireur que les deux types du SWAT [1] avec lesquels il s'adonnait à ce loisir.

---

1. SWAT : équivalent du GIGN, Groupe d'intervention de la gendarmerie nationale. *(NdT.)*

Mais ce n'était pas une raison suffisante pour qu'on veuille l'éliminer... Les vêtements de ville que Riggio avait portés pour aller travailler le jour de sa mort étaient pliés avec soin et servaient à couvrir tout le reste. Un téléphone portable était enroulé dans un T-shirt noir. Starkey fouilla en vain les différentes poches, à la recherche du portefeuille de Riggio. Il avait dû le porter sur lui, dans sa tenue de travail, et il devait donc encore se trouver chez le coroner. À moins que celui-ci ne l'ait déjà transmis à la famille. En moins de dix minutes, Starkey avait inspecté la totalité du carton. Elle avait espéré y découvrir un carnet de notes ou un agenda qui lui aurait fourni des détails sur l'emploi du temps de Riggio au cours de ses derniers mois, hélas, il n'y avait rien de ce genre. Elle fut surprise de constater à quel point il avait cloisonné sa vie privée et sa vie professionnelle.

Starkey rapporta le carton et le remit à sa place, sous le bureau.

D'un air las, Russ Daigle lui adressa un signe de la tête.

— C'est pas drôle, hein ?

— Ouais, c'est toujours comme ça. La famille a-t-elle déjà annoncé le jour des funérailles ?

— Eh bien, c'est-à-dire que le coroner n'a toujours pas rendu le corps.

Starkey l'ignorait. L'enquête l'avait tellement accaparée qu'elle n'y avait pas prêté attention. Daigle s'était replongé dans la lecture de son dossier, ses épaules massives voûtées au-dessus du bureau noir. Ses cheveux gris étaient coupés court, la peau de sa nuque toute fripée. C'était le plus vieux des sergents-chefs, et le plus ancien de la brigade. L'année passée, un officier du nom de Tim Whithers avait été transféré à la brigade. Il venait de Metro, la division d'élite des flics en uniforme. Whithers était un jeune gaillard costaud et suffisant, qui s'était entêté à surnommer Russ « l'Ancien ». Russ lui avait demandé d'arrêter, mais il n'en avait tenu aucun compte. Jusqu'au jour où Russ Daigle l'avait frappé sans sommation, sur le parking : un seul coup derrière l'oreille qui avait suffi à le mettre K.O. Après cet incident, Whithers était reparti à Metro.

— Eh, Russ ?

Il releva la tête.

— Vous étiez à Silver Lake quand c'est arrivé ?

— Non, j'étais chez moi. Mais dans ce genre de circonstances, on regrette toujours de ne pas avoir été sur place, vous savez. On se dit qu'on aurait pu intervenir. C'est pareil pour vous, je suppose...

— Ouais. Exactement pareil.

— Ça va, Carol ? On dirait que quelque chose vous tracasse.

Starkey s'éloigna sans lui répondre. Elle se sentait gagnée par la panique, comme si elle s'était retrouvée prise au piège dans un repaire de tueurs. Elle s'en voulait d'être là. Russ Daigle vivait heureux en ménage, avait quatre enfants et neuf petits-enfants. Il y avait des photos d'eux partout sur son bureau. L'idée qu'il ait pu tuer Charlie Riggio était absurde.

— Carol ?

Elle ne se retourna pas.

14

Starkey quitta Glendale sans savoir où aller ni que faire. Ce n'était pas bon signe. Mener une enquête, c'était comme manipuler une bombe. Il fallait rester concentré. Garder un objectif clair et s'y tenir, même si on était à bout de forces et qu'on pissait le sang.

S'il s'était agi d'une enquête ordinaire, Starkey aurait questionné les collègues de Riggio sur ses amis et fréquentations, mais là, elle ne pouvait pas le faire. Elle envisagea de contacter les deux types du SWAT avec qui il chassait, tout en craignant que cette démarche n'arrivât aux oreilles des démineurs.

Leyton lui ayant appris que Riggio avait deux sœurs, Starkey décida de commencer par là. Tous les rapports comprenaient une page sur la victime. Son nom, son adresse, sa description physique... La nuit de la mort de Riggio, Starkey avait demandé à Nibard de réunir ces informations, et, comme à son habitude, il s'était acquitté très consciencieusement de cette tâche. Riggio avait une sœur aînée, Angela Wellow, et une sœur cadette, Marie Riggio. La première vivait à Northridge, non loin de l'appartement de Charlie situé à Canoga Park ; la seconde à Torrance, au sud de Los Angeles.

Starkey téléphona à Angela Wellow, se présenta, et lui exprima ses condoléances.

La voix d'Angela était claire, mais lasse. Le rapport indiquait qu'elle avait trente-deux ans.

— Vous travailliez avec Charlie ?

Starkey lui expliqua qu'ils avaient effectivement été collègues, mais qu'à présent elle était enquêtrice postexplosions à la section des Affaires criminelles.

— Madame Wellow, il y a quelques...

— Appelez-moi Angela. Tous les enfants m'appellent déjà madame... Et puis, vous étiez une amie de Charlie, il n'y a pas de madame qui tienne.

— Vous habitez près de son domicile, n'est-ce pas ?

— Oui. Pas très loin.

— Quelqu'un de chez nous vous a déjà appelée ?

— Non. Enfin, pas moi. On a téléphoné à nos parents pour leur dire, pour Charlie. Ce sont eux qui m'ont prévenue. Ils vivent à Scottsdale, et c'est moi qui ai dû mettre ma sœur au courant.

— C'est parce que vous êtes près de son appartement que je me permets de m'adresser à vous. Charlie avait des dossiers dont nous aurions besoin pour deux autres enquêtes. Il a dû les rapporter chez lui, et il faudrait que nous puissions les récupérer. Pourrions-nous nous fixer rendez-vous là-bas, afin que j'essaie de les trouver ?

— Charlie avait des dossiers chez lui ?

— Des rapports sur des attentats plus anciens. Rien à voir avec Silver Lake, mais nous en avons néanmoins besoin.

Elle perçut une pointe d'irritation dans la voix d'Angela.

— J'y suis déjà allée. J'y suis allée tous les jours, pour essayer de rassembler ses affaires. Oh ! mon Dieu.

— Je comprends ce que vous ressentez, rétorqua Starkey en se forçant à être ferme, mais il nous faut vraiment ces dossiers.

Elle détestait avoir à mentir de la sorte.

— Quand voulez-vous le faire ?

— Je suis disponible tout de suite. Autant s'en débarrasser le plus tôt possible.

Elles convinrent de se rejoindre une heure plus tard.

À cause de la circulation, Starkey mit en effet presque tout ce temps pour se rendre à Northridge, au fin fond de San Fernando Valley. L'immeuble où habitait Riggio était situé dans une rue très passante, à trois pâtés de maisons du campus de Cal State. L'édifice était imposant, un monstre de stuc probablement reconstruit après le grand tremblement de terre de 1994. Starkey gara sa voiture dans une zone rouge, puis marcha jusqu'aux portes vitrées sécurisées où Angela et elle étaient convenues de se retrouver. Deux jeunes femmes qui sortaient de l'immeuble lui tinrent la porte, mais elle leur dit qu'elle attendait quelqu'un. Elle les regarda s'éloigner en direction du campus et sourit. C'était l'endroit idéal pour quelqu'un comme Charlie Riggio. Il devait y avoir une piscine, un jacuzzi, et sûrement une salle de jeux avec un billard, des barbecues tous les soirs et plein de jolies filles.

Une frêle jeune femme qui avait l'air d'une mère de famille débordée ouvrit à son tour la porte. Elle serrait dans ses bras un petit garçon d'environ quatre ans.

— Vous êtes le détective Starkey ?

— Madame Wellow ? Pardon, Angela ?

— Oui.

Angela Wellow avait dû se garer dans le parking de l'immeuble et passer par l'intérieur. Starkey lui montra son insigne et la suivit dans le hall. Elles empruntèrent un escalier qui menait aux appartements du premier étage. Le petit garçon s'appelait Todd.

— J'espère que ça ne prendra pas trop longtemps. Mon aîné rentre de l'école à trois heures.

— Je ne pense pas. J'apprécie beaucoup que vous vous soyez dérangée.

L'appartement de Riggio était un agréable loft avec deux chambres et un plafond haut et voûté. Une rutilante télé grand écran trônait au centre de la pièce principale, sous le regard d'une tête de cerf accrochée au mur. Starkey se demanda si ce trophée provenait de l'animal qu'elle avait vu sur les photos. Le canapé était encombré de cartons, et il y en avait d'autres dans la cuisine. Ce devait être un sale boulot que de réunir les affaires d'un mort.

Angela posa son petit garçon à terre. Il se précipita aussitôt vers le téléviseur comme s'il avait reconnu un vieux copain.

— À quoi ressemblent vos dossiers ? Je les ai peut-être remarqués.

— Ce sont des classeurs à trois anneaux, sans doute de

couleur noire, répondit Starkey tout en se maudissant pour ce nouveau mensonge.

Angela se mit à regarder les boîtes, essayant de se souvenir de leur contenu.

— Ça ne me dit rien. Là, ce sont essentiellement ses vêtements, et de la vaisselle. Charlie n'avait pas de bureau chez lui. Sa chambre est à l'étage. Dans l'autre, il avait fait installer un appareil de musculation.

— Vous ne voyez pas d'inconvénient à ce que j'y jette un œil ?

— Non. Mais je n'ai pas beaucoup de temps.

Starkey espéra qu'elle la laisserait seule, mais Angela reprit son fils dans les bras et la précéda dans l'escalier.

— Par ici, inspecteur.

— Vous étiez proche de Charlie ?

— J'imagine qu'il préférait Marie. C'est la plus jeune. Mais nous entretenions d'excellents rapports dans la famille. Vous le connaissiez bien ?

— Pas aussi bien que je l'aurais souhaité.

— Quand une telle chose se produit, vous regrettez toujours de ne pas avoir pris le temps de...

Angela s'interrompit et garda le silence jusqu'à ce qu'elles fussent arrivées en haut.

— C'était un bon garçon. Il avait un sens de l'humour un peu spécial, mais c'était un frère en or.

Le lit, entouré de cartons plus ou moins remplis, avait déjà été défait. Une armoire à la façade vitrée habillait l'un des murs. Ses étagères étaient pleines de photos qui, pour la plupart, montraient un couple d'âge mûr. Starkey supposa qu'il s'agissait de ses parents.

— Il s'agit de votre sœur ?

— Oui, c'est Marie. Et là, ce sont nos parents. Nous n'avons pas encore retiré les photos. C'est trop dur.

Le petit garçon renversa un carton et se coucha à l'intérieur. Angela s'assit sur le lit et l'observa avec tendresse.

— Si vous voulez, vous pouvez regarder. Ce sont surtout des vêtements, mais il me semble qu'il y avait aussi des papiers, des livres...

Starkey se tourna de façon qu'Angela ne pût la voir agir. Du fait de sa présence, elle avait le sentiment que, même s'il y avait quelque chose, elle ne le remarquerait pas. Elle découvrit un gros album photos, un carnet de notes et, dans un coin de la pièce, un Macintosh. Autant d'objets qu'elle aurait souhaité examiner attentivement. Mais cela faisait beaucoup, et elle se voyait mal fouiller pendant des heures, avec la sœur du mort en train de la surveiller. Décidément, quelle manière bien maladroite et pathétique de mener une enquête.

— Vous étiez démineur, comme Charlie ? lui demanda Angela.

— Avant, oui. À présent, je suis enquêtrice postexplosions.

— Je peux vous poser une question à ce sujet ?

Starkey acquiesça.

— Ils ne veulent pas nous rendre le corps de Charlie. Ils ne nous ont même pas laissés aller le voir. Alors, j'ai ces images qui défilent constamment dans ma tête. J'essaie de comprendre pourquoi ils se comportent de cette façon.

Starkey se détourna. La détresse de cette femme la mettait mal à l'aise.

— Est-ce que Charlie est... reconnaissable ? poursuivit Angela.

— Oui. Ne vous inquiétez pas pour ça.

Angela hocha la tête, puis baissa les yeux.

— Vous savez, on ne peut pas s'empêcher de penser à ce genre de choses. Personne ne vous dit rien. Ça fait travailler l'imagination.

— Charlie vous parlait-il parfois de son travail ? questionna Starkey, désireuse de changer de sujet.

Angela se mit à rire et s'essuya furtivement les yeux.

— Vous devriez plutôt me demander quand il n'en parlait pas ! Il était intarissable. À chaque intervention, c'était soit une bombe atomique, soit une anecdote savoureuse. Comme la fois où ils avaient localisé un colis suspect devant la boutique d'un barbier. Il n'arrêtait pas de la raconter. Charlie avait regardé à l'intérieur, et il avait vu la tête d'un homme, juste la tête. Lorsque son chef lui avait demandé ce que le paquet contenait,

Charlie lui avait répondu que, manifestement, le barbier avait rasé l'un de ses clients d'un peu trop près.

Starkey sourit. Elle n'avait jamais entendu cette histoire, et pensa que Riggio l'avait sans doute inventée.

— Charlie adorait son travail. Il aimait les gens de la brigade. C'était comme une grande famille, selon lui.

Starkey approuva. Elle-même avait partagé ce sentiment, et éprouvé par la suite une cruelle sensation de manque. Et voilà qu'elle soupçonnait cette grande famille de meurtre.

Elle inspecta les cartons, puis ouvrit le placard et la penderie sans rien y trouver d'intéressant. Elle avait perdu tout espoir de découvrir une piste de cette manière. Peut-être n'y avait-il d'ailleurs rien à découvrir.

— Eh bien, j'ai dû me tromper. Apparemment, Charlie n'avait pas rapporté ces dossiers.

— Je suis navrée.

Starkey s'apprêta à prendre congé. Curieusement, Angela ne semblait plus tellement pressée de partir.

— Je peux vous poser une dernière question, inspecteur ?

— Bien sûr.

— Charlie et vous, vous sortiez ensemble ?

— Non, pourquoi ? Il avait une petite amie ?

Machinalement, Starkey se retourna vers les photos : Riggio et ses parents, Riggio avec ses sœurs, ses neveux et ses nièces.

— Il en avait une, mais il ne nous l'a jamais présentée. Un bel Italien ténébreux comme lui, vous l'imaginez rangé, avec plein d'enfants ? Pourtant, mes parents n'arrêtaient pas de le harceler. Vous savez, du genre : quand est-ce que tu te maries, quand est-ce que tu fondes une famille, quand est-ce qu'on pourra la voir ?

— Et que répondait-il ?

— C'est-à-dire que, d'après ce que j'ai cru comprendre, elle était déjà mariée, expliqua Angela avec une gêne évidente.

— Ah.

— Oui, comme vous dites.

— Pardon. Ce n'est pas ce que je voulais...

— Non, je comprends. Mais ce sont des choses qui arrivent, n'est-ce pas ? Ça a dû être dur pour lui. Il avait beau être jeune et beau, il n'était pas insensible. À mon avis, c'était la femme d'un de ses collègues.

Angela fixa Starkey droit dans les yeux, comme si elle s'attendait à une réaction de sa part.

— J'aurais probablement mieux fait de me taire, ajouta-t-elle en détournant le regard. Mais je me disais que vous la connaissiez peut-être. J'aimerais bien la rencontrer. Oh ! je saurais être discrète vis-à-vis de son mari. Je pensais juste que nous pourrions parler de Charlie. Que ça pourrait nous faire du bien.

— Désolée, je ne suis au courant de rien.

Starkey se demanda si l'album contenait des photos que Riggio avait voulu tenir secrètes, des photos d'une femme mariée qu'il pouvait difficilement exposer à tout le monde.

Angela consulta sa montre et se leva d'un bond.

— Oh ! zut ! Je suis très en retard. Désolée, mais il faut que j'y aille. Mon fils va bientôt rentrer.

— Pas de problème. Je comprends.

Starkey redescendit l'escalier derrière Angela. Elle cherchait désespérément un moyen de jeter un œil à l'album de Riggio.

Lorsqu'elles furent arrivées à la porte de l'appartement, Todd commença à se tortiller dans les bras de sa mère. Il était fatigué et grincheux, ayant depuis un bon moment dépassé l'heure de sa sieste.

— Attendez, je vais vous aider, proposa Starkey en prenant les clés des mains d'Angela. Vous avez fort à faire.

— J'ai l'impression d'avoir une anguille entre les mains.

Starkey s'écarta pour la laisser passer et fit semblant de refermer. En réalité, elle donna un tour de clé dans le mauvais sens, actionna la poignée comme si elle vérifiait que la porte était bien verrouillée, et remit les clés dans le sac d'Angela.

— Merci encore pour votre aide, Angela. Je me sens un peu bête de vous avoir fait venir jusqu'ici. Tout cela pour rien. J'étais vraiment persuadée que Charlie les avait emportés.

— Si on les retrouve, je vous rappelle.

Elles ressortirent ensemble de l'immeuble. Starkey alla jusqu'à sa voiture, s'assit au volant, mais ne mit pas le contact. Son cœur battait la chamade. Ce qu'elle s'apprêtait à faire était insensé. Pire encore, c'était illégal. Un procureur quelque peu zélé pourrait fort bien l'inculper de violation de domicile.

Cinq minutes plus tard, elle vit Angela Wellow dépasser le bâtiment dans une Honda Accord blanche, tourner au coin de la rue et disparaître. Elle jeta sa cigarette, et atteignit la porte d'entrée au moment précis où un jeune homme avec une sacoche sous le bras et un VTT à la main tentait péniblement de la franchir.

— Vous allez être en retard à votre cours, remarqua-t-elle en retenant les battants.

— Je suis toujours en retard. Je suis né comme ça.

Starkey monta calmement au premier étage et pénétra dans l'appartement de Charlie Riggio. Elle gravit à la hâte les quelques marches menant à la chambre à coucher et se dirigea droit sur la boîte contenant l'album. Maintenant qu'elle s'était mise hors la loi, elle pouvait tout aussi bien consulter les factures téléphoniques et les relevés bancaires de Riggio. Seulement, elle ne savait pas où ils étaient rangés et craignait de perdre trop de temps à mettre la main dessus. Son expérience de démineur la préservait peut-être de la peur, mais elle n'en avait pas moins la chair de poule. Elle s'empara de l'album, mais préféra ne pas l'examiner sur place. Il était bien trop volumineux.

Son butin sous le bras, elle sortit, referma la porte derrière elle et courut jusqu'à sa voiture. Puis elle fonça chez elle, l'album dissimulé sous sa veste comme s'il s'agissait d'un article à caractère pornographique.

Tout en feuilletant lentement les pages plastifiées, Starkey se dit qu'elle avait bien peu de chances de découvrir quoi que ce soit. Angela Wellow s'était sans doute trompée et elle risquait fort de se retrouver à la case départ, seule à être convaincue que M. Rouge n'avait pas tué Charlie. Les photos qui défilaient sous ses yeux racontaient la vie de Charlie Riggio : les matchs de foot au lycée, les copains, les conquêtes féminines, lesquelles ressemblaient à tout sauf à des femmes de policier, les parties de chasse, l'école de police, les réunions de famille... L'ensemble respirait le bonheur. C'était le genre de souvenirs qu'un homme gardait parce qu'ils le faisaient sourire.

Starkey en avait presque terminé lorsqu'elle tomba sur une

photo de la garden-party annuelle de la brigade de déminage. Il y en avait une seconde du même genre, prise lors de la soirée de Noël ; puis, deux pages plus loin, une troisième datant du barbecue de la SAC que Kelso avait organisé le jour de la fête nationale.

Starkey aligna les clichés sur la table. Elle n'en crut pas ses yeux. Ce n'était pas possible. Ce devait être une erreur, une hallucination. Les paroles d'Angela Wellow résonnaient dans sa tête.

Elle est mariée à l'un de ses collègues.

Les trois photos montraient la même chose : un homme et une femme, bras dessus bras dessous, souriants, l'air juste un peu trop complices, un peu trop familiers, un peu trop chaleureux.

Charlie Riggio et Suzie Leyton.

La femme de Dick Leyton.

Starkey se prépara un grand gin tonic et le but presque d'un trait. Elle se sentait à la fois trahie et furieuse. Suspecter Leyton était trop lourd à porter. Le simple fait d'y penser suffisait à l'anéantir. Elle tenta de se convaincre qu'il s'agissait juste d'une ramification de plus à son enquête. Il fallait le voir comme ça. Il n'y avait pas d'autre solution.

Elle alla chercher son propre album de souvenirs, et en détacha une photo de Leyton qu'elle avait prise lors d'un camp de vacances de la police. C'était un cliché aux couleurs vives, le montrant en gros plan, en civil et avec des lunettes de soleil. Elle se rendit dans le Kinko voisin où elle fit une série de photocopies en accentuant le contraste pour faire ressortir au mieux les détails. Puis elle revint à son domicile et téléphona à Warren Mueller. Elle avait peu de chances de le trouver à cette heure, mais cela valait la peine d'essayer. À sa grande surprise, il décrocha à la première sonnerie.

— J'ai un service à vous demander, sergent. Pourriez-vous montrer une photographie au vieil homme qui occupe un des appartements de Tennant ?

— C'est l'homme à la casquette ?

— Possible... Mais il ne faut surtout pas que quelqu'un d'autre la voie. Je tiens à ce que ça reste entre nous.

Mueller sembla hésiter.

— Ça ne me plaît pas beaucoup.

— C'est au sujet de la piste du RDX de Tennant. Je ne vous en dirai pas plus, et je vous prie de ne pas me poser de questions.

— J'aimerais bien savoir qui c'est.

— Écoutez, Mueller, si ça vous ennuie, je peux le faire moi-même.

— Non, non, attendez.

— Il s'agit de quelqu'un qui m'en voudrait beaucoup si jamais je me trompais. Ce qui est tout à fait possible. Je vous demande un service, nom de Dieu ! Alors ?

— Ce type sur votre photo, c'est quelqu'un de chez vous, c'est ça ?

Starkey ne répondit pas. C'était au-dessus de ses forces.

— Bon, d'accord, je m'en occupe. Vous savez ce que vous faites, au moins ? Ça va aller ?

— Oui.

— Très bien. Envoyez-la-moi. Je reste près du fax. Si vous avez l'intention de vous en servir au tribunal, je vais devoir préparer un tapissage photographique.

Les portraits de suspects n'étaient jamais montrés seuls aux témoins. La loi estimant que cela risquait de les influencer, les inspecteurs avaient l'obligation de leur en soumettre plusieurs, avec l'espoir qu'ils identifieraient la bonne personne.

— Allez-y. Une dernière chose : si votre témoin le reconnaît, il faudra que je voie Tennant à ce propos. Dès demain, si possible.

Mueller s'éclaircit la gorge.

— Apparemment, vous n'êtes pas au courant : Tennant est mort. J'ai téléphoné à Atascadero aujourd'hui pour organiser un entretien. Je voulais lui poser quelques questions au sujet de son atelier. Cet abruti s'est fait sauter les deux bras, et il s'est vidé de son sang.

Starkey en eut le souffle coupé.

— Il s'est fait sauter les bras ? Sectionnés, vous voulez dire ? Cela supposait un explosif d'une puissance considérable.

— Absolument. Le type que j'ai eu au bout du fil m'a dit que ce n'était pas beau à voir.

— Vous savez ce qu'il a utilisé ? Bon Dieu, on n'arrive pas à un résultat pareil avec des produits d'entretien !

— L'équipe du shérif est dessus. On devrait avoir les résultats des analyses dans un ou deux jours. Quoi qu'il en soit, vous pouvez oublier Tennant.

Starkey marqua un temps avant de répondre.

— Je vous faxe la photo tout de suite. Si elle n'est pas assez nette, rappelez-moi et je referai un essai.

Elle lui donna son numéro de téléphone personnel.

— Merci, sergent. Je vous revaudrai ça.

— Je m'en souviendrai, vous en faites pas.

— Mueller, vous êtes l'homme le plus charmant que je connaisse.

— Vous voyez, ça se précise.

— C'est aussi flagrant qu'un herpès.

Starkey patienta une minute, puis introduisit la photocopie du visage de Leyton dans le fax. Elle resta quelques minutes à proximité du téléphone. Manifestement, l'image était bien passée.

Que pouvait-elle faire de plus ? La montrer à Lester Ybarra ? Il risquait de le dire à Marzik et il faudrait tout lui expliquer. Chercher à savoir où se trouvait Leyton au moment de l'attentat ? Cela supposait d'interroger des personnes qu'elle ne pouvait pas mettre au courant. Leyton était sur place lorsqu'elle était arrivée, mais l'était-il déjà lorsque la bombe avait sauté ? Starkey ne cessait d'observer son ordinateur du coin de l'œil. Elle l'avait éteint la veille, et ne l'avait pas rallumé depuis. À présent, il semblait l'attendre.

Je n'ai pas tué Charles Riggio.

Je sais qui c'est.

Elle alluma une cigarette, puis alla dans la cuisine se servir un autre verre. Elle n'avait tenu que deux jours sans boire. De retour dans la salle à manger, elle alluma l'ordinateur et se connecta à Claudius.

Le *chat* était désert. Pas de M. Rouge pour lui tomber dessus, cette fois-ci. Elle sirota son verre, acheva sa cigarette et se mit à parcourir les forums. Il y avait des nouveaux messages, mais rien d'intéressant : juste des échanges de mondanités entre malades mentaux. Starkey vida son deuxième verre et alla s'en préparer un autre. Elle laissa l'ordinateur connecté, le crâne auréolé de flammes se projetant sur son mur. Elle fuma une nouvelle cigarette et se mit à déambuler sans but dans l'appartement, passant la tête par la porte d'entrée, puis par celle de derrière. Son esprit s'embrumait. Elle eut une pensée pour Pell, se dit ensuite qu'elle aimerait bien s'acheter un kaki. Elle n'avait pas la moindre idée de ce à quoi ces arbres ressemblaient, mais cela ne l'empêchait pas d'en vouloir un. À l'est, le ciel s'empourprait. Il se faisait tard. Starkey resta ainsi, dans un état second, pendant près de deux heures. Le ciel avait définitivement viré au noir, mais elle fut récompensée de sa patience.

Voulez-vous lire un message de M. Rouge ?

Elle cliqua sur la fenêtre.

M. ROUGE : Suis-je Bergen ?

Elle contempla un instant la phrase, avant de taper sa réponse.

DÉCHARGE : Non. Vous êtes M. Rouge.

M. ROUGE : Bravo ! ! ! Nous voilà enfin sur la même longueur d'onde.

DÉCHARGE : Et en quoi est-ce si important pour vous que nous soyons sur la même longueur d'onde ?

Elle eut un sourire satisfait en notant l'hésitation de Rouge.

M. ROUGE : Êtes-vous seule ?

DÉCHARGE : La pièce est remplie de flics, mon pote. Tout le monde regarde.

M. ROUGE : Ah bon. Alors, vous devez être à poil.

DÉCHARGE : Si vous commencez dans ce registre, je m'en vais.

M. ROUGE : Non, vous ne partirez pas, Carol Starkey. Vous attendez des réponses.

C'était vrai. Elle tira fort sur sa cigarette avant de taper sa question.

DÉCHARGE : Qui a tué Riggio ?

M. ROUGE : Je croyais que c'était moi.

DÉCHARGE : Vous prétendiez que non.

M. ROUGE : Si je vous le dis, ce ne sera plus une surprise.

DÉCHARGE : Je connais déjà la réponse. Je veux juste voir si elle concorde avec la vôtre.

M. ROUGE : Si vous le saviez, vous l'auriez déjà arrêté. Vous suspectez peut-être quelqu'un, mais vous n'avez aucune certitude. Je vous le dirais bien, si nous étions entre nous... mais pas devant tous ces flics.

Starkey sourit, admirant la façon dont il la forçait à se découvrir.

DÉCHARGE : Ils sont partis. Nous sommes seuls à présent.

Il hésita une nouvelle fois, et elle crut soudain qu'il allait réellement lâcher le morceau.

M. ROUGE : C'est vrai ? Nous sommes vraiment seuls ?

DÉCHARGE : Ce n'est pas mon style de mentir.

M. ROUGE : Dans ce cas, je vais vous confier un secret. Mais qui devra rester entre nous.

DÉCHARGE : Quoi ?

Elle attendit, mais rien ne vint. Tout d'abord, elle crut que sa réponse était particulièrement longue. Mais les minutes passaient, et elle finit par comprendre qu'il tenait à se faire prier. Il tenait à son rôle de manipulateur. Il tenait à diriger les opérations.

DÉCHARGE : Quel est ce secret, jeune homme écarlate ? Je n'ai pas que ça à faire.

M. ROUGE : Ça n'a pas de rapport avec Riggio.

DÉCHARGE : Mais encore ?

M. ROUGE : Vous allez être effrayée.

DÉCHARGE : Accouche ! ! ! ! !

Une nouvelle pause, puis elle lut :

M. ROUGE : Pell n'est pas celui que vous croyez. Il se sert de vous, Carol Starkey. Il nous a montés l'un contre l'autre.

Cette déclaration lui fit l'effet d'un coup de massue. Elle s'attendait à tout sauf à cela et en resta pétrifiée.

DÉCHARGE : Que voulez-vous dire ?

Pas de réponse.

DÉCHARGE : Qu'est-ce que ça signifie, que Pell n'est pas celui que je crois ?

Toujours rien.

DÉCHARGE : Comment connaissez-vous Pell ?

Rien.

DÉCHARGE : Répondez-moi !

Il n'y eut plus aucune réponse. La fenêtre était là, toujours la même. Starkey ne parvenait pas à chasser de son esprit cette insinuation concernant Pell. Sa première impulsion fut de lui téléphoner. Mais elle se ravisa. Elle avait l'impression d'être prise entre deux feux. M. Rouge d'un côté, Pell de l'autre.

À l'époque où elle travaillait à la brigade de déminage, l'ATF avait nommé un agent de liaison avec la police de Los Angeles. Un certain Regal Phillips. On l'avait installé dans les locaux de la SAC et, trois semaines après que Starkey était rentrée de sa formation en Alabama, Sugar le lui avait présenté. Phillips était un homme plutôt fort avec un gentil sourire. Il avait pris sa retraite vers la fin de la première année de brigade de Starkey, et elle n'avait eu que rarement l'occasion de travailler avec lui. Mais Sugar l'adorait, et Starkey avait senti qu'entre eux deux une amitié très forte s'était nouée. Phillips était venu lui rendre visite à deux reprises durant son séjour à l'hôpital, et, chaque fois, il s'était mis à pleurer en relatant certains faits d'armes de Sugar.

Starkey n'avait pas revu Regal depuis sa dernière visite, qui remontait à près de trois ans. Elle n'avait pas repris contact avec lui après être sortie de l'hôpital, parce qu'il lui rappelait trop Sugar et qu'elle risquait d'en souffrir.

Aussi se sentit-elle fort mal à l'aise en composant son numéro.

— Reege, c'est Carol Starkey.

— Ça alors, Carol, comment vas-tu ? J'avais fini par croire que tu ne parlais plus aux Noirs.

Apparemment, il n'avait pas changé. Sa voix chaleureuse trahissait à peine sa surprise.

— Ça va bien. Je travaille. Je suis à la SAC maintenant.

— Oui, c'est ce qu'on m'a dit. J'ai toujours des amis là-bas. Je continue de t'avoir à l'œil, tu sais.

Il partit d'un petit rire tellement bienveillant qu'elle en eut honte.

— Écoute, Reege, je suis vraiment désolée de ne pas t'avoir donné de nouvelles. Mais j'ai eu une période difficile.

— Ne t'en fais pas pour ça, Carol. Ce qui s'est passé ce jour-là au camping a changé pas mal de choses pour beaucoup de monde.

— Tu es au courant, pour Charlie Riggio ?

— J'en ai juste entendu parler aux infos. Tu es sur cette enquête ?

— Oui, Reege. Et j'ai quelque chose à te demander, mais c'est plutôt délicat.

— Vas-y toujours.

— Je travaille avec un agent de l'ATF sur lequel, euh, je me pose des questions. Je me demandais si tu pourrais faire une recherche sur lui. Tu vois ce que je veux dire ?

— Non, Carol, pas très bien.

— Je veux savoir qui il est, Reege, et si je peux lui faire confiance.

— Comment s'appelle-t-il ?

— Jack Pell.

Phillips lui promit de la rappeler le plus vite possible, tout en l'avertissant que cela pourrait prendre un ou deux jours. Starkey le remercia, puis raccrocha et éteignit les lumières. Elle ne dormit pas cette nuit-là. Elle n'alla même pas se coucher. Elle resta allongée sur le canapé, dans la pénombre, à attendre le lendemain en se demandant comment un homme en qui elle avait perdu toute confiance pouvait encore compter tant pour elle.

Pell

Lorsque Pell quitta le Barrigan's, il fut ébloui par le soleil irradiant de Californie. La lumière était si forte qu'elle lui semblait pénétrer dans son crâne.

Même les lunettes de soleil ne constituaient pas une protection suffisante.

Désemparé, il s'assit dans sa voiture. Il se sentait terriblement coupable, pour la douleur qu'il avait lue sur le visage de Starkey. Elle avait raison, bien sûr : il était aveuglé par son obsession pour M. Rouge. Mais ce qu'elle ignorait toujours, c'était qu'il détenait un morceau de métal avec son nom gravé dessus. Il aurait tant voulu lui prendre la main et tout lui dire ! La tentation était grande de lui apprendre la vérité. Lui aussi ressentait le besoin de se libérer, et elle était peut-être la seule personne capable de le comprendre. Or il ne pouvait en être sûr. Il avait également eu envie de lui faire part de ses sentiments à son égard. Mais il n'y avait plus que M. Rouge. Il le dévorait de l'intérieur.

Ses oreilles se mirent à bourdonner.

— Mon Dieu. Ça ne va pas recommencer !

Des petits nuages gris se mirent à flotter sur le tableau de bord, sur les vitres, sur le capot de sa voiture.

C'était de plus en plus fréquent, et ne pouvait qu'empirer.

15

Starkey sortit de chez elle bien avant le lever du jour. Elle ne supportait plus d'être enfermée dans ces pièces vides et silencieuses, prisonnière de ses réflexions sur Pell, Dick Leyton ou sur le caractère misérable de sa propre existence. Elle devait cesser de se tourmenter et ne plus penser qu'à son enquête.

Pour commencer, il lui fallait découvrir où Dick Leyton se trouvait physiquement au moment de l'explosion. Peut-être Nibard avait-il reproduit son emploi du temps dans le dossier. Sans se donner la peine de prendre une douche, Starkey se changea, alluma une cigarette et monta dans sa voiture.

Spring Street était désert. Sa voiture était toute seule au milieu du parking. Même les membres de la Section de recherche des fugitifs n'étaient pas encore arrivés.

Elle entra dans les bureaux sans éteindre sa cigarette. Elle pourrait toujours mettre les cendres sur le dos de l'équipe de nettoyage.

Le dossier se trouvait encore sur le bureau de Marzik, mais Starkey constata bien vite que, hormis la présence de Leyton sur les lieux, il ne comportait aucune indication le concernant. Le carton contenant les enregistrements de l'attentat était rangé sous le bureau de Nibard. Elle l'en extirpa, s'empara d'une des copies que Bennell leur avait préparées et des cassettes offrant les prises de vues les plus larges, et les emporta dans la salle vidéo. Elle les avait déjà visionnées tellement souvent qu'elle les connaissait par cœur. Jusqu'à présent, toutefois, elle s'était contentée de chercher l'homme à la casquette sans prêter attention aux policiers. Comme Bennell l'avait craint, l'image du montage qu'il avait réalisé était d'une qualité déplorable sur un magnétoscope normal. Starkey la regarda quand même, cherchant à apercevoir Dick Leyton dans le périmètre de sécurité. Elle se souvenait qu'il portait un polo ce jour-là, comme s'il était venu directement de chez lui.

Elle visionna la cassette une première fois, puis une seconde, sans rien voir d'autre que le déroulement de la tragédie : Riggio s'approchant de la boîte, l'explosion, Buck courant vers lui pour lui enlever son casque. Les séquences précédant la déflagration étant trop courtes et pas assez nettes, Starkey décida de se concentrer sur les instants d'après. Si Leyton était présent, il avait dû lui aussi se précipiter auprès de Riggio. Elle fit avancer la cassette et regarda de nouveau. *Boum !* Pendant près de douze secondes, Buck et Charlie restèrent seuls à l'image. Puis une ambulance entra dans le champ à toute allure. Deux secouristes en sortirent, prenant le relais de Buck. Quatre secondes après, un officier en uniforme courut vers eux depuis la gauche et deux autres depuis la droite. Le premier tenta vainement de faire asseoir Buck et de l'éloigner de Riggio. Trois nouveaux policiers apparurent à l'écran, mais firent presque aussitôt demi-tour pour écarter un groupe de personnes en civil. Puis une seconde ambulance arriva, suivie de quelques hommes à pied. Deux d'entre eux portaient des polos, mais Starkey ne les reconnut pas. L'enregistrement s'arrêtait là.

— Merde !

Quelque chose la chiffonnait, mais elle ne savait pas précisément quoi. Quelque chose qu'elle voyait sans vraiment le voir. En tout cas, la réponse se trouvait bien là. Sûr. Tout en maudissant la chaîne de télé de ne pas avoir fait tourner sa caméra plus longtemps, Starkey revint à l'étage de la SAC.

Elle décida d'aller voir Buck et partit pour Glendale. Lui pourrait sans doute l'aider. Ignorant s'il était de service, elle s'arrêta dans un café pour attendre l'arrivée de Louise Mendoza, la réceptionniste de la brigade de déminage. Généralement à son poste dès sept heures, celle-ci connaissait le tableau de service.

À sept heures moins cinq, elle téléphona.

— Louise, c'est Carol Starkey. Dis-moi, Buck est là aujourd'hui ?

— Il est dans l'annexe. Tu veux que j'aille le chercher ?

— Non, je voulais juste savoir si je le trouverais. J'arrive.

— Je le préviens.

— Autre chose, Louise. Euh, Dick est là ?

— Oui. Mais si tu désires lui parler, ce serait plus simple que je te le passe tout de suite. Il doit aller à Parker Center ce matin.

— C'est pas grave. Ça attendra.

Dix minutes plus tard, Starkey se garait sur le parking du commissariat de Glendale. Elle trouva Buck et Russ Daigle dans l'annexe, ce petit bâtiment de brique au fond du parking qui servait à l'entraînement des membres de la brigade. Ils étaient tous deux penchés sur le robot Andrus et buvaient du café. Ils l'accueillirent avec un grand sourire.

— Ce satané truc persiste à virer à droite. Pas moyen de le faire aller droit. Tu n'as pas une idée, toi, de ce qui cloche ?

— Il est sûrement républicain.

Daigle, qui l'était résolument lui-même, éclata de rire.

— Buck ? Je peux te parler une seconde ?

Starkey lui annonça qu'elle venait lui proposer de visionner le montage réalisé par la société de postproduction. Ce fut le seul prétexte qu'elle trouva.

— J'y jetterai un œil si tu veux, mais je n'ai rien remarqué du tout sur les autres cassettes. Bon Dieu, je ne sais pas si je supporterai de revoir Charlie comme ça.

Elle choisit d'orienter la conversation sur Leyton.

— Il n'y a pas d'urgence. Je peux aussi demander à Dick s'il a vu quelque chose. Il reconnaîtra peut-être quelqu'un.

Daggett hocha la tête.

— Oui, pourquoi pas ? Il se tenait juste derrière le cordon.

Starkey eut un haut-le-cœur. Mais elle devait rester professionnelle. Elle était là pour faire son métier. Son métier de flic.

— Tu te souviens quand il est arrivé sur les lieux ?

— Environ vingt minutes avant la mort de Charlie, dans ces eaux-là.

— Bon, je vais aller le voir.

Starkey retraversa le parking dans l'autre sens. Elle avait du mal à mettre un pied devant l'autre. Comme si elle devait franchir un champ de mines. Les jambes raides, elle eut toutes les peines du monde à les replier pour rentrer dans sa voiture. Plus rien n'allait. Elle resta là, à contempler le bâtiment, la fenêtre du bureau de Leyton... Le carton contenant les affaires de Charlie Riggio était toujours sous le bureau de Daigle. Son téléphone portable devait se trouver parmi elles. Si Riggio et Susan Leyton avaient été amants, ils avaient dû se téléphoner régulièrement, en particulier lorsque Dick était au travail. Les factures téléphoniques le prouveraient. Starkey fut surprise de constater que cette pensée la laissait complètement indifférente. Juste une étape de plus dans son enquête... C'était comme si rien ne comptait plus vraiment, hormis l'accumulation des indices qu'elle pourrait fournir à Kelso pour démontrer que Pell avait tort.

Elle prit son propre téléphone portable et composa le numéro d'Angela Wellow. Cette fois-ci, elle lui dit la vérité.

Starkey et la sœur de Riggio étaient assises sur un vieux canapé élimé, l'album photos posé entre elles. La maison était calme. Todd dormait par terre, sur le ventre. Le regard d'Angela ne cessait de revenir vers les clichés, comme si elle cherchait à y découvrir quelque sens caché.

— Je ne sais pas quoi penser, avoua-t-elle en se frottant nerveusement la paume de la main sur la cuisse. Qu'est-ce que vous voulez que je vous réponde ? Vous êtes en train de me dire que Charlie a été assassiné !

— J'enquête dans ce sens, en effet. C'est pour cela que j'ai besoin de ses relevés téléphoniques, Angela. Il faut que je sache qui il appelait.

Angela la regarda fixement, et Starkey sut ce qui allait suivre. Lorsqu'elle lui avait rendu l'album et lui avait expliqué qu'elle était venue la première fois sous un faux prétexte, Angela l'avait écoutée sans broncher. À présent, il fallait qu'elle se libère.

— Pourquoi m'avez-vous menti hier ? Pourquoi ne pouviez-vous pas simplement me raconter la vérité ?

Starkey essaya de soutenir son regard, mais n'y parvint pas.

— Je n'en étais pas capable. Je suis désolée.

— Mon Dieu.

Angela se leva et se pencha sur son petit garçon comme pour vérifier que c'était bien lui.

— Et que vais-je dire à mes parents ?

Starkey ne répondit pas. Elle ne voulait pas se perdre dans les détails. Il fallait qu'elle reste concentrée, qu'elle continue d'avancer jusqu'à ce que cette histoire soit réglée, et qu'elle puisse remettre son rapport à Kelso.

— J'ai besoin de ces notes de téléphone, Angela. Je vous en prie, est-ce que nous pouvons aller les chercher ?

— Todd ? fit alors Angela. Todd, réveille-toi, mon chéri. Il faut qu'on y aille.

Elle prit son fils endormi sur l'épaule, puis se tourna vers Starkey et lui lança un regard haineux.

— Vous m'attendrez dehors. Je ne veux plus que vous mettiez les pieds chez Charlie.

Starkey patienta près d'une heure devant l'immeuble de Riggio. Enfin, Angela réapparut derrière les portes vitrées. Elle tenait à la main un paquet d'enveloppes blanches.

— Je m'excuse, j'ai eu du mal à les trouver.

— Ce n'est rien. Merci beaucoup, Angela.

— Ne me remerciez pas. Je ne sais pas ce que vous fabriquez, ni pourquoi. Mais vous n'avez aucune idée de ce que cela me coûte.

Angela lui remit les enveloppes et s'éloigna sans un mot.

Starkey alluma une cigarette et souffla un nuage de fumée qui emplit tout l'habitacle. Elle aimait cette odeur, et l'effet que lui procurait le tabac. Pourquoi les gens en faisaient-ils tout un plat ? À cause du cancer... et alors ?

En examinant les factures téléphoniques de Charlie Riggio, un numéro lui sauta tout de suite aux yeux. Elle ne connaissait pas par cœur celui des Leyton. mais ce n'était pas nécessaire Charlie avait appelé ce même numéro dans la même zone deux ou trois fois par jour, parfois jusqu'à six ou sept fois, et ce pendant des mois.

Starkey déposa les relevés sur le siège passager, éteignit sa cigarette et sortit son téléphone. Elle relut le numéro et le composa.

— Allô ?
Une voix de femme, familière.
— Bonjour, Susan, déclara Starkey, soudain très lasse.
— Pardon ? Qui demandez-vous ?
Starkey hésita avant de répondre.
— Susan ?
— Je suis désolée, vous faites erreur.
Starkey vérifia le numéro. Elle ne s'était pas trompée.
— Ici Carol Starkey. Je voudrais parler à Susan Leyton.
— Ah ! bonjour, inspecteur. Vous vous êtes trompée de numéro. C'est Natalie Daggett à l'appareil.

16

— Allô ? Vous êtes toujours là ? ajouta Natalie Daggett.

Starkey vérifia de nouveau le numéro de téléphone. C'était bien celui-là, composé plusieurs fois par jour depuis des mois.

— Oui, pardon, Natalie. Je suis désolée, mais ce n'est pas sur vous que je pensais tomber. Je suis un peu perturbée...

Natalie éclata de rire.

— Je connais ça. Ce genre d'absences m'arrive tout le temps. L'âge, sans doute.

— Dites-moi, avez-vous l'intention de bouger dans l'heure qui vient ?

— Non, mais Buck n'est pas là. Il a repris le travail.

— Je sais. En fait, c'est vous que je voudrais voir. Ce ne sera pas long.

— Vous voulez me voir pour quoi ?

— Il y en a pour deux minutes, je vous assure. J'arrive tout de suite.

— Expliquez-moi au moins pourquoi...

— C'est à propos de Buck. Je lui prépare une surprise. À cause de ce qui est arrivé à Charlie. Une petite fête pour lui remonter le moral.

— Ah ! voilà pourquoi vous vouliez parler à Susan...

— Oui. En fait, c'est une idée de Dick.

— Ah bon. Très bien.

— À tout de suite.

— D'accord.

Starkey éteignit son téléphone et le rangea. Ainsi ce n'était pas Dick, mais Buck Daggett. Dire qu'elle avait passé des heures à voir et revoir les cassettes, alors que le tueur était là, au centre de l'image, attendant tranquillement que son équipier se penche sur la bombe. Starkey repensa à Dana et au phénomène de l'illusion perceptive. Tout dépendait de la manière dont vous regardiez les choses. À présent, elle comprenait ce qui l'avait gênée dans les enregistrements. Buck n'avait pas dégagé le secteur dans l'éventualité d'une seconde bombe. Il aurait dû emmener Riggio loin du lieu de l'explosion avant de lui enlever sa combinaison, comme il l'avait fait pour elle dans le camping. Elle l'avait constaté en visionnant la cassette de sa propre mort. Or il n'avait pas évacué Riggio. Tous les démineurs étaient entraînés pour avoir ce réflexe, mais Buck ne l'avait pas eu. Elle avait regardé cette scène pendant tout ce temps, et elle ne l'avait pas remarqué.

Starkey effectua sans se presser le long trajet qui menait à Monterey Park. Natalie ne soupçonnait certainement pas son mari d'avoir assassiné son amant. Buck avait préparé son coup bien trop minutieusement pour prendre le risque de se confier à sa femme, même pour la punir.

En arrivant devant chez les Daggett, Starkey fut soulagée de constater que le 4 × 4 de Buck n'y était pas. Elle prit son air de flic le plus sévère, le même qu'elle arborait lorsqu'elle avait interrogé le type de Venice à propos du pouce de sa petite fille, et sonna à la porte. Natalie ouvrit. Elle avait mauvaise mine. À l'évidence, elle n'avait pas très bien dormi ces derniers temps.

— Bonjour, Natalie. Merci de me recevoir.

Starkey la suivit dans une petite salle à manger, où Natalie l'invita à s'asseoir. Par la fenêtre, elle aperçut la tondeuse, et nota que la pelouse du jardin était toujours dans le même état. Comme la dernière fois, Natalie ne lui proposa rien à boire.

— Alors, qu'est-ce que vous préparez comme surprise ?

Starkey sortit de son sac les relevés de téléphone, et les posa sur la table. La femme de Buck les contempla sans comprendre.

— Je m'excuse, Natalie, mais ce n'est pas pour ça que je suis venue vous voir. En fait, j'ai fouillé dans les affaires de Charlie, et j'ai trouvé certaines choses dont je souhaiterais vous parler.

Dès qu'elle eut mentionné le nom de Riggio, Natalie se raidit.
— Je croyais que vous vouliez me parler de Buck ?
Starkey lui tendit les papiers.
— Ce sont les factures téléphoniques de Charlie. Vous voyez votre numéro, ici ? Et le nombre de fois qu'il a été composé ? Je sais déjà ce qu'il en est, mais j'aimerais vous l'entendre dire. Charlie et vous étiez amants, n'est-ce pas ?
Natalie contempla les pages sans les toucher. Pendant quelques secondes, elle resta absolument immobile, puis elle renifla et des larmes se mirent à couler sur ses joues.
— Dites-le-moi. Étiez-vous amoureux l'un de l'autre ?
Natalie hocha la tête en silence, comme une petite fille en proie à un chagrin trop lourd. Starkey en fut bouleversée. Bouleversée et honteuse.
— Vous vous voyiez depuis quand ?
— Depuis l'an dernier.
— Parlez plus fort, s'il vous plaît.
— Depuis l'an dernier.
— Buck est-il au courant ?
— Bien sûr que non. Cela lui ferait trop mal.
Starkey reprit les relevés et les remit dans sa veste.
— Très bien. Je suis navrée d'avoir dû vous demander cela, mais il le fallait.
— Vous allez le dire à Buck ?
— Non, Natalie, mentit Starkey. Je ne lui dirai rien.
— Charlie, c'était juste une erreur. Rien de plus. Ça arrive à tout le monde d'en faire.
Starkey se leva sans un mot, rejoignit sa voiture sous la canicule et se mit en route pour Spring Street.

Buck

Le fait que Starkey ait passé tant de temps à Glendale et qu'elle pose autant de questions à propos de ce connard de Riggio ne plaisait pas du tout à Buck Daggett. Surtout depuis qu'il avait entendu dire qu'elle cherchait à en savoir plus sur Charlie. Qu'est-ce qu'elle avait dans la tête, nom de Dieu ? Jamais elle ne s'était préoccupée de lui, ni de qui que ce soit d'autre d'ailleurs, depuis la bombe du camping. C'était devenue une ivrogne, une vraie loque. Et voilà qu'elle se transformait en pleureuse.

Buck, qui voulait tenir l'enquête aussi éloignée que possible de Riggio, n'était pas peu fier d'avoir réussi à mettre Starkey sur la piste de M. Rouge. Et pourtant, il avait joué de malchance : la seule lettre de son nom qu'on avait retrouvée était cette saloperie de S, dont tout le monde pensait qu'elle provenait de Charles. En voyant les fédéraux débarquer et ouvrir la chasse à M. Rouge, Buck avait repris du poil de la bête. À présent, il semblait bien que cette salope de Starkey avait fini par découvrir la vérité. Ou, du moins, par la soupçonner.

Buck Daggett était encore occupé à réparer le robot Andrus lorsque Natalie avait appelé. Cette idiote n'avait pas pu s'empêcher de le prévenir que Starkey venait lui rendre visite parce qu'ils lui préparaient une surprise. Pour le consoler. C'était la meilleure ! Après avoir raccroché, il avait à peine eu le temps d'atteindre les toilettes avant de se vider les tripes. Puis il s'était précipité chez lui pour voir ce qui se passait.

Lorsque le véhicule de Starkey s'éloigna de sa maison, Buck se tapit derrière la haie du jardin voisin d'où il l'épiait. S'il ignorait ce qu'elle savait exactement sur lui, il avait une certitude : elle le suspectait. Et c'était suffisant.

Buck décida de l'éliminer.

17

Starkey téléphona à Mueller de sa voiture. Il n'était pas au bureau, et elle lui laissa un message sur son répondeur pour l'avertir que l'homme sur la photo était innocenté, et qu'elle lui en enverrait une autre. Ensuite, elle appela Marzik.

— Beth, je voudrais que tu me prépares un tapissage et qu'on se retrouve chez le fleuriste. Préviens Lester, et arrange-toi pour qu'il soit là. S'il est en livraison, qu'ils le fassent revenir.

— J'allais partir déjeuner...

— Eh bien, tu attendras. Je veux un échantillon de types blancs et latinos, d'une quarantaine d'années, correspondant à la description de Lester. N'en parle à personne, Beth. Contente-toi d'organiser tout ça.

— Attends, tu ne peux pas m'en dire un peu plus ? Tu as un suspect ?

— Oui.

Starkey raccrocha avant que Marzik ait eu le temps d'en demander plus. À présent, il fallait agir vite. Natalie allait à coup sûr parler à Buck de sa visite et peut-être même du fait qu'elle l'avait questionnée sur Charlie Riggio. Ce n'était pas l'éventualité que Buck prenne la fuite qui l'inquiétait, mais qu'il décide de détruire des preuves dont elle pourrait avoir besoin pour le confondre.

Elle appuya sur l'accélérateur, passa en coup de vent chez elle pour y prendre un portrait de Buck Daggett, et se rendit à Silver Lake. Comme Dick Leyton, Buck était en civil sur la photo.

En arrivant chez le fleuriste, elle aperçut Marzik et Lester qui discutaient sur le trottoir. Marzik vint à sa rencontre, une enveloppe en papier kraft à la main.

— Tu veux bien me dire ce qui se passe ? Le père de ce gosse est en train de péter les plombs.

— Fais-moi voir les photos.

Le tapissage était une sorte de page d'album plastifiée contenant six portraits. On en trouvait des classeurs entiers dans les bureaux des inspecteurs, représentatifs d'âges, de sexes et de types différents. La plupart des photos étaient celles d'officiers de police. Starkey en enleva une et la remplaça par celle de Buck Daggett.

Marzik lui agrippa le bras.

— Tu plaisantes, j'espère !

— Non, pas le moins du monde.

Starkey tendit la feuille à Lester en lui expliquant qu'il devait scruter attentivement chaque visage avant de décider si l'un d'eux pouvait être celui du suspect de la cabine téléphonique. Marzik semblait tellement effarée que le jeune homme s'en inquiéta.

— Non, non, tout va bien. Regarde les photos.

— Aucun ne porte une casquette.

— Regarde leur visage, Lester. Repense à l'homme que tu as vu. Est-ce qu'il pourrait s'agir de l'un de ces types ?

— Je crois que c'est lui, déclara Lester en désignant Buck Daggett.

Marzik tourna aussitôt les talons et s'éloigna.

— Elle va bien ?

— Ne vous inquiétez pas, Lester. Merci beaucoup.

— J'ai choisi le bon ?

— Il n'y a pas de bonne réponse, Lester. Certaines sont moins erronées que d'autres, c'est tout.

Starkey rejoignit Marzik, qui contemplait le trottoir d'un œil vide.

— Bien, tu m'expliques, maintenant ?

Starkey lui raconta tout. Ensuite, elles appelèrent Kelso pour le prévenir qu'elles arrivaient. Starkey le pria de demander à

Nibard d'être présent également, et il voulut savoir pourquoi elle tenait à les rencontrer tous ensemble.

— J'ai du nouveau, Barry. Et j'ai besoin de votre avis sur la marche à suivre.

Elle avait été bien inspirée de solliciter son aide : sans faire de difficultés, Kelso lui promit qu'il les attendrait avec Santos.

Marzik était adossée à sa voiture, encore sous le choc.

— Ça va sans doute te paraître stupide, Carol, mais est-ce qu'on pourrait y aller ensemble ? Je n'ai pas envie de me retrouver seule dans ma voiture.

— Je comprends très bien.

Lorsqu'elles arrivèrent à Spring Street, Starkey ne prit même pas la peine de se garer dans le parking. Elle abandonna son véhicule en zone rouge devant l'immeuble, et entraîna Marzik vers l'ascenseur.

C'était la première fois, lui semblait-il, qu'elle voyait l'ordinateur de Kelso éteint. Le lieutenant était assis derrière son bureau, les mains croisées, comme s'il n'avait pas bougé depuis leur conversation téléphonique. Santos attendait sagement sur le canapé, tel un écolier qu'on aurait convoqué chez le proviseur. Carol le trouva fatigué. Ils en étaient probablement tous au même point.

— Alors, qu'est-ce qui se passe, Carol ? demanda Kelso.

— Ce n'est pas M. Rouge. Il n'y est pour rien.

— On ne va pas revenir là-dessus, tout de même ! s'exclama-t-il en levant les yeux au ciel. Les signatures sont les mêmes...

— Écoutez-la, Barry, l'interrompit Marzik.

Kelso les dévisagea, incrédule, puis il posa les mains à plat sur son bureau, sous le regard perplexe de Santos.

— Bon, allez-y.

— Les signatures ne sont pas les mêmes, expliqua Starkey. Elles le sont presque, mais pas totalement. Si vous ne me croyez pas, vous pouvez appeler Rockville et interroger les gens de l'ATF.

— Et que nous apprendront-ils ? intervint Santos.

— Que la bombe de Silver Lake est différente des autres. Ils vous feront part de leurs soupçons selon lesquels l'individu responsable de cet attentat s'est inspiré de leurs rapports. En effet, la seule particularité de notre engin réside dans un point qui n'y figurait pas.

Starkey procéda étape par étape, veillant à ne pas mentionner le nom de Buck Daggett avant d'avoir terminé. Elle expliqua la différence dans la fabrication des bombes et rappela leurs similarités, précisant que l'assassin de Riggio avait dû s'approvisionner en RDX pour fabriquer l'hybride de Modex que M. Rouge affectionnait tant.

— Le RDX est un composant très rare, Barry. La seule personne dans la région qui en ait eu récemment, c'est Dallas Tennant. Quiconque en cherchait devait se tourner vers lui. Beth et moi avons réussi à localiser sa planque. Un individu ressemblant au suspect qui a composé le 911 y a été repéré il y a un mois environ. Il venait vraisemblablement se ravitailler en RDX. Je ne sais pas comment il a eu vent de cette cachette, s'il l'a découverte de la même manière que nous, en se renseignant sur les biens immobiliers de Tennant, ou s'il avait conclu un accord quelconque avec lui. En tout cas, ce n'est pas l'intéressé qui nous l'apprendra, puisqu'il est mort.

— Qui est cet homme ?

Starkey ne tint pas compte de sa question. Il lui semblait que si elle accusait Buck sans avoir au préalable exposé toutes les preuves nécessaires, leur petite réunion risquait de dégénérer. Elle brandit le tapissage, mais sans le donner à Kelso.

— Nous avons montré ça à Lester Ybarra, et il a reconnu l'un de ces hommes comme étant celui de la cabine. Maintenant, il faut que nous fassions de même avec le témoin de Bakersfield, et voir s'il confirme.

Elle tendit les photos à Kelso en lui désignant celle de Buck Daggett.

— Lester a identifié cet homme.

— Il a dû se tromper, c'est tout, répliqua le lieutenant en secouant la tête.

Starkey posa les relevés téléphoniques de Riggio sur le tapissage.

— Tenez, les factures de Charlie Riggio. Regardez le numéro que j'ai souligné. C'est celui du domicile de Buck. Riggio et Natalie Daggett étaient amants. Elle me l'a confirmé il y a moins d'une heure. Je pense que Buck l'a découvert, et qu'il a assassiné Charlie.

— Mon Dieu, lâcha Nibard en poussant un grand soupir.

Kelso se leva, le visage fermé. Il marcha jusqu'à la fenêtre, regarda au-dehors, puis revint et prit appui sur son bureau.

— Qui est au courant, Carol ?

— Personne à part nous.

— Avez-vous dit à Natalie que vous suspectiez Buck de meurtre ?

— Non.

Kelso se rassit en hochant la tête.

— Bon, on n'a pas de temps à perdre. Si ça se trouve, Buck pourra tout nous expliquer.

Marzik fit la moue, l'air sceptique.

— Vous croyez que c'est facile, inspecteur ? Je connais ce type depuis dix ans. Il ne s'agit pas juste de serrer n'importe quel fils de pute.

Jamais Starkey n'avait entendu Barry Kelso jurer.

— Ça non, monsieur.

— En effet, renchérit Jorge.

Kelso lui jeta un coup d'œil et se renversa dans son siège.

— Il va falloir que j'avertisse le directeur adjoint Morgan. Vous viendrez avec moi, Starkey. Je suppose qu'il voudra nous voir pour nous poser quelques questions. Putain, quelle sale histoire ! Un flic de Los Angeles impliqué dans une affaire pareille... Dick Leyton doit être mis au courant aussi. Difficile de se pointer là-bas et d'arrêter un de ses hommes sans qu'il en soit informé. Je les appelle tout de suite.

Starkey se surprit à trouver soudain Kelso sympathique. Elle voulut dire quelque chose.

— Je suis désolée, lieutenant.

Kelso se frotta nerveusement la joue.

— Vous n'avez pas à l'être, Carol. J'aimerais vous dire que vous avez fait de l'excellent boulot, mais, en l'occurrence, c'est un peu délicat.

— Oui, je comprends.

Buck ne retourna pas à Glendale. Il appela Dick Leyton sous le prétexte de le prévenir qu'il rentrerait plus tôt chez lui. En réalité, il voulait juste tâter le terrain et voir ce que Leyton savait. S'il l'avait traité comme un suspect, Buck se serait procuré illico les services du meilleur avocat de la place. Mais il se montra détendu et amical. Starkey avait gardé ses doutes pour elle. Buck en aurait mis sa main au feu.

D'ailleurs, c'est ce qu'il s'apprêtait à faire.

Il avait conservé environ trois kilos d'hybride de Modex, plus le reste des autres composants nécessaires à copier les bombes de M. Rouge. Ayant réussi à se convaincre que Starkey n'avait pas réuni assez de preuves pour tenter quoi que ce soit, il reprenait espoir. Il pouvait encore s'en sortir en agissant suffisamment vite et en se débarrassant d'elle avant qu'elle puisse terminer son enquête.

Après avoir parlé à Leyton, Buck élabora une liste compliquée de courses pour tenir Natalie éloignée de la maison, puis y rentra. Sa femme avait l'air stressée, sûrement à cause de la visite de Starkey, mais il fit semblant de ne pas le remarquer. Il lui donna la liste, la mit à la porte, se força ensuite à se calmer et à réfléchir de nouveau posément. Il était à la fois désespéré et terrorisé. C'étaient là deux bonnes raisons pour faire des erreurs, et il le savait.

Une fois qu'il eut recouvré ses esprits et qu'il se fut définitivement persuadé que la seule façon de sauver sa peau consistait à éliminer Starkey, il décida de se mettre au travail.

Buck avait conservé l'hybride de Modex et les autres composants dans une glacière entreposée dans son garage. Il sortit son 4 × 4 pour faire de la place, et referma le rideau de fer afin de ne pas être vu depuis la rue. La sublimation du Modex dégageant des vapeurs toxiques, il ouvrit la porte qui donnait sur le jardin et brancha un ventilateur.

Buck alla chercher la glacière sur l'étagère élevée où il l'avait cachée, hors de portée de Natalie, et la posa sur son établi. Le Modex, une matière gris foncé qui ressemblait à du mastic, était contenu dans un grand bocal en verre stérile. Avant de commencer, Buck enfila des gants en vinyle de manière à ne pas laisser d'empreintes, mais aussi pour éviter tout contact avec l'explosif. Cette saloperie pouvait vous tuer d'un coup rien que par le fait d'être manipulée. L'appel qui lui parvint soudain du jardin le fit sursauter, au point qu'il faillit s'oublier dans son pantalon.

— Hou ! Hou ! Y a quelqu'un ?

Buck recouvrit l'établi d'une serviette et alla à la porte. Au son de la voix, il avait cru qu'il s'agissait d'un Noir, mais le gosse était blanc.

— Qu'est-ce que tu veux ?

— Oh ! m'sieur, j' cherche à m' faire un peu d' pognon. J'ai vu qu' le jardin était, comment dire ? euh... en friche. J' voulais vous proposer d' tondre la p'louse.

— Merci, mais je le ferai moi-même. Maintenant, il faut que je retourne travailler.

— Ouais, enfin c'est pas votre priorité, on dirait ? Oh ! m'sieur, vous aideriez pas un gars qui aime mieux bosser que dealer ?

Les tempes de Buck se mirent à battre. En l'observant avec plus d'attention, il vit que ce gosse n'était pas vraiment un gosse. Il devait avoir pas loin de la trentaine.

— Fous-moi le camp, petit con. Je t'ai déjà dit, que j'étais occupé.

Le jeune recula d'un pas et commença à chantonner un rap célèbre :

— « Il m'a fait : "Bouge de là !" Alors, j'ai bifurqué... Je me suis éclipsé... J'ai dû disparaître... »

— T'es fêlé, ou quoi ?

— Non, m'sieur Daggett, j' voulais juste rigoler un peu. Désolé pour le dérangement.

— Comment tu connais mon nom ? questionna Buck, interloqué.

— Par le Chinois d'en face. J' lui ai d'abord proposé mes services à lui, mais y m'a dit d'aller vous voir. Paraît que votre jardin est toujours dans un sale état.

— Eh bien, je l'emmerde. À présent, laisse-moi bosser.

Buck le regarda s'éloigner, puis retourna dans son garage en maudissant le Chinois d'en face. Il ne vit pas le jeune faire demi-tour. Pas plus qu'il ne remarqua l'objet contondant qui le fit tomber à terre. Même s'il s'en était aperçu, cela n'aurait rien changé. Il était déjà trop tard.

À aucun moment Buck ne perdit vraiment connaissance. Il savait qu'il avait pris un coup, et qu'on lui en avait assené deux autres après qu'il fut tombé à terre. Il aperçut le jeune au-dessus de lui, mais ne put lever les bras pour se protéger. Son agresseur le menotta à l'établi, puis disparut de son champ de vision.

Buck voulut parler, mais sa bouche ne lui répondait pas plus que ses membres. Il eut soudain très peur d'être paralysé et se mit à pleurer.

Au bout d'un moment, le jeune revint et le secoua.

— T'es réveillé ?

Il scruta ses pupilles, puis le gifla. Buck remarqua qu'il avait un visage de fouine et que son crâne était tout blanc : il ne devait pas être rasé depuis bien longtemps.

— Allez, réveille-toi ! Je n'ai pas frappé assez fort pour te tuer. Reprends-toi, bordel !

— Je n'ai pas d'argent.

— C'est pas ton argent que j'veux, pauv' con. Malheureusement pour toi.

Les oreilles de Buck sifflaient. Un son aigu et monocorde qui semblait ne plus devoir cesser. Une fois, durant un match de base-ball au lycée, il s'était assommé en rentrant dans un autre joueur. Les symptômes étaient les mêmes.

— Alors, qu'est-ce que tu veux ? Si c'est la voiture, les clés sont dans ma poche. Prends-les.

— Ce que je vais prendre, c'est le Modex. Et ce que je veux, c'est te donner une bonne leçon.

Buck resta perplexe. Comment ce personnage déguisé en une sorte de rappeur noir pouvait-il être au courant pour le Modex ? Comment pouvait-il même savoir ce que c'était ?

— Je ne comprends pas.

Le jeune prit le visage de Buck entre ses mains et l'approcha tout près du sien.

— Tu m'as volé mon travail, espèce d'enculé ! Tu t'es fait

passer pour moi. Disons que tu as commis... une légère erreur de jugement.

— Je ne vois pas de quoi vous parlez.

— T'inquiète pas, je vais t'aider à piger.

Il se dirigea vers l'établi et en revint avec l'un des tubes. Des fils sortaient d'une extrémité, l'autre étant bouchée. Il agita le tube sous le nez de Buck pour lui faire sentir l'odeur âcre du Modex.

— Maintenant, tu sais qui j' suis ?

Buck comprit, et il eut si peur qu'il sentit la chaleur de l'urine se répandre sur ses jambes.

— Ne me tuez pas, je vous en supplie. S'il vous plaît. Prenez le Modex et allez-vous-en. Par pitié, ne me tuez pas ! Je suis désolé de m'être fait passer pour vous, mais il fallait que je supprime ce fils de pute qui baisait ma femme et...

M. Rouge posa une main sur la bouche de Buck.

— Cool... Du calme... Détends-toi.

Buck hocha la tête.

— Ça va mieux ?

Il acquiesça de nouveau.

— Bon. Alors, écoute.

M. Rouge s'assit en tailleur sur le sol en béton. Il tenait la bombe sur ses genoux comme s'il s'agissait d'un petit chat.

— Tu m'écoutes ?

— Oui.

— Je ne vais pas te raconter d'histoires. Tu sais, je t'en veux beaucoup d'avoir fait croire à tout le monde que c'était moi qui avais tué ce type. Mais je te laisse une chance. Une seule. Je t'explique.

Buck attendit la suite, mais M. Rouge semblait vouloir se faire prier.

— De quoi s'agit-il ?

— Dis-moi ce que sait Carol Starkey.

John alla récupérer la voiture volée qu'il avait abandonnée dans la rue. Pas de Chinois à l'horizon. Il avait laissé Buck attaché à son établi, bien vivant, mais inconscient. Avant de partir, il l'avait aspergé d'un seau d'eau et giflé pour qu'il revienne à lui. Puis il avait attendu qu'il soit vraiment réveillé.

John s'installa au volant et mit le contact. Il regarda autour de lui en secouant la tête : une rue minable perdue au milieu d'un bled sordide écrasé par la chaleur. Comment les gens faisaient-ils pour vivre comme ça ? Il desserra le frein à main et redescendit la rue au pas, tout en comptant jusqu'à cent. Alors seulement, il se dit que Buck devait être tout à fait conscient. Et il appuya sur le bouton argenté.

Spring Street

Marzik et Santos appelèrent chez eux pour prévenir qu'ils rentreraient tard. En voyant la mine de Marzik, Starkey comprit que sa mère n'avait pas particulièrement bien accueilli la nouvelle. Les trois inspecteurs s'assirent à leurs bureaux, perdus dans leurs pensées. Au bout d'un moment, Jorge demanda si quelqu'un voulait du café. Ni Starkey ni Marzik ne lui répondirent et il n'insista pas.

Marzik fut la première à perdre patience.

— Mais enfin, qu'est-ce qu'il fout ? On n'a pas besoin de la caution de Parker Center. Allons coffrer ce salopard.

Santos lui lança un regard réprobateur.

— Il veut l'accord de Morgan, c'est tout. C'est la procédure.

— Quelle lopette, ce Kelso !

— Morgan n'est peut-être pas là. Ou alors, il n'arrive pas à joindre le lieutenant Leyton.

— Oh ! laisse tomber.

Starkey s'apprêtait à sortir fumer une cigarette lorsque son téléphone sonna. C'était Reege Phillips. Il s'exprimait sans son emphase habituelle, ce qui l'inquiéta aussitôt.

— Je ne peux pas trop te parler, Reege. C'est urgent ? s'enquit-elle, en s'efforçant de baisser la voix pour que ses collègues n'entendent pas.

— Plutôt, oui. Tu es dans la merde, Carol.

— Je te rappelle tout de suite, d'accord ?

— Tu veux changer de téléphone ?

— Oui. C'est bon, j'ai ton numéro.
— O.K. À tout de suite.

Dès que Starkey fut sur le palier, elle rappela Phillips de son portable.

— Qu'est-ce que tu voulais me dire ? Pourquoi suis-je dans la merde ? demanda-t-elle sans parvenir à masquer son anxiété.

— Jack Pell n'est pas un agent de l'ATF. Il l'a été mais ce n'est plus le cas.

— C'est impossible ! Il détenait les rapports de Rockville. Il a même fait travailler un correspondant à la fac de sciences pour nous.

— Écoute-moi. Pell était un agent de terrain de l'ATF, membre de la cellule de répression des crimes avec violence, elle-même rattachée à la Division du crime organisé du ministère de la Justice. Il y a vingt mois, il se trouvait dans un entrepôt à Newark, dans le New Jersey, pour capturer des chinetoques en provenance de Cuba. Tu as lu les rapports qu'il t'a remis ?

— Oui.

— Newark, ça te dit quelque chose ?

— La première bombe de M. Rouge.

— Pell était sur les lieux quand elle a explosé. Le choc a provoqué un décollement de la rétine dans ses deux yeux. Si c'est pris à temps, on peut réparer les dégâts. Mais il a tardé à se manifester. Et il était trop tard.

— Trop tard, c'est-à-dire ?

— Il devient aveugle. La rétine se détache progressivement de ses nerfs optiques, et c'est irréversible. Le Bureau l'a mis en retraite anticipée. Or, d'après toi, il se comporte comme s'il était toujours en activité. Tu as affaire à un imposteur, Carol. Il veut mettre la main sur l'enfoiré qui l'a privé de la vue. Tu dois en référer à l'antenne locale de l'ATF avant qu'il fasse des conneries.

Prise de vertiges, Starkey dut s'adosser au mur.

— Carol ? Tu m'entends ?

— Je m'en occupe, Reege. Merci.

— Tu veux que je les prévienne ?

— Non, non, laisse-moi faire... Écoute, Reege, il faut que j'y aille. On tient une piste sérieuse.

— Méfie-toi de ce type, Carol. Il veut se venger de cet enculé. Dieu sait de quoi il est capable. Il risque même de constituer une menace pour toi.

Starkey termina sa cigarette puis revint dans la salle des inspecteurs. Manifestement, elle faisait une drôle de tête.

— Qu'est-ce qu'il y a ? s'enquit Marzik.

— Rien.

Enfin, la porte du bureau de Kelso s'ouvrit. Starkey comprit tout de suite que quelque chose n'allait pas.

— C'est pas trop tôt ! s'exclama Marzik en se levant et en se dirigeant vers l'escalier.

— Attendez, Beth.

Il les regarda, tour à tour, sans dire un mot...

— Qu'y a-t-il, lieutenant ? demanda Santos.

Kelso s'éclaircit la gorge. Sa pomme d'Adam montait et descendait à un rythme frénétique.

— Inspecteurs, la police de San Gabriel a été appelée pour une explosion au domicile de Buck. Son décès a été constaté sur les lieux.

18

Lorsqu'ils arrivèrent chez Daggett, les pompiers de San Gabriel avaient éteint l'incendie. Une épaisse fumée continuait de s'échapper du garage et de l'arrière de la maison, tandis que les enquêteurs postexplosions du bureau du shérif commençaient à ratisser les lieux. Starkey voulut les rejoindre, mais le commandant de la brigade de déminage locale refusa de la laisser entrer avant que le corps ait été enlevé. Seul Kelso eut le droit de passer. Dick Leyton, quant à lui, était arrivé quelques minutes avant eux.

Starkey se tenait devant la maison, en compagnie de Marzik et Santos. Ce dernier n'arrêtait pas de parler pour essayer de se calmer.

— Vous pensez qu'il s'est suicidé ? Ça arrive souvent quand ils se sentent cernés, vous saviez ça ?

— Non.

— Si, c'est courant, chez les officiers de police. En comprenant qu'ils vont tomber, paf ! ils se suicident.

Starkey, déjà mal à l'aise, s'écarta de lui.

— Je me demande s'il a aussi tué sa femme.

Marzik posa une main sur son épaule.

— Jorge ? Ferme-la, tu veux bien ?

Le suicide était effectivement l'hypothèse à laquelle Starkey avait songé en premier. Mais, si Daggett n'avait pas laissé de mot, ils risquaient de ne jamais en avoir la preuve formelle. Les décombres seraient passés au crible, les fragments récoltés et l'engin reconstitué, comme pour n'importe quelle bombe. On tenterait de déterminer le moment de l'explosion et de savoir si elle avait été accidentelle ou programmée. Les conclusions ne reposeraient alors que sur des suppositions.

Tandis que Starkey attendait sur le trottoir, ses pensées revinrent à Pell. Elle envisagea de lui envoyer un message sur son Alphapage, mais se rendit compte qu'elle ne saurait quoi lui dire s'il répondait à son appel. Aussi se força-t-elle à le chasser de son esprit, un exercice dans lequel elle commençait à exceller.

Au bout de quelques minutes, Kelso réapparut à côté du tout-terrain de Buck. Il leur fit signe de le rejoindre.

— Combien de corps ?

— Juste Buck. Apparemment, Natalie était absente. On ignore encore si elle est partie avant ou après l'accident, en tout cas, sa voiture n'est pas là.

Starkey se détendit quelque peu. Elle avait craint que Buck et Natalie n'aient péri ensemble.

— Pour l'instant, il semblerait qu'il s'agisse d'un suicide, ajouta Kelso. Préparez-vous à cette idée, Carol. Il n'y a pas encore de certitude, mais ça y ressemble.

— Pourquoi ? demanda Marzik.

— Il a écrit quelque chose sur le mur, au-dessus de l'établi. La peinture est fraîche. Ça pourrait être un mot d'adieu.

Starkey prit une profonde inspiration.

— Est-ce que mon nom est mentionné ?

— Non. On lit juste : « La vérité blesse. » C'est tout.

L'équipe du coroner de San Gabriel sortit en poussant un chariot, sur lequel reposait un sac en plastique bleu, informe et humide, contenant le corps.

— On peut y aller, maintenant, déclara Kelso en reprenant la direction de la maison. Je tiens à vous prévenir, c'est un vrai chantier. Le cadavre était complètement disloqué. Surtout, n'oubliez pas que nous ne sommes pas dans notre juridiction. Les enquêteurs du shérif sont en train de parler avec Dick Leyton. Ils voudront sûrement nous rencontrer. Donc, restez dans les parages.

— Carol avait raison, alors, lâcha Santos avec un air dépité.

— Évidemment qu'elle avait raison, imbécile, rétorqua Marzik en le fusillant du regard.

— Je sais bien, mais même avec toutes ces preuves j'espérais qu'elle se trompait.

Une fois arrivée à l'entrée, Marzik s'arrêta net.

— Oh ! et puis merde. Je n'ai pas envie de voir du sang partout. J'y vais pas.

Ils traversèrent l'allée, passant à côté des pompiers et de l'équipe de déminage de San Gabriel. Dans d'autres circonstances, sur une autre scène de crime, Starkey se serait approchée d'eux. Mais, dans le cas présent, elle les ignora. Dick Leyton se trouvait dans le jardin, en train de discuter avec deux types en costume. Probablement des enquêteurs de San Gabriel. Kelso et Santos les rejoignirent. Soulagée, Starkey resta seule. Elle n'avait aucune envie d'assister à cela, de ruminer toutes ces horreurs ni de parler à qui que ce soit. Elle aurait préféré ne pas avoir entendu toutes ces conneries sur le suicide. Désormais, elle se sentait coupable.

L'allée et la maison étaient entièrement inondées. Les pompiers étaient occupés à enrouler leurs lances, se déplaçant par petits groupes autour de la voiture de Buck et du garage. En s'écartant pour les laisser passer, Starkey sentit ses chaussures s'enfoncer dans la boue. Le rideau du garage avait été retiré. Il devait être abaissé au moment de l'explosion, car il était tout bombé vers l'extérieur. Pour accéder au foyer de l'incendie, les pompiers avaient dû tout d'abord tenter de le relever, avant de l'arracher avec des pinces. À l'intérieur, les enquêteurs post-explosions s'affairaient. Ils passaient les décombres au peigne fin et les photographiaient, exactement comme Starkey et ses hommes l'avaient fait à Silver Lake. L'air était humide et empreint d'une odeur de bois brûlé.

Au-dessus de l'établi trônait l'inscription écrite à la bombe de peinture en lettres rouges :

La vérité blesse

— Vous faites partie de l'équipe de L.A. ?

Starkey sortit son insigne.

— Ouais, je suis de la SAC. Je peux jeter un coup d'œil ?

— Ne touchez à rien sans notre accord, O.K. ?

Un morceau de bois en forme de demi-lune s'était détaché de l'établi, y creusant un arrondi irrégulier et tranchant. Les murs du garage étaient hérissés d'éclats de toute sorte, semblables aux épines d'un porc-épic. À l'exception de la partie déchiquetée par l'explosion, le plan de travail avait presque entièrement brûlé. Un objet quelconque avait heurté le mur du fond et y avait laissé une empreinte de couleur rouge. Le regard de Starkey se porta de nouveau sur le message. LA VÉRITÉ BLESSE. Cela voulait dire à la fois tout et rien. Quelle vérité ? Celle qui allait éclater au grand jour ? L'amour de sa femme pour un autre homme ? Ou bien le fait que Pell avait menti à Starkey et s'était servi d'elle ?

— Qu'est-ce que vous en pensez ?

— C'est trop tôt pour donner un avis, lui répondit l'un des policiers.

— Je le sais bien, mais je n'ai pas pu voir le corps. Vous l'avez examiné, vous. Donc, vous avez sûrement une idée.

L'homme ne s'interrompit pas dans sa tâche. Comme n'importe quel enquêteur, il voulait terminer son travail au plus vite pour pouvoir rentrer chez lui.

— À en juger par la manière dont il a sauté, je dirais qu'il était juste au-dessus de la bombe, là, devant son établi. Ses membres inférieurs sont intacts, mis à part les éclats de bois qui s'y sont logés. C'est sa poitrine et son ventre qui ont tout pris. Il a été littéralement éviscéré, ce qui permet de penser qu'il tenait l'engin contre son ventre. S'il s'est bien suicidé, il a dû se dire qu'en le pressant sur son bide il ne se louperait pas. Si c'était un accident, il devait sans doute être en train d'insérer les fils dans le détonateur, et aura par mégarde provoqué une étincelle. D'ailleurs, je pencherais plutôt pour cette dernière hypothèse.

Starkey ne croyait pas Buck Daggett assez stupide pour manipuler la charge d'un engin dont les piles auraient été branchées. Il est vrai qu'elle ne l'imaginait pas non plus en train de construire une bombe dans l'intention de tuer quelqu'un.

Voulant se faire une idée de l'énergie libérée par la déflagration, elle revint dans l'allée pour avoir une vue d'ensemble. La porte du garage était déformée et celle sur le côté avait carrément été soufflée. Quant au corps de Buck Daggett, il était sérieusement mutilé. À part cela, les dommages étaient plutôt limités. Starkey évalua la puissance à environ celle de deux grenades à main. Importante, certes, mais sans commune mesure avec la bombe qui avait tué Charlie Riggio ou avec les engins qu'utilisait Tennant pour faire sauter des voitures.

— Starkey, venez voir par ici, appela Kelso.

— J'arrive.

La porte sur le côté était sortie de ses gonds et s'était fendillée sous la pression. Elle devait donc être fermée lors de l'explosion. Or, s'il semblait logique que Buck n'ait pas laissé ouvert le rideau du garage pour se mettre à l'abri des regards indiscrets, le fait d'avoir complètement calfeutré la pièce paraissait étrange. Qu'il ait utilisé du Modex ou du RDX, la manipulation de l'un comme de l'autre dégageait des vapeurs très toxiques.

Starkey retourna voir l'enquêteur à l'intérieur.

— Vos hommes ont-ils découvert d'autres explosifs encore intacts ?

— Non. Tout a sauté. Ils ont fait venir un chien avant de laisser entrer l'équipe du coroner. Vous l'avez loupé de peu. C'est impressionnant comment ces chiens travaillent.

— Et ses mains ?

— Vous voulez dire, dans quel état elles sont ?

— Oui.

— À peu près normales. Bien sûr, elles sont lacérées par endroits et des lambeaux de peau ont été arrachés, mais elles n'ont pas été sectionnées. C'est bien à cela que vous pensiez, n'est-ce pas ? Vous savez, s'il était penché sur la bombe, cela dépend de ce qu'il faisait au moment où elle a explosé.

Son explication ne suffit pas à convaincre Starkey. Si Buck s'était suicidé, il aurait tenu la bombe à deux mains, bien contre lui, pour être sûr de mourir vite. Dans ce cas, ses mains se seraient détachées de ses bras. Et s'il était en train d'installer un détonateur dans la charge et que l'explosif ait sauté par accident, le résultat aurait été le même.

— Starkey ?

C'est avec un sentiment de malaise qu'elle rejoignit Kelso et les autres dans le jardin. Elle ne cessait de penser à la peinture rouge, et au fait que M. Rouge avait prétendu connaître son imitateur. Comment aurait-il pu remonter jusqu'à Dagget ? Par Tennant ?

Les deux types en costume étaient inspecteurs au service des Homicides du bureau du shérif. Le premier, Connelly, était un grand type à la mine sévère. Le second, Gerald, avait le regard éteint de celui qui a trop d'années de métier derrière lui. Le malaise de Starkey s'accrut en sa présence.

Après les avoir présentés, Kelso informa Starkey qu'ils souhaitaient l'interroger. Ils échangèrent leurs cartes, et Connelly la prévint qu'ils la contacteraient dans les prochains jours.

— Il y a peut-être quelque chose que vous pourriez d'ores et déjà faire pour nous, suggéra Gerald.

— Quoi donc ?

— Avez-vous rencontré le sergent Daggett plus tôt dans la journée ?

— Non. Mais je l'ai croisé hier.

— Avez-vous remarqué des marques de coups sur son visage ou sur sa tête ?

— Non, je n'ai rien vu de ce genre. Aujourd'hui, je ne sais pas, mais hier, il n'avait rien.

— Daggett a une bosse ici, expliqua Gerald en se touchant le côté gauche du front. Un gros œdème. On voudrait savoir quand il s'est fait ça.

— Je n'en ai aucune idée.

Elle n'aimait pas cela du tout. Après Tennant, c'était au tour de Daggett de sauter sur une bombe. M. Rouge avait-il véritablement réussi à retrouver la trace de son imitateur ?

— Ce n'était pas une charge très importante, commenta Starkey en jetant un nouveau coup d'œil au garage.

— Vous n'avez pas vu le corps, rétorqua Gerald avec un mauvais sourire. Il a été réduit en poussière.

Starkey ignora sa remarque et se tourna vers Kelso.

— L'enquêteur m'a fait une description, Barry. Le corps de Daggett est très abîmé à cause de la proximité de l'explosif, mais la déflagration n'a pas dû être considérable. Je ne saurais dire exactement combien Tennant avait de RDX, mais c'était plus que ça, en tout cas.

— Insinueriez-vous qu'il manque une partie de l'explosif ?

— Je m'interroge.

Starkey s'éloigna pour fumer une cigarette. En apparence, toute cette histoire était terminée, mais cela ne la satisfaisait guère. Elle ne cessait de penser à la bosse de Buck, ainsi qu'à ses mains. Logiquement, elles auraient dû être sectionnées. Quant à Tennant, quel explosif avait-il bien pu utiliser, et comment se l'était-il procuré ? Il fallait une énergie considérable pour séparer les bras du corps d'un homme. Toutes ces zones d'ombre l'intriguaient. C'était comme de reconstituer une bombe, et de se rendre compte que certains fils ne menaient nulle part. Un fil était toujours rattaché à quelque chose. Et, dans le cas d'une bombe, il l'était invariablement à des éléments fort peu sympathiques... Starkey se prit à songer à Pell.

— C'était pas trop dur ? l'interrompit Marzik.

— Ça va. On a vu pire, toi et moi.

— Apparemment, c'était quand même pas rien. Sinon, tu ne pleurerais pas.

Un peu gênée, Marzik s'éclaircit la gorge tandis que Starkey détournait la tête.

— Je n'avais pas envie de me taper toute cette merde, ajouta-t-elle. J'estime que j'en ai assez vu pour le restant de mes jours. Tiens, file-moi une cigarette.

Starkey la regarda, surprise.

— Mais tu ne fumes pas !

— J'ai arrêté il y a six ans. Bon, tu m'en donnes une, ou il faut que je te la demande à genoux ?

Starkey lui tendit le paquet.

Elles entendirent Natalie avant même de la voir. Les cris provenaient du cordon qui barrait le bout de la rue. Avec l'énergie du désespoir, la femme de Daggett tentait de se frayer un passage au milieu des officiers de police. Une femme plus âgée, sans doute une voisine, la prit dans ses bras, tandis que Dick Leyton se précipitait vers elle. Plus tard, une fois qu'elle aurait repris ses esprits, un inspecteur de San Gabriel l'interrogerait, lui poserait des questions sur les explosifs que Buck avait dissimulés et lui demanderait si celui-ci avait récemment parlé de suicide. Starkey se sentit soulagée que ce ne soit pas à elle de faire ce boulot. Soulagée et coupable.

— Bon, je crois que, cette fois-ci, on a touché le fond, commenta Marzik en hochant la tête.

Starkey n'était pas de cet avis. Elle écrasa sa cigarette.

— Beth, tu peux rentrer avec Kelso ? J'ai besoin de la voiture.

— Où vas-tu ?

Elle s'éloigna sans répondre.

Les détails bizarres relevés au sujet de Pell prenaient à présent tout leur sens : ses conditions de logement miteuses, le fait qu'il ait besoin d'elle pour effectuer les recherches sur le système central ou transférer des pièces à conviction, la façon dont il avait perdu son sang-froid avec Tennant... En se rendant à son motel, Starkey essaya de se mettre dans les mêmes dispositions que lorsqu'elle désamorçait une bombe. Chaque fois, elle avait l'impression d'entrer dans une autre dimension, où elle était à l'abri, en sécurité, et où son corps devenait un robot de chair et d'os, dépourvu de tout sentiment. Mais elle ne parvint pas à retrouver cet état de grâce. Il lui était de plus en plus difficile de faire abstraction de ses sentiments.

Elle se gara devant l'entrée et composa le numéro sur son portable. Il y eut dix sonneries avant que le réceptionniste finisse par lui demander d'une voix traînante si elle souhaitait laisser un message. Elle raccrocha, pénétra dans le hall d'accueil et le traversa sans s'arrêter à la réception. Ayant déjà téléphoné à Pell, elle connaissait le numéro de sa chambre. Elle la repéra, et partit dans les couloirs à la recherche d'une femme de chambre.

— Bonjour, je suis Mme Pell, chambre 112. Mon mari a pris les deux clés, et il n'est pas encore rentré. Vous pourriez me dépanner ?

Elle avait fait de son mieux pour adopter un ton détaché. Mais ce ne devait pas être bien convaincant.

— Ché quoi, vot' nom ?

— Pell. P-e-l-l. Chambre 112.

La femme de chambre, une jeune Portoricaine, chercha la clé sur son trousseau.

— Bien chour. Ché vais vous faire entrer.

Elle fit tourner la clé dans la serrure, puis s'écarta et laissa passer Starkey. Les mots de M. Rouge résonnaient dans sa tête.

Il se sert de vous, Carol Starkey. Il nous a montés l'un contre l'autre.

L'ordinateur était posé sur un petit bureau, contre le mur. Un modèle identique au sien. Elle l'alluma. Les mêmes icônes apparurent. Elle les ouvrit. Le même chemin d'accès à Claudius. Starkey considéra le lit. Les draps étaient défaits et sentaient la sueur. « J'aurais pu dormir dans ce lit », songea-t-elle. Cette pensée s'évanouit comme un murmure dans la brise.

Sans savoir ce qu'elle cherchait, elle entreprit de fouiller la chambre. Elle visita la salle de bains, l'armoire, le bureau et la valise... Rien. Que devait-elle faire ? Repartir ? À tout hasard, elle décida de jeter un œil dans les poches des vêtements qui pendaient à l'intérieur du placard. Dans la veste en cuir de Pell, elle tomba sur un petit sac en plastique à fermeture Éclair qui contenait un fragment de métal. Elle l'ouvrit, fit glisser l'objet dans sa main et lut : « TARKEY ».

Ses mains et ses avant-bras se mirent à fourmiller, comme si le sang n'y circulait plus. Peu importait que Buck Daggett eût gravé son nom pour brouiller les pistes. Pell avait cru que la bombe avait été posée par M. Rouge. Lorsqu'ils s'étaient vus au Barrigan's, il savait. Cette nuit-là, dans sa maison, lorsqu'il l'avait tenue sans ses bras, il pensait qu'elle était directement visée. Et il ne lui avait rien dit. Il s'était servi d'elle.

— Qu'est-ce que vous faites là ?

Pell se tenait dans l'encadrement de la porte. Son visage était pâle et ses joues creuses. Il ressemblait à un vieillard sur le point d'agoniser. L'espace d'un instant, elle fut tentée de le prendre dans ses bras pour le consoler. Après tout, il était une victime, comme elle. Mais elle se ressaisit bien vite.

— Espèce de salaud !

Ce ne fut pas une gifle qu'il reçut, mais un véritable coup de poing, en plein sur la bouche. Le sang jaillit.

— Où avez-vous trouvé ça ? hurla-t-elle en brandissant le bout de métal noirci. C'est le médecin légiste qui vous l'a donné ? Le premier jour, hein ?

Pell ne bougea pas. Il ne porta même pas la main à son visage.

— Je suis désolé, Carol.

— Pouvez-vous me dire exactement ce que j'ai été pour vous, Jack ? Un appât ? Tout ce temps, vous avez cru qu'il en avait après moi, et vous ne m'en avez pas informée. Vous vous êtes servi de ce truc pour le monter contre moi, ajouta-t-elle en désignant l'ordinateur, et vous ne m'avez même pas prévenue !

Il secoua la tête, et son silence ne fit qu'accroître sa colère.

— Ce n'était pas M. Rouge ! C'est Buck Daggett qui a tué Riggio. Et maintenant il est mort !

— C'est M. Rouge.

Elle le frappa de nouveau.

— Ça suffit !

Le gérant de l'hôtel apparut dans le couloir et leur lança un regard inquiet. Starkey s'efforça de se calmer.

— Charlie avait une liaison avec la femme de Buck, et c'est pour cela que celui-ci l'a tué. Un témoin l'a reconnu à Bakersfield, dans l'atelier de Tennant. C'est là qu'il s'est procuré le matériel nécessaire pour construire la bombe. On était sur le point de l'arrêter, mais il est mort, dans son propre garage, avec ces mêmes composants. Ce n'était pas M. Rouge !

Pell alla s'asseoir au bord du lit.

— Et c'est pour me raconter ça que vous êtes venue jusqu'ici ?

— Non. J'ai appris que vous n'étiez plus en activité, et je sais aussi pourquoi. Je suis désolée pour vos yeux. Sincèrement. Mais vous êtes déjà aveugle. Vous ne voyez même pas que nous tuons des gens.

— De quoi parlez-vous ?

— Dallas Tennant. Buck Daggett. S'ils ne se sont pas suicidés, c'est qu'on les a assassinés. Et si c'était nous qui avions conduit M. Rouge jusqu'à eux ? Et si nous étions responsables de leur mort ?

— S'il est toujours dans les parages, on a encore une chance de le coincer.

Starkey se sentit soudain triste pour lui.

— Pas vous, Jack, en tout cas. Pour vous, c'est fini. Je vais en parler à Barry. Il contactera l'antenne locale de l'ATF. Vous faites ce que vous voulez, mais je tenais à vous prévenir.

Pell s'avança, mais elle le repoussa.

— Arrêtez.

— Je n'avais pas l'intention de chercher à vous en empêcher.

— Ça m'est égal. Seul le mal que vous m'avez fait compte. Je me suis longtemps évertuée à ne plus rien ressentir. Vous êtes la première personne avec qui je me sois laissée aller, et vous vous êtes servi de moi. Au bout de trois ans, je fais enfin un pas en avant, et je me heurte à un mur de mensonges.

— Ce n'est pas vrai.

— Ne dites pas ça. Peu importe que vous ayez éprouvé quelque chose pour moi. Si c'est le cas, je préfère que vous ne me le disiez pas. Cela rendrait les choses encore plus difficiles.

— Je sais.

Il avait au moins la décence de ne pas en rajouter. Toutefois, cette explication se révélait plus difficile que prévu. Starkey s'était attendue qu'il cherche à s'expliquer, qu'il argumente, mais non. Il avait juste l'air blessé et un peu perdu.

— Nous avons tous une face cachée, enfouie au plus profond de nous-mêmes, déclara-t-elle. Par ce biais, nous percevons certaines choses que nos yeux ne voient pas. C'est ce qui m'a permis de comprendre que vous aviez une fêlure semblable à la mienne. Que nous étions comme deux âmes sœurs. Et j'ai laissé libre cours à mes sentiments... En revanche, ce que mon prétendu sixième sens ne m'avait pas révélé, c'est que, de votre côté, tout était bidon.

Lorsqu'elle osa de nouveau le regarder, elle vit qu'il était sur le point de pleurer. Elle baissa les yeux. Décidément, c'était beaucoup plus pénible qu'elle ne l'avait imaginé.

— Voilà, c'est tout ce que j'avais à vous dire. Adieu, Jack.

Elle posa le morceau de métal portant son nom sur le bureau et sortit.

À peine rentrée chez elle, Starkey se connecta à Claudius. Quatre personnes étaient branchées sur le *chat,* mais pas de

M. Rouge. Elle ne chercha pas à savoir ce qu'elles se racontaient, mais se contenta de taper :

DÉCHARGE : Parlez-moi.

Les autres lui répondirent, mais pas lui.

DÉCHARGE : Je sais que vous êtes là. Parlez-moi !

La fenêtre s'ouvrit.

Voulez-vous lire un message de M. Rouge ?

Starkey cliqua pour prendre connaissance du message. Ce qu'ils se diraient resterait entre eux. Une conversation privée.

M. ROUGE : Bonjour, Carol Starkey. Je vous attendais.

Starkey ferma les yeux pour se calmer. Elle voulait se sentir prête avant de poursuivre.

DÉCHARGE : Est-ce vous qui l'avez tué ?

M. ROUGE : J'en ai marre des allusions fumeuses. Soyez plus claire.

DÉCHARGE : Vous savez très bien que je parle de Daggett, espèce d'enfoiré.

M. ROUGE : Oooh. J'adore quand vous dites des gros mots.

DÉCHARGE : L'avez-vous tué ?

M. ROUGE : Voilà qu'elle s'énerve. Il vaudrait mieux pour vous que je n'en fasse pas de même. J'ai une voix TONITRUANTE.

Starkey alla à la cuisine, se prépara un grand verre de gin et avala deux Tagamet. Rester calme, garder le contrôle de la situation...

Elle se rassit devant l'ordinateur.

DÉCHARGE : L'avez-vous tué ?

M. ROUGE : Voulez-vous la vérité, Carol Starkey ? Ou entendre ce qui vous arrange ?

DÉCHARGE : La vérité.

M. ROUGE : La vérité est tangible. Les choses tangibles se monnaient. Si je réponds à cette question, vous devrez à votre tour m'éclairer sur un point. D'accord ?

DÉCHARGE : D'accord.
M. ROUGE : La vérité blesse.

Elle comprit que c'était sa réponse. C'était lui qui avait écrit ces mots sur le mur du garage de Buck Daggett. Calmement, elle tapa :

DÉCHARGE : Allez vous faire foutre.
M. ROUGE : Avec vous, volontiers.
DÉCHARGE : Pourquoi l'avez-vous tué ?
M. ROUGE : Il s'est servi de mon nom, C.S. Vous êtes assez intelligente pour avoir compris qu'il était l'assassin de Riggio, n'est-ce pas ?
DÉCHARGE : Je sais parfaitement ce qu'il a fait.
M. ROUGE : Peut-être ignorez-vous qu'il était en train de fabriquer une seconde bombe quand je lui ai rendu visite. Il vous réservait le même sort qu'à Riggio.
DÉCHARGE : Qu'est-ce que vous en savez ?
M. ROUGE : Il me l'a avoué. Juste avant que je l'assomme, que je l'installe sur son engin et que je le fasse sauter.

Les yeux de Starkey s'embuèrent et l'écran devint flou. Elle reprit plusieurs gorgées de son verre, puis sécha ses larmes.

DÉCHARGE : Est-ce ma faute ?
M. ROUGE : Je sens poindre l'odeur fétide de la culpabilité.
DÉCHARGE : Est-ce à cause de Pell et de moi ? Est-ce nous qui vous avons conduit jusqu'à lui ?
M. ROUGE : Vous avez eu votre réponse. C'est mon tour.

Starkey s'efforça de se ressaisir.

DÉCHARGE : D'accord.
M. ROUGE : À l'heure qu'il est, vous devez avoir découvert que Pell n'est pas celui qu'il prétend. Et également que c'est une de mes premières victimes. Et qu'il est hors la loi.
DÉCHARGE : Oui. Je suis au courant.
M. ROUGE : Vous avez donc compris qu'il s'est servi de vous.

Starkey dut marquer une pause avant de pouvoir poursuivre.

DÉCHARGE : Venons-en à votre question.

Il la laissa mariner un moment. Elle comprit qu'il voulait qu'elle le relance, elle s'y refusa. S'il le fallait, elle attendrait jusqu'à la mort, mais elle ne céderait pas. Elle en avait assez d'être manipulée.

Enfin il n'y tint plus.

M. ROUGE : Qu'est-ce que ça fait de réaliser que l'homme qu'on aime vous utilise ?

Starkey lut la question sans ressentir la moindre émotion. Elle savait qu'il attendait une réaction de sa part, mais elle ne lui ferait pas ce plaisir.

DÉCHARGE : Je vais vous arrêter.

M. ROUGE : Elle est bien bonne. Ha ha ha !

DÉCHARGE : Rira bien qui rira le dernier.

M. ROUGE : Bon, je vous ai tout dit, Carol Starkey. Cela m'a fait plaisir de parler avec vous. Au revoir.

C'était fini pour cette nuit-là. Starkey éteignit l'ordinateur et resta assise dans son salon, enveloppée par le silence, à fumer des cigarettes. Au bout d'un moment, elle se leva, et fit défiler sur son répondeur les différents messages que Pell y avait laissés. Elle les réécouta encore et encore, rien que pour entendre le son de sa voix. Ce fut douloureux.

19

Starkey passa l'essentiel de la nuit à boire et à fumer un nombre incalculable de cigarettes, noyant tout son intérieur dans un épais brouillard gris. À deux reprises, elle plongea dans un sommeil bref et agité. Elle rêva de Sugar et de l'épisode du camping, jusqu'au moment où elle découvrit, sur l'une des ailes de la caravane, l'inscription « LA VÉRITÉ BLESSE ». En lettres rouges. Elle se réveilla en sursaut et ne parvint plus à se rendormir.

Dès le lendemain matin, elle irait voir Kelso. Il n'y avait rien d'autre à faire. L'enquête devait se recentrer sur M. Rouge, et ce le plus vite possible, s'ils voulaient encore avoir une chance de le coincer. Quant à la stratégie à adopter, elle avait sa petite idée.

À cinq heures dix du matin, trop saoule pour se préoccuper des convenances, elle appela Warren Mueller sur son Alphapage. Douze minutes plus tard, son téléphone sonna. Mueller avait l'air complètement endormi.

— Je n'aurais jamais cru que vous me rappelleriez aussi vite. Vous dormez avec votre Alphapage, ou quoi ?

— Starkey ? Vous avez vu l'heure ?

— Écoutez, je sais comment Tennant s'est procuré les explosifs avec lesquels il s'est fait sauter. C'est M. Rouge qui les lui a donnés. Il est allé le voir en prison.

— D'où sortez-vous ça ? demanda Mueller qui avait bien du mal à poser sa voix.

— C'est lui qui me l'a dit.

— Tennant ?

— Mais non, voyons. M. Rouge. Il y a deux choses qu'il faut absolument que vous fassiez. La première : visionner l'enregistrement des caméras de surveillance. Je veux savoir qui lui a rendu visite ces derniers temps. Quant à l'autre, elle est particulièrement importante. Vous connaissez l'album de Tennant ?

— Qu'est-ce que vous racontez ?

— Vous n'êtes jamais allé le voir ?

— Mais enfin, pourquoi aurais-je fait une chose pareille ?

— Il avait un album qui contenait des coupures de presse et un tas de conneries concernant des histoires de bombes. Il le trimbalait partout et le montrait à tout le monde. Trouvez-le. Relevez les empreintes qu'il y a dessus et faites-les examiner. Si Rouge a rencontré Tennant, il l'a forcément touché.

Elle décrivit l'album en détail et donna toutes les indications nécessaires à Mueller. Puis elle prit une douche, s'habilla et rangea l'ordinateur dans sa serviette. Elle en aurait besoin pour parler de Claudius à Kelso. Avant de partir, elle remplit sa flasque et fourra une nouvelle boîte de Tagamet dans son sac.

N'ayant aucune envie de palabrer avec Marzik et Nibard, Starkey fit en sorte d'arriver à Spring Street à une heure où elle était sûre de trouver Kelso. Elle gara sa voiture sur le parking et monta dans les étages.

— Salut, Nibard. Kelso est là ?

— Ouais.

— Et Beth ?

— Au petit coin.

Jorge était vraiment délicieux. C'était sans doute la dernière personne aux États-Unis à utiliser cette expression.

Aux toilettes, elle tomba sur Marzik en train de fumer. Prise sur le fait, celle-ci ne réalisa pas tout de suite qu'il s'agissait de Starkey et se mit à agiter frénétiquement les mains pour dissiper la fumée.

— Tout ça, c'est ta faute, gémit-elle.

— Pourquoi ne vas-tu pas plutôt sur le palier ?

— Je ne veux pas que ça se sache. Ça faisait six ans que j'avais arrêté cette saloperie.

— Bon, viens avec moi. Il faut que j'aille voir Kelso, et je veux que Nibard et toi soyez présents.

— Mais je viens juste de l'allumer.

— Beth, par pitié, viens maintenant.

Même si sa cote était plutôt à la hausse, Marzik restait décidément exaspérante.

Starkey n'attendit pas que ses équipiers soient prêts. Ils n'allaient tout de même pas entrer dans le bureau de Kelso à la queue leu leu, comme trois cancres chez le proviseur. Elle frappa, puis poussa la porte de l'épaule, son portable sous le bras. Kelso eut l'air tout de suite intrigué. Il savait qu'elle ne possédait pas d'ordinateur et qu'elle n'y connaissait rien en informatique.

— Barry, il faut que je vous parle.

— Nous avons rendez-vous avec le directeur adjoint Morgan tout à l'heure. Il veut qu'on le briefe avant la conférence de presse. Il tient aussi à vous féliciter, Carol, il me l'a dit. Vous êtes la seule à avoir vu juste au sujet de M. Rouge, et c'est grâce à vous si cette enquête est bouclée. Ça ne m'étonnerait pas que vous soyez bientôt promue I-3.

Starkey posa l'ordinateur sur son bureau, tandis que ses équipiers les rejoignaient.

— D'accord, Barry, on verra ça plus tard. Mais, d'abord, j'ai certaines choses à vous dire, ainsi qu'à Beth et Jorge. Buck ne s'est pas suicidé. Ce n'était pas un accident. C'est M. Rouge qui l'a assassiné.

Kelso jeta un coup d'œil interrogateur à Marzik et Santos, puis se retourna vers elle.

— Attendez, je ne comprends plus rien. C'est bien vous qui affirmiez que M. Rouge n'avait aucun rapport avec cette histoire ?

— En effet, il n'est pour rien dans la mort de Charlie Riggio. Buck l'a tué en imitant le mode opératoire de M. Rouge pour se couvrir. Cela, nous en avons la preuve.

— Mais alors, qu'est-ce que vous me racontiez à l'instant ?

— M. Rouge n'a pas apprécié qu'un usurpateur se fasse passer pour lui. Il est parti à sa recherche. Et il l'a trouvé.

— Comment sais-tu ça, Carol ? demanda Santos.

Starkey désigna l'ordinateur.

— Il me l'a confié sur Claudius. M. Rouge et moi sommes en contact depuis près d'une semaine.

Au fur et à mesure qu'elle leur révélait l'étendue de ses investigations secrètes et la façon dont Claudius l'avait conduite à M. Rouge, le visage de Kelso se fermait. Il ne l'interrompit qu'une seule fois, au moment où elle évoqua Jack Pell.

— Depuis quand savez-vous qu'il n'est pas membre de l'ATF ?

— Depuis hier. Je le lui ai fait avouer dans la soirée.

— Vous êtes sûre de ce que vous avancez ? Cet homme agit sans aucune autorité, vous êtes formelle ?

— Oui.

Kelso serra les mâchoires. Il semblait très secoué. Nibard et Marzik, quant à eux, évitaient ostensiblement le regard de Starkey.

— Je suis désolée, Barry, ajouta-t-elle. J'ai eu tort de la jouer perso comme ça, et je m'en excuse. Mais nous avons encore une chance de coincer M. Rouge. Buck avait du Modex en réserve, j'en suis sûre, et je pense que M. Rouge le lui a pris.

— Il vous a raconté ça aussi ?

— Vous savez, ce ne sont pas des conversations au coin du feu que nous avons. Il joue avec moi, il me cherche. Ce sont des rapports, comment dire... un peu spéciaux. C'est pour ça que Pell et moi nous sommes connectés : pour tenter de le débusquer. Je suis persuadée de pouvoir établir un nouveau contact avec lui. On peut l'avoir, Barry. On peut coincer ce fils de pute.

Kelso se mit à hocher la tête, mais ce n'était certainement pas en signe d'assentiment. Il était furieux. Sans doute acquiesçait-il à l'une de ses propres pensées.

— Bien, on passe pour de parfaits imbéciles.

Starkey respira un grand coup.

— Pas vous, Barry. Moi, oui.

— Là, vous vous trompez, inspecteur. Je vais appeler Morgan. Attendez dehors. Et ne vous avisez pas d'entreprendre quoi que ce soit. Marzik, Santos, c'est valable pour vous aussi. L'un de vous était-il au courant ?

— Non, répondit Starkey.

— Ce n'est pas à vous que je pose la question.
— Non, monsieur, déclara Marzik.
— Non, monsieur, renchérit Nibard.
— Bon, sortez maintenant. Ah ! une dernière chose. Dites-moi, Starkey, avez-vous, à un moment ou à un autre de vos... conversations, c'est ça ? Bref, pendant que vous discutiez avec cet assassin, lui avez-vous révélé certaines informations, même infimes, concernant l'enquête ?
— Non, Barry. Rien du tout.
— Je vous prierai de ne plus m'appeler par mon prénom, Starkey.
Dès qu'ils furent sortis du bureau, Starkey s'excusa auprès de ses deux équipiers. Santos hocha la tête mollement, puis s'assit dans son box et se mura dans un profond silence. Marzik était effondrée et ne faisait rien pour le cacher.
— Si ma promotion me passe sous le nez par ta faute, je te casse la gueule, espèce de poivrote. Je savais bien que vous couchiez ensemble.
Starkey n'essaya même pas de se défendre. Elle s'assit à son bureau et attendit.
La porte de Kelso resta fermée pendant presque trois quarts d'heure. Lorsqu'elle s'ouvrit enfin, tous trois se levèrent comme un seul homme.
— Pas vous, lâcha Kelso en jetant à Marzik et Santos un regard glacial. Entrez, Starkey.
Il referma la porte derrière elle. Jamais elle ne l'avait vu aussi en colère.
— C'est fini pour vous. Vous êtes suspendue avec effet immédiat. Vous devrez répondre de faute professionnelle et d'entrave à une enquête en cours. J'en ai déjà référé à l'Inspection des services. Ils se mettront directement en rapport avec vous. Dans un premier temps, vous ferez l'objet d'une enquête administrative. Si celle-ci révèle des infractions d'ordre pénal, nous n'hésiterons pas une seconde à intenter des poursuites judiciaires à votre encontre. Je vous conseille de prendre un avocat dès aujourd'hui.
Starkey était pétrifiée.
— Écoutez, Barry, je sais bien que j'ai déconné, mais M. Rouge est toujours en liberté. En plus, il s'est réapprovi-

sionné en Modex. On ne peut pas tout arrêter comme ça. Pas maintenant.

— Pour l'instant, la seule chose qui s'arrête, c'est vous. Terminé. Nous autres, nous allons continuer à faire notre boulot.

— Bon sang, mais l'enquête, c'est moi, Barry. Moi seule suis en mesure de mettre la main sur lui. Vous voulez me virer, O.K., mais faites-le après qu'on aura chopé ce salaud !

— L'enquête, c'est vous ? répliqua Kelso en plissant les yeux. Voilà la remarque la plus arrogante que j'aie jamais entendue de la part d'un inspecteur de ce service.

– Ce n'est pas ce que je voulais dire, Barry. Vous le savez bien.

— Tout ce que je sais, c'est que vous avez pris la liberté de mener votre enquête en faisant cavalier seul. Vous avez jugé bon, comme vous venez de me l'avouer, d'œuvrer dans votre coin pour appâter un meurtrier que nous étions censés trouver ensemble. Si vous étiez venue m'en parler, peut-être aurions-nous également procédé de cette manière, mais rien n'est moins sûr. Et maintenant, vous m'apprenez que Buck Daggett a été tué par M. Rouge. Alors, Carol, ça vous fait quoi de penser que c'est peut-être à cause de vous que Buck a trouvé la mort ?

Starkey cligna les paupières afin de réprimer les larmes qui lui montaient aux yeux. *La vérité blesse.* C'était le moins qu'on pût dire.

— Cela me fait exactement l'effet que vous imaginez... Je vous en prie, Barry. Laissez-moi vous aider à attraper ce type. C'est important pour moi.

Kelso prit une profonde inspiration, se leva puis alla s'asseoir à son bureau.

— Vous êtes virée.

Starkey avança la main vers le portable. Elle en avait besoin pour joindre M. Rouge.

— Cet appareil ne sortira pas d'ici.

Elle laissa l'ordinateur sur le bureau et tourna les talons.

20

Santos avait quitté la salle des inspecteurs, mais Marzik était à son bureau. Un instant tentée de la mettre au courant, Starkey se ravisa. Cela n'avait plus d'importance. Plus tard, une fois que les esprits se seraient apaisés, elle pourrait toujours l'appeler.

— Au revoir, Beth.

Marzik ne répondit pas. Elle ne sembla même pas lever les yeux.

Starkey sortit sa voiture du parking et s'engagea dans le trafic, complètement désœuvrée. Si elle s'était attendue que Kelso la punisse, qu'il la suspende ou lui impose une retenue sur son salaire, jamais elle n'aurait imaginé qu'il pût lui retirer l'enquête. Elle s'était tellement impliquée qu'elle en était devenue la pierre angulaire. Elle avait tout investi dans la traque de M. Rouge. En y repensant, les larmes lui vinrent aux yeux. Elle les réprima avec colère. À n'en pas douter, Pell devait ressentir la même frustration en ce moment. Starkey se pencha pour atteindre la flasque cachée sous son siège et la coinça entre ses cuisses. Puis elle alluma une cigarette, et souffla un geyser de fumée par la fenêtre. Elle avait envie d'alcool. Ça, au moins, c'était du concret... « Putain, arrête tes conneries », gémit-elle en remettant rageusement la flasque sous le siège.

Elle roula jusqu'à Griffith Park. L'endroit était bondé de touristes. Il faisait chaud, et la pollution formait un brouillard si épais qu'il masquait le haut des buildings. Starkey observa la foule qui tentait d'apercevoir la ville à travers ce rideau opaque.

La visibilité était limitée à trois ou quatre kilomètres à la ronde. Cela devait faire à peu près le même effet que de regarder dans les poumons d'un gros fumeur. « Tiens, remets-en encore une couche », se dit-elle en allumant une nouvelle cigarette.

D'abord rester calme, cesser de se comporter comme une imbécile. Tout ça à cause de Buck Daggett. Quoi qu'il ait fait, elle ne supportait pas l'idée d'être en partie responsable de sa mort. À l'évidence, Pell non plus n'était pas étranger à son malaise. Ce sale con avait beaucoup compté pour elle, bien plus qu'elle ne voulait l'admettre.

Elle alla s'acheter un coca light dans un stand et se mit à marcher vers l'observatoire.

Soudain, son Alphapage vibra. Compte tenu de l'indicatif, il ne pouvait s'agir que de Mueller. Elle attendit d'être arrivée au sommet pour le rappeler.

— C'est Starkey.

— Vous allez faire la une de la gazette du FBI.

— Pourquoi, à cause de l'album ?

— Succès sur toute la ligne ! On a une série d'empreintes parfaitement lisibles, huit sur dix, avec les deux pouces. Vous vous rendez compte, cet enfoiré s'est pointé en se faisant passer pour l'avocat de Tennant ? Il a quand même de sacrées couilles.

— Et la cassette de surveillance ?

— Eh oui, ça aussi ! L'Identité judiciaire est en train de la visionner en ce moment même. Vous devriez voir ça : les fédéraux sont aux anges. On sait qui c'est. John Michael Fowles, vingt-huit ans. Pas de casier. Ses empreintes figuraient dans le fichier parce qu'il a fait un séjour dans la marine à l'âge de dix-huit ans. Il a été déclaré inapte au service car il avait la fâcheuse habitude de mettre le feu aux casernes.

La respiration de Starkey se fit saccadée.

— Écoutez, Warren, j'aimerais que vous contactiez la SAC immédiatement pour leur raconter tout ça. On m'a retiré l'enquête.

— C'est quoi, cette histoire ?

— J'ai merdé. C'est ma faute. Je vous expliquerai un autre jour. Vous voulez bien les appeler, s'il vous plaît ? Ils vont avoir besoin de ces informations.

— Attendez, Starkey, je ne sais pas ce que vous avez fait, mais ils ont dû perdre la tête. Vous êtes un superflic.

— Vous les appelez ?

Elle avait l'impression que le monde lui échappait. L'impression de dériver sur un radeau en perdition.

— Oui. Oui, bien sûr. Je vais le faire.

— Je vous expliquerai tout un peu plus tard.

— Starkey ?

— Quoi ?

— Ne prenez pas tout ça trop à cœur, d'accord ?

— Au revoir, sergent.

Starkey éteignit son portable et recommença à observer les touristes qui se pressaient autour des télescopes pour mieux plonger dans la purée de pois. John Michael Fowles. Elle le visualisa, devant son ordinateur, attendant avec impatience que Décharge se manifeste. Elle le vit aussi en train de fabriquer une autre bombe avec le reste de Modex de Buck Daggett. Il avait pris pour cible un nouveau démineur et attendait le moment opportun pour appuyer sur le bouton qui le ferait sauter. Il fallait qu'elle rétablisse le contact par ordinateur interposé. Qu'elle achève le boulot entamé. Et cela, Kelso ne l'accepterait jamais...

Il y avait un autre moyen.

Elle composa le numéro de Pell.

Pell

Pell quitta son motel. Une fois que l'antenne locale de l'ATF aurait appris qu'un agent poursuivait illégalement une enquête, la chasse serait ouverte. Starkey sachant où il logeait, il fallait déguerpir sur-le-champ. Pour aller où ? Ça, c'était une autre histoire. En tout cas, la traque de M. Rouge était bel et bien terminée pour lui. À présent qu'il était démasqué, l'ensemble des antennes de l'ATF, des brigades de déminage et des forces de police seraient mises en état d'alerte. Et ce, sur tout le territoire des États-Unis. Il n'avait aucune chance. Pell décida de ne pas prendre la fuite. C'était peine perdue. Bientôt, le décollement de ses rétines aurait atteint un stade critique et irréversible. Il pouvait encore attendre un ou deux jours pour se rendre, dans l'espoir que Starkey et les flics de L.A. parviennent à mettre la main sur M. Rouge. Mais il avait tout gâché, et personne ne lui reconnaîtrait jamais aucun mérite dans cette capture.

Curieusement, le fait de ne pas avoir réussi à coincer M. Rouge lui était indifférent. Depuis presque deux ans, il ne vivait que pour cela, et pourtant, maintenant cela n'avait plus d'importance. Son seul tourment était d'avoir perdu Starkey et de lui avoir fait du mal. Il prit une chambre dans un autre hôtel et se mit à rouler sans but, avant de s'arrêter dans un restaurant de Santa Monica situé au bord de l'eau. Il fallait qu'il voie l'océan, qu'il voie le plus de choses possible tant qu'il en était encore temps. Pourtant, une fois entré, au lieu de choisir une table avec vue sur l'extérieur, il s'installa au comptoir. À quoi bon, après tout ? Peut-être devrait-il rester encore quelque temps à Los Angeles, tenter de se réconcilier avec Starkey. Faute de réparer les torts qu'il avait causés, il pourrait au moins s'excuser, et peut-être contribuer à ce qu'elle le haïsse un peu moins.

Il reconnut tout de suite le numéro qui s'afficha sur son Alphapage. Sans doute le contactait-elle pour lui conseiller de se rendre. C'était ce qu'il avait de mieux à faire.

Il la rappela.

— Vous voulez procéder à mon arrestation ?

— Non. Je vous donne une dernière chance de coincer cet enfoiré.

Ils se retrouvèrent dans un bistro sordide. Dès que Starkey l'aperçut en train de l'attendre dans un box, elle se sentit oppressée.

— Autant que vous le sachiez tout de suite, vous n'êtes plus le seul à être hors la loi, annonça-t-elle sans préambule.

— Que voulez-vous dire ?

Elle lui résuma ce qui s'était passé. Sa présence la mettait vraiment mal à l'aise.

— Voici ce que je vous propose, Pell, et c'est à prendre ou à laisser. Si nous parvenons à le choper, il est hors de question de le tuer. Nous nous contenterons de l'arrêter proprement. Il ne s'agit plus d'une vengeance personnelle. Compris ?

— D'accord.

— Si ça marche, on s'en remet à Kelso. Contrairement à vous, je ne suis pas un mercenaire, moi. Je veux faire les choses dans les règles et être sûre du résultat.

— En d'autres termes, vous ne voulez pas perdre votre travail.

— Absolument, je tiens à mon boulot. Ils me vireront peut-être quand même, mais je veux agir en accord avec mon statut d'officier de police, et non comme une irresponsable. Avoir la mort de Buck Daggett sur la conscience me suffit amplement.

Pell se mit à regarder par la fenêtre, comme s'il cherchait à s'imprégner de tout ce qu'il voyait.

— Si je marche avec vous, je risque de finir en prison.

— À vous de juger. Je ne vous force pas. Mais voilà comment j'entends procéder.

Pell hocha la tête. C'était dur pour lui de s'effacer ainsi et elle le savait.

— Et pourquoi avez-vous besoin de moi ?

— M. Rouge me guette. Je suis devenue pour lui une idée fixe. Il faut que je mise là-dessus, et j'ai besoin de votre ordinateur pour retourner sur Claudius. Kelso a confisqué le mien.

— J'aurais dû vous tenir au courant de ce que je faisais. Je suis désolé, murmura Pell en détournant les yeux.

— Ça suffit. Pas de ça.

— J'ai passé trop de temps à ne vivre que pour une seule chose. Ça finit par vous taper sur le système.

— C'est ça que vous faites depuis deux ans ? Errer de ville en ville à la recherche de ce type ?

Pell haussa les épaules, comme si cette question le gênait.

— J'ai un insigne et un matricule. Je connais la procédure, et j'ai des amis. Ça suffit, la plupart du temps. Les flics ne posent jamais de questions.

— Bon, écoutez, vos histoires ne m'intéressent pas. Alors, vous marchez avec moi, oui ou non ?

— Oui, dit-il en la regardant dans les yeux.

— O.K., allons-y.

Elle s'apprêta à se lever, mais il la retint par le bras.

— Carol ?

— Quoi ? Ne me touchez pas, Pell. Je déteste ça.

— Je suis tombé amoureux de vous.

Elle le frappa instantanément, comme par réflexe. Les gens aux tables alentour se retournèrent.

— Ne redites jamais une chose pareille.

— Nom de Dieu, Starkey, ça fait trois fois, protesta-t-il en portant la main à sa joue.

— Ne redites jamais une chose pareille.

— L'ordinateur est dans ma voiture, déclara-t-il simplement en s'extirpant de la banquette.

Ils se rendirent chez elle.

Starkey ne parvenait pas à le regarder en face. Le simple fait d'être dans la même pièce que lui suffisait à l'incommoder. Pourtant, il fallait qu'elle soit forte. Ils étaient de nouveau dans le même bateau. Il n'y avait pas d'autre solution, et tant pis si cette situation faisait resurgir douloureusement toutes ses émotions passées.

Ils installèrent l'ordinateur sur la table et Starkey se connecta. Il était plus tôt que lors de ses précédentes rencontres avec M. Rouge, mais elle n'en pouvait plus d'attendre. Dès que la tête à la chevelure flamboyante s'afficha à l'écran, elle cliqua sur l'accès au *chat*. Il n'y avait personne.

— Qu'allez-vous écrire ? demanda Pell.

— Ceci.

DÉCHARGE : John Michael Fowles.

— Qui est John Michael Fowles ?

— C'est M. Rouge. Warren Mueller a trouvé ses empreintes sur l'album de Tennant. Je savais qu'en allant le voir il aurait du mal à ne pas le toucher.

Pell observa l'écran en silence. Seules ses lèvres remuaient, comme s'il prononçait le nom intérieurement, l'imprimant à tout jamais dans sa mémoire.

Il y avait bien peu de chances que Fowles soit déjà sur le qui-vive. Mais il pouvait apparaître à un moment ou un autre. Ou alors pas du tout. L'attente risquait d'être longue. Starkey alluma une cigarette, et suggéra à Pell d'aller se servir dans la cuisine s'il voulait se restaurer. Ni l'un ni l'autre ne s'éloignèrent de l'ordinateur.

En fait, Fowles ne mit guère de temps à se manifester.

Voulez-vous lire un message de M. Rouge ?

Starkey esquissa un sourire. Pell se pencha si brusquement en avant qu'il manqua tomber la tête la première sur l'ordinateur.

— Plutôt rapide.

— Il attendait.

Elle ouvrit la fenêtre.

M. ROUGE : Excellent, inspecteur Starkey. Bien joué.

DÉCHARGE : Arrêtez, vous allez me faire rougir.

M. ROUGE : Comment avez-vous appris mon nom ?

DÉCHARGE : Juste une question... Voulez-vous la vérité, ou entendre ce qui vous arrange ?

M. ROUGE : Très spirituel, Carol Starkey. Bravo !

Starkey marqua une pause.

— Pourquoi ne répondez-vous pas ? questionna Pell.

— Qu'il marine un peu. Il aime bien jouer à ça.

Un nouveau message apparut.

M. ROUGE : La vérité se monnaie. Que voulez-vous en échange ?

DÉCHARGE : Que vous répondiez à une question. Vous acceptez ?

M. ROUGE : Dans la limite du raisonnable. Je ne vous donnerai aucune indication sur l'endroit où je me trouve. Tout le reste est envisageable.

DÉCHARGE : Marché conclu.

M. ROUGE : Allons-y.

DÉCHARGE : L'album de Tennant. Quand j'ai compris que vous étiez allé le voir, j'ai su qu'il vous l'avait forcément montré.

Un temps assez long s'écoula avant que Fowles ne réagisse.

M. ROUGE : Salope.

DÉCHARGE : Si vous saviez...

— Bon Dieu, Starkey, c'est quoi votre relation exactement ?
— Bouclez-la, Pell.

M. ROUGE : À votre avis, Carol Starkey, pourquoi ai-je consulté son album ?
DÉCHARGE : Pour lire les articles vous concernant ?
M. ROUGE : Pour lire les articles sur vous.

Pell se tortilla sur sa chaise, tandis que Starkey contemplait l'écran, pensive.

DÉCHARGE : Maintenant, à moi.
M. ROUGE : D'accord.

Elle hésita. Ses doigts se mirent à trembler, et elle fut de nouveau tentée d'aller chercher sa flasque. Elle alluma une cigarette.
— Ça va ? s'enquit Pell, qui avait remarqué son trouble.
Elle ne répondit pas.

DÉCHARGE : Je vous le redemande : seriez-vous venu à Los Angeles si nous ne vous avions pas appâté ?
M. ROUGE : La vérité, ou ce qui vous arrange ?
DÉCHARGE : Répondez à ma question.

La réaction se fit attendre.
— Que fait-il ?
— Il réfléchit. Il veut quelque chose. Et il essaie de savoir comment l'obtenir.
— Qu'est-ce que c'est ?
— Il faut suivre, Pell. C'est moi qu'il veut.

M. ROUGE : J'y répondrai de vive voix. Donnez-moi votre numéro de téléphone.
DÉCHARGE : Vous êtes cinglé.
M. ROUGE : JE SUIS M. ROUGE ! ÉVIDEMMENT QUE JE SUIS CINGLÉ !
DÉCHARGE : Ne vous énervez pas, John.
M. ROUGE : Ne m'appelez pas John. Je suis M. Rouge.
DÉCHARGE : N'empêche, je ne vous donnerai pas mon numéro. Il y a des limites que je refuse de franchir.

M. ROUGE : J'ai nourri plus d'un fantasme à votre égard, Carol Starkey.

DÉCHARGE : N'oubliez pas nos conventions, John. Si vous dérapez, je me déconnecte et je vais prendre une douche froide.

M. ROUGE : Ce que ces fantasmes révèlent, c'est... la vérité.

DÉCHARGE : La vérité blesse.

M. ROUGE : Elle peut aussi vous libérer.

Starkey se rejeta en arrière. Elle avait besoin de réfléchir. C'était là leur seule chance de le coincer. S'il comprenait son stratagème, cette chance s'envolerait, et lui avec.

— Soyez faible, conseilla Pell.

Ils échangèrent un regard appuyé.

— Il se la joue virile, reprit-il. Si vous voulez l'avoir, faites-lui croire que vous avez besoin de lui. Laissez-le s'occuper de vous.

— Ce n'est pas du tout mon style.

— Faites semblant.

Elle fit de nouveau face au clavier.

DÉCHARGE : J'ai peur.

M. ROUGE : De la vérité ?

DÉCHARGE : De votre désir de figurer sur la liste des dix personnes les plus recherchées. J'ai peur que vous ne vous serviez de moi pour y parvenir.

M. ROUGE : Certaines choses comptent plus pour moi que cette liste.

DÉCHARGE : Quoi, par exemple ?

M. ROUGE : J'ai envie de vous entendre, Carol Starkey. J'ai envie de vous parler. Pas comme ça. Je veux voir les expressions de votre visage. Entendre les inflexions de votre voix.

DÉCHARGE : Vous ne trouvez pas ça un peu incongru ? Je suis officier de police. Et vous êtes M. Rouge.

M. ROUGE : Nous figurons tous deux dans l'album de Tennant.

Elle ne répondit pas.

M. ROUGE : Nous sommes pareils.

Elle hésita de nouveau avant de répondre. Elle savait exactement ce qu'elle voulait, mais il ne fallait pas qu'il la perce à jour. C'était lui qui devait en prendre l'initiative. Si ça ne venait pas de lui, ça ne marcherait jamais.

DÉCHARGE : Je ne vous donnerai pas mon numéro de téléphone.

M. ROUGE : Alors, je vais vous donner le mien.

DÉCHARGE : Très drôle. Si vous le faites, je pourrai vous localiser.

M. ROUGE : Et si c'était précisément ce que je souhaitais ? Peut-être aimerais-je vous faire... venir.

DÉCHARGE : Ne soyez pas vulgaire.

M. ROUGE : Vulgaire peut-être, mais pas stupide. Voici ce que je vous propose : connectez-vous sur Claudius un peu plus tard, à quinze heures exactement. Je vous attendrai, et je vous donnerai alors un numéro. Si mon téléphone ne sonne pas dans les quinze secondes qui suivent, je m'en irai et vous n'entendrez plus jamais parler de moi. Si vous appelez, nous parlerons cinq minutes, pas plus, et je répondrai à votre question. Pas plus de cinq minutes. J'adorerais avoir une conversation plus longue, mais nous savons l'un et l'autre que ce n'est pas possible.

DÉCHARGE : C'est vrai. J'essaierais de localiser l'appel.

M. ROUGE : Peut-être pas. Si ça se trouve, je parviendrai à vous convaincre que nous pourrions faire de grandes choses ensemble.

DÉCHARGE : Ne comptez pas trop là-dessus.

M. ROUGE : Dommage. Mais je suis plus fort que vous, croyez-moi. Vous ne m'aurez pas.

DÉCHARGE : C'est ce qu'on verra.

— Vous le tenez, Starkey.

— Peut-être.

Dès à présent, elle pouvait retourner voir Kelso. Mais M. Rouge gardait toutes les cartes en main. Elle craignait qu'en se déconnectant maintenant il ne réapparaisse plus jamais. Qu'il ne soit pas au rendez-vous de quinze heures. Elle aurait pu taper n'importe quoi d'autre, mais, au fond, il fallait qu'elle sache. Si elle parvenait à l'amener sur ce terrain-là, il serait à elle et ne s'évanouirait pas dans la nature. Il reviendrait la chercher, et elle pourrait alors le piéger. C'était quelque chose de si intime qu'elle répugna à l'écrire devant Pell.

DÉCHARGE : Lorsque vous fantasmez sur moi, à quoi pensez-vous ?

Il hésita si longtemps qu'elle redouta qu'il ne se fût envolé. Lorsque son message s'inscrivit enfin, elle regretta sa question.

M. ROUGE : À la mort.

Cela n'appelait aucune réponse. Starkey se déconnecta et éteignit l'ordinateur.

Pell ne la quittait plus des yeux.

— Arrêtez de me regarder comme ça. On a du pain sur la planche.

M. Rouge

John Michael Fowles était garé dans la rue de Starkey, à moins de deux pâtés de maisons de chez elle. Il referma son iBook en souriant.

— Putain, qu'est-ce que je suis bon ! C'est délirant, ce que je peux être génial !

Il posa l'ordinateur sur le siège passager, et tapota affectueusement le récipient en verre qui contenait le Modex. Il aimait tant le savoir près de lui ! Cette pâte grisâtre dans son bocal, qui ressemblait un peu à une grosse boule de dentifrice. C'était bien mieux qu'un poisson rouge : même pas besoin de lui donner à manger.

Il attendit le départ de Starkey et de Pell, puis retourna à son hôtel pour travailler sur sa nouvelle bombe. Une véritable innovation, spécialement conçue pour Carol Starkey. Il n'avait pas beaucoup de temps devant lui.

21

Starkey voulait parvenir à localiser l'endroit où John Michael Fowles se trouvait. Elle avait donc besoin d'un système d'écoutes pour l'éventualité où ils se parleraient sur des postes fixes, et du soutien des compagnies de GSM dans l'hypothèse, plus vraisemblable, où ils communiqueraient par portables. Dès qu'elle l'aurait repéré, il lui faudrait des hommes pour boucler tout le périmètre. S'agissant de John Michael Fowles, alias M. Rouge, il risquait fort d'être en possession d'explosifs, ce qui impliquait en outre l'intervention de la brigade de déminage. En d'autres termes, Starkey ne pouvait pas se passer de l'aide de Kelso.

Elle décida d'appeler Dick Leyton.

Celui-ci l'accueillit sur un ton distant et préoccupé. Manifestement, il avait été mis au courant.

— Dick, j'ai besoin de votre aide.

— Je ne pense pas être en mesure de faire quoi que ce soit pour vous. J'ai parlé avec Barry. Où est-ce que vous vous croyez, Carol ?

— Il vous a dit que j'étais en contact avec M. Rouge ?

— Bien entendu. Vous vous êtes mise dans un sacré pétrin. Je suis très sérieux : vous ne vous en tirerez pas avec une simple suspension.

— Je sais que je suis dans la merde, Dick. Mais je vous en prie, écoutez-moi. Je suis toujours en relation avec M. Rouge. J'étais en ligne avec lui à l'instant.

— Enfin, Carol, vous aggravez votre cas. Il faut que...

— Je suis parfaitement consciente que Barry m'a virée et que je ne fais plus partie de l'équipe, l'interrompit Starkey. Mais je suis en mesure de le coincer, cet enculé. On se parle, M. Rouge et moi, que ça plaise ou non à Barry, et ça peut nous permettre de l'attraper. Je l'ai ferré, Dick. Je vous dis que je l'ai ferré !

Leyton resta silencieux. Elle comprit qu'il hésitait, aussi insista-t-elle encore.

— À quinze heures précises, il se connectera de nouveau. Il va me donner un numéro de téléphone et je vais l'appeler. Je pense parvenir à organiser une confrontation. Et si ce n'est pas le cas, on arrivera peut-être tout de même à localiser l'appel. Il s'agit de M. Rouge, pour l'amour de Dieu ! Croyez-vous qu'on puisse laisser passer une occasion pareille ? Vous devez en parler à Barry. Je vous en prie, Dick.

La conversation se prolongea pendant dix minutes. Leyton lui posa de nombreuses questions, et ils tombèrent d'accord sur la nécessité de passer par Morgan. Il fallait le convaincre d'abord pour obtenir l'appui de Kelso. En outre, le feu vert du directeur adjoint leur était indispensable pour que tout soit prêt à temps. Starkey regrettait d'avoir pris rendez-vous avec Fowles le jour même. Un délai de vingt-quatre heures aurait été préférable, mais ils n'avaient plus le choix. Avant de raccrocher, Leyton l'assura de son concours, et lui demanda de le rejoindre à Spring Street vers quatorze heures.

— Vous avez entendu ? demanda-t-elle à Pell.

— On est sur le coup.

— Si Morgan est partant, je suppose qu'il va prévenir l'ATF et les fédéraux. Ils seront sans doute là aussi.

— C'est fort probable, vous voulez dire. Ces gars-là n'aiment pas être tenus à l'écart.

— Vous feriez mieux de ne pas vous montrer.

— Il est hors de question que j'abandonne maintenant, Starkey.

— Eh bien, allons-y. On mange un morceau avant ?

— Je ne pense pas pouvoir avaler quoi que ce soit.

— Vous voulez du Tagamet ?

Pell éclata de rire.

Elle le raccompagna au bistro pour qu'il récupère sa voiture, puis ils partirent chacun de son côté.

À deux heures moins cinq, Starkey abandonna sa voiture en zone rouge devant Spring Street. L'ordinateur sous le bras, elle s'engagea dans le bâtiment. Leyton était déjà là, ainsi que Morgan et deux de ses *Men in black.* Pell, en revanche, n'était pas arrivé. Starkey se surprit à espérer qu'il ait changé d'avis. Kelso attendait devant son bureau, encadré par deux types en costume. Sans doute des agents fédéraux. Quant à Marzik, en pleine conversation avec l'un des *Men in black,* elle ignora superbement Starkey.

À son arrivée, tout ce beau monde se figea.

— Allons dans le bureau de Barry, proposa Dick.

Starkey lui emboîta le pas. Au passage, Morgan lui adressa un signe de tête poli.

— On dirait que vous avez des ennuis, inspecteur.

— Oui, monsieur.

— Eh bien, voyons voir ce que ça donne.

Même si la situation n'enchantait pas Kelso, il n'était pas non plus stupide. Lui aussi voulait mettre la main sur M. Rouge, et si c'était là leur meilleure chance, il ne se priverait pas de la saisir. Ils entrèrent dans son bureau, alors que trois techniciens terminaient de brancher leur équipement informatique sur le combiné du téléphone.

— Carol, j'ai résumé notre discussion au directeur Morgan et au lieutenant Kelso, l'informa Leyton. Ils ont donné leur accord. Le central répartira les instructions aux différentes patrouilles par voie sécurisée. Le SWAT est en état d'alerte, et la brigade de déminage, comme toujours, prête à intervenir.

— Très bien, acquiesça Starkey que l'expression « comme toujours » fit sourire.

La transmission par voie sécurisée signifiait que les patrouilles recevraient leurs ordres de mission par ordinateur, c'est-à-dire par écrit. Il était exclu d'utiliser la radio, les fréquences de la police risquant d'être captées par tout un chacun, et notamment par les médias.

— Où voulez-vous qu'on opère ?

— Ici, dans mon bureau, répondit Kelso. Vous avez besoin d'une installation particulière pour l'ordinateur ?

— Non, juste d'une ligne de téléphone. Je l'appellerai de mon portable.

— Ne doit-elle pas utiliser une ligne fixe pour procéder à la localisation ? intervint l'un des *Men in black*.

— Non, c'est lui qui fournit le numéro, répondit un employé de la compagnie de téléphone. Cela nous permettra de repérer l'endroit où il se trouve, sauf s'il utilise un GSM, auquel cas le fait qu'elle soit elle-même sur un fixe ou sur un portable ne change rien.

Kelso débarrassa son bureau afin que Starkey puisse s'y installer. Par la porte restée ouverte, elle aperçut Pell dans la salle des inspecteurs, en train de discuter avec les fédéraux. À trois heures moins dix, Starkey avait terminé ses préparatifs. Tous les regards étaient braqués sur elle. Leyton passa derrière le bureau et lui posa la main sur l'épaule.

— On a encore quelques minutes. Si vous alliez prendre un café ?

Elle ne se le fit pas dire deux fois. Mais au lieu de se rendre à la machine à café, elle rejoignit Pell, notant au passage que les deux types en costume ne lui avaient pas encore mis les menottes.

— Ces messieurs sont de l'ATF ?

Le plus petit des deux, un certain Wally Coombs, se présenta comme l'agent spécial adjoint responsable du dossier. L'autre agent spécial s'appelait Burton Armus. Tous deux appartenaient à l'antenne de Los Angeles.

— M. Pell est en état d'arrestation ?

— Pas encore. Nous aimerions vous poser quelques questions concernant cette affaire.

— Je ne pourrai y répondre que plus tard.

— Bien sûr.

— Je voudrais que M. Pell puisse être présent dans la pièce à côté.

Les deux agents échangèrent un regard.

— Pas de problème, déclara Coombs.

Pell la suivit dans le bureau de Kelso en bredouillant un remerciement.

À deux heures cinquante-neuf, Starkey était de nouveau installée devant l'ordinateur.

— Tout le monde est prêt ? demanda-t-elle.

Morgan interrogea du regard les deux lieutenants et les employés du téléphone. L'un des techniciens murmura quelques mots dans son propre portable, puis leva le pouce droit pour indiquer que tout était en ordre. Morgan adressa un signe de tête à Starkey.

— Allez-y.

Starkey entra sur Claudius. Presque aussitôt, la question s'afficha :

Voulez-vous lire un message de M. Rouge ?

— Nom de Dieu, lâcha Kelso.

— Pas un mot, le tança Morgan.

La phrase qui s'afficha les laissa tous stupéfaits.

M. ROUGE : Désolé, ma chérie. J'ai changé d'avis.

— Et merde ! s'exclama Kelso.

Morgan lui intima une nouvelle fois de se taire.

— Poursuivez comme vous le sentez, inspecteur Starkey. Personne n'est à l'abri de ce genre de déconvenues. Vous n'y êtes pour rien.

Starkey leva les yeux vers lui, et l'homme en noir sourit.

Elle tapa :

DÉCHARGE : Espèce d'enfoiré.

M. ROUGE : J'ai réfléchi.

DÉCHARGE : Attention, vous allez vous faire du mal.

M. ROUGE : Une simple conversation téléphonique ne me suffit pas. J'ai un appétit DÉMESURÉ, si vous voyez ce que je veux dire.

DÉCHARGE : Nous nous étions mis d'accord.

M. ROUGE : Sur quoi ?

DÉCHARGE : Vous deviez répondre à ma question.

M. ROUGE : J'ai dit que j'y répondrais de vive voix. Je ne reviens pas là-dessus.

DÉCHARGE : Vous vous foutez vraiment de ma gueule. Je n'ai aucunement l'intention de vous rencontrer. C'est hors de question.

— Enfin, Carol..., commença Kelso.
— Elle sait ce qu'elle fait, l'interrompit Pell.

M. ROUGE : Dans ce cas, vous ne saurez jamais pourquoi Buck Daggett est mort.

Starkey se renversa dans son siège et attendit. La présence de Kelso, de Leyton et des autres lui pesait. Elle les sentait s'agiter dans son dos.

M. ROUGE : Rencontrons-nous, Carol Starkey. Je ne vous ferai aucun mal.
DÉCHARGE : Où ça ?
M. ROUGE : Inutile d'aller plus loin si vous n'avez pas l'intention de venir.
DÉCHARGE : Où ?
M. ROUGE : Dans Echo Park. Devant la grande fontaine.

Morgan chuchota quelques ordres à ses assistants, tandis que Dick Leyton alertait la brigade de déminage en murmurant deux ou trois mots dans son portable. Starkey s'efforça de les ignorer.

DÉCHARGE : D'accord.
M. ROUGE : Garez-vous au sud du lac et marchez jusqu'au kiosque. Tout droit. Ne vous avisez pas de venir d'un autre endroit. Je vous surveillerai. Si vous êtes seule, la rencontre aura lieu. Dans le cas contraire, vous me décevriez beaucoup.
DÉCHARGE : Vous êtes malade.
M. ROUGE : Vous croyez vraiment ? Je suis M. Rouge. La vérité est à portée de main.

Ensuite, tout se passa très vite. La totalité des officiers en uniforme et des véhicules radio furent réquisitionnés, tandis que le SWAT et la brigade de déminage étaient dépêchés dans un parking situé aux alentours d'Echo Park. Des unités en civil composées de Latino-Américains équipés d'émetteurs radio se déployèrent dans les rues adjacentes.

Dès qu'elle se fut déconnectée, les techniciens du téléphone fixèrent un micro sur Starkey pendant qu'elle recevait ses instructions. Elle devait se rendre au parc dans sa voiture et suivre scrupuleusement les consignes de John Michael Fowles, en attendant qu'il se manifeste. Tout le périmètre serait bouclé et des tireurs d'élite postés un peu partout.

— Ça va aller ? lui demanda Pell.

— Oui, oui.

La rapidité du dispositif qui se mettait en place lui donnait le vertige et elle commençait à se sentir nauséeuse.

Moins de huit minutes après qu'elle eut éteint l'ordinateur, Starkey s'engouffra dans sa voiture et prit la direction du parc. Peut-être que tout cela n'était qu'un rêve. Quoi qu'il en soit, c'était la meilleure façon d'appréhender la situation. Il lui fallait faire abstraction de cette effervescence qui l'entourait, exactement comme lorsqu'elle s'approchait d'une bombe. Cela lui éviterait de se trahir en cherchant du regard les tireurs d'élite ou les agents en civil.

En douze minutes montre en main, elle arriva au parc. Elle se gara au sud, ainsi qu'il le lui avait demandé, tout en refoulant son envie de vomir qui se faisait de plus en plus pressante. Il ne l'attendrait certainement pas avec un grand sourire et un bouquet de fleurs à la main. M. Rouge était un être imprévisible.

— Contrôle radio.

— Un deux trois, un deux trois, articula-t-elle.

— Ça marche.

— Je retire l'oreillette.

— Bien reçu.

Elle ne pouvait garder sur elle cet artifice trop voyant. Sinon, M. Rouge comprendrait immédiatement qu'il était cerné. Le micro scotché entre les seins transmettrait le son de sa voix.

Le plan était simple : désigner M. Rouge, se jeter à terre, puis laisser les autres faire leur boulot.

Starkey ferma sa voiture à clé et se mit à marcher vers le kiosque. C'était un bel après-midi d'été, et le parc grouillait de familles, d'enfants qui jouaient au ballon, faisaient du skateboard, du patin à roulettes, ou mangeaient des glaces... La chaleur était telle que Starkey eut l'impression que le bitume fondait sous ses pieds. Elle espéra que la température n'allait pas continuer de grimper.

Il lui restait encore environ soixante mètres à parcourir, ce qu'elle fit d'un pas lent en scrutant les visages des promeneurs qui croisaient son chemin. Il était normal qu'elle eût l'air de se méfier. En revanche, il ne fallait surtout pas que Fowles puisse penser qu'elle cherchait à gagner du temps dans l'attente de renforts.

Une longue file d'attente s'était formée devant le kiosque. Starkey s'immobilisa. Personne ne s'approchait d'elle. Personne susceptible de ressembler de près ou de loin à M. Rouge. La plupart des visiteurs du parc étaient de type latino-américain. Il y avait aussi quelques Noirs et Asiatiques ; elle devait être l'une des seules Blanches.

Elle fit glisser une cigarette de son paquet et l'alluma. Les minutes s'étiraient. Il pouvait être n'importe où. Ou bien nulle part. Peut-être avait-il encore changé d'avis.

Une femme courtaude rejoignit la file en compagnie de ses enfants. En la voyant, Starkey se souvint des employées de maison qu'elle avait aperçues par la fenêtre du cabinet de Dana, en train de courir après leur bus. Cette femme avait quatre jeunes garçons, tous râblés et bruns comme leur mère. Le plus âgé s'agrippait à elle, tandis que les trois autres se couraient après en hurlant. Starkey pria pour qu'ils se taisent. Leurs cris lui tapaient sur les nerfs. Ils disparurent derrière le kiosque, et resurgirent un instant plus tard par l'autre côté. Leur excitation était à son comble. Starkey ne comprit pas tout de suite pourquoi ; le choc fut d'autant plus brutal ensuite : ils venaient de découvrir un sac.

Elle les vit regarder à l'intérieur, bientôt rejoints par leur frère aîné. Un sac de courses tout ce qu'il y avait de plus banal, que quelqu'un avait déposé à côté du kiosque.

Starkey se fraya un passage dans leur direction, tout en regrettant de ne pas avoir pris plus de Tagamet.

Elle veilla à ne pas crier et à éviter toute précipitation. Ils avaient affaire à M. Rouge et celui-ci devait être muni d'une commande à distance. Il les observait, attendant le meilleur moment pour déclencher l'explosion.

Starkey jeta sa cigarette. Il fallait qu'elle éloigne les enfants de ce sac.

— Nous avons un colis suspect. Je répète, colis suspect, annonça-t-elle à haute voix en s'avançant vers eux. Je dois en écarter ces enfants... Hé, vous !

Les garçons relevèrent la tête. Ils ne parlaient probablement pas l'anglais.

— Filez de là, nom de Dieu !

Ils comprirent qu'elle s'adressait à eux, mais la regardèrent sans réagir. Leur mère intervint en espagnol.

— Dites-leur de laisser ce sac et de courir, lui lança Starkey.

La mère continuait de parler lorsque Starkey distingua soudain les tubes.

— Il y a une bombe !

Ne pouvant guère en faire plus, elle prit deux des enfants sous le bras, et se recula en criant :

— Alerte à la bombe ! Police, dégagez le secteur, foutez le camp, foutez le camp !

Les enfants se débattirent, et leur mère se rua sur Starkey telle une lionne défendant ses petits. Dans la confusion la plus totale, la foule commença à se disperser. Starkey se démena comme un beau diable pour tenter d'accélérer le mouvement, tandis que les unités de police affluaient de toutes parts...

Il ne se passa rien.

— Il n'y a aucun explosif dans les tubes ! déclara Russ Daigle, le visage aussi inondé de sueur que pouvait l'être celui d'un démineur en pleine action.

Starkey l'avait déjà deviné, quarante minutes plus tôt. Si M. Rouge avait voulu que la bombe saute, il l'aurait déclenchée lorsqu'elle se trouvait à proximité. À présent, elle s'était repliée à l'arrière de la Suburban, ainsi qu'elle le faisait du temps de la brigade pour se remettre de ses émotions après avoir désamorcé un engin. Daigle avait envoyé le robot Andrus muni du canon à eau pour faire sauter les tubes.

— On a découvert un mot, annonça-t-il en lui tendant une fiche cartonnée rouge de trois centimètres sur cinq.

Starkey prit le papier entre ses mains et lut : « *Consultez la liste.* » Elle releva les yeux sur Dick Leyton et Morgan qui se tenaient à côté de la voiture.

— Mais enfin, qu'est-ce que ça veut dire ?

— Il figure sur la liste des dix personnes les plus recherchées, répondit Leyton en lui prenant le bras. Dès que les fédéraux ont eu son identité, ils l'y ont inscrit.

Starkey éclata d'un rire amer.

— Je suis désolé, Carol. Ça valait le coup d'essayer. Vraiment.

Tous ses efforts avaient été vains. C'en était fini de la relation qu'elle avait su nouer avec M. Rouge. Celui-ci avait forcément compris leur petit manège et, où qu'il se trouve à présent, il devait exulter. Starkey pouvait se reconnecter à Claudius et même rétablir le contact, mais il n'y avait plus aucune chance de le piéger. Il avait obtenu ce qu'il désirait.

Kelso s'approcha à son tour. Il se voulait rassurant et avait même l'air un peu gêné.

— Écoutez, Carol, on ne pourra pas passer l'éponge sur cette histoire, mais, bon, on trouvera peut-être une solution pour vous garder aux enquêtes. Pas à la SAC, malheureusement, mais on verra bien.

— Merci, Barry.

— Je vous autorise même à m'appeler de nouveau par mon prénom.

Starkey sourit.

Elle aperçut Pell et les deux agents de l'ATF qui ne le quittaient pas d'une semelle. Il leur dit quelques mots et vint la rejoindre.

— Comment ça va ?

— J'ai déjà été en meilleure forme. Mais j'ai connu pire aussi. Vous savez qu'ils l'ont mis sur la liste ?

— Ouais. Maintenant, cet enfoiré peut prendre sa retraite.

Starkey hocha la tête, songeuse. À la vérité, elle se demandait qu'en penser. M. Rouge allait-il rester à Los Angeles ? Allait-il continuer à sévir, ou bien disparaîtrait-il dans la nature comme le tueur au Zodiac qui, après avoir semé la terreur à San Francisco et assassiné plusieurs personnes, s'était tout simplement volatilisé ?

— Alors, quel est le programme avec vos nouveaux amis ? lança-t-elle en désignant les fédéraux du regard.

— Oh ! ils ne vont pas me mettre les fers. Je dois les accompagner à l'antenne locale et y subir un interrogatoire. Ils m'ont informé de mes droits et m'ont conseillé de prendre un avocat. Quel est votre avis ?

— Que vous l'avez dans le cul.

— Quelle distinction !

Même si le cœur n'y était pas vraiment, Starkey esquissa un sourire.

— Voilà qui est mieux, ajouta Pell.

— Ah ! ne recommencez pas.

— Il faut qu'on parle, Carol. De tout ce qui s'est passé.

Starkey sortit de la Suburban.

— Je n'en ai aucune envie. J'aimerais juste prendre le large pendant quelque temps et me reposer.

— Il ne s'agit pas d'évoquer mon sort à moi. Ce que je souhaiterais, c'est parler de nous.

— J'avais bien compris. Adieu, Jack. Si je peux intercéder en votre faveur lorsqu'ils m'interrogeront, je le ferai.

Starkey fixa intensément son regard déclinant, puis se détourna pour ne pas lui montrer à quel point il lui manquait déjà.

22

Starkey ne revint pas à Spring Street. Bien que le soleil d'été fût encore au zénith, elle roula vitres baissées. L'air semblait pur et la chaleur lui faisait du bien.

Elle fit une halte dans une épicerie, acheta une grande bouteille de thé glacé, puis traversa le secteur de Rampart, goûtant le spectacle des rues animées, et distribuant des signes amicaux aux policiers qu'elle croisait sur sa route. Son Alphapage vibra une fois, mais elle l'éteignit sans même vérifier la provenance de l'appel. Ce devait être Pell. Ou Kelso. Dans un cas comme dans l'autre, cela n'avait plus d'importance. C'en était terminé des bombes, et elle ne s'en porterait pas plus mal. Les paroles de Kelso lui avaient mis du baume au cœur. Après tout, elle se verrait bien travailler aux Homicides. Hélas, c'était le service le plus demandé et les places étaient chères. De surcroît, son passage à la SAC n'avait pas été vraiment concluant... Dès que le bruit selon lequel elle avait fait de la rétention d'informations vis-à-vis de ses collègues se serait répandu, elle pourrait s'estimer heureuse de se caser à la Section des cambriolages.

Starkey continua de ruminer ces pensées jusqu'au moment où elle s'aperçut que ce n'était finalement qu'un moyen d'oublier Pell. Ensuite, elle ne parvint plus à le chasser de son esprit. Son thé lui sembla soudain très amer, et elle songea qu'il lui serait sans doute difficile d'oublier la façon dont M. Rouge s'était joué d'elle. Elle s'arrêta sur le bord de la route, jeta le reste de sa boisson dans le caniveau, avala deux Tagamet et décida de rentrer, en proie à un sentiment de vide. Malgré tout, elle n'était pas d'humeur à boire. C'était déjà ça. Peut-être même aurait-elle dû en savoir gré à Pell ?

En arrivant à son domicile, elle se prit à espérer qu'il l'attendrait devant la porte, mais, bien évidemment, ne l'y trouva pas. C'était aussi bien ainsi, se dit-elle. À cet instant précis, elle eut un élancement dans la poitrine, qui lui rappela les sensations de manque qu'elle éprouvait du temps de Sugar. Voilà un parallèle qui n'était pas fait pour arranger les choses et qu'il convenait d'évacuer bien vite... Elle allait mieux. Elle avait évolué. Aujourd'hui, l'important était de sauver son boulot ou de réfléchir à la meilleure manière de prendre un nouveau départ, tout en laissant le souvenir de Jack Pell loin derrière elle.

Elle sortit de sa voiture et ouvrit la porte de son appartement. Son répondeur clignotait, mais elle n'y prêta pas attention. À quoi bon ?

La première chose qui lui sauta aux yeux, ce fut l'objet posé sur sa table basse. Un édifice pour le moins incongru constitué de deux tubes galvanisés identiques, scotchés à une petite boîte noire, le long de laquelle étaient soigneusement repliés une série de fils rouges, bleus et jaunes. Une composition étrange, impersonnelle et dépouillée, qui trônait sur une pile de revues *Glamour* et *American Crime Scene.* Starkey eut l'impression que le mot « BOMBE » inscrit en lettres capitales envahissait la pièce. Son sang se figea, en même temps que l'univers autour d'elle s'évanouissait dans un éclair fulgurant de lumière blanche.

— Vous m'entendez ?

Il avait une voix étonnamment douce. Les oreilles de Starkey sifflaient si fort qu'elle percevait à peine ses paroles.

— Vos pupilles sont réactives, Carol Starkey.

Elle entendit des pas résonner sur le sol, puis crut reconnaître l'odeur âcre de l'essence. Les pas s'éloignèrent.

— Ce que vous sentez, c'est de l'alcool à brûler que j'ai trouvé dans votre remise. Si vous ne vous réveillez pas, je vais mettre le feu à votre jambe.

Starkey réalisa avec stupeur que son superbe pantalon Donna

Karan et ses chaussures Bruno Magli étaient trempés. Une douleur aiguë lui vrillait l'oreille droite, s'enfonçant de plus en plus profond et lui faisant monter les larmes aux yeux. À cet endroit, le sang affluait par à-coups, ce qui lui procurait une sensation à la fois douloureuse et inquiétante. Lorsqu'elle ouvrit enfin les yeux, sa vision était troublée.

— Ça va, Carol Starkey ? Vous me voyez ?

Elle tourna la tête en direction de la voix, rencontra son regard, et s'aperçut qu'il lui souriait. Dans la main droite, il tenait une longue barre de métal noir d'environ quarante-cinq centimètres de long. C'était sa matraque qu'il avait dû découvrir dans un placard. Il écarta les bras et s'inclina.

— Je suis M. Rouge.

Starkey était assise par terre, les bras en croix, menottée au pare-feu scellé à sa cheminée. Ses jambes inertes étaient étendues devant elle, comme celles d'une poupée que l'on aurait posée là. Elle n'avait plus aucune sensation dans les mains.

— Félicitations, John. Vous êtes enfin sur la liste.

Il se mit à rire. Ses dents étaient blanches et parfaitement alignées. Rien à voir avec ce qu'elle avait imaginé ni avec les grossiers portraits-robots qui le représentaient. Il ne faisait pas ses vingt-huit ans, et ne ressemblait pas aux misérables dégénérés qu'étaient la plupart des poseurs de bombes. Il était plutôt pas mal, en réalité. Et il avait encore tous ses doigts.

— Oh, vous savez, maintenant que je suis là, ça ne compte plus tellement, annonça-t-il. J'ai bien mieux à faire.

Il fallait à tout prix qu'elle le fasse parler. Plus il parlerait, plus ses chances de survie seraient grandes. Soudain, elle constata que l'engin ne reposait plus sur la table basse, mais par terre, à quelques centimètres de ses pieds.

Elle s'efforça de ne pas le regarder.

— Regardez-la, Carol Starkey.

Il semblait lire dans ses pensées.

S'asseyant en tailleur à côté d'elle, il tapota la bombe comme s'il s'agissait d'un vieux camarade.

— Voilà ce qui reste de l'hybride de Modex de Daggett. Non pas que ce soit mon mélange favori, mais ça fera l'affaire. Et il vous est spécialement destiné, ajouta-t-il, en caressant l'engin avec fierté. Il porte votre nom, et tout et tout...

Le regard de Starkey glissa sur la bombe et s'arrêta sur la main du tueur. Ses doigts étaient longs, souples, agiles, sans doute. Des doigts de chirurgien ou d'horloger. Les deux tubes n'avaient rien d'inhabituel. La boîte noire, en revanche, l'intriguait. Elle était surmontée d'un interrupteur, d'où partaient deux petits fils reliés à des piles. Cette bombe était différente. Elle n'était pas commandée à distance.

— Une minuterie, commenta-t-elle.

— Absolument. Et il vaut mieux que je sois loin lorsqu'elle sautera. J'aurai alors tout le loisir de savourer mon accession au Top 10. Vous ne trouvez pas ça cool, Carol Starkey ? Jamais ils ne m'auraient inscrit sur la liste s'ils n'avaient pas appris mon nom. Et c'est vous qui m'avez identifié. Grâce à vous, j'ai exaucé mon vœu le plus cher.

— Je n'en demandais pas tant.

Sans un mot, il tendit le bras vers la boîte noire et appuya sur un bouton, faisant apparaître un affichage à cristaux liquides verts. Le compte à rebours indiquait quinze minutes.

— Je sais, c'est un peu clinquant, remarqua-t-il avec un sourire malicieux. Mais je n'ai pas pu résister. Je voulais que vous profitiez du spectacle.

— Vous êtes malade, Fowles.

— Certes. Mais vous n'avez rien de plus original à dire ?

Il lui tapota la jambe, puis prit un rouleau de chatterton sur le canapé.

— Vous n'allez pas fermer les yeux, tout de même ? Je tiens à ce que vous goûtiez pleinement cet instant. C'est un cadeau que je vous fais, Carol Starkey. Vous allez assister en direct à votre anéantissement. Tout ce que vous aurez à faire, c'est regarder les secondes défiler, jusqu'à la dernière. Celle où vous cesserez d'exister. Ne vous inquiétez pas : vous ne risquez pas d'être seulement blessée. Vous trouverez la mort en moins d'un millième de seconde. La mort, la vraie : le néant absolu.

— Allez vous faire foutre !

Il arracha un morceau de chatterton et s'accroupit à son côté.

— Oh ! j'ai bien plus de plaisir comme cela.

— Il y a une chose que j'aimerais savoir.
— La vérité se monnaie.
— Répondez-moi, espèce d'enculé. Toute cette histoire... la mort de Buck, c'est moi qui l'ai provoquée ?
Il s'assit sur ses talons en souriant.
— La vérité, ou ce qui vous arrange ?
— La vérité.
— À condition que vous répondiez également à une question.
— Tout ce que vous voudrez.
— Alors, voici la vérité : il va falloir vous chercher un autre motif de remords, inspecteur Starkey. J'ai obtenu toutes les informations concernant la bombe de Silver Lake par le système central, et ce bien avant que Pell et vous ne démarriez votre petite enquête. C'est Daggett lui-même qui m'a guidé, pas vous.
Starkey éprouva un profond soulagement.
— Maintenant, à vous.
— Je vous écoute.
— Qu'avez-vous ressenti ?
— Quand ? Lorsqu'on s'est servi de moi ?
Il s'approcha très près, comme s'il voulait l'examiner à la loupe.
— Mais non, voyons, au camping. Vous étiez juste au-dessus de la bombe. Même si ce n'était que de la poudre et de la dynamite, vous avez subi une pression de presque trente mille kilos.
Ses yeux brillaient. C'était donc cela qu'il aurait souhaité : être à sa place à ce moment-là, afin d'éprouver toute la puissance de l'explosion. Pas simplement la contrôler, mais la sentir, l'accueillir en soi. En être irradié tout entier.
— Ça ne m'a... absolument rien fait. J'ai perdu connaissance. Ce n'est que bien plus tard que j'ai recommencé à éprouver quelque chose.
Il continuait de la fixer comme s'il attendait toujours sa réponse, et elle se sentit gagnée par la colère. Amis, inconnus ou flics, tous avaient eu la même réaction. Et maintenant, c'était au tour de ce détraqué. Elle en avait plus qu'assez.
— Qu'est-ce qu'il y a, Fowles ? Vous vous imaginez peut-être qu'une petite fenêtre s'ouvre et que Dieu vous apparaît ? Ce n'est qu'une saloperie d'explosion, espèce de taré. Et ça se passe

tellement vite qu'on ne se rend compte de rien. L'expérience est à peu près aussi mystique qu'après un coup comme celui que vous m'avez donné tout à l'heure.

Le regard de Fowles restait perdu dans le vide.

— Fowles ?

Il releva la tête, l'air irrité.

— C'était un explosif de bien piètre qualité, Starkey. De la camelote artisanale, de surcroît fabriquée par un incapable. Mais, à présent, c'est à M. Rouge que vous avez affaire. Et ce sont deux kilos de Modex qui vont vous faire rôtir. L'onde de choc vous soufflera les jambes en un dix-millième de seconde et fera remonter le sang dans le haut de votre corps exactement comme si un rouleau compresseur vous passait sur les jambes. Sous l'effet du choc hydrostatique, tous les vaisseaux de votre cerveau éclateront en à peine un millième de seconde. La mort cérébrale sera instantanée. Elle interviendra au moment précis où vos membres inférieurs seront arrachés. Mais vous ne sentirez plus rien, car vous serez déjà morte.

— Vous devriez rester pour ne pas rater le spectacle. Tenez, je vous autorise même à vous asseoir sur mes genoux.

Fowles grimaça un sourire.

— Je vous aime bien, Starkey. Dommage qu'on ne se soit pas rencontrés quand vous étiez encore à la brigade de déminage. J'aurais fait en sorte que ça se passe mieux dès la première fois.

Soudain, il l'empoigna sans ménagement par les cheveux, fit basculer sa tête en arrière, et lui colla le ruban adhésif sur la bouche. Elle essaya de se débattre, mais il la maintint fermement et lui appliqua un second morceau. Elle eut le réflexe d'ouvrir la bouche le plus possible, parvenant à détendre quelque peu son bâillon, sans toutefois le détacher.

Le décompte indiquait à présent treize minutes et quarante-deux secondes. John Michael Fowles consulta sa montre.

— Parfait, fit-il.

Elle voulut l'insulter, mais ne réussit qu'à émettre un grognement indistinct. Il s'accroupit de nouveau à côté d'elle et lui effleura doucement la joue.

— Gardez-moi une place en enfer, Carol Starkey.

Puis il se releva et se dirigea vers la porte. Mais elle ne le voyait plus : elle avait les yeux rivés sur la minuterie, sur les chiffres verts entraînés dans leur course folle vers l'éternité.

Pell

Coombs et Armus se comportèrent en parfaits gentlemen. Ils auraient pu le traiter comme n'importe quel malfrat, mais ils se révélèrent très corrects. Ils lui dirent simplement de leur apporter son arme et son insigne qu'il avait laissés à son motel, tout en l'informant qu'ils l'entendraient ensuite. Pell leur demanda s'il pouvait les retrouver à l'antenne locale, et ils acceptèrent. Le fait que Dick Leyton ait souligné son rôle dans la traque de M. Rouge n'y était certainement pas étranger.

Pell alla récupérer ses papiers et son imposant Smith & Wesson calibre 10, puis resta un long moment assis au volant de sa voiture, à écouter les battements de son cœur et à suivre le parcours de la sueur s'écoulant le long de son torse. Il ne pensait ni à John Michael Fowles ni aux deux agents spéciaux. Il pensait à Starkey.

Pris d'une inspiration subite, il décida de lui rendre visite. Bien que n'ayant aucune idée de l'attitude à adopter, il ne pouvait pas la laisser lui échapper ainsi : Coombs et Armus attendraient.

Avec soulagement, Pell constata que la voiture de Starkey était garée devant chez elle. Il avait le souffle court, comme lorsqu'il s'apprêtait à appréhender un criminel armé jusqu'aux dents. Il sonna. Starkey ne répondant pas, il pensa tout d'abord qu'elle l'avait vu arriver et avait décidé de l'ignorer.

— Carol, je vous en prie. Je voudrais juste vous dire deux mots.

Il tenta de voir à travers les petits carreaux qui couraient le long de la porte, mais ils étaient noirs de poussière. Il les essuya tant bien que mal et regarda encore. Dans un premier temps, il l'aperçut, assise devant la cheminée. Ensuite seulement, il distingua le scotch et ses poignets menottés. Enfin, il remarqua l'engin entre ses jambes.

D'un violent coup de pied, il ouvrit la porte. À peine l'eut-il franchie qu'un objet lourd s'abattit sur l'arrière de son crâne. Sa vision se brouilla et il se mit à tituber. Il ne distinguait plus que les yeux exorbités de Starkey transpercés d'éclairs de lumière. Soudain, il lui sembla que son crâne explosait. Dans son dos, un homme lui assenait coup sur coup tout en hurlant :

— Enfoiré ! Enfoiré !

Pell porta la main à son arme. Il sentait qu'il perdait connaissance, mais réussit tout de même à dégainer, libéra le cran de sûreté et fit feu sur l'ombre de son agresseur. Puis il sombra dans une obscurité totale.

Lorsque Pell sonna à la porte, Starkey tenta de hurler en agitant la tête dans tous les sens. Elle martela le plancher des talons, et se frotta frénétiquement le visage sur les épaules pour se débarrasser du chatterton. Elle tira tellement sur ses menottes que de profondes entailles se creusèrent dans ses poignets.

D'un bond, Fowles se dissimula derrière la porte, la matraque à la main. Quand Pell apparut, Starkey essaya de l'avertir du regard, en vain, il était trop tard. Fowles le frappa, encore et encore, avec une violence inouïe.

Livide et saoulé de coups, il s'effondra. Starkey le vit brandir son monstrueux pistolet automatique. Il tira, atteignant Fowles en pleine poitrine. Celui-ci fit un bond en arrière et s'écroula sur le canapé

À force de se débattre, Starkey sentit que le scotch commençait à céder. Pas une seconde, elle ne détacha son regard de la minuterie. Les chiffres défilaient si vite qu'elle ne les distinguait plus.

Fowles faisait des efforts désespérés pour se relever tandis que Pell gémissait dans son coin. Starkey s'acharnait toujours sur le chatterton, étirant sa mâchoire et les muscles de son visage dans tous les sens. Enfin, l'une des extrémités se détacha complètement et elle retrouva l'usage de la parole.

— Pell ! Pell, debout ! hurla-t-elle.

7 : 48.47.46.

— Pell. Levez-vous et allez chercher les clés ! Réveillez-vous, Pell, bordel !

Il roula sur le dos et se mit à fixer le plafond en clignant les yeux, comme s'il contemplait la huitième merveille du monde.

— Bon Dieu, Pell, plus que sept minutes avant que ce machin n'explose ! Venez par ici.

Il se laissa glisser sur le côté et battit des paupières de plus belle.

— Je ne vous vois pas, dit-il en se frottant les yeux. Je ne vois plus rien. Juste des ombres et des lumières.

Starkey blêmit. Elle venait de comprendre. La bagarre avait définitivement achevé le processus de cécité, sectionnant la dernière et précaire connexion de ses rétines avec les nerfs optiques.

Son cœur battait la chamade et elle se força à bloquer sa respiration, le temps de reprendre le contrôle d'elle-même.

— Vous ne distinguez vraiment rien, Jack ? Même ce qui est tout près de vous ? Votre main, par exemple ?

Il la porta à son visage.

— Je vois une ombre. C'est tout. Qui m'a frappé ? C'était lui ?

— Vous l'avez eu. Il est sur le canapé.

— Je l'ai tué ?

— Je ne sais pas, Jack, mais ce n'est pas le problème pour l'instant ! Il a placé une bombe à retardement. Et le compte à rebours a commencé.

— Combien de temps il nous reste ?

— Sept minutes et vingt secondes exactement.

Ce n'était pas suffisant pour faire intervenir la police. Ils le savaient tous les deux.

— Je ne vois absolument rien, Carol. Je suis désolé.

— Bon sang, Jack, je suis menottée à cette putain de grille de cheminée. Si vous me libérez, je pourrai désamorcer la bombe !

— Mais je n'y vois rien !

Ses cheveux coupés en brosse étaient trempés de sueur et des gouttes perlaient sur son visage. Avec difficulté, il se mit à quatre pattes. À l'autre bout de la pièce, Fowles tenta encore une fois de se redresser. Visiblement à bout de forces, il s'écroula de nouveau.

— Jack ?

Pell s'orienta vers elle.

Elle s'obligea à reprendre une respiration régulière. Lorsqu'on travaillait sur une bombe, il fallait rester calme. Les réactions de panique étaient souvent mortelles.

— Faites vite maintenant, Jack. Guidez-vous à ma voix.

— Mais ça n'a pas de sens, gémit-il, finissant tout de même par obtempérer.

7 : 07.06.05.

— Fowles est à huit heures par rapport à vous, à l'autre bout de la pièce, vous me suivez ? À environ cinq mètres, sur le canapé, derrière la table basse. Je pense qu'il est mort. Les clés sont peut-être sur lui.

Une lueur d'espoir illumina le visage de Pell.

— Avancez, nom de Dieu !

Il se mit à ramper sur les deux genoux et sur une main, se servant de l'autre pour éviter les obstacles.

— C'est bon, Jack. Vous arrivez à la table. Il est juste derrière.

Pell atteignit le canapé et réussit à toucher la jambe de Fowles, remontant jusqu'à ses poches. Le sang avait inondé la chemise du tueur et coulé le long de ses cuisses. Au fur et à mesure de leur tâtonnement, les mains de Pell prenaient une couleur écarlate.

6 : 18.17.16.

— Trouvez-les, Jack ! Trouvez ces putains de clés !

— Elles ne sont pas dans ses poches ! Il n'y a rien !

— Vous avez mal cherché !

— Je vous dis qu'elles n'y sont pas !

Il replongea les mains dans les poches avant, puis dans celles de derrière. Ensuite, il palpa la taille de Fowles comme s'il fouillait un suspect.

— Les chaussettes ! Vérifiez ses pompes et ses chaussettes !

Elle parcourut des yeux la pièce, au cas où Fowles aurait jeté les clés par terre. Elles ne servaient pas à fermer les menottes, seulement à les ouvrir, et ne lui étaient donc plus d'aucune utilité. Mais Starkey ne les remarqua pas. Quant à Pell, il ne parviendrait jamais à mettre la main sur un objet aussi petit. Ce serait une perte de temps.

— Je ne les trouve pas !

Fowles remua légèrement et poussa un gémissement.

— Il vit encore !

5 : 45.44.43.

Les yeux de Starkey revinrent aux chiffres lumineux. Les secondes s'égrenaient inlassablement.

— Est-ce qu'il est armé ?

— Non, je ne crois pas.

— Alors, laissez tomber ! À cinq heures, maintenant. Dirigez-vous dans cette direction.

Pell continuait de fouiller les vêtements de Fowles.

— Jack, bon Dieu, écoutez-moi ! À cinq heures !

Il se tourna vers elle sans comprendre.

5 : 22.21.20.

— La porte est à cinq heures. Foutez le camp d'ici.

— Non.

— Voilà qui est romantique, Jack. Très romantique.

— Il est hors de question que je vous abandonne !

Il voulut ramper vers elle, mais vira trop à droite...

— Par ici.

Il rectifia la direction et finit par tomber sur son pied, manquant de très peu la bombe.

— Expliquez-moi, Carol. À quoi êtes-vous attachée ?

— À une grille en fer. Elle est scellée dans les briques de la cheminée.

Les mains de Pell glissèrent sur son bras et saisirent son poignet droit. À tâtons, il repéra les menottes et les suivit jusqu'à la grille. L'empoignant fermement, il cala ses pieds contre le mur et se mit à tirer de toutes ses forces, faisant saillir les veines de son cou.

— Ça ne cédera jamais, Jack. C'est beaucoup trop solide.

Il l'enjamba et fit une nouvelle tentative à l'autre extrémité de la grille. Étrangement, Starkey se sentait de plus en plus calme. Comment Dana pourrait-elle bien qualifier cet état d'esprit ? Sérénité ou résignation ?

— Il me faut un levier, déclara Pell d'une voix de dément. Il doit bien y avoir un truc qui puisse faire office de levier.

— La matraque.

Dans la mêlée, celle-ci avait roulé jusqu'au mur opposé. Le temps de guider Pell et de le faire revenir, ils avaient perdu près d'une minute supplémentaire. Il coinça l'instrument sous la grille et s'arc-bouta dessus.

La matraque se tordit complètement, et finit par rompre.

— Elle est cassée, constata Pell en la rejetant avec rage. Il faut quelque chose de plus solide ! Un tisonnier ! N'importe quoi !

— Je n'ai rien de tout cela, Pell ! Il n'y a rien dans cette putain de baraque, et je suis nulle, de toute façon ! Foutez le camp, maintenant !

Pell s'immobilisa. Son regard était empreint de tendresse et si expressif qu'elle aurait juré qu'il la voyait.

— Où est la porte, Carol ?

Elle n'hésita pas une seconde à lui répondre, le bénissant intérieurement du fond du cœur. Au moins, le fait qu'il s'en aille lui épargnerait de se sentir coupable pendant les trois minutes qui lui restaient à vivre.

— Derrière vous, à sept heures.

Il effleura son visage avec une infinie douceur.

— Je vous ai fait du mal, Carol. J'en suis désolé.

— N'y pensez plus, Jack. Je vous ai pardonné. Je vous aime, nom de Dieu. À présent, par pitié, allez-vous-en.

Il redescendit la main le long de sa jambe, s'empara de la bombe et la prit sous le bras. Lorsqu'elle comprit son intention, Starkey rassembla toute l'énergie qui lui restait et hurla :

— Non, Pell, ne faites pas ça ! Ne mourez pas pour moi !

Il se mit à ramper vers la porte, l'engin coincé sous son aisselle. Ayant perdu tout sens de l'orientation, il dévia de nouveau de son objectif.

— Rendez-moi service, Starkey. J'aimerais bien m'en sortir en héros. Et pour cela, je dois me sacrifier pour la femme que j'aime. C'est la meilleure fin dont un type comme moi puisse rêver.

Soudain, il heurta une table, perdit l'équilibre, et laissa tomber la bombe. Starkey aperçut les chiffres de la minuterie qui défilaient à toute allure.

En le voyant se redresser à la hâte et tâtonner autour de lui, elle comprit qu'il était réellement déterminé. Il allait emporter cette saloperie dehors et se faire sauter avec, l'abandonnant à une culpabilité dévorante. Comme Sugar, à l'époque... Ses yeux s'emplirent de larmes et, pour la première fois, elle entrevit la seule possibilité qui leur restait de s'en sortir tous les deux.

— Écoutez-moi, Pell.

Ce dernier venait de récupérer la bombe et se remettait en quête de la sortie.

— Écoutez-moi, Pell ! On peut la désamorcer. Je sais comment m'y prendre, bon sang !

Il se figea, et tourna la tête vers elle.

— Combien de temps reste-t-il ?

— Je n'arrive pas à lire, d'où je suis. Penchez-la vers la droite et sur le côté.

4 : 13.12.11.

— Apportez-la-moi, Jack. Laissez-moi l'examiner, et je vous dirai quoi faire.

— Arrêtez vos conneries, Carol. Tout ce que vous voulez, c'est mourir également.

— J'ai envie de vivre, Jack ! Et j'ai envie que vous viviez aussi. On perd du temps, là ! On peut réussir !

— Mais je suis aveugle !

— Vous suivrez mes instructions ! Sérieusement, il n'y a plus une seconde à perdre. Venez par ici.

— Oh ! et puis merde ! lâcha-t-il, avant de se laisser guider jusqu'à elle.

Il était en nage et respirait bruyamment.

— Posez-la par terre. À côté de moi... Un peu moins près.

Il s'exécuta.

— Maintenant, orientez-la vers moi. Je veux voir la minuterie.

3 : 52.51.50.

— Combien de temps ?

— Ça ira.

Elle s'obligea une nouvelle fois à bloquer sa respiration, se souvenant de sa toute première intervention, du temps de la brigade de déminage. C'était Buck Daggett qui la supervisait ce jour-là, et il lui avait appris ce truc alors qu'elle enfilait sa combinaison.

— Bien. À présent retournez-la, que j'examine le dessous.

— Je n'ai pas d'outils sur moi. Mais je dois avoir un couteau.

— Taisez-vous. Laissez-moi réfléchir.

Il faut faire des choix. On peut les regretter toute sa vie, ou s'en trouver libéré.

— Décrivez-moi ce qu'il y a, Carol.

— On a un boîtier de minuterie noir fixé sur le dessus d'un Tupperware translucide. J'ai l'impression qu'il a fait des trous dans le couvercle pour y passer les fils d'alimentation. C'est typique de M. Rouge, cette façon de dissimuler le mécanisme.

— Il y a des piles ?

— Elles doivent être à l'intérieur, avec le reste. Le couvercle n'est pas collé. Il est juste enfoncé.

Pell effleura la minuterie, puis suivit les contours du couvercle. Il devait songer à la même chose qu'elle : M. Rouge risquait de l'avoir piégé, et la bombe se déclencherait automatiquement si on tentait de le retirer.

Il faut faire des choix. On peut les regretter toute sa vie, ou s'en trouver libéré.

— Soulevez-le, Jack. Par les coins. Uniquement les coins. En douceur.

Starkey sentait la sueur ruisseler sur son visage.

Pell écarquillait les yeux, essayant désespérément de distinguer le Tupperware. C'était peut-être la fin, mais ils n'en sauraient jamais rien. Un dix-millième de seconde. Impossible de se rendre compte de quoi que ce soit.

3 : 17.16.15.

Pell souleva le couvercle.

— Libérez les quatre coins, mais ne le séparez pas du récipient. Soulevez-le juste assez pour éprouver la tension des fils.

Tout en le regardant faire, elle s'épongea le front. À présent, elle était presque aussi aveugle que Pell.

— Les fils résistent. Ils sont rattachés à ce qui est à l'intérieur.

— C'est l'explosif et le détonateur. Est-ce qu'il y a du jeu ?

Il tira prudemment sur le couvercle.

— Oui.

— Alors, soulevez-le jusqu'à ce que le fil soit tendu.

2 : 59.58.57.

— Très bien. Maintenant, tournez le récipient vers moi.

Lorsque Pell pencha le Tupperware, elle constata que son contenu glissait sur le côté. C'était une bonne chose : s'il n'était pas collé, il serait plus facile de le retirer.

Starkey distingua un cylindre métallique semblable à une bombe de peinture dont dépassait l'extrémité d'un détonateur électrique. Celui-ci était relié à un dérivateur par des fils d'alimentation rouges et blancs. D'autres fils en ressortaient, traversant le couvercle et la minuterie jusqu'à deux piles scotchées sur le côté du cylindre. Enfin, un fil de couleur violette reliait directement les piles à la minuterie, sans passer par le dérivateur. Il était par ailleurs connecté à un petit boîtier rouge dont s'échappait un dernier fil, lequel revenait au détonateur. Tout cela était très classique. Elle avait observé pareil agencement des centaines de fois... à l'exception de ce boîtier rouge directement relié au détonateur. Starkey sentit la peur la gagner.

— Dites-moi ce que je dois faire, Carol.

— Attendez une seconde. Je réfléchis. On va la sortir, d'accord ? Apparemment, tous les éléments sont scotchés les uns aux autres. Il n'y a donc aucun risque que ça tombe en morceaux. Prenez l'ensemble par en dessous, avec vos deux mains, et posez-le par terre.

Il obéit à ses instructions, maniant l'engin avec une précaution infinie.

— Vous voyez bien, là ?

— Très bien...

2 : 01.00.

1 : 59.

— Combien de temps nous reste-t-il ?

— On a tout notre temps.

— On va y arriver, vous croyez ?

— J'en suis persuadée.

— Vous mentez très mal.

À présent, elle distinguait beaucoup mieux le mécanisme de la bombe. Seul le boîtier rouge demeurait un mystère. Il pouvait s'agir d'un moniteur de surtension, ce qui constituait une perspective terrifiante. Ce type de dispositif antidésamorçage permettait de détecter toute rupture dans le circuit. Si les piles étaient déconnectées ou les fils coupés, il neutralisait la minuterie et déclenchait directement la bombe.

— Il y a un problème, Carol ?

La voix de Pell trahissait une tension extrême.

— Mais non. C'est ma passion, ce genre de truc.

— Mon Dieu.

— Ouais, on pourrait bien avoir besoin de son aide.

Pell partit d'un rire nerveux.

— Bon, et ensuite, Carol ? Ce n'est pas le moment de se relâcher.

— Voilà la situation. Manifestement, nous sommes en présence d'un moniteur de surtension. Vous savez ce que c'est ?

— Ouais. Un système d'autodestruction.

— S'il décèle le moindre changement d'impédance, il fera exploser la bombe. Sans tenir compte de la minuterie.

— Alors ?

— On croise les doigts. Partez de la minuterie, et suivez les fils qui la relient au couvercle. Longez celui-ci sur sa partie inférieure, pour rester au plus près de l'engin.

Il effectua la manœuvre.

— Très bien. Il y a cinq fils qui traversent le couvercle. Prenez-en un, n'importe lequel.

Il saisit le rouge.

— Ce n'est pas celui qui nous intéresse. Mettez-le de côté et choisissez-en un autre.

Par un heureux hasard, il tomba sur le fil violet.

— Voilà, c'est le bon. Suivez-le, et vous arriverez à un boîtier.

Elle observa le mouvement de ses doigts, et les imagina parcourant ses cicatrices avec la même délicatesse.

— J'y suis. Il y a deux fils qui ressortent de l'autre côté.

— C'est exact, mais ne vous en préoccupez pas pour l'instant. Avant d'interrompre le compte à rebours, on va devoir neutraliser ce truc. Et je n'ai aucune idée de la façon dont il faut s'y prendre. Je suis bien obligée de vous dire la vérité : j'ignore comment ça fonctionne exactement. Il va falloir improviser.

Pell hocha la tête en silence.

— Allez-y très doucement. Faites bien attention à ne pas détacher un fil par inadvertance. J'aimerais que vous sépariez le moniteur de surtension du reste. Contentez-vous de tirer un peu sur les fils pour isoler le boîtier.

— Et ensuite, qu'est-ce que j'en fais ?

— Vous l'écrasez.

Il n'eut pas la moindre hésitation. Pas une seule seconde, il ne douta d'elle.

— D'accord.

— Ça risque d'exploser, vous savez. Je suis désolée, mais ce n'est pas impossible du tout.

— Est-ce qu'on a le choix ?

— C'est vrai.

— On n'est plus à ça près. Ni l'un ni l'autre.

— Vous avez raison. Nous n'avons plus rien à perdre, de toute façon.

Lorsqu'il eut posé le boîtier par terre, à l'écart des autres fils, il le maintint d'une main et se contorsionna pour placer son talon par-dessus.

— J'y suis, là ?

— Oui. Allez-y.

Un dix-millième de seconde.

Pell écrasa violemment son pied par terre.

Starkey expira en émettant un léger sifflement. L'étau qui enserrait sa poitrine venait de se libérer.

Le petit cube de plastique était en miettes et ils étaient toujours en vie.

— Je l'ai détruit, Starkey ? J'ai réussi ?

Elle regarda sans rien dire les débris éparpillés par terre. Parmi eux se trouvait une paire de clés dorées. Les clés de ses menottes. Cet enfoiré les avait cachées dans la bombe.

— Starkey ?

Elle jeta un coup d'œil à la minuterie.

0 : 36.35.34.

Elle voulut hurler à Pell de ramasser les clés et de la libérer. Mais c'était impossible. Jamais il ne parviendrait à mettre la main dessus ni à localiser la serrure des menottes. Il ne restait plus assez de temps.

— Parlez-moi, Carol. Dites-moi ce que je dois faire !

Mieux valait ne pas évoquer la présence des clés. Il fallait qu'il reste concentré.

— Cherchez les piles.

Les mains de Pell parcoururent l'engin jusqu'à la batterie de neuf volts scotchée sur le côté du cylindre.

— Je les ai.

— Vous sentez les fils qui en sortent ? Ils sont fixés sur le dessus.

— J'y suis. Ensuite ?

Dans le cadre d'une intervention de déminage classique, ils auraient été protégés par leur combinaison et auraient fait sauter la bombe à l'aide du canon à eau depuis la Suburban, à soixante mètres de là. En aucun cas, ils ne l'auraient manipulée. Il était impossible de connaître la stabilité exacte de ces engins ou les pièges éventuels qu'ils contenaient. La sécurité résidait dans la distance. Et consistait à ne prendre aucun risque et à bien réfléchir à tout ce que l'on entreprenait.

— Arrachez-les.

Pell ne bougea pas.

— Vous croyez ? répliqua-t-il.

0 : 18.17.16.

— Oui, déconnectez cette putain de batterie. C'est la seule chose que nous puissions faire pour couper le circuit. Il n'y a pas d'autre moyen. Prions pour qu'il n'y ait pas de système d'amorçage de secours. Espérons que cette ordure n'a pas prévu un second moniteur de surtension invisible à l'œil nu. On ne sait jamais, peut-être que ça va marcher.

Pell resta un moment silencieux.

0 : 10.09.08.

— C'est le moment de vérité, j'imagine ?

— Arrachez les fils d'un coup sec, et ne laissez surtout pas le contact se rétablir après.

— Très bien.

— Allez-y franchement. Un geste précis. C'est la chance de notre vie.

— Combien de temps ?

— Six secondes.

Il tourna la tête vers elle, légèrement trop à droite, et lui sourit.

— Merci pour tout, Starkey.

— Merci à vous, Pell. À présent coupez cette saloperie.

Il tira d'un coup.

0 : 05.04.03.

Les chiffres continuaient de défiler.

— C'est bon ?

La minuterie ne s'arrêtait pas. Le visage de Starkey était en feu. « Ça y est, c'est foutu », songea-t-elle.

— Je suis désolée, Jack.

0 : 02.01.

Elle ferma les yeux, et se raidit dans l'attente du cataclysme qui ne se produisit pas.

— Starkey ? On s'en est sortis, Starkey ?

Enfin, elle osa de nouveau regarder. La minuterie indiquait 0 : 00. La bombe n'avait pas explosé.

— J'ai l'impression que nous sommes toujours en vie, constata Pell.

John Michael Fowles ne voulait pas mourir. Sa tête était de plus en plus légère, mais sa poitrine lui semblait enfler à vue d'œil. Il perçut la voix de Starkey, puis celle de Pell, et comprit qu'ils essayaient de désamorcer la bombe. Cela lui donna envie de rire, mais il était bien trop exsangue pour y parvenir. Ses poumons ne cessaient de se remplir de sang. Il perdit une nouvelle fois connaissance, revint de nouveau à lui. Les voix étaient toujours là. Il parvint à relever suffisamment la tête pour apercevoir ses victimes. Il vit aussi sa création. Elle était neutralisée. Ils avaient réussi. Alors, John Michael Fowles fut pris d'une série de spasmes qui firent jaillir des bulles de sang de son nez et de sa bouche. Ils pensaient être tirés d'affaire. Ils avaient tort.

Au prix d'un effort surhumain, Fowles tenta de se mettre debout.

— J'ai mal aux mains.

Pell serrait Starkey contre lui. Peu après le dénouement, il avait rampé jusqu'à elle et l'avait prise dans ses bras.

— Dirigez-moi jusqu'au téléphone, dit-il en se redressant sur ses genoux. Je vais appeler le 911.

— Détachez-moi d'abord. Il y a des clés dans le moniteur de surtension. Je suppose que ce sont les bonnes.

— Vous les avez vues, et vous ne m'avez rien dit ?

— Nous n'avions plus le temps, Jack.

Il poussa un profond soupir. La tension qu'il avait accumulée commençait seulement à s'évacuer. En suivant ses instructions, il parvint à retrouver les clés et lui retira les menottes. Starkey se massa les poignets. L'afflux de sang dans ses veines lui brûlait les mains. Soudain, Pell entendit derrière lui un drôle de gargouillement suivi d'un bruit sourd. Il se retourna.

— C'était quoi ?

— Fowles, répondit Starkey avec calme. Il est tombé du canapé. Fowles, vous m'entendez ?

Le criminel paraissait à peu près aussi inoffensif qu'une serpillière. Il tendit la main, et remua les jambes comme s'il cherchait à se mettre à genoux.

— Qu'est-ce qu'il fait, Carol ?

— Je vais appeler une ambulance. Il est encore en vie.

Elle se leva, puis aida Pell à en faire autant. À l'autre bout de la pièce, Fowles progressait lentement le long de la table basse, laissant derrière lui une large traînée rouge.

— Ne bougez pas, dit Starkey après avoir conduit Pell à la porte d'entrée. J'appelle les secours.

Puis elle revint vers Fowles.

Lorsqu'elle arriva à sa hauteur, celui-ci prit appui sur le canapé et bascula lentement sur le dos, tout en la défiant du regard.

— Fowles ?

Ce que Starkey vit alors fit brusquement resurgir tout son passé de démineur : « N'oubliez jamais d'évacuer les lieux. Il peut y avoir un second engin. »

Comment avait-elle pu oublier ce précepte que Buck Daggett n'avait cessé de marteler durant sa formation ?

Fowles serrait une autre bombe contre sa poitrine. Il leva les yeux vers Starkey et grimaça un sourire ensanglanté.

— La vérité blesse.

Assourdie par les battements de son propre cœur, Starkey s'écarta aussitôt de lui, luttant de toutes ses forces pour s'arracher à la pesanteur qui semblait la clouer au sol, la figer dans cet instant cauchemardesque. Avec l'énergie du désespoir, elle s'élança vers Pell...

John Michael Fowles, qui voyait désormais le monde en rouge à travers le prisme de son sang, appuya sur le bouton libérateur.

Quelque temps plus tard

Starkey fumait une cigarette sur le perron de la maison qu'ils avaient louée, tout en observant celle de leurs voisins d'en face. Ces derniers, dont elle ignorait le nom, possédaient un chihuahua noir, très gras, et qu'elle trouvait fort laid. Son occupation préférée consistait à monter la garde devant la porte et à aboyer au moindre passage. Dès qu'une voiture arrivait, le chien se précipitait sur la chaussée pour lui barrer la route. Les gens avaient beau klaxonner, cette sale bête ne voulait rien entendre et les obligeait invariablement à la contourner. Au début, Starkey avait jugé ce petit manège plutôt amusant, jusqu'au jour où le chihuahua avait jugé bon de venir faire ses besoins dans son allée. Elle avait bien tenté de le chasser, mais il était resté là, à lui aboyer dessus. Depuis, Starkey haïssait ce sale roquet.

— Où es-tu ?

— En train de fumer.

— Tu vas attraper un cancer.

— Quelle poésie ! répliqua-t-elle en souriant.

Starkey était impatiente de regagner sa propre maison, mais il y en avait encore pour un mois de réparations. Tout le gros œuvre était à refaire : les fondations, le plancher, et deux murs devaient être entièrement reconstruits. En outre, aucune porte ou fenêtre n'avait résisté au souffle de la déflagration. Mais ça aurait pu être pire.

La bombe avait explosé au moment précis où Starkey arrivait à la hauteur de Pell. L'onde de choc l'avait frappée avec la puissance d'un raz de marée, la projetant contre lui et les propulsant tous deux à l'air libre. C'était le souffle qui les avait sauvés. Ils avaient traversé la porte et atterri dans le jardin, se criblant le corps de débris de verre et d'éclats de bois. Pendant près d'une semaine, ils étaient demeurés sourds. Mais ça aurait pu être pire.

Starkey acheva sa cigarette, puis jeta le mégot dans le jardin. Elle s'efforçait de ne pas fumer à l'intérieur parce que cela irritait les yeux de Pell. Depuis vingt-trois jours, elle n'avait pas bu une goutte d'alcool. Lorsqu'elle aurait enfin remporté cette bataille, elle essaierait peut-être d'arrêter de fumer. Non seulement il était possible de changer, mais c'était même une nécessité.

Après une première phase de menaces et de gesticulations, l'ATF s'était finalement rétracté. Après tout, Starkey et Pell avaient mis un terme à la carrière de M. Rouge, ce qui changeait la donne. Et puis, il leur était difficile de poursuivre en justice un aveugle. Au bout du compte, ils lui laissèrent même le bénéfice de son assurance santé. C'était bien le moins, pour quelqu'un qui avait perdu la vue dans l'exercice de ses fonctions.

Quant à Starkey, elle était toujours dans l'expectative. Elle s'était assuré les services d'un excellent avocat de la Fondation de bienfaisance de la police et bénéficiait du soutien de Morgan. À n'en pas douter, elle allait s'en sortir. Présentement, elle était en congé pour un mois, en attendant le verdict. Morgan lui avait promis d'intervenir en sa faveur, et elle lui faisait confiance. De temps à autre, Barry Kelso lui passait un coup de fil pour prendre de ses nouvelles. Après tout, il avait plutôt bon fond. Beth Marzik, elle, n'avait pas appelé une seule fois.

— Viens voir. Je voudrais te montrer quelque chose.

C'était la nouvelle manie de Pell. Comme si le fait de savoir qu'elle voyait un objet lui permettait d'en profiter également. Starkey elle aussi aimait bien cela. Beaucoup, même. En entrant dans la chambre, elle constata que Jack avait disposé des bougies partout, dans des petits photophores, sur des soucoupes ou des assiettes, les répartissant sur la coiffeuse, la commode et les deux tables de nuit. Elle l'observa, tandis qu'il allumait la dernière mèche en la repérant à tâtons et en utilisant l'un de ses briquets jetables. Avec précaution, il fit couler un peu de cire et y planta la bougie. Pell ne dérangeait jamais Starkey inutilement. Parfois, elle lui proposait son aide, veillant toujours à ne pas se montrer trop pressante. Il n'y avait guère que lorsqu'il se mettait en tête de faire la cuisine qu'il était vraiment dangereux.

— Qu'en penses-tu ?

— C'est magnifique, Jack.

— Elles sont pour toi.

— Merci.

— Ne bouge pas.

— Je suis là.

Il se guida à sa voix, contournant le lit pour la rejoindre. Il faillit la manquer, mais elle lui effleura le bras.

Dès sa sortie de l'hôpital, Pell était venu vivre avec elle. Ni l'un ni l'autre ne savait si cette situation allait perdurer, mais ce n'était pas impossible. Quoi qu'il en soit, Pell avait définitivement perdu la vue. De ce côté-là, il n'y avait plus rien à faire.

Starkey l'attira à elle et l'embrassa.

— Allonge-toi, Jack.

Il sourit et s'étendit sur le lit. Il faisait encore jour, et Starkey tira les stores. La lumière des bougies plongea la pièce dans une pénombre chatoyante. Parfois, après l'amour, elle s'amusait à dessiner des ombres chinoises sur les murs et les décrivait à Pell.

Elle fit glisser ses vêtements sur le sol et se pelotonna dans ses bras, laissant les mains de Jack parcourir son corps. Il effleura ses anciennes cicatrices, ainsi que les plus récentes, et la caressa là où elle aimait être caressée. La première fois, malgré l'obscurité, elle avait eu peur. Comme s'il voyait avec ses mains.

— Tu es belle, Carol.

— Ça, c'est toi qui le dis.

— Laisse-moi te le prouver.

Starkey frémit à son contact et s'abandonna à lui. Elle avait déjà parcouru une bonne partie du chemin. La route était encore longue, mais elle lui semblerait plus facile avec Pell dans sa vie.

Remerciements

L'auteur tient à remercier les personnes suivantes pour le concours qu'elles lui ont apporté dans la rédaction de ce livre : inspecteur John Petievich, police de Los Angeles (à la retraite) ; inspecteur Paul Bishop, police de Los Angeles ; inspecteur Bob Nelson, section des affaires criminelles, police de Los Angeles (à la retraite) ; lieutenant Mike DeCoudres, officier de commandement, brigade de déminage de la police de Los Angeles ; sergent Joe Pau, superviseur, brigade de déminage de la police de Los Angeles ; lieutenant Anthony Alba, relations publiques, police de Los Angeles ; agent spécial Charles Hustmyer, ATF ; Stephen B. Scheid, spécialiste des explosifs, ATF ; Marc Scott Taylor, Technical Associates, Inc. ; Steven B. Richlin, docteur en optométrie ; Jane Bryson, Ph.D. ; Angela Donahue, Ph.D., Unité de sciences du comportement, police de Los Angeles ; Patricia Crais ; Celia Gleason ; Clay Fourrier ; Leslie Day ; Tami Hoag ; Gerald Petievich ; Shawn Coyne ; Steve Rubin ; Gina Centrello ; Aaron Priest ; Norman Kurland ; Emile Gladstone ; Tricia Davey ; Jonathan King ; Laurence Mark.

DÉJÀ PARUS

Robert Daley
Trafic d'influence, 1994
En plein cœur, 1995
La Fuite en avant, 1997

Daniel Easterman
Le Septième Sanctuaire, 1993
Le Nom de la bête, 1994
Le Testament de Judas, 1995
La Nuit de l'Apocalypse, 1996

Allan Folsom
L'Empire du mal, 1994

Dick Francis
L'Amour du mal, 1998

James Grippando
Le Pardon, 1995
L'Informateur, 1997

Colin Harrison
Corruptions, 1995
Manhattan nocturne, 1997

A. J. Holt
Meurtres en réseau, 1997

John Lescroart
Justice sauvage, 1996

Judy Mercer
Amnesia, 1995

Iain Pears
L'Affaire Raphaël, 2000
Le Comité Tiziano, 2000
L'Affaire Bernini, 2001

Junius Podrug
Un hiver meurtrier, 1997

John Sandford
Le Jeu du chien-loup, 1993
Une proie en hiver, 1994
La Proie de l'ombre, 1995
La Proie de la nuit, 1996

Rosamond Smith
Une troublante identité, 1999
Double délice, 2000

Tom Topor
Le Codicille, 1996

Michael Weaver
Obsession mortelle, 1994
La Part du mensonge, 1995

Impression réalisée sur CAMERON par

BUSSIÈRE CAMEDAN IMPRIMERIES

GROUPE CPI

à Saint-Amand-Montrond (Cher)
en octobre 2002

N° d'édition : 3793. N° d'impression : 024469/1.
Dépôt légal : octobre 2002.

Imprimé en France